왕을 찾아서

문 학 동 네
한국문학전집
0 1 0

성석제
장편소설

왕을 찾아서

문학동네

벗들, 특히 C. P. J에게

1

마사오.

나는 지금 그를 만나러 간다.

내 마음의 시생대, 가장 오랜 영토를 지배하는 영원한 왕. 세월이 흘러가도 추억은 남듯이 그가 통치하던 땅은 여전히 내 마음속에 남아 있다. 그 땅에 있는 것들은 모두 일월의 빛과 그늘에 눌리고 밟혀서 묵은 책 속의 검은 활자처럼 단단하고 납작하게 고정되어 있다. 정작 중요한 건 그게 아니다. 마사오가 죽은 것이다. 마침내, 드디어, 이윽고 때가 되어 그의 육체에도 안식이 찾아들었다.

나는 지금 마사오에게 가고 있다. 그가 죽었으므로.

한때 그는 지상에서 가장 강한 사내였다. 한때 그는 가난과 불의, 불평등에 시달리던 모든 사람에게 희망을 주는 존재였다. 한때 그는 아이들의 우상이었으며 어른들에게는 왕으로 군림했다. 한때의 그는 사람의 몸에서 태어났는지를 의심하게 만들 만큼 영광으로 둘러싸여 있었다.

마사오. 이제 나는 그를 만나러 삶과 죽음의 경계선에 차려진 빈소로 간다.

막상 그의 죽음을 알게 되었을 때, 나는 놀라지 않았다. 그의 부음을 알리는 전화를 받고 난 다음, 만화 주인공같이 놀란 얼굴로 으익 하고 비명을 지르지 않았다는 말이다. 시원치 않은 에어컨을 탓하며 창문을 몇 번 열었다 닫은 게 다른 날과 다르다면 다른 점이었다. 사실 에어컨은 산 지 얼마 안 되는 새것이었으므로 문제는 불 같은 날씨인지도 모르는데 여름 날씨가 덥지 않으면 오히려 문제가 아닌가. 하여간 다른 건 그것뿐이었다. 그것뿐이다. 내 마음속의 그는 이미 오래전에 죽었던 것이다.

박재천이 마사오의 죽음을 알리려고 연락을 했던 것 같지는 않았다. 내가 마사오의 부음을 듣지 못해서 장례식에 참석할 수 없을지도 모른다는 생각 때문에, 친절하게도 재천이 일부러 연락을 했다고는 믿을 수 없다. 내가 있는 곳이 비록 마사오의 부음이 닿기에는 세상에서 가장 먼 곳이라고 해도, 누군가 언젠가는 내게 그 소식을 전했을 것이다.

재천이 그걸 모를 리는 없었다. 그런데 그는 몇 년 만에, 제가 무슨 노아의 방주에 도로 찾아든 비둘기라도 되는 듯이 마사오의 부음을 입에 물고 내게 연락을 해왔다. 전화번호를 어떻게 알았는지 나는 묻지 않았다. 숨고 도망치는 게 나의 특기라면 찾아내고 쫓아다니는 게 재천의 특기니까. 어쨌든 재천은 바로 어제 통화를 하기라도 한 것처럼 간단히 안부를 묻더니 뜸을 들이며 천천히 '큰형님이 가셨다'고 했다. 한때 내가 살았던 '지역'에서 재천이 큰형님으로 부르는 사람은 세상에 단 한 사람뿐이었으므로 나는 그게 누구냐고 묻지 않았다.

"와야지?"

재천의 목소리는 무소불위의 권력을 휘두르다가 밀실에서 심복 부하의 총에 맞고 숨져간 어느 독재자의 장례 행렬을 지켜보던 사람들의 울음소리처럼 과장되어 있었다. 실상은 그 독재자가 마지막 순간에 함께 있었던 여자들이 누구인지 더 궁금해할 것이면서.

실상 나는 마사오의 친척도 아니고 친구도 아니고 절친했던 사이도 아니다. 그렇지만 그는 지역의 일월과 같은 존재여서 그를 모르고 살 수 있는 사람은 없었다. 그가 살아 있을 때, 그가 없는 자리에서 대부분의 지역 사람은 그의 친척이고 형제이자 친구이고 동료이며 후배인 것처럼 행동하고 말했다. 나 역시 그렇게 했다.

한 시대의 평범한 구성원으로서 그 시대를 지배한 인물에 어떻게든 끈을 대고 싶어하는 충동을 억제하기란 어려운 일이다. 또 사소한 인연이라도 있을진대 그것을 과장하지 않고 저만 알고 있는 일도 그만큼 어렵다. 이제 와서 그렇게 한 빚을 갚으라는 것인가.

마사오와 나의 인연은 무엇인가. 한동네에서 잠깐 살았다는 인연? 그런 사소한 인연에 일일이 대응을 한다면 나는 일 년에 몇 차례라도 지역에 가야 한다. 하지만 나는 지난 오 년간 지역에는 발걸음 한 번 하지 않았다. 나는 그거 참 듣고 보니 별거 아니라는 식으로 물었다.

"가긴 가야지. 발인이 언제야?"

"내일. 와라."

재천은 특유의 단정적인 어법으로 제 할말만 하고는 전화를 끊었다. 뚜뚜 하는 신호음 사이에 쉭쉭거리는 바람 소리가 섞여 들리는 것 같았다. 나는 그 소리가 마치 먼 과거에서 들려오고 있다는 착각에 사로잡혔다.

가긴 가야지. 가긴 가야지. 내가 무심코 한 말이 자꾸 내 뒤통수를 치는 듯한 기분이 들었다. 그렇지, 보내긴 보내야지. 마음속에서 오래전에 죽었든, 지금 죽었든 갈 사람은 가고 보낼 사람은 보내야지.

일단 간다고 생각하자 가슴이 뛰기 시작했다. 가슴이 뛰는 박자는 4분의 4박자 행진곡풍이었다가 4분의 3박자 춤곡으로 변했다가 박자고 뭐고 사람을 데리고 노는 듯이 제멋대로 변했다. 그러므로 가지 않고서는 내 가슴 때문에 내가 죽을 것만 같았다.

그래서 나는 마사오를 향해 간다. 여름 휴가철에 어울리지 않는

검정 양복을 입고 비 맞은 옷처럼 후줄근한 버스를 타고.

내가 탄 버스는 반은 고속도로를, 나머지 반은 국도를 운행하는 절충형 버스로 운전석 위에 '고속직행'이라는 팻말이 붙어 있다. 버스는 고속도로에서는 한동안 기세 좋게 달리다가 국도로 접어들어 비에 파인 웅덩이들을 만나면서 덜컹거리기 시작한다. 도시에서 지역으로 가는 길 중간에는 산과 계곡이 많다. 휴가 가는 사람들을 태운 차들이 밀리면서 버스도 느리게 움직인다. 고속도로 위에서보다 한결 편안하다. 고속에 움츠러들었던 마음의 주름이 조금씩 펴진다. 이윽고 덜컹, 하고 멈춘다. 밀린다. 빠른 속도에 길들어 있는 사람에게 느린 속도는 속도가 아니다.

속도에는 두 가지 뜻이 있다. 빠르기. 또 일정 시간 동안 움직이는 물체가 이동한 거리. 빠르기에는 도취와 중독성이 함유되어 있다. 그런데 우리의 말에는 느린 정도의 뜻으로 쓰이는 '지도遲度'나 '느리기'라는 단어는 없다. 그저 '느림보'라는 느리게 움직이는 동물을 뜻하는 말만 있다. 느리기가 없으므로 당연히 거기에 포함될 그 무엇도, 죽음이든 망각이든, 없다.

그러나 세상에는 없는 게 없다. 세상의 원리에 맞추어 느리기도 만들면 된다. 휴가철에 휴가를 가지 않으면서 휴가 가는 다른 차들 때문에 자신이 탄 버스가 밀릴 때는 누구나 머릿속에서 느리기 정도의 단어는 간단히 만들 수 있다. 인간에게 빠르기만큼 느리기도 있고 느리기가 어떤 선물을 준다면 그중 하나는 추억이다.

느리기의 세계에 대해 더 생각해볼까. 거기는 뒤죽박죽에서 뒤죽이 떨어지고, 박죽이 떠도는 다른 뒤죽과 만나는 곳이다. 느리기의 세계에서는 버스가 덜컹, 할 때 'ㄹ'의 바퀴가 떨어져나와 어디론가 가버리고 덜컹, 할 때 'ㅜ, ㅓ'의 모음이 만져진다. 아롱다롱에서 다롱이 떨어져 다른 아롱을 찾아 헤맨다. 울룩이 그렇고 불룩이 그렇다. 알쏭이, 달쏭이, 아웅이, 다웅이 그런가 하면 둥둥 떠다니는 모음들이 기억의 솥 한쪽으로 몰려가고 몰려오고 톡톡 소리를 내고 톡톡 제자리에서 뛰다가 자유전자처럼 빠르게 움직이는 자음을 붙이고 떼는 세계이다.

나는 느리기의 궤도를 따라 이제 마사오를 추억하려 한다. 실상은 밀리는 버스를 타고서 밀리는 차량 행렬을 바라보다 지친 인간으로서, 그것밖에는 할 일이 없기 때문이기도 하지만.

2

마사오의 이름은 박정부朴正夫였다. 그의 아버지는 광복 몇 달 전에 낳은 맏아들의 이름을 마사오라고 지었다. 광복 전에는 일제의 창씨개명 시책에 따라 갓난아이들에게 마사이치正一니 하루코春子니 하는 이름을 지어주기도 했는데 광복이 되면서부터 새로 이름을 짓는 대신 한자음을 살려 정일이나 춘자로 고치는 경우가 많았다. 그러나 어찌된 일인지 '마사오正夫'는 '정부'로 바뀌지 않고 그대로 마사오로 통했다.

하기는 정부는 바람난 남자의 상대인 정부情婦를 연상하게 하므로 우리말로 고쳐 부르기도 뭐했을 것이다. 또 광복 후 돌아온 임시정부의 정부政府와도 혼동할 법했다. 정 그렇다면 한자 이름 자체를 바꾸었어야 하는데 그런 데에 관심을 가진 사람이 마사오의 주변에 없었던 모양이다. 그러므로 마사오는 마사오였다. 그는 성이 '마'씨가 아니었기에 '사오'로 불린 적이 없다. 성을 합쳐서 박마사오가 아니고, 이 마사오도 저 마사오도 아니고 그냥 마사오였다. 지역의 어른 아이 할 것 없이 누구나 자연스럽게 부른 이 이상한 이름은, 그에게 썩 잘 어울렸다.

나는 마사오의 아버지를 본 적이 없다. 정확하진 않으나 마사오의 아버지는 일제 시절 헌병 조수, 또는 순사 끄나풀을 지낸 듯하다. 그렇게 한 시절 잘 보낸 까닭에 해방이 되자 동네 사람들에게 몰매를 맞아서 죽을 뻔했다고 한다. 그렇게 얻어터지느라 바빠 갓난아이의 이름을 고쳐줄 겨를이 없었는지도 모른다. 마사오의 아버지는 동네 사람들이 뱉어놓은 침으로 흥건한 땅바닥을 지렁이처럼 기어다녔다. 그렇게 용서를 빌어서 살아남았다. 그를 때렸던 사람들은 뒷날 그 일을 내놓고 입에 담지는 않았다. 주변머리 없는 노인들만이 술에 취하면 그 일을 되뇌곤 했다.

어찌된 일인지 새로 들어선 대한민국 정부는 과거 일본 치하에서 헌병 조수, 순사 끄나풀을 지낸 사람이나 면 서기, 군인, 관리들을 모두 옛날 자리로 돌아가게 했다. 아니, 일본인들이 가고 없는 빈자리에 몇 계급씩 높여서 그들을 재기용했다. '뭉치면 살고 흩어지면 죽는다'라는 말을 남긴 광복 후 초대 정부의 국부를 자처하던 이가, 자신이 광복 전의 자리로 돌려보낸 사람 가운데 마사오의 아버지가 있었다는 것을 알 리는 없을 것이다. 그들은 '정부'의 아버지라는 점에다 이제 모두 망자가 되었다는 공통점을 가지고 있는데, 지하에서 통성명이나 했는지 모르겠다.

그렇지만 마사오의 아버지는 해방 전보다 높은 자리를 차지하지는 못했다. 그런 자리는 일제 시절 그보다 한층 더 악질적으로 동포를 괴롭혔고, 그것으로 치부하고, 그 돈으로 재빨리 권력에 줄을 댄 사람들의 차지가 되었다. 마사오의 아버지는 예전의 그 자리, 그전만큼 위세는 없는 말단 경찰관의 자리로 돌아가는 데 만족해야 했는데, 그는 그게 그런대로 마음에 들었던 모양이다. 그때부터 그는 집과 고향을 떠나 외지를 떠돌았다.

동네에서 약간 떨어진 집에 남은 그의 식구들은 동네 사람들과는 인연을 끊다시피 하고 지냈다. 동네 사람들 역시 마찬가지로 그 집과는 좀처럼 내왕을 하지 않았다. 어쨌든 동네 사람들은 마사오의 아버지에게 해방 전에 피해를 입은 사람들이고 해방 후에 복수를 한 사람들이고 그 복수 때문에 다시 복수당할까 겁을 내는 사람들이었다.

육이오가 터졌을 때 동네 사람들은 마사오의 아버지가 기마경찰 일 개 분대와 함께 보무도 당당하게 마을 앞을 지나는 것을 보았다고 하는데, 그때가 마사오의 아버지에 대한 공포심이 가장 커졌을 때였다. 얼마나 무서웠는지 꼼짝할 수 있었던 것은 눈알뿐이었다는 것이다. 그러나 마사오의 아버지는 말에서 내리지도 않았다. 그저 납작하게 엎드린 동네를 한번 훑어보았을 뿐이었다. 그뿐, 나 여기 있다고 공포를 쏜다든가 동네를 향해 침을 뱉고 눈을 부라린다거나 하다못해 손을 흔들어 보인다거나 하는 행동도 없이 그냥 지나갔다. 그게 그가 동네 사람들의 눈에 띈 마지막 모습이었다.

그러므로 마사오를 키운 건 그의 아버지가 아니라 거리다. 그가 어렸을 적에 일어난 전쟁은 거리와 저자를 폐허로 만들었는데, 그 폐허에서 마사오와 마사오의 벗들은 자라났다. 거리는 아이들에게 밥과 옷을 주고 친구를 주고, 병 주고 약 주고 놀이를 주었다.

마사오의 어머니는 타고난 약골이어서 한 달에 열흘은 자리에 누워 있어야 했다. 그녀는 일본에서 태어난 조선인이었다. 어쩌다 그 먼 곳에서 시골 순사 끄나풀에게 시집을 왔는지는 내 알 바 아니나 그녀가 콧소리 섞인 서툰 한국말로 마사오의 손위 누이인 광자를 "미쓰꼬, 미쓰꼬" 하고 가냘프게 부르던 소리는 내 귀에 남아 있다.

마사오를 키운 건 거리였지만 마사오의 인생에 결정적인 전기를 가져다준 건 '미쓰꼬光子'에서 '광자'로 이름을 고친 누이였다.

광자는 이따금 집에 들르는 남동생에게 밥을 차려주었고 남동생과 자신의 어머니이자 세상에서 가장 약골인 여인의 밥을 차려주고 아침마다 요강을 부셨다. 그러나 그것만으로는 마사오에게 일생일대의 전기를 마련해주었다 할 수는 없다.

광자는 한동안 지역을 떠들썩하게 만든 사건을 일으킨 장본인이었다. 그 사건이 일어났을 때, 나는 어머니의 뱃속에 들어 있었으므로 직접 눈으로 본 건 아니지만 그 전말은 대강 들어 알고 있다.

광자는 열일곱 살에 임신을 했다. 광자를 임신케 한 사람은 이웃의 서른 살 먹은 홀아비였다고 한다. 그 홀아비는 누이가 임신한 것을 알게 된 소년 마사오가 휘두른 낫에 찔려 왼쪽 눈을 잃었다. 그 때문에 온 동네가 떠들썩했다. 동네의 역사로 보자면 육이오 전란 이후 최초의 동족상잔이었다. 소년의 용기를 칭찬하는 소리와 잔인함을 비난하는 소리가 엇갈렸다.

확실한 건 동네 주민 백여 명이 가진 눈 이백여 개 가운데 네 개가 줄어들었다는 것이었다. 마사오는 두 눈을 부릅뜨고 소년들을 수용하는 교도소로 갔다. 홀아비는 한 눈은 동네에서 잃고 한 눈만 가지고 다른 곳으로 이사 갔다.

지역에서 최초로 기억되고 있는 소년의 교도소행. 그러나 그 소년이 어디에 있는 어떤 이름의 교도소로 갔는지, 그 먹고살기에도 고단한 시절에 소년들만 따로 먹이고 재우고 교화하는 소년교도소라는 게 있기나 했는지, 있다면 마사오가 언제부터 언제까지 복역했는지, 그저 야반도주를 한 건 아닌지, 야반도주를 했다면 또 어디로 갔는지, 거기서 무엇을 했는지에 대해서는 정확히 알려진 바 없다. 그런 걸 시시콜콜 꿰는 것을 역사라고 한다면, 마사오가 교도소에 갔던 때는 역사 이전의 신화시대였다. 마사오는 누이를 위해 낫을 휘둘렀고 지역에서는 최초로 소년교도소에 갔다. 그게 정설이며 그것으로 그만이지 신화시대의 사람들에게 역사 따위는 중요하지 않았다.

광자는 홀아비를 따라가지 않았다. 마사오가 소년교도소에 있는 사이 홀아비가 돌아와 갓난아이를 데려갔다. 광자는 그때도 따라가지 않았다. 남동생이 교도소에서 돌아오기를 기다리면서 그전처럼 어머니를 먹여 살렸다. 그 당시의 관습으로는 그 모두가 이해하기 어려운 일이었다.

광자는 열일곱 살이든 마흔일곱 살이든 이웃집 남자가 넘겨다보기는커녕 눈앞에 두고도 길을 돌아갈 정도로 못생겼다. 아기를 가진 김에 이웃집 홀아비에게 못 이기는 체 시집을 갈 수도 있었다. 그런데 하나뿐인 남동생과 원수가 된 아기 아버지가 왔을 때 걸음마를 하기도 전인 아기를 내주고도 눈 하나 깜짝하지 않고 돌아서서 호미를 들고 고추밭을 매러 갔다는 것이다.

말이 나온 김에 조금 더하면 내가 닭똥을 먹으면서 마당을 기어다닐 무렵부터 동네에는 '광자가 밭매듯 한다'는 격언이 생겨서 게으름뱅이들을 나무라는 데 쓰였다. 이 격언은 광자가 설렁설렁

밭을 매는 것 같지만 누구보다도 빠르게, 누구보다도 꼼꼼히 일을 하는 것을 말한다. 광자의 손은 크고 두꺼웠고 거칠었고 힘이 셌다. 그 손으로 밭일을 하면 남 두 몫을 했고 그 손으로 황소를 부릴 줄도 알았고 그 손으로 나무를 해오고 그 손으로 다른 처녀들처럼 나물을 뜯기도 했다. 일 잘하고 힘이 센 광자는 동네에서 어떤 일을 부탁받더라도 어지간한 남녀를 합친 몫을 했다. 그러므로 광자 모녀는 가난했지만 굶어 죽지는 않았다.

이렇게 광자는 마사오가 스스로의 일생을 좌우할 수업을 받는 전기를 마련했다. 그래서 마사오는 낮을 휘둘러 남의 눈알을 빼고 저는 소년교도소로 갔는지, 교도소 소년이 됐는지, 그저 가출을 했는지 아무데로나 가긴 갔던 것이다. 소년교도소면 소년교도소지, 왜 자꾸 그게 아닌 다른 장소를 말하고 싶어서 안달이냐. 글쎄, 그건 신화시대에 태어난 나의 취향이다.

나는 마사오가 소년교도소 대신 어디 수염 기른 도사가 사는 높은 산에 갔다 왔을지도 모른다고 상상하는 때가 있다…… 그 산에는 기화요초가 만발하고 바위 아래에는 신비로운 무공 비결을 담은 책이 숨겨져 있으며 절벽에는 십만 년근 산삼이 날 잡아 잡수하고 매달려 있기를 바란다…… 마사오가 누이의 원한을 갚고 도망치다 길에서 굶어 쓰러지는데 지나가던 도사가 그를 구원해서 구름 위에 솟은 산정으로 데려간다…… 본디 도사의 이름은 없었는데 워낙 도사로 불리다보니 이름도 도사다…… 그러므로 직함을 포함한 이름은 도사도사다…… 도사도사는 마사오에게 미루나무를 한 그루 심으라고 명령한다…… 그리고 그 나무를 매일 아침저녁으로 뛰어넘으라고 한다…… 미루나무는 매일 콩나물처럼 쑥쑥 자란다…… 나무는 마사오의 키를 넘는 높이가 되고 두 길이 되고 세 길이 되고 다섯 길, 열 길이 되지만 마사오는 힘들이지 않고도 뛰어넘을 수 있다…… 아침저녁으로 뛰어넘으며 적응해나갔기 때문이다…… 그리하여 마사오는 세상에서 가장 훌륭한 높이뛰기 선수가 되었다…… 이리하여 세계적인 높이뛰기 선수가 태어났던 것이다…… 아, 그러고 보니 마사오는 높이뛰기 선수가 아니고 싸움 선수였던 것이다…… 하여간 이런 경로로 위대한 선수가 탄생하는 것이고 위대한 도사의 제자도 성장하는 것이다……

집을 떠난 지 오륙 년 만에 수업을 마친 마사오가 돌아왔다. 마사오는 수업을 떠난 그 몇 해 동안 미루나무 줄기처럼 단단한 근육과 잎사귀처럼 푸른 의지를 지닌 청년으로 성장했다. 소년교도소에서(또는 나의 상상처럼 구름 위에 솟은 산정에서) 그는 분명 몇몇 스승을 만났다. 스승이라고 해도 소년교도소 안이었다면 같은 소년이었을 터, 스무 살도 먹지 않았겠지만 그들은 마사오에게 세상 어느 누구보다도 훌륭한 스승이었던 모양이다. 그들은 과목을 나눠서 세상에서 가장 뛰어난 싸움꾼을 길러냈다.

어떤 스승은 몸으로 치고 박는 기술을 가르쳤다. 어떤 스승은

험한 세상을 살아가는 필수의 덕목, 독기를 주입했다. 한 스승은 도둑질·강도질, 한 스승은 공갈·협박에 등 쓰다듬고 간 빼먹기, 어떤 스승은 들치기·날치기·등치기·소매치기·사기·도박 등 사람이 있는 곳이라면 어디서나 무법자로 살 수 있는 방법을 가르쳤다. 또 한 스승은 그에게 무술의 기초를 가르쳤다. 마사오는 타고난 체격과 소질, 열의로 그 당시 교육받을 수 있는 최상의 기술을, 최적의 환경에서, 최고로 연마해서 거리로 돌아왔다. 당연히 그는 거리의 왕자가 되었다. 마사오는 광복 이후 지역의 거리가 낳은 최초의 건달·싸움꾼·깡패, 최대의 신화였다.

마사오가 수업을 마치고 돌아왔던 그 무렵은 지역이 신화시대에서 역사시대로 교체되는 시점이었다. 또한 내가 글을 배우기 시작했을 무렵이기도 했다. 역사는 신화와 마찬가지로 주인공을 필요로 한다. 다만 신화는 주인공이 신이고 역사는 인간 영웅이라는 점이 다른데, 격변하는 시대 교체기에 인간으로서 도달할 수 있는 최고 경지의 영웅이 바로 마사오였다.

마사오의 온몸은 하루도 단련과 실전을 빠뜨리지 않았던 덕분에 망치처럼 단단해졌다. 손끝은 낡은 숟가락처럼 뭉툭하게 닳았으며 콧등에는 늘 상처가 떠날 날이 없었다. 싸움에는 승패가 있고 피를 흘리는 사람이 생긴다. 지금은 물론이고 마사오가 거리를 주름잡았을 때에도 '힘있고 주먹이 세면 마음대로 사람을 쳐도 잡아가지 않는다'는 법은 없었다. 그때도 경찰이라는 직업이 존재했다. 그런데 마사오는 싸움을 하고도 한 번도 경찰에 잡혀간 적이 없었다.

마사오는 지지 않는다. 아이들에게 마사오는 살아 있는 불패의 신화였다. 마사오는 경찰도 이긴다. 마사오는 루 테즈의 헤드록을 풀 수 있고 역도산의 당수 춉보다 강력한 돌주먹을 가지고 있고 무승부의 천재 안토니오 이노키를 이기고 국내에서는 절대 지지 않는 김일을 이긴다. 마사오는 캐시어스 클레이의 날렵함과 조 프레이저의 저돌성에 소니 리스턴의 펀치, 로키 마르시아노의 다채로운 싸움 이력을 지닌 싸움꾼이었다. 그 앞에 누가 맞서겠는가.

내가 알기에 그는 다른 나라의 싸움꾼이나 권투 선수나 레슬링 선수에는 관심이 없었다. 그러므로 권투의 역사, 레슬링의 역사, 싸움의 역사에 남을 일을 한다고는 생각도 하지 않았을 것이다. 책에 나오지 않는, 외울 필요가 없는, 그러나 저절로 그 힘을 깨닫게 되고 또 가까이 있으며 언제나 그 힘을, 명성을 느끼게 하는 인물, 그게 어린 우리들에게는 얼마나 매력적이었는지. 아, 그때 그는 얼마나 위대했는지.

운전기사는 슬슬 졸기 시작한다. 그래도 지구는 돌고 있고 버스는 열두번째 고개를 올라서고 있다.

예전에는 아흔아홉 굽이로 불렸던 고개다. 정확히 몇 굽이인지는 아무도 모른다. 굽이에는 작은 굽이가 있고 큰 굽이도 있고 조그마한 굽이, 더 조그마한 굽이, 크다 만 굽이, 어중간한 굽이도 있으며 옛사람에게는 굽이로 보였으나 오늘날에는 찻길이 나면서 깎여나간 굽이도 있고 보태진 굽이도 있겠고, 아무도 모르게 살짝 굽이진 곳도 있을 것이다. 이런저런 굽이를 따라 핸들을 돌리고 바로 하고 돌리고 바로 하던 운전기사가 졸기 시작하는 바람에 추억은 잠시 멈춰지고 현실적인 문제로 관심이 돌아간다. 이 버스를 타는 것 말고는 선택의 여지가 없었나 하는 문제로.

두려움을 이기기 위한 방법이 있긴 하다. 하도 다녀서 익숙한 길을 졸면서도 운전할 수 있는 버스 운전기사 뒤에서 같이 눈을 감고 자는 것이다. 길의 끝에 지역이 있는데 죽지 않는다면 하루 안에 가기는 간다. 죽는다 해도 운전기사와 길동무를 삼을 수 있다는 장점이 있다.

나는 땀이 줄줄 흘러내리도록 기를 쓰며 잠을 청한다. 연이어 공짜로 둥둥 떠오르는 추억들. 홍수 때 냇가에 떠내려오던 수박덩이 같은 추억에 실려가기 직전에 나는 내 뒤를 이어 지역을 방문할 사람들에게 쓸모가 있을 한 가지 충고를 떠올린다. 여름에 지역행 버스를 탈 때에는 냉방이 잘되는지 안 되는지부터 확인할 것.

마사오의 신화는 군대 시절에 가장 화려하고 거대한 꽃을 피웠다. 그가 군대에 가서 전장의 영웅이 되었다는 게 아니다.

마사오는 국군 체육부대에 배속되어 후일 세계 챔피언이 되는 진짜 권투 선수와 겨루어 한 방에 무릎을 꿇렸다…… 그리고 유망한 권투 선수의 인생을 끝장냈다는 자책감에 탈영을 해서 고향으로 왔다…… 그때 그 한 사람을 잡기 위해서 지역에서는 최초로 헌병 일 개 소대가 출동해야 했다…… 마사오는 맨주먹으로 헌병 소대의 항복을 받고 최후의 순간에 누나의 설득으로 자수했다…… 마사오는 자신을 잡으러 온 헌병의 호위를 받으며 당당하게 제 발로 돌아갔다…… 대한민국에서 가장 막강한 군대, 그 군대에서 가장 힘센 조직인 헌병, 헌병 일 개 소대도 마사오 한 사람을 이기지 못했다…… 마사오는 무적이다……

이 아름다운 신화 뒤편에는 내가 아는 진실의 그림자가 있다. 마사오는 어린 내가 살던 곳에서 십 분쯤 걸으면 닿는 냇가에 있는 집에 살았는데 바로 그 집 마루에서 광자가 내게 진실을 말해주었다. 광자는 거짓말을 하지 못한다. 마사오는 누이에게만은 진실을 말했을 것이다.

마사오는 군대에 가서 타고난 체격과 체력이 눈에 띄어 곧 국군 체육부대에 소속되었다. 정확하게는 그런 부대가 있는 사단에 소속되었다. 마사오가 처음부터 정식 선수였던 건 아니다. 체육부대에 들어가려면 "국가대표, 또는 그에 준하는 운동선수 출신자로서 신성한 국방의 의무를 다하는 한편 국위를 현양할 체육인으로서의 전력을 보지保持, 발전시키고 또한……" 따위의 어려운 조건에 합당하는 군인이어야 했다. 마사오가 그런 인물일 리가 없었다. 설령 그런 사람이라고 해도 마사오는 국위나 현양이라는 말조차 모르는 싸움꾼이었다. 자격이 없었다. 그러나 당시의 현역 사단장 가운데 가장 권투를 좋아하는, 국군 체육부대를 관할하는 사단장이 열병을 하거나 지프를 타고 가다 부관에게 "저놈 데려와봐. 얼라, 저놈도" 하면 누구나 체육부대에 들어갈 기회가 생기기는 했다. 부관이 저놈이라고 불린 그놈을 데려오면 사단장은 지휘봉으로 느닷없이 어깨를 후려친다거나 배를 꾹꾹 찔러보고는 영광스러운 국군 체육부대에 들게 하는 약식 현장심사를 연중무휴로 실시하곤 했다.

어느 날 마사오는 심한 설사를 만나 다른 사람들은 훈련을 나가고 없는 내무반을 혼자 지키고 있었다. 그는 국군 체육부대를 호위하는 경비부대에 소속돼 있었다. 그 이야기를 들을 당시 나는 세상 물정을 다 이해할 만한 나이는 아니었다. 그래서 광자에게 다시 물어보았으므로 마사오가 애초에 체육부대 소속이 아니었던 것은 틀림없는 사실이다. 국군과 체육을 지키는 경비, 하고도 작대기 하나짜리 졸병이었던 그는 심한 설사를 만났다. 열도 났고 헛소리도 나왔다.

그러나 국군이 국군을 호위한다든가 열이 높다든가 헛소리가 나온다든가 하는 그 모든 문제에 우선하는 문제는 시도 때도 없이 찾아오는 설사를 어떻게 해결하느냐 하는 것이었다. 화장실에 가면 되지 않느냐고? 그 화장실이 연병장을 가로질러 백 미터를 더 가야 하는 곳에 있다면? 게다가 때아닌 겨울비가 내리고 있다면? 경비부대의 다른 병사들처럼 우산이 없다면? 마사오는 군복을 버리는 게 싫어서 내복 바람으로 화장실에 가려다가, 내복이라고 해서 젖어서 좋을 게 없으므로 러닝셔츠 바람으로 가려다가, 러닝셔츠라고 해서 비에 젖지 않는다는 보장이 없으므로 웃통을 벗고 팬티 바람으로 용맹스럽게 연병장으로 뛰어나갔다.

연병장은 텅텅 소리가 날 정도로 비어 있었다. 마사오는 전속력으로 변소로 달려갔다. 변소 문을 열던 마사오는 이런 생각을 하게 됐다. 기왕 볼일을 볼 바에야 한 번도 가보지 못한 장교 화장실을 이용하는 건 어떨까. 사병들이 쓰는 변소는 겨울에는 몹시 추웠다. 장교용 화장실은 난방이 되는 수세식이었다. 마사오는 수세식 변기를 체험해보고 싶었다. 한 번도 본 적이 없는 수세식 변기가 마치 고향에 두고 온 누이처럼 보고 싶어졌다는 것이다. 그래서 설사에다 고열로 제정신이 아닌 병사다운 용기를 발휘해서 다시 연병장으로 뛰어나갔다. 연병장은 여전히 텅텅 소리가 날 정도로 비어 있었다. 장교용 화장실은 장교용 막사 곁에 있었는데 그 역시 텅텅 비어 있었다.

사단장은 그때 지프를 타고 부대 안으로 들어오다가 연병장을 왔다갔다하는 벌거벗은 몸뚱이를 보았다.

"야, 부관! 저거 뭐야?"

사단장은 자신도 모르게 비명을 질렀다. 부관은 혹시 멧돼지가 연병장 안으로 들어왔는지 모르겠다고 생각했으나 신중하게 대답했다.

"식당서 짬밥 먹여서 키우는 돼지를 놓친 모양입니다."

"이 자식아, 돼지가 왜 서서 뛰어다녀! 빨리 잡아와!"

그리고 사단장은 비 오는 연병장에 부관을 내려놓고 뜨끈뜨끈한 난로가 기다리는 집무실로 향했다. 부관은 폭풍 구보로 장교용 화장실로 뛰었다. 마사오는 모자와 견장에 주먹만한 별을 붙인 사단장이 자신을 두고 뭐라고 했는지도 모르고 알몸으로 장교 화장실 한구석에서 아랫배에 힘을 주고 있었다. 감동적인 수세식 변기 위에 올라가 두 발을 딛고 입을 벌린 채.

"자식, 몸 좋구먼."

사단장은 마사오를 앞뒤로 꾹꾹 찔러가며 찬찬히 살핀 후 그렇게 말했다. 마사오는 사병의 신분으로 장교 화장실을 알몸으로 이용했다는 엄청난 죄, 대낮부터 홀떡 벗고 연병장을 뛰어다닌 작은 죄를 몸 좋은 것 하나로 용서받았다. 그렇게 아량이 헤아릴 길 없던 사단장은 결국 나중에 친구들과 짜고 쿠데타를 일으켜 권력을 휘어잡게 되지만 그건 먼 뒷날의 일이다. 어쨌거나 마사오는 사단장의 약식 현장심사를 통과하고 국군 체육부대 권투부에 배속되었다.

권투, 그거라면 마사오의 주특기였다. 소싯적부터 대추나무에 새끼줄을 감아놓고 자나깨나 치고받은 맹렬하고 자발적인 훈련에 풍부한 실전 경험, 타고난 체력이 있었으니까.

마사오는 부지런히 운동을 했다. 생전 처음으로 싸움이 아닌,

싸움과 거의 비슷한 스포츠의 정규 훈련 프로그램을 소화해냈다. 정규 과정의 혹독한 단련을 거치면서 서너 달이 지나자 마사오의 근육은 몰라보게 탄탄해졌고 몸놀림은 한층 더 기민해졌다. 그때에는 정말 세상 누구와 싸워도 지지 않을 자신이 있었는데 아쉽게도 권투는 싸움이 아니어서 싸움 실력을 시험해볼 기회가 없었다. 그러던 어느 날, 하늘이 도왔는지 미들급 동양 챔피언 백두만이 입대했다.

"야, 이 자식, 진짜로 몸 좋네."

마사오는 백두만을 이리저리 살피다가 결국 감탄사를 뱉지 않을 수 없었다. 후일 세계 챔피언 벨트까지 따내게 되는 백두만은 옆에 누가 있거나 말거나, 뭐라고 지껄이거나 말거나, 그게 고참이거나 졸병이거나, 하긴 백두만은 막 입대한 다음이니 저보다 졸병은 없겠지만, 쉴새없이 팔을 뻗으며 입으로는 훅훅 숨을 내뿜고 있었다. 마사오의 회고에 따르면 그는 살아 있는 싸움 기계였다.

"야, 박정부, 너 지금 뭐해?"

백두만의 전담 코치가 쫓아와 비싼 도자기 옆에 아이를 세워 둔 듯이 걱정스럽게 물었다. 몇 달씩 한솥밥을 먹는 동안 코치가 그때까지 마사오에게 건넨 가장 긴 질문이었다.

신병 훈련중입니다아, 마사오는 그렇게 대답했다. 그랬더니 코치는 옘병할 놈아, 너도 쫄따구면서 무슨 신병 훈련이야, 하고 마사오를 떠다밀었다. 아이, 얘는 지금 이병이고 나는 일병인데 내가 훈련 안 시키면 얘는 누가 길을 들입니까. 마사오의 말. 일병이고 엠병이고 깨끗한 수건이나 잘 챙겨봐, 얘 샤워하고 나서 닦게. 코치의 말씀. 마사오의 머릿속은 새로 사다 꽂은 전구에 불이 들어오듯이 무엇인가로 확 밝아졌다. 아, 정말 대한민국 육군 일등병하고 이등병이 붙으면 누가 센지 보게 얘랑 한번 뜨게 해주셔요. 마사오의 말. 저가 동양 챔피언이면 사회에서 챔피언이지, 군대에서야 짬밥순이지. 안 그래, 누나? 마사오의 회고. 코치는 좋아했다. 안 그래도 스파링 파트너가 없어서 걱정했는데 네 덩치면 딱 좋겠다, 너 맷집 하나는 좋게 생겼다고.

마사오는 글러브를 끼고 링 위로 올랐다. 주변에서 운동을 하던 병장, 상병, 동료 일병 등등이 몰려들었다. 챔피언은 마사오의 위대함을 몰랐다. 그래서 시합 직전이나 시합 후에 그랬듯이 시합중에도 실실 웃었다. 마사오는 시합 직전에도 그랬고 시합 중에도 그 웃음 때문에 몹시 기분이 상했다. 그래서 공이 울리자마자 비호처럼 달려들어 번개처럼 상대의 안면을 가격했다. 챔피언은 살짝 피했다. 마사오는 이번에는 표범처럼 달려들어 캥거루처럼 후려쳤으나 챔피언은 또 살짝 피했다. 마사오는 또 나비처럼 날아서 벌처럼 쏘았지만 챔피언은 그저 고개를 끄떡하는 단순한 동작으로 그 주먹을 피했다. 마사오는 작전을 바꾸어 먼저 벌처럼 쏘면서 나비처럼 달려들었는데, 그 순간 눈앞에 불이 번쩍했다. 마사오가 정신을 차려 보니 바닥에 네 활개를 쫙 펴고 누워 있는 건 바로 자신이었다.

그것이 내가 아는 바, 마사오 생애 최초의 패배이다. 마사오가
세계 챔피언을 한 방에 무릎 꿇게 만들었다는 소문이나 신화는 소
문이고 신화일 따름이다. 사람들은 그들이 원하는 대로 영웅을 만
들어간다. 마사오가 불패의 신화를 가지게 된 것은 사람들이 불패
의 신화를 가지고 싶어했기 때문이었다.

　광자는 마루에 널어놓은 메주콩 중에서 벌레 먹은 걸 골라내면
서 나머지 이야기도 해주었다. 나는 진실을 알고도 아이들에게는
물론 지금까지 한 번도 발설하지 않았다. 왜 그랬을까. 나 역시 신
화를 가지고 싶었다. 나도 남들처럼 영웅을 가지고 싶었던 것이다.

　마사오는 그후에도 틈만 나면 챔피언의 스파링 파트너로 링에
올라야 했다. 챔피언의 주먹을 견딜 만한 스파링 파트너가 체육부
대 안에 없었기 때문이었다. 마사오는 챔피언과의 스파링에서 언
제나 KO패했다. 비로소 마사오는 권투를 위해 태어나고 권투를
위해 몸을 진화시킨 인간이 존재한다는 것을 알게 됐다.

　마사오는 권투가 싫었다. 스파링 파트너가 되는 것도 싫었다.
챔피언의 주특기인 송곳 같은 레프트 스트레이트와 쇠망치 같은
라이트 훅. 곡괭이 같은 어퍼컷으로 다양하게 맞는 게 죽도록 싫었
다. 하지만 아무도 백두만의 스파링 상대로 나서지 않았기 때문에
맞아 죽을 때까지 링에 올라야 했다. 아니면 운이 좋아 살아서 제
대하기까지. 그렇지만 군대 생활은 아직 까마득히 남았다.

　마사오는 탈영을 하기로 마음먹었다. 그게 맞아 죽지 않고 살

수 있는 길이었다. 탈영은 어렵지 않았다. 마사오는 체육부대에 들어오기 전에 경비부대에 소속되어 있었기 때문에 주변 지리에는 훤했다. 그러나 그전에 한번 진짜로 스스로의 실력을 시험해보고 싶다는 생각이 들었다. 권투로는 안 되지만 사람이 늘 글러브를 끼고 사는 것은 아니다. 잠을 자거나 밥 먹을 때는 글러브를 벗지 않는가. 글러브를 벗고 맨주먹으로 싸우면, 아무리 그래도 그렇지, 내가 그냥 싱겁게 지겠나? 지면 또 어떠냐, 백한 번을 싸워 백한 번 졌으니 한 번 더 싸워서 백두 번 진다고 억울할 게 뭐 있나.

마사오는 탈영할 만반의 준비를 한 다음 슬쩍, 우리 글러브는 싱거우니 맨주먹으로 한번 대결해보자고 백두만에게 제안했다. 백두만은 멋도 모르고 응낙했다. 그는 생각할 줄 아는 인간 마사오의 위대함을 모르는 싸움 기계에 불과했으니까. 마사오는 약속한 달밤의 싸움터로 나가기 전에 미리 준비한 약, 가축을 교미시킬 때 쓰는 발정제이면서 마사오 같은 싸움꾼을 싸움판에 내몰 때 쓰는 군대 비전의 홍분제, 요힘빈을 먹었다.

달밤, 아무도 없는 모래밭에서 챔피언과 스파링 파트너는 맞붙었다. 관중은 냉랭한 낯빛의 달뿐이었다. 발정한 마사오는 스파링을 할 때에 비해 훨씬 더 많이 맞았다. 마사오가 그렇게 맞은 적은 그전에도 없었고 그후에도 없었다. 마사오는 열 번을 쓰러지고 열한 번을 일어섰다. 심판이 없어서 KO라는 규칙도 적용되지 않았다. 백두만은 그제야 마사오의 위대함을 알아 모셨는지 시합을 그만하자고 했지만 마사오는 아직 맞을 데가 남았다면서 끝까지 달라붙었다.

챔피언은 그 밤에 달이 지켜보는 가운데 단 한 번 쓰러졌다. 마사오는 수백 번 주먹을 휘둘러 단 한 번만 맞추었을 뿐인데 그 주먹에 챔피언이 쓰러진 것이다.

챔피언은 마사오의 차돌 같은 주먹에 머리가 깨졌다. 챔피언은 피를 흘리면서 누워 있었고 마사오는 달빛을 받으며 껑충껑충 도망갔다. 챔피언은 출혈 과다로 죽기 직전에 코치에게 구조되었다. 챔피언은 마사오가 열번째 쓰러지면서 바닥에서 집어든 돌로, 열한번째 일어선 다음 자신의 뒤통수를 쳤다고 고자질했다. 마사오는 추억이 어린 장교 화장실에 들러 거울을 보며 반쯤 빠져나온 오른쪽 눈알을 손바닥으로 꾹 밀어서 집어넣고는 군화 끈을 고쳐 맸다. 그게 첫번째 탈영이었다.

마사오는 여섯 번 탈영하고 일곱 번 붙잡혀간 다음 제대했다. 희한한 것은 탈영을 해서 나오면 멀리 가지도 않고 지역의 거리에서 아무 일도 없다는 듯이 왕으로 군림했다는 점이다. 그러니까 마사오의 이십대 시절은 군대 생활과 거리의 왕 노릇, 군 교도소 생활이 차지하는 비율이 각각 삼 할로 엇비슷했다고 보면 된다. 나머지 일 할은 왔다갔다하면서 길에 뿌린 시간이 차지하고 있다. 그동안 백두만은 제대를 했고 세계 챔피언이 되었고 두번째 방어전에선가 그 타이틀을 빼앗겼으며 몇 번 도전과 실패를 거듭하다가 은퇴했다.

마사오가 최초로 탈영을 했다가 잡혀갈 때에는 헌병들이 지프와 트럭에 나눠 타고 출동했다. 헌병이 우리 마을에 나타난 것은 육이오 이후 처음이었다. 헌병들과 대치해서 반나절을 버티던 마사오는 결국 다시 잡혀서 포승에 묶였다. 마사오는 핏물 섞인 게거품을 흘리며 트럭에 집어던져졌고 일으켜세워진 다음, 아치처럼 생긴 강철 대에 매달리는 자세로 묶였다.

겁에 질린 내 눈에는 높이 매달린 그가 성화에서 본 예수처럼 보였다. 예수와 다른 것은 마사오가 쉬지 않고 투레질을 하듯 고함을 치고 머리를 흔들었다는 점이다. 또 마사오는 그 지경에서도 아빠나 하느님을 부르지 않았고 사흘 만에 우리 곁으로 돌아오지도 않았다. 웃통이 벗겨진 채 포승에 묶이고 몸 곳곳에서 피를 흘리는 마사오의 모습은 오래도록 우리의 가슴에 살아남았다.

소문에 일말의 진실성이 없는 것은 아니다. 사람들이 이야기하기로는 헌병들은 마사오를 모시다시피 하고 지역을 빠져나갔다고 했는데, 그게 정확한 사실은 아닐지라도 헌병들이 어쩐지 겁먹은 듯 행동했던 것은 기억하고 있다. 아이들은 트럭을 따라 뛰며 미친듯이 마사오를 불러댔다. 어른들도 마사오가 지역 읍내를 감싸고 도는 냇가 다리를 넘어 황소와 같은 울음소리를 끝으로 사라지기까지 오래도록 서 있었다. 이렇게 읍내에서도 수많은 사람이 마사오를 가슴에 새겼다.

마사오의 그런 모습은 그후 갖가지 신화를 낳기에 충분했다. 사

실은 효모가 들어간 밀가루처럼 부풀어올랐다가 적당히 첨삭이
되고 장식이 된 다음 잘 구워진 빵과 같은 신화로 만들어졌다. 그
리고 그 신화가 사람들의 머리와 가슴에 지워질 수 없이 되풀이되
고 공고하게 되었을 때에 마사오는 완전히 돌아왔다. 지역 전체의
신화와 기억이 그를 위해 미리 마련해둔 왕좌에 올라가 앉는 것은
당연해 보였다.

　냉방이 시원치 않은 버스는 여전히 편도 1차선의 고갯길을 기어
오르고 있다. 버스 운전기사는 이 길은 눈 감고도 갈 수 있다는 것
을 과시라도 하듯이 정말로 눈을 감고 가다가 중앙선을 넘어, 맞은
편에서 오던 차들이 기겁을 하면서 경적을 울리거나 헤드라이트
를 번쩍거리면 차를 제 차선으로 돌려놓는 일을 되풀이한다. 그때
마다 더위가 싹 달아나므로 따로 냉방할 필요가 없을지도 모른다.
경적 소리는 듣고 잠에서 깬다고 하더라도 헤드라이트가 번쩍일
때는 어떻게 눈을 감고도 알아채는지 신통한 노릇이다.

　운전기사가 졸고 있다는 것을 아는 사람이 나뿐인가 했더니 그
렇지는 않다. 드문드문 자리를 채운 승객들 대부분이 알고 있는 것
같다. 표정들도 갖가지다. 여러 번 타본 사람들은 몸에 힘을 빼고
버스가 기우뚱거릴 때마다 자연스럽게 무게중심을 이동한다. 눈
을 감고 있는 사람들은 이 버스를 수십 차례 이상 경험한 노련한
사람들이다. 안 보는 게 더 속 편하다는 것을 아는 것이다. 반면 초
행길이거나 경험이 적은 사람일수록 뻣뻣하게 앉아서 운전기사의

납작한 뒤통수를 노려보면서 손잡이를 꽉 쥐고서 긴장하고 있다. 또 그런 사람들을 여유 있게 관찰하는 사람이 있고 관찰하는 사람을 관찰하는 나 같은 족속도 있다.

어쨌든 이렇게 긴장감 넘치는 여행을 몇만원도 안 되는 돈으로도 할 수 있다니. 이 버스 회사가 승객에게 더 큰 긴장과 더 큰 스릴을 안겨주고 더 큰 모험심을 충족시키려고 한다면 차비는 다섯배를 더 받고 운전기사들은 더 혹사를 해서 운전대 잡기 전 사흘은 아예 잠도 못 자게 만들어야 한다. 내 불만은 점점 커져간다. 왜 그렇게 하지 않나. 왜? 왜? 도대체 왜 못 하는 건가? 이렇게 승객을 생각하지 않고도 망하지 않는 회사가 있다니.

지역으로 나를 불러내릴 수 있는 사람은, 나로 하여금 이 망할 놈의 버스를 타고 끄덕끄덕 오도록 할 수 있는 사람은 역시 마사오밖에 없다. 어릴 때부터 나는 그의 신도였다. 광신자였다. 그가 없는 지역, 그리고 나를 상상할 수 없었다.

그러나 마사오는 이미 죽었다. 어린 시절, 마사오가 여름밤의 보름달이라면 나는 냇가의 반딧불이 정도라고 할 수 있었다. 위대하고 유구한 보름달은 반딧불이를 기억하지 않겠지만 반딧불이는 일생 단 한 번이라 하더라도 보름달과의 만남을 죽을 때까지 소중하게 간직하는 법이니 이제부터 보름달인 마사오와 반딧불이인 나, 나의 벗인 개똥벌레 재천에 관한 추억이 시작된다. 버스가 고개 정상에 올라설 때까지. 무사히 올라선다면 말이다.

3

마사오가 삼십여 년가량 왕 노릇을 한 지역은 사방이 산으로 둘러싸인 분지다. 천 미터 가까운 산과 산 사이로 가느다란 길이 나 있고 그 길을 언제라도 덮어씌울 듯이 검은 낭떠러지들이 굽어보고 있었다. 지세를 안다는 사람들은 지역이 항아리 모양이라 언젠가는 큰 도둑이 들지도 모른다고 했다. 지역의 시가지를 품고 있는 들은 소출이 풍부했다. 인근에서는 가장 쌀이 많이 났고 보리, 밀, 콩, 조, 수수, 팥, 호두, 대추, 밤, 감, 감자, 가지, 호박, 고구마, 배추, 무, 상추, 쑥갓, 아욱, 고추, 미나리, 옥수수, 염소고기, 닭고기, 돼지고기, 쇠고기, 달걀도 먹기에 모자라지 않았다.

막힌 곳이면 어디나 그렇겠지만 지역 사람들은 독립적이고 자부심이 강했다. 혼자 힘으로 땅을 갈아먹고 살 수 있다는 것이 자부심의 바탕이 되어왔다. 이웃 지역에는 학문, 또는 예술, 또는 양반, 또 기차역 아니면 비행장 혹은 운동선수 등등에 대해 자부심을 가지고 자랑하는 곳도 많은데, 지역 사람들은 다른 지역 사람들이 공허한 관념이나 이상을 좇는 것은 그만큼 살기가 고달파서라고 믿었다. 바로 그 실용주의 때문인지, 아니면 산이 높다 말아서 그랬는지, 혹은 강이 깊다 말아서, 또는 그냥 그랬는지는 모르나 내가 어릴 때나 지금이나 지역 출신 인물 가운데 아이고 어른이고 숭배할 만한 위인은 그리 많이 나오지 않았다.

인물은 저 혼자 인물로 나서 인물로 살다가 인물로 죽는가? 아니다. 처음부터 인물로 태어나는 사람은 없다. 인물은 우리 각자가 만드는 것이다. 내가 그 인물을 존경하면 그 인물은 존경받을 만한 인물이 된다. 내가 그를 사랑하면 그는 사랑받을 만한 매력을 지닌 인물이 된다. 내가 그를 그리워하면 그는 정말로 그리운 인물이 돼준다. 동시에, 내가 그를 싫어하면 그는 금방 알아차리기라도 한 듯 누구에게나 싫은 인물이 되고 내가 그를 증오하면 그는 누구에게나 증오를 받는 인물이 된다.

하나의 우주, 하나의 은하계, 하나의 태양계, 한 나라, 한 지역, 냇가 하나 건너 거리에서 한날한시에 난 두 사람이 있다. 그게 바로 재천과 나다. 우리는 쌍둥이가 아니고 한 집안도 아니고 집안끼리 왕래가 잦은 이웃도 아니었다.

우리 두 사람의 사주팔자와 별자리 운세는 볼 것도 없이 같다. 그런 논리에 따른다면, 우리 중 한 사람의 하루 운세가 좋으면 다른 사람의 하루 운세도 그에 못지않아야 하고 한 사람이 출중한 인물이 되면 다른 사람 역시 출중한 인물이 되어야 한다. 그러나 우리 두 사람의 운수나 팔자나 신세는 어릴 때부터 조금씩 달랐고 지금은 달라도 한참 다르다. 하기는 사주나 별자리만 인생을 좌우하는 것은 아니다. 손금, 발금, 관상, 골상, 체상, 심상, 책, 영화, 음악, 친구, 부모, 형제, 누이, 조상, 이웃사촌, 사돈의 팔촌, 물맛, 장맛까지 모두 영향을 끼치는 법이니.

우리 두 사람의 집안 어느 한쪽도 다른 데로 이사를 가지 않았기 때문에 우리는 똑같은 자연환경에서 자랐고 같은 초등학교와 고등학교를 졸업했다. 여기까지는 우주적, 역사적 차원의 베이비붐 시대의 우연이 마련해주는 일치이며 인연일 수 있다. 우리 두 사람 사이의 가장 인간적이고 강력한 인연은 역시 어떤 인물을 두고 같은 경험을 했다는 것이다. 그게 세번째, 네번째, 다섯번째 인연을 만들어냈다. 결국 우리 둘 사이는 전봇대를 세워야 할 정도로 인연이 줄줄이 이어지게 되는데 그 인연의 원인이 된 결정적인 인물이 바로 마사오다.

　세상이 살 만하고 인생에 파란만장한 사연이 생기는 것은 견해차 때문이 아니던가. 하여간 우리가 최초로 불일치를 보인 것은 한 인물에 대해 생각하는 방식이었다. 내가 존경하는 인물을 재천은 존경하지 않았다. 그는 내가 뛰어난 인물이라고 생각하는 그 인물의 위대함을 참지 못했다. 물론 그가 그렇게 된 데는 내가 아는 어떤 동기가 있다.

　재천과 내가 어렸을 때, 지역에는 마사오라는 위대한 인물이 살았다. 또 유명하다는 점에서는 마사오와 쌍벽을 이루는 유신조라는 인물도 있었다.

　유신조가 유명인사가 된 이유는 그가 오줌으로 세계지도를 그릴 수 있었기 때문이었다. 그는 아이들이 보는 앞에서 불어터진 손가락을 연상케 하는 성기를 꺼내 오줌을 누면서 땅바닥에 세계지도를 그렸다. 오줌의 양에 따라 어느 때는 아시아가, 어느 때는 아프리카, 어느 때는 아메리카에 덤으로 하와이가 그려지기도 했다. 혹시 오줌 양이 많은 날이면 유라시아 대륙을 한꺼번에 그리기도 하고 흥이 나면 나뭇가지로 나머지를 그리기도 했는데 그건 정말로 우리가 지리책에서 보는 세계지도와 닮았다. 그가 지도를 그리면서 빼놓지 않는 것은 한반도였다. 한반도와 상관이 없는 아메리카 대륙, 아프리카 대륙, 오세아니아 대륙을 그릴 때라도 약간의 오줌을 할애해서 나중에 꼭 한반도의 위치를 표시하곤 했다. 또 그는 오줌으로 지도를 그린 다음이나, 배가 불러 기분이 좋을 때, 아이들이 뒤를 졸졸 따라다닐 때에 늘 "세계 대통령 유신조!"라고 외쳤다.

그는 그때 유일무이한 세계 대통령이었다. 한반도는 그의 정부가 있는 수도였으며 그중에서도 지역은 대통령 관저였다. 대통령의 침실은 지역 변두리 동쪽을 돌아 흐르는 냇가에 걸쳐져 있는 다리 밑에 있었다. 그는 겸손하게도 그 다리 밑에 움막을 치고 살았고 부처처럼 탁발 행각을 하여 연명했다.

읍내에 사는 아이치고 그를 모르는 아이는 없었고, 그가 한때 지능지수가 세계에서 가장 높은 천재였다는 소문이 어른들의 입에서 나와 아이들의 귀와 입으로 돌아다니다가 다시 어른의 귀로 돌아가는 것은 당연했다. 그는 거지이면서 대통령, 그것도 이승에 하나밖에 없던 세계 대통령이었다.

재천의 집과 우리집 사이에는 너비가 백 미터쯤 되는 냇가가 있었고 냇가 양쪽에는 모랫벌이, 모랫벌에서 한참 물러난 곳에 읍내까지 연결되는 긴 방죽이 있었다. 평행하게 나 있는 두 방죽에는 염소들이 말뚝에 매인 채 풀을 뜯었고 방죽 아래 돌 틈에는 땅벌이 살고 있었다. 방죽 근처에 사는 것은 이런 것뿐만 아니었다. 동네에서 함께 어울려 살 수 없는 음성 나환자들이나 정신병자들도 있었고 그들이 키우는 닭과 염소와 개, 밤에 간혹 얼굴을 보이는 그들의 예쁜 딸들도 있었다.

나와 재천이 유신조의 천재성을 확인한 것은 어느 해 장마철이 지난 뒤 유신조의 침실 아래쪽 냇가에서 공책을 발견하면서부터이다. 그것을 먼저 발견한 사람이 나인지 재천인지 분명하지는 않으나 그 공책의 임자는 유신조가 틀림없었다. 공책 표지에는 유신조의 전매특허나 다름없는 세계지도가, 연필로 거의 완벽하게 그려져 있었고 속에는 달필로 쓴 편지가 들어 있었다.

우선 당시의 대한민국 대통령에게 보내는 권고문이 있었는데 종신제니 삼선개헌이니 하여 여럿 속 썩이지 말고 지역 냇가로 메기나 잡으러 오라는 내용이 쓰여 있었다. 유엔 사무총장에게 보내는 편지에는 일본의 수상이, 과거 식민지였다가 독립한 나라가 지금 발전하는 데 식민지 통치가 얼마나 기여했는지 명심하라는 망언을 해대는데, 왜 불러다가 할복자살을 시키지 않느냐는 식의 격렬한 규탄도 들어 있었다. 또한 지역의 자치단체장에게 보내는 편지에는 "지역 주민의 주거환경 개선, 특히 홍수의 위협에 시달리는 다리 아래 거주민에 대한 배려 부족"을 원망하는 내용도 있었던 것 같다. 그 외에 법원장이나 장관, 경찰서장, 파출소장, 소방서장에게 보내는 편지는 일일이 읽어볼 수도 없이 많았다.

우리 둘 다 유신조가 왜 그런 편지를 써서 부치지도 않고 집에 뒀다가 장마철에 떠내려가게 했는지는 알 수가 없었다. 공책에는 편지글만 들어 있었고 편지 봉투나 우표는 없었기 때문에, 그 편지가 수신인에게 도달하자면 누군가 공짜로 배달을 해주어야 했다. 냇물은 흘러 흘러 강으로 가니 강가의 뱃사공이 주워다가 대통령에게 바칠 것으로 알았나, 강물은 흘러 흘러 바다로 가게 마련이니 원양어선 선장이 주워다 유엔 사무총장에게 배달해줄 줄 알았나. 아니면 그전에 우리 같은 아이들이 주워 읍장에게 가져다줄 줄 알았나. 어쨌든 우리에게 그 공책은 엄청난 충격을 안겨주었다.

"유신조는 간첩이다."

재천은 그렇게 주장했다. 간첩이 아니면 이렇게 많은 기밀을 알 리가 없다. 그 무렵에 유신조와 같은 이름을 가진 무장간첩이 대통령이 산다는 집을 습격하려 했던 일이 있었다. 이름이 같으면 직업도 같을 수 있다는 게 그의 주장이었다. 직업?

"무장공비는 간첩하고 다르다고. 공비는 잠깐 하는 거고 간첩은 오래 하는 거야."

내가 이야기하자 그는 심각한 표정으로 나를 불쌍하다는 듯이 바라보았다. 그때 한반도의 8월 햇빛은 진정 눈부셨다.

"너, 우리 아버지가 경찰인 거 몰라? 간첩이나 공비나 다 빨갱이라고 했던 말이다. 유신조가 저렇게 하고 있는 건 위장이야. 위장간첩 이수근도 있잖아."

"이수근은 위장간첩이 아니라 이중간첩이야."

우리는 간첩에 대해 격론을 벌이면서 간첩에는 그냥 간첩, 거물간첩, 남파간첩, 고정간첩, 귀순간첩, 여자간첩, 무장간첩, 자수간첩이 있다는 걸 알게 됐다. 간첩을 신고하면 집 한 채 값을 상금으로 받을 수 있다고 재천은 말했다. 상금이 아니지. 남보다 잘했다고 칭찬으로 주는 게 상금이지, 간첩을 신고하면 상금의 팔촌인 보상금을 받는 거지. 그때는 그렇게 아옹다옹했지만 지금 생각하면 둘 다 틀렸다. 그건 보로금이다. 노동에 대해 갚아주는 돈이다. 노동? 간첩 신고는 노동이다.

―경찰 아저씨, 저기 다리 밑에 간첩이 있어요. 여기 난수표하고 불온 삐라를 모아놓은 공책이 있어요.

―그래, 잘했다. 참 잘했어요. 지게 가져왔지? 여기 보로금 있으니 잘 지고 가렴.

그 돈을 지고 오는 게 노동인 것이다.

우리는 그해 홍수에 떠내려온 물건들을 주워다가 살림에 보태려고 냇가로 나선 길이었다. 집 한 채를 보태면 부모님이 얼마나 좋아하실까.

그해 여름 날씨는 지독히도 변덕스러웠다. 마사오의 집 옆에 서 있던 미루나무들이 말라 죽을 정도로 가뭄이 심했다. 그다음에 그 미루나무를 쓰러뜨릴 정도로 강력한 태풍이 밀어닥쳤다. 그다음에는 그 미루나무로 뗏목을 만들어볼까 심각하게 검토할 정도로 엄청난 비가 왔고 뒤이어 홍수가 졌다. 나는 태어나서 처음으로 지붕과 사람과 수박과 참외, 돼지가 떠내려오는 것을 보았다.

조상들이 높은 곳에 터를 잡아서 홍수 피해를 보지 않은 우리 동네 사람들은 모두 신이 났다. 미루나무에 그물이니 밧줄을 매어 사람은 건져주고 수박, 참외는 건져 먹었다. 돼지도 도와주었다. 돼지를 배에 비유한다면 돼지의 발은 형편없이 작은 노에 해당할 것인데 그 배는 사방으로 뚱뚱하게 지방질이 풍부한 화물을 싣고 있기까지 했다. 사람들은 돼지가 그 작은 발로 헤엄을 치도록 목이 쉬도록 소리쳐 응원했고 가까이 오면 밧줄이나 괭이로 끌어당겨 물 밖으로 나오게 한 다음, 잡아먹었다.

홍수가 지고 난 뒤, 해가 나고 또 하루가 지나자 아이들의 차례가 되었다. 아이들은 떠내려온 것 중에서 쓸 만한 것을 골라 윗동네 아이들에게 물어보지도 않고 자기 것으로 만들었다. 우리 역시 그런 목적으로 냇가로 나왔다. 그러다가 생각지도 않은 물건을 얻은 것이었다.

그런데 공책처럼 유신조가 홍수에 떠내려가버렸다면? 떠내려가서 썩은 수박 꼴로 죽어버렸다면? 그건 허무하고 곤란한 일이지, 안 그래? 우리는 그런 이야기를 하면서 상류를 향해 슬슬 걸어 간첩 유신조의 아지트인 다리 밑으로 향했다. 일단 정찰을 해보자 는 계획에 따른 것이었다.

하늘에서 뜨거운 국물을 공짜로 내리붓는 듯한 8월 한낮, 짙푸 른 들 가운데 거인이 다리를 뻗은 것처럼 긴 방죽 위를 걸어가는 사람은 우리밖에 없었다. 방죽 양쪽에는 귀신이 나온다 하기도 하 고 안 나온다고도 하는 상엿집과 문둥이라고도 하고 지금은 아니 라고도 하는 나환자들이 사는 외딴집이 서 있었다. 거기를 지나면 유신조가 지붕으로 삼는 다리가 있었다.

우리는 숨을 죽여 문둥이 집 앞을 통과했는데 문둥이도 무서웠 고 문둥이가 기르는 똥개가 문둥이 집 사립문 앞에서 낮잠을 즐기 는 걸 보았기 때문이었다.

우리는 또 숨을 죽여 상엿집 앞을 통과했다. 어른들도 밤에 상 엿집 앞을 지날 때는 자전거 페달을 세게 밟곤 했다. 우리들은 아 이였고, 아이이므로 낮에 활동하는 귀신도 있을지 모른다고 생각 했기 때문에 일단 조심을 해야 했다. 낮이든 밤이든 어른이든 아이 든 귀신을 만나서 좋을 건 없으니까.

그러므로 한 놈 내지는 한 마리의 간첩을 정찰하기 위해 다리 까지 가는 그 길은 예상치 않은 모험으로 점철된 위태로운 길이었 다. 아, 그러고도 마지막 모험이 남았는데 그건 그때까지의 위험은 아무것도 아닌 것으로 생각해도 좋을 만큼 아찔하고 끔찍한 모험이었다. 우리는 유신조의 아지트를 확인하고 그 아지트에 살던 간첩이 세계적인 거물간첩답게 그 엄청난 홍수를 이기고 여전히 살아 있는지도 확인해야 했다.

그렇게 생각하니까 다리 밑에 너덜너덜 매달려 있는 가마니, 그건 유신조의 아지트의 담벼락에 해당했는데, 그 속이 더욱 컴컴해 보였다. 유신조는 그 속에서 독침과 기관총, 박격포와 침투용 모터보트, 고장난 헬리콥터, 도시락만한 원자폭탄을 손질하고 있을 것이었다. 그가 세계 대통령을 가장한 간첩이 틀림없다면.

우리는 다리 위에서 유신조가 살고 있는 가마니 속을 들여다보았다. 아니, 십여 분 동안 주위를 어슬렁거리며 들여다보려고 했다. 그러나 움막 속은 잘 보이지 않았고 아무런 기척도 없었다. 이제 남은 방법은 아지트로 다가가 '죽었나 살았나 꼼지락꼼지락해 보라'고 외쳐서 유신조를 끌어내든가, 가마니를 들춰보는 수밖에 없었다. 돈 벌기가 이렇게 어렵단 말이냐. 집 한 채 얻기가 이렇게 위험하단 말이냐. 포기할까 하는 생각을 어렵게 물리치자마자 머리칼이 삐죽 섰다. 무서웠다. 유신조도, 유신조의 공책도, 고요한 여름 한낮도, 바람 한 점 없는 들판도. 무섭지 않은 것은 보로금뿐.

"너 똥 쌌지?"

재천이 소곤거렸다. 나는 그 순간 으악, 소리를 지를 정도로 놀랐다. 그만큼 사방은 조용했다.

"안 쌌다, 왜?"

"똥냄새가 나는데?"

나는 엉덩이를 만져보기는 했지만 똥은커녕 오줌 한 방울 지리지 않았다는 것은 이미 알고 있었다. 그런데 정말로 어디선가 똥냄새가 솔솔 났다.

"네가 쌌지?"

"아냐마. 범인은 이 공책이다."

재천이 공책을 흔들었다. 홍수가 지면서 냇가 근처에 있는 재래식 변소에서 넘친 똥이 곳곳을 흘러다녔는데 그중 비교적 신선한 똥이 공책에 묻은 게 분명했다. 우리가 보물 지도라도 발견한 듯이 공책을 들여다볼 때는 전혀 나지도 않던 냄새가 이제는 공책에서, 공책을 만졌던 손에서, 공책 근처에 있는 길에서, 공책이 버려져 있던 냇가에서, 공책과 전혀 관계없는 사방에서 꼬리에 꼬리를 물고 우리를 습격해왔다.

"요놈들!"

갑자기 가마니 움막이 들썩하더니 유신조의 시뻘건 얼굴이 어릿광대의 혓바닥처럼 밖으로 튀어나왔다. 산발한 머리는 새끼줄로 묶여 있었고 그 머리 옆에서 가위바위보를 하자는 듯이 주먹이 불쑥 솟아올랐다. 그때 내가 기절을 하지 않은 것은 지금 생각해도 이상한 일이다.

"으아아아아아아!"

"우이이이이이이!"

재천이 공책을 다리 아래로 집어던지면서 뛰기 시작했다. 공책을 던진 단순한 동작에는 공격과 방어, 쓰레기 처리, 짐을 덜어 도망가기 쉽도록 하자는 다양한 뜻이 들어 있었을 것인데 그 동작으로 시간을 소비하고도 재천이 나보다 훨씬 빨랐다. 내가 열댓 걸음이나 떼어놓았나 했을 때 재천은 이미 이십 미터 앞에서 뛰어가고 있었다. 나도 내 딴엔 무릎을 높이 들고 손은 허리에 바짝 붙인 좋은 자세로 뛰기는 뛰었는데 꿈속에서 그렇듯이 앞으로 나아가지 않았다. 거기다 상옛집 앞을 지나자니 그 속에서 낮잠 자던 귀신이 유신조처럼 튀어나오지나 않을까 싶어 도저히 발이 떨어지지 않았다. 그래도 어떻게 상옛집까지 가긴 갔다.

"우와아아아아아!"

재천이 내 쪽으로 도로 뛰어오면서 절규하고 있었다. 그의 발걸음은 역시 빨랐다. 금방 상옛집 앞으로 달려와 내게 접근했다. 오, 그 뒤를 나환자 집 똥개가 재천보다 훨씬 더 우렁찬 소리로 짖으면서 쫓아오고 있었다. 나는 상옛집 벽에 붙어 섰다. 차라리 귀신에게 죽는 게 낫지, 미친개에 물려 죽거나 독침으로 목을 찔려 죽는 것보다는. 그런데 귀신은 오지 않고 나를 지나쳐 갔던 재천만 다시 돌아왔다.

"우워어어어어어어!"

유신조가 다리 위로 올라오고 있었던 것이다. 다리를 절름거리며 천천히 방죽 위로 올라선 그는 허수아비처럼 우뚝 서서 재천을 바라보고 있었다. 그는 한낮에 괴상한 소리를 지르면서 이리 뛰고 저리 뛰는 우리를 몹시 이상하게 여겼을 것이다. 나는 엉금엉금 기어 방죽 아래 냇가로 내려가면서 문득 간첩 신고를 할 때 결정적인 증거로 쓸 수 있는 공책을 잃어버린 것이 몹시 아쉽다는 생각을 했다.

재천은 나와는 달리 냇가로 도망치지 않았다. 급한 김에 방죽 아래에 있는 웅덩이를 지나 논둑으로 가려다가 웅덩이에 발이 빠졌다. 그런데 그건 웅덩이가 아니고 똥을 퍼다가 넣어두는 똥통이었다. 동네에서 공동으로 사용하기 위해 가로 세로 오 미터 정도의 넓이에 어른 허리가 잠길 정도의 깊이로 파놓은 똥통의 똥은 평소에 뜨거운 햇볕 때문에 거죽이 딱딱하게 굳어 있었다. 그런 모험을 시도하는 아이들은 거의 없었지만 그 위를 걸어서 지나도 될 정도였다. 그런데 빗물이 넘치면서 거죽이 통째 떠내려가버린 탓에 평소에는 누구나 똥통으로 식별할 수 있었던 것이 홍수 이후에는 작은 웅덩이처럼 보였다. 재천은 한 발이 빠졌을 때 직감적으로 이게 그건가, 의심을 했을 것이다. 그래서 급하게 한 발을 빼다가 다른 발마저 빠지면서 이게 그거다, 확실히 알게 되었을 것이다. 가라앉아 있던 똥이 무릎을 휘감았을 땐 울고 싶었을 것이다.

아이들에게는 전설이 있었다. 그 똥통에 빠지면 똥독이 올라 죽는다. 오랜 시간 동안 가라앉은 밑바닥 똥은 진흙처럼 부드럽고 풀처럼 끈기가 있을 것이라고 아이들은 상상했다. 오래된 물건이나 나무와 마찬가지로 똥도 오래되면 귀신이 올라붙는데 그게 구체적으로는 똥독으로 나타난다. 똥독이 오르면 온몸이 헐고 헌 데에서 고름이 나면서 구멍이 뚫린다. 그 구멍은 몸 반대편에 난 다른 구멍과 통하려고 기를 쓰는데 그 구멍들이 서로 통하면 총알이 관통한 듯이 맞구멍이 난다. 그러면 미친개처럼 날뛰다 죽는다. 그게 전설의 내용이다.

내가 용기를 다해 방죽 위로 고개를 내밀었을 때 바로 앞 신작로에서 개 한 마리와 사람 하나가 똥통에 빠져 있는 재천을 물끄러미 바라보고 있었다. 재천은 개헤엄을 쳐서 똥통을 빠져나왔고 온몸에 똥냄새를 풍기면서, 닭똥 같은 후회의 눈물을 흘리면서 집으로 돌아갔다. 그다음부터 재천은 유신조라는 위대한 인물을 원수처럼 여기게 되었다.

그 유신조와 똑같은 방죽 상류에 집이 있고, 읍내 사람들에게서 도움을 받아 생활하고, 그와 맞먹게 유명하고, 그보다 훨씬 더 아이들의 존경을 받고 있는 인물이 마사오였다. 넓적한 얼굴, 짧은 머리, 화가 나면 칼끝처럼 빳빳하게 관자놀이로 뻗치는 짙은 눈썹, 그 아래의 가늘고 긴 눈, 길게 뻗은 코와 두꺼운 입술, 각진 턱에 굵고 긴 팔다리, 철판 같은 가슴과 잘룩한 허리는 그림 속에서 튀어나온 전사를 연상케 했는데, 그는 정말 대책 없는 싸움꾼이었다. 그가 싸우는 데는 이유가 없었다. 배가 고파도 싸웠고 배가 불러도 싸웠고 배가 고프고 부른 것과 상관없이도 싸웠고 집에 불이

나도 싸움을 계속했고 불이 안 나면 당연히 싸웠고 심심하면 싸웠고 일이 있으면 일을 제쳐놓고 싸웠다. 그러고도 그는 어떤 싸움에든 진 적이 없었다.

나는 염소를 몰러 방죽으로 나가면서 가끔 담 너머로 마사오가 사는 집을 넘겨다보곤 했다. 그것만으로도 나는 언제든 학교에서 화제의 중심인물이 될 수 있었다.

— 어제 마사오가 권투 연습을 하는 걸 봤는데 주먹으로 대추나무를 한 번 치니까 빡 소리가 나면서 부러지더라.

— 마사오가 날뛰는 황소 뿔을 잡아서 외양간으로 돌려보냈다아. 뿔만.

우주 평화를 지키는 전사와 지구에서 가장 힘센 레슬러에 관해 쉬는 시간마다 격론을 벌이던 아이들도 '마사오가 어제'로 시작되는 이야기가 들리면 귀를 쫑긋 세우고 이야기를 꺼낸 사람의 주변으로 삽시간에 몰려들었다. 세계 최고의 주먹은 멀리 있었고 우리의 영웅 마사오는 가까이에 있었다.

재천의 아버지는 경찰이었다. 재천의 아버지가 늘 집에 있었더라면 이 킬로미터도 되지 않는 곳에 사는 마사오와 자주 만났을 것이고 어쩌면 깡패와 경찰 간의 숙명적인 대결이 벌어졌을지도 모르는데 그 당시 재천의 아버지는 외지에서 근무하느라 집에는 한 달에 몇 번밖에 오지 않았다. 내가 보기에는 작고 뚱뚱한 재천의 아버지 정도는 마사오가 왼손 새끼손가락으로만 상대해도 충분할

것 같았지만 그런 이야기를 입 밖에 내지는 않았다. 재천은 유신조
사건 이후 지역에 살고 있는 위대한 인물들을 원수처럼 여겼기 때
문이었다. 따라서 자신의 아버지보다 뛰어난 남의 아버지가 있다
면 그 남을 원수로 여길 게 틀림없었다. 나는 마사오의 아들이 아
니기는 하지만 마사오가 재천의 아버지보다 힘이 세다고 말하는
순간, 재천은 나를 마사오의 자식으로 여길 것이었다.

재천은 혹시 아버지와 운명적으로 대결할지도 모르는 마사오를
미리 정찰해두어야 한다는 명목으로 가끔 우리집까지 오곤 했다.
재천이 집에 찾아오면 우리는 염소를 핑계로 방죽으로 나갔다. 재
천은 내게 하모니카를 들고 나오게 했는데 혹시 마사오를 정찰하
다 들키면, 염소를 지키며 하모니카로 목가를 연주하러 왔노라고
둘러대기 위해서라고 했다.

어쨌든 우리는 그해 여름방학 내내 재천의 아버지를 위해 마사
오의 일거수일투족을 정찰했다. 마사오네 집 마당 대추나무 줄기
의 우리 키 높이쯤에 새끼줄이 친친 감겨 있었다. 마사오는 틈이
날 때마다 그 새끼줄에 주먹질을 해댔다. 우리가 첩보원처럼 숨어
서 정찰을 하고 있는 줄도 모르고.

또 이따금씩 냇가 넓은 모래밭에 나와 쟁기를 끄는 황소처럼 자
동차 타이어를 끌면서 돌아다녔다. 그의 벗은 몸에서는 번질번질
하게 땀이 흘러내렸고 울룩불룩하는 알통은 공포심을 불러일으켰
다. 특히 재천의 아버지와 마사오가 대결하는 장면을 상상하는 동

안 우리의 공포와 적개심은 더욱 커졌다. 그것을 이기기 위해 재천은 정찰중에 몇 가지 이야기를 만들어 내게 들려주었다.

가령, 길거리에서 마사오와 재천의 아버지가 마주선다.

박경장(재천 아버지) : 마사오, 이제 나쁜 짓은 그만둬라. 지역과 세계의 정의를 위해서도 더이상 용서할 수 없다.

마사오 : 흥. 경찰이라고 봐줄 줄 알아. 내 주먹맛을 보여주마.

박경장 : (보안관, 아니, 경찰 배지를 떼면서) 너 같은 논두렁 깡패는 나 혼자서도 언제든지 감당할 수 있다. 사나이 대 사나이로 정정당당하게 대결해보자.

마사오 : 우하하하. 가소롭구나. 덤벼봐. 덤벼.

박경장 : 에잇, 더이상 용서할 수 없다! 받아라, 정의의 로켓 주먹을!

(그러나 마사오의 비겁한 주먹이 먼저 박경장의 복부에 명중한다. 박경장은 휘청하지만 재빨리 자세를 가다듬고 미사일 같은 라이트 어퍼컷을 마사오의 턱에 작렬시킨다. 마사오는 비틀거리다가 돌을 집어든다.)

박경장 : 아니, 비겁하게!

(마사오가 돌로 박경장의 머리를 찍는다. 박경장, 날렵하게 피하면서 오른발로 마사오의 가슴을 강타한다. 마사오가 돌을 집어던진다. 박경장, 피하면서 이단옆차기로 마사오의 안면을 무차별

강타, 쓰러뜨린다. 우뚝 서서 손을 털며 먼 하늘을 바라보는 박경
장.)

　마사오 : (두 손을 쳐들어 파리처럼 비비며) 살려주세요.

　박경장 : 자, 이제 더이상 나쁜 짓을 하지 않겠다고 맹세해라.

　마사오 : 맹, 맹, 맹세합니다. 제발 목숨만 살려주세요.

　박경장 : 나는 잘못을 뉘우친 사람은 죽이지 않는다. 앞으로 착
하게 살도록.

　(박경장, 경찰 배지를 다시 달고 말에 올라 황야를 건너 사라진
다.)

　"말이 어디 있어?"

　"우리 시골집에서 키운다."

　"너희 시골집이 어디 있는데?"

　"멀어."

　"얼마나?"

　"무지무지하게 멀어, 아버지 있는 곳보다 더 멀어. 말이 다 크면
내가 나중에 보여줄게."

　재천의 시골집이 어디 있는 줄은 알지만 아직도 그 말은 코빼기
도 보지 못했다. 그 말이 아직까지 살아 있다면 꽤 늙었으리라.

　하지만 그때 나는 재천의 이야기를 전혀 믿을 수 없었다. 박경
장의 주먹도 뚱뚱한 몸만큼이나 살이 쪘다. 어쩌다 집에 올 때마다

고주망태가 되어 술병을 차고 고래고래 노래를 부르면서 오는데 그러다가 정말 길에서 마사오를 만나서 시비가 붙으면 어쩌려고 그러는지 모를 일이었다. 동네 어른들도 마사오의 집 근처를 지날 때는 하던 이야기를 멈추지 않는가. 마사오가 무서운 것은 주먹뿐만 아니라 한 번 찍으면 절대 용서하지 않는 표독함이고 한 번 얽어걸리면 끝까지 쫓아가서 기어이 상대가 쓰러질 때까지 패대는 독기였다.

우리가 마사오를 정찰하는 일을 그만두게 된 건, 또 내가 마사오에 관한 이야기를 학교에서 더이상 하지 않게 된 것은, 마사오의 집안에 들어가게 된 다음부터였다. 집안까지 들어간 건 우리가 '유신조 간첩 사건' 이후, 한 해 동안 간이 부을 대로 부은 나머지 겁이 없어져서가 아니라, 혹은 박경장과 마사오의 대결이 임박해서 좀더 자세하게 정찰할 일이 생겨서가 아니라, 위대한 마사오가 우리를 불렀기 때문이었다.

여름방학이 끝나갈 무렵이었다. 냇가 미루나무 아래에 앉아 있는 우리를 마사오가 불렀다. 한국식으로 '야'라고 했는지 미국식으로 '헤이'라고 했는지 잘 기억이 안 나지만 어쨌든 마사오가 무슨 소리를 지르며 우리에게 손짓을 했다. 재천은 얼굴이 새파래졌고 나도 소스라치게 놀라서 들고 있던 하모니카로 아무 곡이나 불기 시작했다. 마사오는 웃통을 벗은 채 우리 쪽으로 다가오고 있었다.

"도망가자!"

"응."

나는 간신히 대답을 하기는 했지만 도저히 후들거리는 무릎을 가눌 수가 없었다. 재천 역시 말로만 도망가자고 했지, 온몸을 덜덜 떨고 있었다. 그나마 도망은 갈 수 있었던 유신조와는 차원이 다른 공포였다.

내가 그때 미친 듯이 부르던 곡이 무슨 노래였던가. 미루나무 꼭대기에 조각구름이 걸려 있네. 우리는 미루나무 꼭대기에 반바지만 입고 걸려 있는 바보들이나 마찬가지였다.

마사오는 점점 가까이 다가왔다. 그리고 눈을 가늘게 뜨고 하모니카를 부는 나를 신기한 듯이 들여다보았다. 소름이 끼치는 시선이었다. 구렁이가 개구리를 잡아먹기 전에 이 먹잇감은 어떻게 생겼나 음미하는 것처럼 느껴졌다. 재천 개구리는 가까이에서 아버지의 숙적을 정찰할 수 있는 절호의 기회를 놓친 것은 물론, 도망갈 능력도 상실했다.

"잘못했어요오, 아저씨."

그리고 흑흑흑, 하는 소리가 났다. 나는 재천이 그전에 얼른 눈에 침을 바르는 것을 보았다. 하지만 나는 하모니카를 부느라 침을 바를 새가 없었다. 그게 굉장한 불운처럼 느껴졌다.

"야, 이 종간나 새끼들아. 너희들, 여기서 뭐하는 거야?"

"아저씨, 잘못했습니다. 다시는 안 그럴게요."

재천은 무릎을 꿇고 고개를 가슴에 박은 채 두 손을 쳐들어 파리처럼 싹싹 비볐다. 뭘 잘못했는데? 나는 계속 하모니카를 불면서 생각에 생각을 거듭했다. 눈앞에 다가온 공포를 잊기 위해 우습고 엉뚱한 생각을 하는 나의 습관은 바로 그때 시작된 게 아니었나 싶다.

소도 하모니카 소리는 좋아하는데. 마사오도 하모니카 소리를 좋아하지 않을까. 나는 언젠가 말 안 듣는 황소를 하모니카로 달래서 어른들이 올 때까지 외양간에 모셔둔 적이 있었다. 그때 그 황소는 되새김질을 하면서 편안하게 내 하모니카 연주를 감상했다. 그런데 마사오가 황소처럼 음악을 이해할까.

"야야, 너 생쥐 같은 놈! 하모니카 그만 불어. 귀 따가워서 미치겠다."

나는 얼른 하모니카를 입에서 뗐다. 입술 안쪽이 얼얼하면서도 찝찔한 게, 하모니카가 왔다갔다하면서 입안이 찢어진 것 같았다.

"너, 어디 살아?"

마사오는 자기에게 잘못한 사람이 너무 많아서 그러는지 재천이 용서를 비는 데 대해서는 별로 관심이 없는 것 같았다. 나는 얼른 대답했다.

"저 아랫동네 우물 곁에 탱자나무 울타리 쳐진 집 있잖아요. 그 옆집 뒷집의 아랫집……"

나는 그 와중에서도 혹시 마사오가 우리집을 알아두었다가 나중에 복수를 하러 올까 겁이 났던 것이다. 무슨 복수였느냐고? 모른다. 그냥 그랬다. 그러나 마사오는 내 대답에도 관심이 없었다.

"너는?"

"저는 저 윗동네 큰길 건너 방앗간 옆집에 사는데요."

재천도 얼른 거짓말을 했다.

"너희들, 저 아래 가게 알지?"

"네!"

마사오는 시퍼런 배춧잎 같은, 아니, 감동적인 갈색의 십원짜리 지폐를 꺼내 여전히 허공에서 서로를 비비고 있는 재천의 손에 넘겨주었다.

"거기 가서 사이다하고 카스텔라 좀 사와라. 죽기 싫으면 오 분 내로 와야 한다."

"예!"

우리는 마사오에게 맞아 죽지 않은 것이 너무 기뻐 가게까지 가는 데 전속력으로 달려도 십 분 이상 걸린다는 걸 미리 계산하지 못했다. 냇가에서 미끄러운 풀밭을 지나 방죽 위로 올라가, 방죽 위를 달려, 염소떼를 지나, 문둥이 집 똥개가 사는 개집 앞을 지나, 아이들을 좋아하는 귀신이 사는 상엿집을 통과, 유신조가 그 밑에 사는 다리를 지나면서 겨우 그 사실을 깨닫게 된 우리는 가게에 갔다 오는 동안 한마디 말도 나눌 수 없을 정도로 계속 달리고 달렸다. 그런 식으로 십 년만 내처 달렸다면 우리 둘 중 한 사람은 틀림없이 국가대표 마라톤 선수가 되고도 남았으리라. 숨이 차서 얼굴이 새파래진 우리가 마사오가 기다리고 있을 냇가 미루나무 아래에 다다랐으나 거기에 마사오는 없었다. 우리는 '절망'이라는 단어의 뜻을 그때 그 어린 나이에 체득하게 되었다.

"어쩌지?"

"도망가?"

"이건 어쩌고?"

"놓고 갈까?"

"나중에 걸리면 맞아죽을 거야."

"집에 가서 숨으면?"

"그럼 오늘 저녁 안에 우릴 찾아서 때려죽일 거야. 우리 아버지, 어머니, 누나, 형, 막내, 할머니까지. 그리고 카스텔라를 먹으면서 집에 가겠지."

"울고 싶다."

재천의 눈에 정말로 눈물이 그렁그렁 고이기 시작했다. 그 눈물을 보고 있자니 같은 사주팔자에 재수없는 일진까지 같은 나도 눈시울이 시큰했다. 우리는 마주보면서 눈물을 지었다. 절망은 눈물의 씨앗. 우리는 그 말도 알게 된 셈이었다.

"야, 이 새끼들아, 빨리빨리 안 와?"

어디선가 마사오의 목소리가 들렸다. 그건 하늘에서 울려오는 복음처럼 들리기도 했고 미친개가 으르렁거리는 소리 같기도 했다. 우리는 주춤주춤 소리가 난 곳으로 향했다. 키 큰 미루나무로 둘러싸인 마사오의 집이었다. 하늘색 철 대문이 한쪽은 서 있었고 한쪽은 빨갛게 녹이 슨 채 땅바닥에 쓰러져 있었다. 대추나무에 친 친 감긴 새끼줄이 보였다. 방문이 열리는 소리가 났다.

"요놈들이 하도 안 와서 들고튀었나 했더니 기특하네."

마사오가 웃통을 벗은 채 문지방에 앉아 담배연기를 내뿜고 있었다. 우리는 조공을 하러 간 사신처럼 두 손으로 공손히 종이 봉지를 받쳐 올렸다.

"동생이에요?"

갑자기 방 안쪽 어두운 곳에서 실로폰 같은 여자 목소리가 들렸다.

"동생은 무슨 동생이야. 쥐새끼만한 놈들인데."

봉지를 받아드는 마사오의 팔 위쪽에, 그의 겨드랑이가 있었다. 거기에는 부숭부숭한 털이 나 있었는데 그 사이로 보이는 어둠 속에서 생전 처음 맡아보는 감미로운, 간지럽고도 수상한 냄새가 흘러나오는 것 같았다.

"귀엽잖아요."

그리고 희디흰 팔뚝 하나가 마사오의 겨드랑이 사이로 뻗어나왔다. 그 팔뚝에서 뻗은 박꽃 같은 손은 봉지 안에 든 희디흰 카스텔라 하나를 집었고 땅에 떨어뜨렸다. 카스텔라는 오동나무 꽃잎처럼 아름답게 떨어져내렸다. 목소리가 다시 울렸다.

"그건 너희 먹어."

마사오는 가로로 죽 찢어진 눈으로 우리를 내려다보고 있었다. 우리는 주춤주춤 물러섰다.

"갖다 먹으렴, 착하지."

다시 희디흰 팔뚝이 나와서 아래위로 손을 가볍게 흔들었다. 우리는 카스텔라는 감히 집지도 못하고 희디흰 팔뚝과 마사오로부터 도망쳤다. 실상 내가 무서워한 것은 마사오가 아니라 바로 그 희디흰 팔뚝은 아니었는지. 나는 그때나 그후에나 흰 팔뚝에 대해서는 한마디도 하지 않았으며 그날 저녁 꾼 꿈에 대해서도 재천과 이야기하지 않았다.

나는 어린 시절의 꿈에서 몇 번이고 그 흰 팔을 먹었다. 그건 설날에 먹는 가래떡처럼 뜨끈뜨끈했고 참기름에 찍어 먹는 것처럼 고소했으며 간지러웠다. 꿈에서 깰 때마다 알 수 없는 부끄러움이 생겨났고 그래서 더욱 무서웠다.

4

어떻게 오기는 왔는지 고개 정상이다. 바로 이곳이 지역에서 중앙 사이 바퀴 달린 물건들이 들고나는 유일한 출입구다. 원시생물처럼 주둥이와 배설기관의 기능을 모두 가지고 있는 이곳에 어느 영리한 장사치가—어쩌면 국영일 수도 있다—일찍부터 휴게소를 만들어놓았다. 이 고개 정상에 오는 사람들이 모두 지역과 관계가 있는 것은 아니다. 많은 사람이 휴게소에서 입과 배설기관(가끔 생식기관의 기능을 하는지도 모른다)이 요구하는 것을 만족시키고 나면 왔던 쪽으로 다시 가버린다. 그러므로 이 휴게소는 길을 오가는 나그네의 쉼터로써보다는 그 자체가 말 그대로 '휴게'를 제공하는 독립적 장소로써 비대해 있다는 느낌을 준다.

버스가 서고 사람들이 내린다. 운전기사는 괜히 골이 난 얼굴로 큰 엉덩이를 흔들며 화장실로 간다. 잘 자다가 깨니 그럴 만도 할 것이다. 나도 그런 경험이 있다. 어쩌다 낮잠을 많이 자다 깰 때, 문득 혼자 세상에 놓인 느낌이 들 때가 있다. 세월을 허송하고 인생을 낭비한 것 같고 이제부터 대가를 치러야 하므로 바쁘고 피곤한 인생을 살아야 한다는 느낌, 바로 그것이다.

휴게소 양쪽은 쇠 난간을 만들어 사진을 찍느라 제정신이 아닌 사람들이 낭떠러지 아래로 떨어지지 않도록 해놓았다. 한구석에는 망원경도 서너 대 설치돼 있다. 물론 공짜는 아니다. 보고 싶은 사람은 동전을 넣고 망원경에 눈높이를 맞추도록 되어 있다. 장난 삼아 동전을 넣어본다. 나 말고도 장난 좋아하는 사람이 많은지 동전을 넣는 구멍 근처는 칠이 벗겨져 허연 쇠가 드러나 있다. 그런데 장난이 장난은 아닌 게 돈을 처먹은 망원경이 작동되지 않는 것이었다. 망원경을 두드렸지만 주먹만 아프다. 두드리면 주먹이 아프도록 튼튼한 쇳덩어리로 만들어놓았다. 도대체 이런 걸 설치하는 사람은 누구일까.

이따위 설비로 돈을 받아먹는 자는 누구일까. 손해본 동전은 누구에게 받아야 할까. 휴게소 주인일까. 종업원일까. 휴게소 한쪽을 임대해 망원경을 설치하고 숨어서 망원경이 공짜로 돈을 집어먹는 것을 망원경으로 지켜보는 게 취미인 작자일까. 아무리 두리번거려도 그럴 만한 사람은 보이지 않는다. 그저 부산하게 먹고 마시고 돌아다니고 종종걸음을 치고 간에 좋다는 무슨 액, 무슨 즙을 사고 차에 기름을 채우고 고장난 망원경을 두드리는 일에 열중한 사람들만 그득하다.

이 신비한 인물이 누구인지 끝까지 추적해서 한번 밝혀봐? 멱살잡고 흔들어봐? 당신 간첩 아니야? 날 더운데 냉방도 안 되는 차를 타고 고개를 올라온 서민의 돈을 빼앗아서 열받게 하고 열받은 사람이 다른 사람을 뚜껑 열리게 하고 또 그 사람이 다른 사람을 긁게 만들어서 결국 국론 분열을 획책하자는 거지? 그렇지? 응?

마사오의 죽음을 알고 난 다음부터 나는 무엇이든, 누구든 내게 시비를 걸어주었으면 좋겠다는 무의식에 사로잡혀 있었던 것 같다. 버스 운전기사든, 속도든, 망원경이든, 휴게소 주인이든, 나든, 무엇이든 콱 깨물어 흔들고 싶어했다는 걸 깨닫는다. 그렇게 해보아야 무슨 소용이 있는 것도 아닌데.

애초에 망원경 따위는 필요도 없었다. 경치란 렌즈를 거치지 않고 맨눈으로 보아야 오히려 제대로 감상할 수 있는 법이다. 발아래 내려다보이는 길은 내가 버스를 타고 지나온 길이다. 굽이굽이 돌아가는 길에 차들이 기어오르고 그 아래에는 계곡 상류를 꼭짓점으로 한 역삼각형의 들이 펼쳐져 있다. 마을이 있고 오래 묵은 나무가 있고 논밭이 있고 숲이 있다. 내가 보기를 기다리기라도 한 듯이 고운 금모래 빛깔의 햇살이 내리쬔다. 농경족이 꿈꾸는 복지福地가 저런 모양은 아닐까. 나무 그루터기에 난 구멍 속으로 따라 들어가면, 또는 계곡물을 따라 흘러내려오는 복사꽃을 따라 걸어올라가 동굴을 지나서 닭 울음소리가 날 때 바라보게 되는 이상향, 바로 그런 모습이다.

옛적에 이발소에 걸리던 그림 같은 풍경을 뒤로하고 나는 반대쪽 전망대로 간다. 이쪽에는 아예 망원경이 없다. 난간도 반대쪽보다 높고 쇠 기둥도 튼튼해 보인다. 그 난간 사이로 회백색의 음침한 비구름이 스멀스멀 기어오른다. 미끈미끈한 난간을 잡고 위태하게 고개를 빼보아야 별 볼일 없다. 먹장구름이 들끓는 까마득한 낭떠러지밖에 보이지 않는다. 그래서 망원경을 설치하지 않았는지도 모른다.

가파른 낭떠러지 아래 시커멓게 그을린 듯한 산천, 세련되지 않은, 멀리 보이는 모습조차 강퍅한 곳, 그곳이 바로 내가 가려는 곳, 나를 낳은 곳, 내가 떠나온 곳, 지역이다. 살짝 구름이 흩어지고 비안개가 옅어지는 간발의 순간, 가물가물 냇가와 냇가에 서 있는 미루나무를 본 듯하다. 그다음에 다시 노도와 같은 기세로 흉험하게 비안개가 덮쳐들고 먹장구름이 극장에서 휘장을 늘어뜨리듯이 눈

앞을 가로막는다. 그 잘난 풍경을 공짜로 보여줄 수는 없다는 듯이.

그래서 나는 내 안에 내장되어 있어 언제든 공짜로 볼 수 있는 풍경, 그중에서도 마사오와 두번째로 대면했던 때를 시시콜콜 추억해낸다. 시시콜콜하므로 그것은 별다른 고통 없이 쉽게 추억으로 변성한 것이다.

초등학교 시절 재천은 남들보다 긴 사지를 가지고 있었지만 힘이 센 것은 아니었다. 성적도 신통치 않았다. 축구에서도, 핸드볼에서도, 장애물경주에서도 일급 선수라 할 수 없었다. 그래도 그에게는 한 가지 비상한 천분이 있었다.

온몸, 그중에서도 특히 얼굴근육과 입술이 부드러웠다. 그는 언제인지부터 모르게 늘 웃는 낯으로 사람을 대했다. 웃으면서 웃고 웃으면서 욕하고 웃으면서 제 마음대로 하고 웃으면서 밥을 먹었다. 거기에다 그는 누구보다도 풍부한 어휘와 개성적인 표현력을 가지고 있었다.

그는 욕설에 관해서는 단연 타의 추종을 불허했다. 욕설만 가지고도 충분히 자신의 의사를 표현하고 저보다 욕을 잘 못하는 청중에게 한 시간 이상 연설할 수도 있었는데 그게 전혀 지겹지 않았다. 또 나름대로 욕설을 만들어내는 재주도 있었다. 그게 시험문제로 나왔으면 얼마나 좋았을까.

재천은 응용에서도 탁월한 솜씨를 보여주었다. 그는 도시에서 전학 온 여자아이에 대해 "똥 방귀에 섞여 나오는 똥 찌꺼기처럼 생겼다"라는 평가를 널리 퍼뜨림으로써 그 아이를 울게 만들었고, 그 때문에 담임 선생에게 고무 슬리퍼로 귀싸대기를 맞은 다음 "설사 똥에 낀 콩나물 같은" 자신의 처지를 설명했다. 그러면서 "똥통에 빠져서 똥을 배 터지게 먹고 똥을 토하다가 콩나물이 목에 걸려서 죽어라"고 선생과 세상을 저주했다. 물론 그럴 때도 웃음은 그의 입술 주변을 떠나지 않았다.

그가 그 시절 가장 좋아한 것은 영화였다. 그는 책을 싫어했는데 책을 싫어했기 때문에 책 읽기는 당연히 싫어했다. 그러면서 다른 아이들처럼 이야기는 좋아했고 책과 관계없이 이야기를 맛볼 수 있는 것이 영화였다. 그런데 읍내에 하나밖에 없는 극장에서 영화를 보려면 돈이 있어야 했고 돈이 없으면 담을 잘 넘어다니는 재주라도 있어야 했다.

그 무렵에 똑같은 사주팔자를 타고난 재천과 나 사이의 공통점이라고는 그놈의 사주팔자밖에 없을 정도로 다른 점이 많아졌는데, 그중 하나가 내게는 가끔 영화 볼 돈이 생겼다는 것이고 재천에게는 항상 없었다는 것이다. 나의 경우에는 책을 사라고, 이야기를 즐기라고 아버지나 고모, 삼촌이 돈을 주는 일도 드물지 않았다. 그러므로 내가 특별히 낭비를 하지 않는다면 내 돈 내고 영화를 볼 수 있었다. 영화에 별 흥미를 느끼지 못하던 나는 대체로 일년에 단 한 번, 크리스마스에 영화를 보러 갔다. 그런데 많은 경우

형이 내 손을 끌고 가서 영화를 보여주어서 내 돈이 들 일은 거의 없었다.

나는 초등학교 일학년부터 육학년까지 열 편의 영화를 보았다. 그 영화의 제목은 〈도라 도라 도라〉〈독수리 요새〉〈흑매〉〈외팔이 권왕〉〈암흑가의 황제〉〈머나먼 엘도라도〉〈성웅 이순신〉〈십계〉〈쿠오 바디스〉〈벤허〉다.

〈도라 도라 도라〉는 세계 2차대전 당시 일본의 진주만 공습을 다룬 것으로 내가 최초로 본 영화다. 영화의 내용보다는 눈과 비가 번갈아 내리던 이상한 날씨가 더 기억에 생생하다.

〈독수리 요새〉 역시 세계 2차대전 당시 적진 후방에 침투하는 군인들의 이야기를 다룬 것이다. 보고 나서 극장 앞에서 생전 처음 '오뎅 국물에 만 잡채'라는 영화 제목 같은 이상한 음식을 먹기도 했다.

삼학년 때 본 〈흑매〉는 한중 합작 무협 영화였는데 이 영화의 주인공은 칼을 거꾸로 들고도 잘만 싸우던 것이 너무도 인상적이었다. 그후 동네 아이들과 칼싸움을 할 때 그 흉내를 내보았는데 흉내를 그만둘 때까지 콧등 아물 날이 없었다.

〈외팔이 권왕〉은 홍콩산 무협 영화로 외팔로만 싸워도 늘 이기는 주인공이 참으로 신기했지만 한 해 전의 경험을 되살려 실전에서 섣불리 흉내내는 일은 삼갔다.

〈암흑가의 황제〉는 비 오는 크리스마스에 보았다. 내용은 거의 기억에 없는데 막 출옥한 남자 주인공이 여자 주인공을 땅에 쓰러뜨린 채 입을 맞추는 장면이 기억에 남아 있다. 왜 입만 맞추고 마는지 잘 이해가 가지 않았기 때문에, 또 기왕 영화로 만들 바에는 입을 맞추고 옷을 벗기고 그리고…… 등등의 과정을 보여주면 훨씬 더 재미있을 텐데, 영화 만드는 사람은 모두 등신인가 의아해했기 때문에 기억에 남아 있다.

당시로서는 엄청난 제작비를 들인(영화 찍고 나서 부도가 났다던가?) 제작자가 감독에 주연까지 맡았던 〈성웅 이순신〉은 사학년 때 단체 관람한 영화로 이순신이 전사하는 장면에서 단체로, 시골의 감동 잘하는 아이들답게 전 학년이 일제히 연못 속의 개구리떼처럼 목 놓아 울었던 기억이 있다.

〈십계〉 역시 단체 관람한 영화인데 오학년 여름에 최초로 관람한 이후 중학교 때 두 번, 고등학교 때 한 번 해서 세 번을 더 관람했다. 단체 관람의 경우는 '여럿이서 보았다'는 표현보다는 '단체로 관람했다'는 장중한, 초등학생에게 위압감을 주는 표현이 어울리는 것 같다. 어쨌든 오학년 때는 무려 세 번이나 극장에 들어갈 수 있었다.

〈쿠오 바디스〉는 초등학교 육학년 크리스마스, 초등학교 시절의 마지막 겨울방학 때 보았다. 쿠오 바디스란 라틴 말로 '어디로 가시나?'라는 뜻이라고 한다. 그때 누가 나에게 그렇게 물어주었다면 금방 대답해주었을 텐데. '중학교'라고.

서부 영화 〈머나먼 엘도라도〉는 초등학교 오학년 때 나의 형도 아니고 학교도 아니고 우리의 왕이었던 마사오가 직접 보여주었다. 마사오는 나의 형처럼 크리스마스에 그 영화를 보여준 것이 아니다. 마사오는 단체로 '관람'시켜주지 않았다. 사주팔자가 같은 재천과 나 두 사람이 한날한시 한곳에서 함께 볼 수 있도록 해주었다.

우리 읍내에서 단 하나뿐인 극장에서는 그 무렵 '명화교실'이라는 이름으로 일요일 오전 아홉시에 초등학생과 중학생을 상대로 영화 교실을 열었다. 그 교실에는 책상이 없었고 의자만 있었다. 수업료는 일반 영화를 아이들이 관람할 때 내는 반표값보다도 싼, 날달걀 두 개 정도의 값이었다.

영화에 미친 아이들은 일요일 아침마다 주먹에 달걀을 하나씩 움켜쥐고 명화교실로 달려갔다. 극장 앞에는 달걀을 사들이는 장사치가 서너 명씩 있다가 아이들에게서 달걀을 받고 명화교실의 당일 수업료에 해당하는 돈을 주거나 아예 입장권을 주었다. 그리고 아이들이 수업을 받고 나오는 동안 그 달걀 가운데 일부를 삶아 아침도 못 먹고 시오리 길을 달려온 아이들에게 도로 팔기도 했다.

재천이 영화에 환장했다고는 하지만 그의 집에는 재천 외에도 영화에 미친 아이가 둘은 더 있었고 닭은 늘 열 마리 이하였다. 그러니까 재천은 아주 운이 좋아야 달걀을 쥐고 명화교실로 달려가는 대열에 합류할 수 있었다. 합류한다고 하더라도 가는 도중에 그의 어머니에게 들키면 그걸로 그때까지의 운도 다한 것이었다. 그런 날은 달걀을 빼앗기고 부지깽이로 등짝을 맞은 다음 눈이 오면 눈을 맞고 비가 오면 비를 맞고 바람이 불면 바람에 맞아가면서 명화교실 밖에서 서성이다가 영화를 보고 나온 아이들에게 그 영화의 줄거리라도 들으려고 했다. 그에게 명화교실이 꿀이라면 영화를 보고 나온 아이들의 입에서 나온 이야기는 설탕물 정도는 되었다. 명화교실에서 상영한 영화는 대체로 미성년자 관람가의 건전한 내용이었겠지만 가끔은 〈외팔이 권왕〉도, 〈드라큘라〉도 상영해서 아이들의 향학열을 돋우어주었다.

내가 영화에 별 관심이 없었고 한 해에 한두 편을 볼까 말까 한 미개한 아이였기 때문에 재천은 학교에서 돌아오는 길이나 마사오를 정찰 감시하는 시간처럼 둘만의 오붓한 시간이 되면 나를 계몽하기 위해 무수한 영화 이야기를 들려주었다. 그의 이야기는 대단히 흥미진진하고 박력이 넘쳤다. 그래서 나는 초등학교 시절 통틀어 영화를 열 편밖에 보지 않았지만 수백 편의 영화를 본 것이나 다를 바 없었다. 영화 줄거리뿐만 아니다. 그날의 날씨, 표 받는 깡패의 인상, 관객의 박수 횟수, 웃음이 터진 순간, 변소의 지린내 같은 이야기도 덤으로 붙어 있어서 나는 영화관에 가지 않고도 간 것처럼 느낄 수 있었다.

그는 손짓과 발짓, 뛰어오르거나 땅에 쓰러지기, 차기, 목 비틀기, 꺾기, 깨물기 같은 다양한 동작으로 영화의 사실감을 더했다. 전쟁 영화 이야기를 할 때 그는 무술 단련을 하는 사람보다 더 바쁘게 움직였다. 입으로는 '투투투투' 하는 기관총과 '피융피융' 하는 유탄, '푸카카카' 하는 프로펠러와 '우웅' 하는 전폭기, '따따따따' 하는 적군의 총소리, '돌격 앞으로'를 외치는 총알받이 소대장, '으악' 하고 쓰러지는 병사, '쾅' 하는 수류탄, '씨우웅' 하고 날아가는 포탄을 묘사하고 소리내느라 쉴 틈이 없었다. 이야기에 도취한 나머지 한번은 나를 적군으로 오인하고 정강이를 걷어차 쓰러뜨린 다음 목을 졸라 멍이 든 적도 있었다.

"〈머나먼 엘도라도〉 봤어?"

나는 〈머나먼 엘도라도〉란 말을 처음 들은 순간, 그해 봄에 머나먼 도시로 전학 간 '도해동'인 줄 알고 편지가 반 전체를 대상으로 한 번 왔을 뿐 얼굴은 못 보았다고 대답했다. 그는 나를 물끄러미 바라보아 충분히 무안하게 만들고는 〈머나먼 엘도라도〉는 영화라고 말했다.

때는 6월이었는데 오후가 되면 제법 더웠다. 우리는 재천의 아버지가 먹을 개구리를 잡기 위해 양동이를 들고 산으로 들로 돌아다니고 있었다. 재천은 개구리를 많이 잡아야 한다고 말했다. 그렇게 하지 않으면 아버지가, 올여름 자신에게 명화교실을 보여주게 될 암탉 아가씨를 잡아먹을지도 모르기 때문에. 그 닭 대신 개구리를 구워 아버지께서 드시게 하면 그 아가씨는 올여름 알을 낳으면서 유유자적 보낼 수 있으리라는 게 재천의 생각이었다. 닭이 유유자적이면 재천도 유유자적 달걀을 들고 명화교실에 갈 수 있을 것이었다.

그런데 개구리가 별로 없었다. 있다고 하더라도 어른이 먹을 정도로 큰 떡개구리는 거의 없고 손가락만한 어린 개구리나 먹지도 못하는 무당개구리, 청개구리밖에는 눈에 띄지 않았다. 게다가 재천의 양동이는 너무 커서 미워 보일 지경이었다.

나는 산딸기를 따서 넣으려고 한 되들이 주전자를 들고 나섰는데 산딸기가 열리는 계곡이나 산길에는 개구리가 없었고 개구리가 있을 법한 논둑이나 개울에는 산딸기가 없거나 벌써 남들이 다 따먹어서 검붉고 큼직한 산딸기가 열렸던 자리에 노란 꼭지밖에 남지 않았다.

그래서 결국은 나도 재천과 비슷한 크기의 막대기를 들고 개구리를 찾아나서게 되었다. 한 시간쯤 돌아다녀서 스무 마리쯤의 풋고추만한 개구리를 잡은 다음, 우리는 팽나무 그늘에 앉았다. 그때 그가 〈머나먼 엘도라도〉 이야기를 꺼낸 것이었다.

"짠짜짜짜안! 서부영화의 결저엉판! 기대하시라, 개봉 바악두! 선인장이 서 있는 사막에 뚜거덕뚜거덕 마차가 나타난다. 갑자기 사방에서 인디언들이 말을 타고 빵빵 총을 쏘면서 덤벼든다. 주인공이 마차에서 뛰어내려가지고……"

그 영화의 줄거리는 이렇다. 마차를 타고 가는 사람들은 행운을 찾아 머나먼 황금향, 엘도라도로 가는 길이다. 엘도라도에는 옛날 전설적인 해적이 숨겨놓은 보물이 있다. 주인공은 잘생겼고 총을 잘 쏘고 용감하다. 마차에는 여자도 하나 타고 있는데 얼굴이 희고 신발이 희고 옷도 희다. 요컨대 눈부시게 희고 아름답다. 마차는 인디언이 살고 있는 사막을 통행료도 내지 않고 지나가다가 습격을 받는다. 주인공의 맹활약으로 인디언 일 개 부족이 전멸하고 마차는 계속 전진한다. 그다음에는 멕시코 산적에게 기습을 당해 그들의 성으로 끌려간다.

"산적들이 여주인공하고 두목의 결혼식을 올리는데 주인공보고 축하 공연을 하라고 하거든. 주인공은 너희같이 나쁜 놈들을 위해서는 노래를 할 수가 없다고 하다가 얻어터져서 코피가 터지거든. 그런데 알고 보면 주인공은 기타 속에 총을 넣어가지고 다니거든. 기타 줄이 방아쇠거든. 주인공이 기타를 당당당당 치기 시작하거든. 그래서 산적들이 한 놈씩 쓰러지거든. 산적들은 총알이 다른 데서 날아온 줄 알고 저희끼리 막 치고받거든. 재미있잖아?"

"하나도 재미없어."

"하얀 옷 입고 하얀 뾰족구두 신은 여자 주인공이 식탁 위에 올라가서 춤을 추는데 하얀 치마 속을 보느라고 시키면 산적들이 정신이 하나도 없거든. 그새에 주인공이 지붕에 올라가서 하나씩 다 쏴 죽인다고. 결국 주인공하고 산적 두목, 둘이 남아서 마지막 대결을 하거든. 이래도 재미없어?"

"없어."

주인공이 산적 두목을 탕탕 해치운 다음, 그들은 강을 건너간다. 강 중간에는 물론 해적이 기다리고 있다. 해적은 바다에 있는 법이나 이따금 강에 올라와서 간식거리를 찾기도 한다고 재천은 내게 설명했다. 간식 좋아하는 해적 일 개 함대를 따돌린 그들에게 또 악어떼가 덤벼든다. 악어떼를 물리치자 메뚜기떼가 덤벼들고 메뚜기떼를 헤쳐나오자 개미떼가 기다리고 개미떼를 물리치자 독거미떼가 달려들고 독거미떼를 돌파하자 마지막으로 엘도라도를 지키는 왕뱀(후일 확인해본바 그 이름은 아나콘다)이 기다란 혀를 휘두르면서 일동을 환영한다. 왕뱀 곁에는 일가친척 떨거지도 많은데 백사, 청사, 홍사, 방울뱀 같은 사돈들도 있고 물뱀, 비단구렁이 같은 처가 식구들도 있다. 물에서, 강에서, 정글에서, 사막에서 갖은 고난을 겪은 끝에 일동은 엘도라도에 도착한다. 그런데 황금과 다이아몬드로 세운 궁전이 있어야 할 엘도라도는 폐허로 변해 있어서 일동은 대단히 실망한다.

그러나 주인공은 포기하지 않고 보물 지도를 뒤져서(그게 있었다면 왜 진작 뒤지지 않았는지 물어보지는 않았지만) 보물이 가득찬 동굴을 찾아낸다. 동굴 첫번째 칸에는 황금과 은화가 천장까지 쌓여 있다. 두번째 칸에는 다이아몬드와 루비, 사파이어가 휘황찬란한 빛을 뿜는다. 세번째 칸에는 아리따운 미녀들이 일동을 환영한다. 네번째 칸에는 값비싼 옷감에, 옷장에 재봉틀에 옷걸이까지 갖춰져 있다. 다섯번째 칸은 잘생긴 백마가 들어 있는 마구간인데 거기에는 모든 금화와 미녀와 옷감과 보석을 실을 수 있는 마차에 상자에 튼튼한 끈까지 준비되어 있다. 여섯번째 칸에는……

"먹는 거 들어 있는 칸은 없어?"

"그건 열두번째 칸이야. 여섯번째 칸에는……"

"그 칸 나오기 전에 배고파 뒈지겠다."

나는 아무래도 재미가 없었다. 날이 더워서였을까, 산딸기가 없어서였을까.

"너 개구리 언제 다 잡을 거야?"

"또옹 같은 소리. 있어야 잡지."

"너 그러다 너 바지가 닭 다 잡아먹으면 어떡할래?"

'너 바지'란 너희 아버지의 줄임말로 우리끼리만 쓰는 은어였다. 우리 아버지에게는 그 말을 쓰지 않고 박경장에게만 썼다.

"우 바지가 개구리 고아먹고 그 힘으로 때리면 얼마나 아플까, 개또옹같이."

'우 바지'란 재천이 자신의 아버지를 지칭할 때 쓰는 은어였다.

"넘마가 있잖아. 개구리를 안 잡아가면 굶겨 죽일지도 모르잖아."

'넘마'란 '너의 어머니' 곧 각자의 어머니를 칭하는 우리 두 사람의 은어였다.

갑자기 재천이 개구리를 잡던 작대기를 치켜들었다. 그리고 위협적인 어조로 내게 속삭였다.

"꼼짝 마라!"

"장난치지 마. 배고프니까 지구가 빙빙 돈다."

"네 뒤에 왕뱀 있다. 바로 뒤에."

나는 기절할 것 같았다. 그러나 한편으로는 재천이 장난을 치는 게 아닌가 하는 희망이 있어서 그 희망만큼만 제정신을 유지하면서 물었다.

"커?"

"저기 저저저 감나무만큼."

재천은 내 등뒤에 눈을 고정시키고 대답했다. 장난이 아닌 게 확실해질수록 기절하고 싶은 충동은 커져갔다.

"뭔데?"

"황구렁이."

오오오오오오, 이런. 능구렁이도 아니고 꽃뱀도 아니고 내가 제일 싫어하는 뱀, 하고많은 뱀 중에서도 제일 싫어하는 똥색 황구렁이라니. 재천은 뱀 앞의 개구리처럼 힘이 빠진 내 머리 위로 작대기를 치켜들고 살금살금 다가왔다. 나는 숨쉬기도 힘이 들었지만 뱀에게 먹히기도 싫었다.

"재천아, 제발 그냥 보내."

"저거 잡아가면 움마 우리 엄마가 잘했다고 떡 줄 거야."

"우리집에 가서 떡 줄게. 그냥 보내."

"조용히 해. 도망간단 말이야."

도망은 내가 치고 싶었다. 등뒤 어디에 뱀이 똬리를 틀고 있는지 몰라 못 치고 있는 것뿐이었다. 재천이 바람 소리를 내면서 막대기를 내리쳤다. 나는 후닥닥 일어섰다가 미끄러지면서 힘차게 엉덩방아를 찧었다. 그때 엉덩이 아래에 무엇인가 푹신하게 깔리는 느낌이 들었는데 그게 뱀이었다면 돌연한 내 엉덩이 공격에 실신하고도 남았을 것이다. 나는 이런 거 저런 거 확인할 겨를도 없이 뒤도 돌아보지 않고 개울 아래로 뛰어내려갔다. 뒤에서 재천이 불렀다.

"야, 장난이야!"

너 혼자 실컷 장난하고 놀아라. 나는 두 주먹을 쥐고 뛰면서 속으로 외쳤다. 그길로 내처 집에 돌아가 숨을 몰아쉬고 있는데 재천이 동네 아이들 한 떼를 이끌고 우리집에 왔다. 재천의 작대기에는 보기에도 묵직한 구렁이 한 마리가 걸려 있었다. 그는 땀을 흘리면서 뱀의 머리를 새끼줄로 묶어 지겟작대기에 매달았다. 이제까지 동네 아이들 누구도 그만한 크기의 뱀을 잡은 적이 없었다. 아이들은 그게 '지킴이'라고 의견을 모았다. 동네를 지키는 수호신이거나 산을 지키는 산신령이 키우는 것이거나 우리가 개구리를 잡으러 갔던 그 계곡을 지키는 용의 아들이라고.

"그걸 잡으면 비 온대."

"가뭄이 든대."

"홍수가 지고 그다음에 가뭄이 온다는 거야."

"홍수 졌을 때 저수지에 물을 모아두면 가뭄이 들어도 상관없잖

아. 그러니까 가뭄이 먼저 오고 비가 와야 천벌이 되지."

조그만 아이가 또랑또랑 결론을 말했다. 그렇게 똘똘하던 그 아이는 지금 도시에서 세무 공무원으로 잘살고 있는데, 그때 그 말을 들은 재천은 코웃음부터 쳤다. 자기가 사는 동네는 우리 동네가 아니었으니까. 재천은 그걸 같이 들고 가서 읍내 뱀탕집에 가서 팔자고 했는데 나는 거절했다.

"그걸 잡은 사람도 벌을 받는다던데."

그때부터 아이들은 와글와글 떠들기 시작했다.

"그걸 만지면 만진 손가락이 썩고."

"손가락을 안 자르면 손도 썩는대."

"피가 묻으면 묻은 자리에 문둥병이 생기고."

"발로 밟으면 발톱이 몽땅 빠진대."

들일 갔다 집에 들어서던 어머니는 아이들의 수를 보고 기겁을 했다. 우리집이 생긴 이래, 또는 당신이 시집온 이래 그만한 수의 아이들이 우리집에 모인 것은 처음이었을 것이다. 이윽고 어머니는 죽은 뱀을 보고 싸리빗자루를 풍차처럼 휘둘러, 재천과 아이들, 그리고 마지막에는 나를 집밖으로 차례로 쫓아냈다.

우리는 냇가로 몰려갔다. 혹시 내 엉덩이에 깔렸을지도 모르는 뱀이므로 그게 죽는다면 내 엉덩이가 썩지는 않는다 하더라도 옷을 버려야 할지도 모르는 일이었다. 나는 그 뱀을 놔줘야 한다고 주장했고 아이들 모두 찬성했다. 재천은 개구리가 들어 있던 양동이를 비우고 거기에 뱀을 집어넣었는데 뱀이 얼마나 컸는지 미처 들어가지 못한 꼬리가 땅에 질질 끌렸다. 재천은 걸어가면서도 내내 고개를 숙인 채 생각에 잠겨 있었다.

냇가에는 마사오의 집이 있었다. 아이들은 그 집 앞을 멀찌감치 돌아 냇가 모래밭에 도착했다. 아이들은 뱀을 놔주었다. 그러나 뱀은 움직이지 않았다. 한때 공포스럽게 반들거렸을 눈은 떠져 있었지만 힘이 없었다. 날름거렸을 검은 혓바닥은 반쯤 입 밖으로 늘어져 있었다. 입에는 피가 묻어 있었으며 몸뚱이도 두어 군데가 몹시 상했다. 결국 뱀은 혼자 힘으로 움직일 수 없었다. 이미 죽었기 때문에.

재천은 손을 냇물에 씻고 있었다. 나도 확실하게 하자면 내 옷 엉덩이 부분을 빨아야 했지만 재천은 뱀이 죽은 원인에 대해서 입을 열지 않았다. 그저 제 손만 씻고 씻었다. 나 역시 엉덩이가 자꾸 근지러워오는 것 같았다. 맨살에 닿은 건 씻어도 소용없다. 이미 독이 올랐을 것이다.

"묻어주자."

누군가 제의했고 누구랄 것도 없이 아이들은 모래땅을 파기 시작했다. 한 아이가 주변에서 나무토막 두 개와 끈을 주워왔다. 그 것으로 십자가를 만들겠다는 것이었다. 지킴이한테 십자가가 무슨 소용일까. 잠시 그 문제로 소란이 일었다.

—십자가는 기독교의 상징이며 고난으로 세상을 구원한 예수를

기리기 위한 것이다. 그러니까 뱀하고는 아무 상관이 없다.

―아니다. 외국에서는 개가 죽어도 무덤 앞에 십자가를 세운다고 삼촌이 말했다.

―너희 삼촌은 원래부터 허풍쟁이다. 지난가을에 콩으로 메주를 쑨다고 해놓고 도토리로 묵을 만들어 먹었다.

―그 묵은 너도 같이 처먹지 않았느냐. 삼촌이 또 중요한 이야기를 했는데 군인이 전사하면 총으로 십자가를 만들어 세운다고 했다. 그건 명화교실에서도 봤다. 뱀이 죽은 것은 전사로 보아야 한다. 뱀을 때린 막대기를 무덤 앞에 세우는 게 당연하다.

―뱀이 막대기를 쓴 게 아닌데? 뱀은 막대기에 맞아 죽었는데? 국군하고 인민군하고 싸우다가 인민군이 전사하면 국군이 자기 총을 세워줘? 또 그 막대기는 독이 올라서 아무도 못 만진다. 만지는 사람은 손가락이 썩는다.

―조용히 해봐. 재천이가 잡았으니까 재천이가 세우면 되잖아.

아이들은 일제히 재천을 바라보았다. 재천은 손을 썻고 또 썻을 뿐이었다.

―저 자식은 왜 우리 동네 와서 지킴이를 잡아가지고 이 난리를 쳐? 저 새끼를 반쯤 죽여서 쫓아내자.

―저애 아버지는 경찰이다. 그랬다가는 큰일난다.

―우리 동네에는 마사오가 있다. 마사오는 헌병을 이기는데 헌병은 경찰을 이긴다. 그러므로 마사오는 경찰을 이긴다고 할 수 있

는 것이다.

호랑이도 제 말 하면 온다더니 그때 마사오가 나타났다. 그는 짧은 머리칼을 가리기 위해 푸른 모자를 쓰고 있었고 자전거에 타고 있었는데 그 자전거는 마사오의 우람한 덩치에 비하면 가엾을 정도로 작아 보였다. 마사오는 자전거 위에 앉은 채 호랑이처럼 울부짖었다.

"이놈들아, 왜 이렇게 시끄러워?"

아이들은 한꺼번에 찬물을 뒤집어쓴 것처럼 조용해졌다. 몇 아이는 냇물을 건너 도망칠 자세를 취했지만 대부분은 그 자리에 얼어붙어 있었다. 재천은 손을 씻던 자세 그대로 앉아 있었는데, 자칫하면 냇물에 코를 박고 쓰러질 것 같았다.

"꼬마야, 너 이리 좀 와봐."

마사오가 손짓을 했다. 아이들은 한 발짝씩 물러섰다. 자신들은 꼬마가 아니라고 생각한 모양이었다. 물론 내일모레면 중학생이 될 나도 꼬마는 아니었다. 내가 한 걸음 뒤로 물러서는 순간 마사오의 포효가 쩌렁쩌렁 울려퍼졌다.

"이놈의 새끼들이 전부 귀가 먹었나. 너 쭈그려앉은 놈 이리와!"

가엾은 재천. 누가 밀기라도 한 듯이 냇물에 풍덩 소리를 내며 빠졌다. 마사오에게 가느니 차라리 물에 빠져 죽는 게 낫다고 판단했는지도 모른다. 아이들 중 누구도 재천을 건져낼 생각을 하지 못했다. 죽을 정도로 깊은 물도 아니었다.

결국 자전거에서 내린 날개 돋친 호랑이가 아이들에게 날아왔고 아이들은 거미 새끼처럼 흩어져 도망치기 시작했다. 도망가기에는 물에 빠진 재천이 제일 불리했고 원래 걸음이 늦은 나도 그랬다. 재천은 물을 뚝뚝 흘리면서 마사오 앞에 서야 했다. 나는 멀찌감치, 이미 도망가 반대편 방죽 위로 올라선 아이들과 마사오 사이에서, 마사오가 재천에게 말하는 것을 들었고 재천이 대답하는 것도 들었다.

"이게 뭐야? 똥구렁이 아냐. 누가 잡았어?"

"저, 저기 장원두가요."

그때 나는 재천을 죽이고 싶었다. 주먹으로 안 되면 독이 묻은 엉덩이로라도 주둥이를 깔아뭉개버리고 싶었다.

"장원두가 어떤 놈이야?"

재천은 돌아서서 언제라도 도망칠 준비를 하고 있는 아이들과 자신 사이에서 어정쩡하게 서 있는 나를 가리켰다. 나는 학교에서 저요 하는 자세로 힘없이 손을 들었다.

"그래애? 땅강아지 같은 꼬마, 너도 이리 와."

나는 뱀에게 뒤꿈치를 물린 것처럼 꼼짝할 수 없었다. 나는 재천을 저주하고 뱀을 저주하고 날씨를 저주하고 냇가를 저주했다. 내가 감히 마음속으로도 저주할 수 없는 마사오가 다시 나를 불렀다. 뜻밖에도 은근하고 친절한 말투였다.

"야, 땅강아지. 이거 네가 잡았어?"

나는 눈물이 고이는 것을 느꼈다. 가래떡 같은 흰 팔이 생각났다. 그 팔이 얼굴에 감기는 것 같기도 했고 머리를 쓰다듬는 것 같기도 했다. 어느새 내게 다가온 마사오가 말했다.

"이거, 나 줄래?"

처음에 나는 무슨 말인가 잘 알아듣지 못했다. 그 말을 알아들은 다음에도 그 말에 담긴 뜻을 믿을 수 없었다. 그가 가지고 싶다면 가지면 되는 것이다. 나 같은 꼬마에게, 더구나 땅강아지만한 꼬마에게 부탁을 하다니. 나는 눈물을 참느라 목을 껄떡거리면서 고개를 끄덕였다.

"너희 둘, 내일 점심때 극장으로 와."

그 말을 남기고 마사오는 사라졌다. 손을 대면 그 손이 썩는다는 지킴이를 한 손으로 번쩍 들고.

다음날 우리는 극장으로 갔는데 마사오가 그 앞에 서 있다가 우리를 극장 안에 들여보내주었다. 그는 극장 입구를 지키는, 도사견 같이 생긴 깡패에게 말했다.

"내 동생들이야."

그날 본 영화가 〈머나먼 엘도라도〉였다. 그 내용은 잘 기억이 나지 않지만 재천이 이야기한 것과는 전혀 관계가 없었다. 재천은 자신이 그때까지 본 영화에서 감명깊었던 장면만 가지고 새로 영화를 만들었던 것이다.

재천은 한동안 마사오가 우리를 동생으로 삼았다고 자랑하고 다녔다. 곧 재천은 마사오의 동생이 수없이 많다는 것을 알게 되었고, 그 동생 가운데 보잘것없는 나까지 포함되는 게 꺼림칙했는지 동생보다는 더 극적이고 신비한 수제자라는 말을 자신에게 갖다 붙였다. 영화처럼, 그게 지어낸 이야기라고 하더라도 감히 의심하고 캐묻는 아이들은 없었다. 내가 영화 이야기와 영화의 차이에 대해 묻지 않았듯이.

5

버스는 내리막길에 접어든다. 운전기사는 언제 졸았더냐는 듯이, 또 존 것을 두고 누가 뭐라고 한 것도 아닌데 괜히 화가 난 표정으로 아슬아슬하게 중앙선을 넘나들며 내려간다. 올라가나 내려가나 위험한 것은 마찬가지다. 차이가 있다면 운전기사가 눈을 감았느냐, 아니냐 하는 것뿐이다.

열어놓은 문으로 들어온 비안개가 척척 얼굴에 감긴다. 이 신비한 장막을 넘어가면 지역이 나오리라. 이곳에 상존하는 비안개는 지역과 다른 곳을 구별하게 하는 독특한 것으로, 바로 이것 때문에 지리를 모르는 사람은 어지간해서는 지역을 바로 찾지 못한다. 또 이 장막의 안쪽에 사는 사람들은 이 망할 놈의 비안개 때문에 지역을 떠나기가 힘들다고 불평한다. 나를 버리고 어디로 가느냐고 묻는 것 같다고. 십 리도 못 가서 발병이 나리라고 속삭이는 것 같다고.

실상 비안개는 지역에서 다른 곳으로 통하는 산과 산 사이의 통로에 나타나는 자연현상이다. 산의 숲에서 생겨난 습기가 빠른 속도로 비좁은 통로를 빠져나오며 열을 빼앗긴 차가운 기단에 부딪혀 떠다니는 물방울을 만들어내는 것이다.

세심한 사람은 물방울 입자가 만들어질 때 그 중심에 혹 떠나지 못하는 사람들의 울분이나 떠난 사람들의 미련, 회한이 들어 있는 것을 알아낼지도 모른다. 혹은 병든 몸으로 고개를 넘어오다 지쳐 쓰러진 귀향자들의 원혼이 음울한 비안개로 변해 떠나려는 자의 눈을 가리고 성한 몸으로 씩씩하게 돌아오는 자의 발을 미끄러지게 하려는 것인지도 모른다. 그건 생각하기 나름이다. 기쁨과 사랑, 출세와 영광을 신비롭게 장식하는 운무라면 또 어떻다는 말인가.

그런저런 사정에 관계없이 내처 달리는 운전기사 덕분에 버스는 쉽게 오리무중의 비안개 지대를 통과한다. 비안개 지대를 벗어나면 여느 지역의 교외와 다름없는 모습이다. 우산을 흔들며 어디론가 가는 아이들, 그 아이들을 따라가는 강아지, 담배를 피우며 버스를 바라보는 농부, 활짝 펴진 느티나무 그늘 아래에 놓인 바둑판. 화창하고 평범하기 이를 데 없는 그 모습을 내 마음속에 있는 비안개 뭉치와 대조하는 동안 어느새 버스는 무사히 버스 정류장에 들어서고 있다.

운전기사는 고양이처럼 입을 한껏 벌리고 "아웅!" 소리를 내며 기지개를 활짝 켠다. 나까지 기지개가 켜질 듯한 활발한 동작이다. 과정이야 어떻든 그는 임무를 완수했다.

나는 혹시 정류장에 아는 사람이 없을까 두리번거린다. 오 년 전과 달라진 것은 버스 정류장이 시 외곽으로 옮겨왔고 그전보다 훨씬 커졌다는 것이다. 당연히 사람들도 많아졌다. 두리번거린 것은 오랜만에 고향을 찾는 사람의 버릇이다. 아는 사람은 없다. 마중 나온 사람도 없다.

마사오의 유해가 안치된 병원은 지역에서 가장 큰 종합병원의 별관이라고 재천은 말했었다. 지역에서 가장 크다고는 하지만 대도시의 웬만한 중소 병원 크기밖에 되지 않는다. 하긴 그래도 커지긴 커진 모양이다. 별관이 다 있다니. 버스 정류장 앞에 차창을 열고 줄지어 서 있는 택시를 잡는다. 지역 전체는 꽤 넓지만 시내는 기본요금 정도면 웬만한 곳은 다 갈 수 있다. 그런데도 택시를 탄 것은 별관이라는 게 어디 있는지를 몰라서다.

"성화병원에 별관이라는 게 있습니까?"

늙은 기사는 고개만 끄덕끄덕한다. 그것도 모를까보냐는 식으로.

"거기로 가주세요."

기사는 다시 방아깨비처럼 고개를 끄덕인다. 그것도 모르면서 뭘 두 번으로 나눠서 이야기를 하느냐는 식으로. 처음부터 '성화

병원 별관!'이라고 하지. 이럴 때는 말을 많이 한 쪽이 왠지 손해를 본 느낌을 갖게 된다. 나도 입을 다문다.

"거긴 왜 가요?"

침묵을 지키던 기사가 차가 신호에 걸리자 큰 인심이라도 쓰는 듯이 내게 묻는다. 나는 아까 손해본 것을 되돌려주려고 했는데 '왜?'라는 질문에는 고개를 끄덕이거나 도리질을 한다고 대답이 되지는 않을 것이니 어쩔 수 없이 말을 해야 한다. 그것도 기분이 나쁘다.

"초상이 나서요."

기사는 그제야 알은체를 한다.

"아, 마사오 말이지요."

"아십니까?"

당신은 이 지역 출신이냐. 내 질문은 그런 뜻이다. 마사오를 모르면 간첩이나 다름없던 시절이 있었다. 너는 그 시절을 아느냐. 너는 간첩을 아느냐. 너는 운전을 아느냐. 뜻밖에도 운전기사는 말이 많다. 아래위 각각 하나씩 이가 빠진 것이 철없는 아이처럼 보인다.

"그 양반, 어제 죽었지요? 무슨 관계라도 되시오?"

초면에, 더구나 손님에게, 취조하는 듯한 무례한 질문. 이것이 지역 고유의 손님 접대 방식의 하나다. 도시에서 십 년 이상을 살아온 내게 이제 이런 풍습은 조금 거북스럽다. 나는 잠자코 있기로 결정한다. 대답할 의무가 있는 것도 아니다. 내가 조금 더 겸손하고 멍청해서 묻는 대로 사근사근 대답을 한다면 그 대답은 이럴 것이다.

—아니요. 아는 사람이 있어서요. 그 사람을 만나려고요.

내가 아는 사람은 광자였다. 마사오가 군대에 가서, 군 교도소에 가서, 읍내에 가서 없던 때, 나는 광자의 집에서 광자가 쪄준 밀떡을 얻어먹고는 했다. 가마솥에 소다와, 나중에 알게 되었지만 발암 성분이 있는 사카린을 섞은 밀가루를 넣고 쪄내는 밀떡은, 어디론가 갔지만 여전히 집안 곳곳에 남아 있는 마사오의 흔적과 그가 언제 돌아올지도 모른다는 두려움을 극복하게 하는 최고의 약이었다. 내가 염소를 몰면서 긴 방죽 위를 어정거리면 광자는 커다란 두 손을 입에 대고 마치 장엄미사에서 주교가 축복을 내리듯이 "원두야, 떡 먹어라!" 하고 불러대곤 했다. 나는 동네에서 모르는 사람이 없는 떡보였다.

떡보는 좋겠네
어째서 좋은가
좋으니 좋겠지

어릴 때 부르던 출처 모르던 노래의 가사처럼 나는 광자가 나를 불러줄 때마다 좋으니 좋고도 좋았다. 광자가 왜 내게 떡을 해주게 되었느냐 하면 나는 떡보였고 떡보에게 떡을 주는 것은 나중에 천당이나 극락에 갈 공덕을 쌓는 일이기 때문이다. 거지에게 동냥을 주고 짐 진 자의 짐을 덜어주고 수고로운 자의 수고를 덜어주며 떡보에게는 떡을 주라. 그런 말이 적혀 있는 경전이 세상 어딘가에 있지 않을까.

"아무 관계도 없어요."

손님에게 거북스러운 질문이나 하면서 살아왔을 택시 기사에게 자신의 일평생에 대해 어느 정도 반성할 충분한 시간을 준 다음 나는 대답을 해본다. 그래도 반성을 하지 않았다면, 아무 관계도 없는데 왜 거길 가느냐. 그렇게 묻겠지? 나는 대답하지 않고 뜸을 들이다가 날씨 참 조오타, 하고 딴소리를 한다. 그러면 택시 기사는 내가 저를 싫어하고 날씨만 좋아하는 것을 알게 되겠지? 이런 전략이었는데 택시 기사는 내 말이 떨어지자마자 술잔의 술을 엎지르듯이 급하게 말을 쏟아낸다.

"그러면 그 소문 알아요? 마사오가 자살했다는 거요. 병원 의사 입에서 나온 말인데 맞는가봐요. 마사오가 몇 년을 앓았잖아요. 그때 누굽니까, 거, 다리에서 사고로 떨어져 죽은, 그 악독한 깡패 놈한테 당해서 폐인이 됐잖아요. 그다음부터는 그 사람이 전혀 힘을 못 썼지요. 그러다가 비관해서 자살을 했다 이거지요."

누가 물어봤어? 천하무적인 마사오가 남한테 맞아서 몇 년을 폐인으로 지냈다고? 그럼 그때 즉시 자살하지 왜 지금 와서? 그런 이야기가 돈다는 것부터 어불성설이다. 마사오는 절대로 자살할 사람이 아니다.

"헛소문이지요."

"아니에요! 어제 우리 택시 회사 사람이 담당 의사를 태우고 갔대요! 그 자리에서 그런 말을 했다는 겁니다! 제초제를 먹은 것 같다고요!"

기사는 핏대를 세우며 말끝마다 힘을 준다. 소싯적에 웅변깨나 했는데 그것을 몰라주는 게 원통해서 미치겠다는 듯이.

"농약을 먹었으면 위세척을 했을 텐데 그걸 모를 리가 있나요."

"그러니까, 위 세탁을 했는데 아무것도 안 나오고 제초제를 먹은 것 같은 증상은 나타나니까 확실치 않다는 거지요. 그래도 의사가 거짓말을 했을까."

"그 사람 의사 맞아요? 세탁소도 아닌 병원에서 위를 세탁하다니 바보 아니에요? 거짓말하면 의사 자격을 박탈하는지 모르나보지요?"

내가 지역의 풍습을 조금 아는 사람임을 과시하며 같은 식으로 억지를 쓰자 그제야 그는 조금 주춤한다. 헛소문을 내는 의사는 자격을 박탈한다는 조항에 관해서는 모르고 있는 모양이다. 있다, 없다에 관한 모든 논쟁에서는 있다는 쪽이 유리하다. 어디 있는지는 정확히 모르고 당장 가져올 수는 없지만 세상 어디인가에는 있다고 하면 된다. 없다고 주장하려면, 그 주장으로 있다고 주장하는

사람을 이기려면 세상에 있는 의사에 관한 모든 조항을 가져와서
입증을 해야 한다.

"그래도요! 지역에서 마사오가 자살했다는 거 모르는 사람이
없어요!"

기사는 조금 인간이 되는가 싶더니 돈을 받는 순간 다시 아래
위 하나씩 이가 빠진 치열을 드러낸다.

"아저씨 입조심 좀 하셔야겠네. 아직 친구하고 후배 들이 시퍼
렇게 살아 있는데."

거스름돈을 세느라 꾸무럭거리는 기사에게 한마디 쏘아붙이자
속이 좀 후련해지는 것 같기는 하다. 기사는 돈을 세다가 말고 한
마디라도 지면 입안에 아구창이라도 생기는지 또박또박 대꾸한다.

"후배들이 시퍼런데 초상집이 저렇게 썰렁한가?"

그러고 보니 영안실 주변은 드문드문 상복을 입은 사람이 오갈
뿐 문상객은 거의 보이지 않는다.

썰렁하기는 영안실 안도 바깥이나 다를 바 없다. 석유난로 하나
와 유족만이 자리를 지키고 있을 뿐, 어디나 흔한 대형 화환 하나
안 보인다. 조그만 국화 바구니 하나, 위패와 향로, 영정이 전부다.
다른 상가 같으면 당연히 대형 화환에 가려 보이지도 않을 경고문
이 흰 벽에 떡 붙어 있다.

'대형 화환을 열 개 이상 진열하면 가정의례 준칙에 의거, 다음
과 같이 처벌한다. 영안실 영업정지 일 개월, 상가 이백만원 이하

의 벌금, 일 년 이하의 징역.'

벌금과 징역이 무서워서 열 개 이상의 대형 화환을 치웠다면 분명 그것을 날랐을 것으로 보이는 상주는 아버지를 닮아서 덩치가 크고 목이 굵은 청년이다. 거친 베옷을 입고 지팡이를 짚었으며 새끼줄로 머리를 동여맸는데, 그 모두가 도대체 내가 무슨 죄를 지었기에 이런 차림으로 사람들을 맞아야 하느냐고 묻는 징표 같다. 아직 어리다.

마사오의 미망인은 손님 대접을 해야 한다면서 밖으로 나갔다가는 대접할 손님이 거의 없는 것을 확인하고는 다시 안으로 들어와 흐느끼는 일을 반복하고 있다. 그녀가 흰 팔뚝을 치켜들고 사춘기 동안 내 꿈속을 무상출입한 게 무릇 몇 번이던가. 그러나 그것은 아주 먼 옛날의 일이다. 지금은 그저 남편이 갑자기 죽어서 허둥지둥하는 아낙네다. 또 아직 남편의 부재에 대해 심각하게 생각하지 못하는, 초상을 치르고 나서야 문득 그 부재를 느끼고 비로소 남편을 여읜 슬픔에 잠길, 여느 미망인과 똑같은 모습이다.

그녀는 마사오가 죽기 전, 몇 년 동안 생활을 도맡았다고 한다. 외판원을 해서 생활비를 벌고 그 생활비로 생활을 꾸리고 아버지를 빼닮은 아들을 공부시켰다고 한다. 그랬다고 한다. 그랬단다. 그리고 광자.

광자는 검고 통통한 옆얼굴을 보이며 미동도 하지 않고 앉아 있다. 나를 알아보는 것 같지도 않다.

나는 마사오의 영정 앞에 꿇어 엎드린다. 그가 가버렸다는 게 실감이 나지 않는다. 갑자기 영안실 입구에 나타나 내 덜미를 쥐고 "이 떠그랄 놈아!" 하고 호통을 칠 것 같다.

아니다. 그는 오래전에 내 마음의 지평선 너머로 떠났다. 영원한 왕으로서 위엄과 광채에 둘러싸여. 그가 떠난 자리는 흉터처럼, 말 발자국처럼 자국만 남아 있다. 그 자국 위에 간신히 존재했던 조로한 중늙은이의 영정 앞에서 나는 절한다. 다시 절한다. 상주와 맞절하고 잠시 무릎을 꿇었다가 일어선다. 무슨 말이라도 건네고 싶은데 상주는 내가 누군지도 모르는 눈치다. 하긴 알 리가 없다.

"갑자기 이런 일이…… 장지는 어디인가요."

볼이 붉은 상주는 입안에서 무슨 말인가를 웅얼거린다.

"어제 그제 그저께 그 전날……"

"오늘이 7월 말이니 칠칠이 사십구 더하면 사십구재는……"

상주 역시 내가 입속으로 웅얼거리는 말을 알아듣지 못한다. 나도 내가 하는 말이 무슨 말인지 알고 하는 게 아니다. 다 죽은 말이다. 죽은 말이 죽음의 잔치에 어울린다. 상주를 세워둔 채 또 쓸데없는 생각에 빠지고 있는데 누군가 옷깃을 살며시 잡아당긴다. 그 순간 국화향이 맵게 느껴진다. 광자다. 눈이 웃고 있다.

"하나도 안 변하셨네요."

나는 광자에게 존댓말을 쓴다. 어린 시절에는 존댓말을 쓸 의무가 없었다. "미쓰꼬, 미쓰꼬" 하는 가냘픈 여인의 목소리가 어디선가 들려오는 것 같다.

광자는 보일 듯 말 듯 웃으면서 손을 내민다. 무슨 죄든 용서해주겠다는 성자처럼. 나도 모르게 그녀의 손을 맞잡는다. 그 손은 미지근하고 두껍고 거칠다. 그 손을 부여잡자 갑자기 눈물이 나올 듯 가슴이 아려오기 시작한다. 추억의 창고를 잠근 자물쇠는 녹슬었다. 그게 떨어지려고 하는 것이다.

"나 좀 일으켜줘."

광자는 쉰 목소리로 말한다. 그렇지. 나는 남이 보는 앞에서 광자와 손을 부여잡고 눈물을 짜고 통곡을 할 만큼 고인이나 고인의 가족과 가까운 사람은 아니다. 광자는 내 손을 잡고 일어서려고 했던 것뿐이다. 나는 광자를 일으켜주고 이름을 적지 않은 부의금 봉투를 접수대 함 속에 집어넣고 밖으로 나온다. 영안실 바로 앞에서 나는 세희를 본다.

나는 세희를 본다. 그녀는 변하지 않았다. 상복을 입고서도 여전히 아름답다. 여전히 애처롭다. 여전히 내 가슴을 아리게 한다.

세희를 본다. 세희는 바쁘다. 몇 안 되는 문상객들은 생일상처럼 풍족한 술상을 받는다. 세희는 술상을 차리고 치우고 차리고 치운다. 세희가 미망인의 동생이라는 것을 기억해내는 데는 시간이 조금 걸린다. 나는 고개를 숙이고 빠른 걸음으로 그녀를 지나친다. 그녀의 손에는 기름이 배어 있다. 그녀는 가늘고 길며 희고 차가울 그 손을 치맛자락에 쓱 문질러 닦는다. 나는 그런 세희를 본다.

병원 뜰에는 해바라기가 피어 있다. 해바라기 한 그루. 해바라기 두 그루. 해바라기 세 그루가 서 있습니다. 그냥 무료히 서 있는 것보다는 그런 말이라도 되뇌며 서 있는 게 정신건강에도 좋고 사색적으로 보이는 데도 효과가 있다. 그렇게 보여서 좋을 일이 있다면. 해바라기. 해바라기 한 그루.

영양가 없는 해바라기의 그림자를 가로질러 몇 사람이 들어온다. 사오십대의 중늙은이들이다. 그중 한 사람은 이마가 유난히 튀어나왔는데 상대적으로 작아 보이는 정수리 부분과 뒤통수가 함께 어울려 혹부리를 연상시킨다. 용칠이다. 전설의 박치기 왕, 지용칠. 마사오와 함께 한 시대를 풍미했던 영원한 2인자. 일대일로 붙어서 한 번도 진 적이 없고 이마에서 머리 경계선 주변까지 동그랗게 머리칼이 빠져버린 것은 수많은 박치기로 닳은 머리가 자랄 날이 없어서라고 했다.

어느 술자리에서 용칠과 새로 생긴 유도관 관장 사이에 시비가 붙었다. 유도관 관장은 전국 유도선수권대회에서 준우승을 한 적이 있으며 정통 무도인임을 자랑스러워하는 인물이었다.

"한판 해?"

"조오타."

"나가지."

"나가?"

"넓은 데 가서 한판 하자고."

"멀리 갈 거 뭐 있어?"

그러면서 용칠은 앉은 자리에서 한쪽 무릎을 번쩍 들면서 앞자리에 앉은 상대의 뒤통수를 당기는 동시에 이마로 안면을 받아버렸다. 그것으로 승부는 끝이었다.

용칠은 배가 튀어나왔고 나이보다 훨씬 늙어 보인다. 어디서 뭘 하고 있을까. 마사오가 죽어가기 시작했을 그때 그 순간에는 뭘 하고 있었던 걸까. 그는 옛날에 유행했던 멜빵바지를 입고 있다.

한 사람은 초상집에 온 사람답지 않게 허리까지 올라오는 흰 바지에 흰 구두를 신었다. '빽다리' 차백달. 발길질 한 번으로 세 사람의 뺨을 동시에 때린 적이 있다는 발차기의 귀신. 그 역시 한때 마사오의 동료로 지역을 주름잡았던 건달이었다.

또 한 사람, 메기라고 불리던 입 큰 사내 김영출. 싸움을 하다 그 입으로 상대방의 귀를 물어뜯어 꾹꾹 씹어 먹었다는. 그다음부터는 간 맞춰 먹으려고 소금을 가지고 다녔다는 전설이 있는 인육 감식 전문가. 그들은 성큼성큼 걸어오다가 나를 한번 보더니 입을 꾹 다문 그대로 내 앞을 지나친다. 왕년의 신화에 비하면 이제 셋 다 늙은 칠면조 같다.

광자가 나오다 그들과 마주친다. 그중 한 사람이 불교도인지 합장을 한다. 광자도 허리를 굽혀 마주 합장을 해서 인사한다. 그 동작이 너무 익숙해서 나는 문득 광자가 입산수도 끝에 스님이라도 되었는지 궁금해진다. 광자는 내가 알기로는 어머니가 돌아간 이후부터 근 십오 년 이상을 절에서 살았다. 아니지. 머리칼은 그대로인데. 해바라기 한 그루. 두 그루. 세 마리의 수탉들이 날아갑니다.

내가 마사오와 그의 집안에서 만난 적은 거의 없었다. 마사오의 집 앞에서 마사오와 마주쳐서 말을 주고받은 것도 단 한 번이다. 그때마다 광자는 보이지 않았다. 뒷방에 숨어 있었나, 감자를 캤나. 그러나 광자는 거기서 있었던 모든 일들을 자기 이름처럼 기억하고 있었다. 그게 광자의 신비한 능력이다. 마사오에 관한 일이라면 아무리 사소한 것이라도 광자의 기억과 평가를 거역할 수 없다. 나는 그렇게 생각해왔다. 내가 모르는 마사오의 생애에 관한 이야기는 대부분 광자의 기억에서 나온 것이었다. 나는 스무 살이 되도록 광자가 가진 마사오의 신화를 담은 젖, 그 젖이 흘러나오는 풍요한 젖꼭지의 유혹을 한 번도 이기지 못했다.

"누구 기다리는 사람 있어?"

나는 왜 이렇게 당황하기부터 할까. 내가 사춘기에 접어들었을 때 광자는 삼십대에 도달해 있었다. 그동안 변한 건 무엇일까. 나는 도무지 변한 게 없는 광자 앞에서 저절로 어려지는 느낌이 든다. 아니다. 그때 나는 이미 서른 살이 되어 있다고 자부했다. 정신적으로, 다만 정신적으로. 그리고 나는 실제로 이제 서른 살이 넘었다. 그때의 광자와 대등한 수준이 되었다.

광자에게는 다른 사람이 모르는 아름다움이 있다. 그것을 느낄 때마다 은근히 자랑스러웠다. 일 년에 몇 번 나타날까 말까 하는 그 아름다움을 나 혼자만 알고 느끼고 있다고 생각할 때마다 우쭐했었다. 광자에게는 사람의 영혼을 복종하게 하는 그윽한 눈길이 있다. 그것은 광자의 커다란 몸이나 누런 잇새로 새어나오는 가르릉거리는 숨소리, 아무렇게나 걸친 옷차림에서는 도저히 상상할 수도 없이 돌연히 튀어나오는 금빛 화살 같은 것이다. 광자는 바로 그런 눈길로 나를 보고 있다.

나는 순식간에 어렸을 때처럼 매혹당한다. 그 눈길 하나만으로도 아름다우니 광자는 좋겠다. 다른 사람들은 얼굴이니, 몸매니, 옷이니, 머리 모양이니, 주름살이니 하여 아름다움을 가꾸고 유지하려면 엄청난 시간과 돈이 들겠지만 광자는 오로지 눈길 하나만으로 아름답다. 광자는 좋겠네. 어째서 좋은가. 좋으니 좋겠지.

"재천이가 올지도 모르겠어요."

나는 광자의 관심을 내게서 돌려놓고 싶어진다.

"누구라고?"

"왜 박재천이라고 어릴 때 저하고 놀던 친구 있지요. 안 다녀갔습니까?"

"그 덩치 큰 애 말이야? 난 못 봤어."

그렇다면 재천은 저는 상가에 와보지도 않고 나를 불러내렸다는 말이 된다. 나는 광자 앞에서 재천을 성토하려다가, 혹은 그를 위해 변명을 하려다가 둘 다 그만두고 만다. 재천만 오지 않은 게 아니다. 상가치고는 사람이 너무 없다. 마사오와 나, 멀고 먼 우리 사이에 존재하는 별과 같고 쓰레기와 같은 인간들의 코빼기도 보이지 않는 판에 재천 하나만 가지고 뭐라고 할 일은 아니다.

박치기 왕이 걸어나온다. 미망인이 뒤를 따른다. 뒤이어 빼다리와 메기가 걸어간다. 용칠이 갑자기 뒤돌아서더니 미망인을 벽으로 돌려세운다. 두 사람은 거의 귓속말을 하는 것처럼 작은 소리로 이야기를 나눈다. 그 두 사람을 둘러서며 빼다리는 멋진 동작으로 팔짱을 끼고 메기는 바닥에 침을 뱉는다. 용칠은 연방 고개를 끄덕인다.

이윽고 네 사람은 갈라서서 세 사람은 나오고 한 사람은 영안실로 들어간다. 용칠이 힐끗 나를 또 한번 본다. 도시풍으로 검은 양복을 입은 것이 이 자리에, 여름 날씨에 안 어울리는가보다. 더구나 사람이 없으니 조금만 안 어울려도 눈에는 많이 띈다.

나는 용칠을 알지만 그는 나를 모른다. 몰라야 당연하다. 우리는 한 번도 인사를 나눈 적 없고 제대로 대면한 적도 없다. 늙었다고는 하지만 그의 표정은 아직 사납다. 들어올 때보다 많이 사나워진 것 같다. 무슨 말이 오갔기에 그러는가.

미망인은 "어떻게 이런 일이?"라고 묻는 사람들에게 혈압과 술 때문이라고 대답한다. 혈압이 높아 금주를 해야 했는데도 술을 절제하지 않았다는 것이다. 마사오처럼 위대한 인물에게는 평범하다 못해 어처구니없는 사인이다.

설령 그가 의사의 충고에 따르지 않고 술을 마셔서 죽었다고 하자. 그가 술을 마신 데는 술을 마실 만한 이유가 있는 것이다. 더구나 술이 자신을 죽일 것임을 알았다면 그것을 무릅쓸 만한 어떤 이유가 있으리라. 그는 왜 자살을 한 것으로 소문이 날 만큼 술을 많이 마셨는가.

낮술에 취한 사람의 얼굴처럼 붉은 해가 기울어가고 있다. 서산에 걸린 해는 중천에 떠 있을 때보다 훨씬 커 보이고 위엄이 있다. 해의 크기가 아침에 다르고 한낮에 다르고 저녁에 다른 것은 아니다. 해가 아침이나 저녁때 가깝고 한낮에 멀어지는 것도 아니다. 뜰 때, 또 질 때의 해는 우리가 아는 산과 나무와 구름에 비교되어 상대적으로 커 보이는 것뿐이다.

이와 마찬가지로 위대한 자는 하찮고 일상적인 것이 가까이 있을수록 더욱 위대해 보인다. 살아 있는 동안 다른 사람으로 하여금 우러러보게 하는 힘을 가진 사람이 마사오였다. 그는 지역 전체를 통틀어 비교할 만한 사람이 많지 않은 위대한 인물이었다. 그가 위대한 만큼, 그의 몰락도 장엄해야 했다. 죽음은 특별해야 했다. 그게 그렇지 않다면 세상 이치는 엉터리고 내가 믿는 신념과 가치와 신화는 쓰레기에 불과하다.

마사오는 오래전에 고혈압으로 쓰러진 적이 있었다. 그것이 또 하나의 전설을 낳았다. 마사오는 평소에 자신이 쓰러지면 데려갈 병원을 정해두었다. 식구들에게 누누이 일러두었다. 막상 마사오가 쓰러져서 인사불성이 되자 식구들은 그 사실을 잊었다. 그래서 급한 김에 지역에서 가장 오래되고 큰 병원인 성화병원에 데리고 갔다. 혼수상태에서 깨어난 마사오는 자신이 정해준 병원을 잊어먹은 식구들에게 욕설을 퍼부었다. 어서 병원에서 나가자고 불같이 재촉했다.

식구들이 간신히 환자의 뜻을 알아들었을 때는 이미 때가 늦었다. 병원장의 팔촌 동생인 원무과장이 의사처럼 가운을 입고 파일까지 들고 의기양양하게 나타난 것이다. 원무과장은 허둥지둥 짐을 싸던 식구들에게 부사관으로 오랜 군대 생활을 거치면서 몸에 밴 구호, "동작 그만!"을 외쳤다고 하니 그 역시 얼마나 서둘렀는지 알 수 있다.

이어서 원무과장은 파일을 넘겨가며 마사오가 수십 년 동안 그 병원에 지불하지 않은 치료비의 세목을 낭랑한 목소리로 불러주었다. 목록에 의하면 마사오는 그 병원 설립 이후, 가장 많이 그 병원을 들락거린 사람이었다. 또한 치료비를 한 번도 안 낸 사람이기도 했다. 한편 그 자신을 치료한 적은 한 번도 없다는 것도 밝혀졌다. 마사오는, 자신에게 맞아서 다친 사람을 데려왔고 남에게 맞은 친구와 후배 들을 데려왔고 병원에 갈 돈이 없어서 길바닥에 누운 채 신음하는 사람도 데려왔다.

자신이 때려서 다치거나 죽게 된 사람을 치료해주는 것은 당연하다고 하겠다. 동생들이 남에게 맞아서 죽게 되었는데 치료를 해준 것 역시 나무랄 일은 아니다. 그래도 치료비는 내야지. 병원에서는 마사오의 얼굴을 보아 원가로 치료비를 청구했을 뿐인데도 마사오는 한 번도 지불하지 않았다. 돈을 내라고 할 수도 없는 분위기를 만들었다. 또 이것저것 백번을 이해한다 쳐도 길바닥에서 강도를 당해서 쓰러져 신음하는 사람을 데리고 온 것은 병원측에서 도저히 이해할 수 없다는 것이었다. 자기가 무슨 '선한 사마리아 사람'이라고.

"여우 가트 느으므 섀키, 감히 늬가 호당이 아페서 풍선꺼믈 씨버……"

중풍 때문에 입이 삐뚤어진 마사오가 말을 바로 하긴 했다. 호랑이가 쓰러졌다고 여우가 호랑이를 조롱하느뇨? 마사오는 말을 마치지도 못하고 거품을 문 채 다시 혼수상태로 돌입했다.

식구들이 의사를 부르려고 했지만 원무과장은 길을 막아섰다. 밀린 치료비를 내지 않으면 당장 죽어나간다고 해도 치료를 하지 않을 것이다. 부인은 떨기만 했다. 모르는 일이에요. 오오, 저녁 먹다 쓰러졌어요. 저이가 죽으면 우리 모두 죽어요. 그때 중학생이었던 마사오의 아들도 주먹으로 눈물을 닦으면서 사정을 했다. 아저씨, 아저씨, 제가 얼른 커서 치료비를 두 배로 갚을게요. 아버지를 살려주세요. 원무과장은 고개를 가로저었다.

"너도 꼭 네 아비 같은 말을 하는구나. 벌어서 나중에 두 배로

갚겠다고? 지금 이자라도 갚아라. 그럼 치료도 해주고 네 말도 믿어주겠다."

마침 병원에 왔다가 이 광경을 본 사람이 있었다. 그는 이 소식을 지역 사람들에게 전했고 그 이야기는 눈물 없이는 들을 수 없는 전설이 되어 회오리바람처럼 온 지역을 휩쓸었다.

"자네 들었나. 마사오가 죽어간다는구먼. 돈 한푼 없어서 병원에서 쫓겨나게 되었다네."

"그전에 다친 사람들은 모두 마사오가 치료해주지 않았던가. 마사오 덕분에 살아난 사람이 얼마나 많은가. 백 명은 될걸?"

"아닐세. 내 어머니 나이를 걸고 말하건대 연 인원 삼천 명은 너끈할 텐데?"

"그런 사람을 그렇게 대접할 수 있을까."

"그냥 두어서는 안 되겠지?"

소문을 들은 사람들이 꾸역꾸역 모여들기 시작했다. 비록 손에 들고 온 건 없었지만 말로라도 응원을 해주기 위해서였다. 지역 사람들은 말로 거들고 나서는 데는 다들 일가견이 있는 사람들이었다. 병원 마당은 수십 명의 참견 때문에 소나기 오는 수박밭처럼 시끄러워지기 시작했다. 그러나 병원은 끄떡도 하지 않았다.

사람들은 자신들이 바로 마사오의 도움으로 치료를 받은 사람이며 그 빚을 자신들이 대신 지는 의미에서 앞으로 병이 들게 되면 줄줄이 성화병원에만 오겠다고 마음에도 없는 말을 했다. 그래도 병원은 까딱하지 않았다.

주민들은 철면피하고 인간성 찾아보기 힘든 게 병원이라는 곳이며 병자를 치료하기보다 치료비를 먼저 세는 곳이 병원이라는 몹쓸 곳이다, 우리는 일치단결해서 병원에 본때를 보여줄 것인데, 평소에 몸을 단련하여 병에 걸리지 않음으로써 병원을 망하게 하자는 공론을 일으켰다. 병원은 눈도 깜짝하지 않았다. 그건 각자 알아서 할 문제니까.

예상 외로 완강한 병원측 태도에 당황한 주민들은 논의 끝에 회담 대표를 선출했다. 대표들은 연명으로 각서를 제출하며 마사오의 치료비를 책임지겠다고 약속했다. 또한 병원이 그렇게 세상 인심을 못 믿는다면 앞으로 세상도 병원을 못 믿게 될 것이며 그래서 생겨나는 앞으로의 일은 모두 병원의 책임이라고 은근히 협박했다.

병원에서 혹시나 하고 믿어보자는 분위기가 형성되었던 단 몇 분, 그 시간을 틈타서 회담 대표로 가장한 마사오의 옛 친구들은 운신을 못하는 마사오를 들것에 실어서 밖으로 데리고 나왔다. 가족들은 울면서 그 뒤를 따랐다. 병원측에서는 멀거니 구경할 수밖에 없었다. 늙었다고는 하지만 마사오의 옛 친구 하나만의 힘으로도 병원의 얼굴 허연 직원 네댓 명은 감당할 수 있었을 테니까. 이 모든 과정이 거짓말처럼 쉽게 이루어져서 마사오는 집에서 쓰러질 때의 자세와 환경 그대로 집에 있게 되었다.

그런 마사오가 자살을 했을 리가 있는가. 그럼에도 불구하고 밑도 끝도 없는 자살 소문이 지역 전체에 돌고 있다.

소문은 항아리처럼 생긴 지역이 스스로의 특성에 맞게 극적으로 개량하고 발달시킨 정보 매체다. 소문은 중앙이나 제도권 언론에서 도저히 취재할 수 없는 것, 예상할 수 없고 이해할 수 없으면서도 사실인 것, 무시하고 포기하는 진실, 다룰 수 없는 역사를 폭넓고 세세하게 다룬다. 지역 재판소, 경찰, 세무서, 행정 관서, 의원 사무실, 사건 당사자의 입과 주변 사람의 증언과 같은 공식적인 매체를 합쳐놓은 것보다 풍부하고 설득력이 있는 것이 소문이다. 따라서 다른 데서는 몰라도 지역에서 장사를 하거나 길을 걷거나 출세를 하거나 일상생활을 하는 데 소문은 없어서는 안 될 필수아미노산이자 미네랄, 산소 같은 것이다. 그렇다. 그랬다.

"오다보니까 안 좋은 소문이 있던데요."

광자는 고개를 들고 나를 본다. 지는 해가 황금빛 후광처럼 그녀의 머리칼을 물들이고 있다.

"무슨 소문이야?"

"저기 저…… 좌우간 소문이 났다는 게 이상하거든요…… 자살이라고. 헛소문이겠지만요."

광자는 침묵한다. 그 침묵에 무언가 어색하고 갑갑한 게 느껴진다. 광자는 고개를 든다.

"나도 어제 왔어. 임종도 제대로 못 했어. 그 아이가 어떻게 죽었는지 누가 알겠어."

마사오를 '그 아이'라고 부를 수 있는 사람은 이 세상에 단 한 명뿐이다. 그 사람조차 임종을 못 했으면 마사오의 죽음은 그만큼 갑작스러웠다는 뜻이다. 그런 한편으로 광자의 말에는 자신 말고는 누구도, 처자를 포함해서, 마사오가 죽고 사는 방식을 모른다는 강한 자부심이 배어 있다. 말이 끝나자 광자의 얼굴은 곰팡이가 피듯 푸르고 차가운 기운으로 덮인다.

"누가 그런 소문을 일부러 퍼뜨린 건 아닌가 해서…… 별 뜻은 없습니다."

나는 변명한다. 이렇게까지 쩔쩔매며 광자를 대한 적이 없었다.

광자는 늘 따뜻하고 푸근하게 나를 감싸주었다. 우리는 마사오의 이야기를 통해 일치감을 확인하곤 했다. 그런데 마사오의 죽음과 함께 그 따뜻하던 이불이 휙 벗겨지는 듯한 느낌이 든다. 광자도 내 느낌을 알아차린 듯 침묵을 지키고 있다. 조청처럼 끈끈한 침묵이 숱한 의문과 말을 잡아먹는다.

어색해하는 나를 구원하듯이 세희가 저만치서 걸어오고 있다. 희고 긴 목, 희고 긴 옆얼굴이 상복 속에서 솟아올라 있는데 그건 정결함과 아름다움의 향기를 발산하는 꽃과 같다. 세희는 광자를 향해 눈인사를 보내고 아는 척할까 말까 쭈뼛거리는 나를 무시한 채 병원 건물 안으로 들어가더니 공중전화 수화기를 든다. 내 코는 과연 개코다. 그녀가 걸어간 다음에 남은 희미한 장미향을 식별해

낼 정도다. 광자의 눈길도 내 코가 향한 쪽으로 돌려진다. 구원의 효과가 나타난다. 광자는 커다란 입을 쩍, 소리나게 연다.

"저 아이는 어릴 때나 지금이나 도대체 변하지를 않네."

나는 모르는 체한다. 광자의 말은 맞다. 변하지 않은 세희는 변함없이 나를 혼란스럽게 한다. 비안개처럼 덮어 누른다. 털구멍 하나하나에까지 섬세하게 파고든다.

"너, 열몇 살 때 저 아이한테 연애 걸려고 개구리를 옷에 집어넣었지."

광자는 갑자기 소리내어 웃는다. 그런 소녀와 같은 웃음은 초상집에 어울리지 않는 것은 물론이고 광자에게도 어울리지 않는다. 더구나 광자는 잘못 알고 있다. 잘못된 기억에 의지해 웃는다.

그러나 그 웃음은 그때 그 시간대로 나를 훅 빨아들인다.

마사오가 군대에 간 다음, 광자는 염소를 보러 방죽에 나와 어슬렁거리는 떡보를 가끔 집안으로 불러들였다. 떡보는 떡을 먹으면서, 마사오가 집에 없는 한 나타날 리가 없는 흰 팔뚝이 혹시 머리라도 돌아서 대문을 밀고 들어서면 얼마나 좋을까 하면서 가슴을 두근거렸다. 광자는 밭에 가고 집안은 고요했다. 나는 마루에 앉아 광주리를 끌어안고 그 안에 든 밀떡을 먹고 있었다.

그때 한 여자가 자전거를 끌고 나타났다. 나는 처음에는 그게 흰 팔뚝인 줄 알았고, 내 소원대로 흰 팔뚝이 찾아온 줄 알고 너무

기쁘고 당황해서, 그녀에게 잘 보이려고 입에 가득 든 떡을 얼른 삼키려다가 숨이 막혔고, 숨이 막혀서 마루에서 댓돌로 나둥그러진 다음, 중력과 관성의 힘으로 마당으로 굴렀다. 흰 팔뚝은 도대체 내가 왜 마루에서 댓돌로, 댓돌에서 마당으로 구르는 재주를 보여주는지 이해하지 못했을 것이다.

칠면조나 공작의 수컷은 암컷에게 구애할 때 꼬리 깃털을 펴 보인다. 개구리나 맹꽁이 가운데 일부는 입을 최대한 불룩하게 해서 암컷의 인기를 끌려고 시도할지 모른다.

하지만 나는 그중 어느 것도 아니고 입에 떡을 문 채 마루에서 마당까지 닭똥을 묻혀가며 나둥그러지는 묘기를 보여줌으로써 암컷의 호감을 끌려고 작정한 바가 없었기 때문에, 정작 그렇게 되었을 때에는 창피해서 그저 죽고 싶었다.

"너, 뭐하니?"

마당에 누워 그냥 숨을 멈춰서 죽어버릴까 말까 고민하고 있는 나를 굽어보면서 흰 팔뚝이 말했다. 나는 흰 팔뚝의 얼굴을 본 적이 없었고 흰 팔뚝만을 보았기에 흰 팔뚝의 생김새나 향기는 잘 알고 있었는데 자전거 핸들을 잡고 있는 그 흰 팔뚝은 내가 아는 흰 팔뚝보다 조금 작았다. 게다가 젖비린내인지 생선 비린내인지는 몰라도 낯선 비린내가 약간 났다. 결론적으로 그건 내가 아는 흰 팔뚝이 아니었다. 나는 착각한 것이 분해서 얼른 떡을 삼키고 일어섰다.

"누구셔요?"

좁쌀밥만 먹었나. 초면부터 반말이라니. 흰 팔뚝도 아니면서. 모든 동화책에서는 동물끼리는 초면에도 반말을 하지만, 나는 동화책에 나오는 수탉이 아니고 저도 동화책에 나오는 여우가 아니지 않는가. 나는 그게 억울해서 일부러 존댓말을 썼다. 그 아이는 지역의 중심지에서 쓰는 깔끔한 표준말로 다시 나를 슬프게 했다.

"이 집 주인 어디 갔어? 나 읍에서 심부름 왔는데."

아유, 기막혀. 기막혀라아. 서서 보니 키가 나보다 조금 큰 계집아이였다. 긴 머리에 리본을 묶었고 만화 여자 주인공이 그려진 운동화를 신었는데, 그 운동화에서 나는 그 아이가 아이라는 결정적인 단서를 잡았다. 만화나 볼 나이의 계집아이가 왜 초면의 남정네에게 대뜸 반말을 하는지 나는 알 수가 없었다.

"몇 학년이셔요? 나는 육학년인데. 영서교 육년."

나는 동네에서는 그렇게 말하고 다녔다가는 뿌리 없고 조상 팔아먹을 얼빠진 놈으로 규탄받을 게 뻔한 지역 표준말로 물어보았다. 동네 사람들은 지역 중심지의 중류 계층에서 쓰는 말을 밥맛없고 상스럽다고, 프랑스인이 영어 싫어하는 것처럼 싫어했다. 간혹 학교에서 그 말을 배워와서 집에서 써먹는 철없는 아이들이 있었는데 겁을 알고 철이 들 때까지 얼간이 취급을 당하고 나면 동네에서는 절대 그런 말투를 쓰지 않았다. 내가 그렇게 크나큰 위험성을 감수하면서 애를 써서 상대를 해주었는데도 그 아이는 그걸 알아주기는커녕 은행 같은 눈을 동그랗게 뜨고 하얀 이마를 찡그리며 대답했다.

"얘, 장난하지 마. 광자 언니 어디 갔어? 이거 빨리 주고 가야 한단 말이야."

이 망할 것이 어른이 묻는데 똑바로 대답은 하지 않고 뭐? 나는 어깨를 펴고 점잖게 다시 말해주었다.

"광자는 감자 캐러 갔어요. 가져온 게 뭐여요?"

그 아이는 어른들이 골치 아픈 아이를 만났을 때처럼 머리를 흔들더니 자전거 뒤에 매달린 꾸러미를 풀어 내게 건네주었다.

"이거 우리 언니가 형부한테 보내달라는 거야. 꼭 전해줘."

"언니가 누구셔요? 형부는 누구셔요? 댁은 누구셔요?"

"난 갈 거야."

하긴 집안이 너무 고요해서 무서운 생각이 들 만하기는 했다. 내가 같이 있는데 뭐가 무서운가. 내가 떡 대신 저를 먹기라도 할까.

고요하기는 집안이나 집밖이나 마찬가지였다. 그런 고요 속에 나를 혼자 남겨두겠다니, 나도 무서운 생각이 들었다. 그래서 자전거와 자그마한 흰 팔뚝을 따라 밖으로 나섰다. 길게 뻗어 있는 방죽, 염소떼, 멀리 아스라이 보이는 상엿집과 문둥이 집, 그 사이로 이렇게 어린 계집아이가 자전거를 타고 겁없이 왔단 말이지. 이제 그 길을 돌아가야 하리라. 저기 방죽 옆에 있는 집들과 다리 밑에 누가 어떻게 살고 있는지를 이야기해줘야지. 가는 길이 훨씬 흥미진진해지도록. 훨씬 더 빨리 갈 수 있도록.

그 말을 하기 전에 옆모습을 훔쳐보니 그 아이는 화장을 한 것처럼 얼굴이 보얗고, 작은 땀방울이 코끝에 맺혀 있었다. 내가 땀을 흘린다면 그 땀방울보다 두 배는 크고 진한 색깔의 땀을 흘리리라. 나는 내 콧등에도 땀이 날까 조마조마해하면서도 일단 집 바로 옆 미루나무가 숲을 이루고 있는 곳으로 그 아이를 이끌었다. 그 아이는 끌려오면서 짜증을 냈다.

"왜 그래?"

남자아이에게 물어보라. 세상에서 가장 무서운 것은 같은 또래의 예쁜 여자아이의 짜증이다. 나는 그 짜증에 애초에 작정했던 말은 몽땅 잊어먹고 엉뚱한 말을 했다.

나는 놀러온 아이이므로 물건을 전해줄 수 없다. 광자를 불러오겠다. 저 키 큰 옥수수밭을 지나, 무성하고 기름진 잎이 달린 감나무 아래를 지나, 무릎을 휘감는 고춧대를 지나, 향긋한 깨밭 너머, 단내 나는 누런 흙에서 저녁거리로 감자를 캐고 있는 광자에게 다녀오겠다. 그런 식으로.

"네 이름이 뭐니?"

아이는 가지런하고 흰 이를 드러내면서 처음으로 미소를 띠는가 싶었다. 나는 내 뻐드렁니가 탄로 나지 않도록 주의하면서 입을 오므린 채 대답했다.

"장원두요."

"나는 세희야, 나세희. 영동교 육학년이야. 넌 형부하고 무슨 관계니? 넌 왜 언니 이름을 막 부르니?"

"우리 동네에서는 다들 그렇게 한답니다. 서로 이름 불러요. 미국 사람처럼요."

그건 꼭 그렇지는 않았다. 동네에서 이름을 부르는 어른은 방죽 곁에 사는 문둥이, 광자네 식구, 정신병자인 칠순이 정도였다. 아이들도 어른들도 그렇게 불렀다. 문둥이, 광자, 마사오, 칠순이 하는 식으로. 유신조도 이름을 불렀다. 유신조는 성까지 붙여 불렀고 다른 사람은 이름만 불렀다. 문둥이, 광자, 마사오, 칠순이 등등은 본인이 듣는 데서는 부르지 않았다. 그런데도 나는 멋있게 보이려고 과장을 하고 말았다.

"어머, 웃겨."

세희는 분명히 웃었다. 나는 그 웃음을 뒤로하고 내 과장이 곧 탄로 나지나 않을까 염려하면서, 두근거리는 가슴을 원망하면서 근처 깨밭에 있을 광자를 찾아갔다. 광자는 없었다. 또 뭘 훔치러 갔는지도 모르지. 남의 밭에 엎드려 풋고추를 따고 있을지도 모르고, 우리 밭둑의 호박 넝쿨을 끌어당기고 있을지도 모른다. 나는 광자를 찾지 못한 게 신이 나서, 찾지 못했으므로 과장이 탄로 날 시간도 연장되었고, 그동안에 다른 걸 과장하면서 세희와 더 많은 시간을 보낼 수 있게 되었다는 기쁨에 넘쳐, 조금이라도 그 시간을 즐기고자 얼른 뒤돌아섰다.

멀리 나무 그늘 아래 자전거와 함께 자전거처럼 서 있는 세희가 한 떨기 장미꽃 같다는 생각이 들었다. 가까이 가서 보니 세희는 한 손으로 가슴 쪽의 옷자락을 끄집어당겨 앞곱사등이 모양을 만들고 있었다. 이상한 취미라는 생각을 했다. 아주 가까이 가서야 세희가 바람이 슬슬 부는 나무 그늘 아래에서도 땀을 흘리고 있는 것을 보았다. 나무에서 무엇인가 떨어져 가슴 부근 옷 속으로 들어갔다는 것이었다.

개미? 내가 묻자 그 아이는 기겁을 했다. 벌? 그 아이의 눈이 이상해졌다. 송충이? 그 아이는 거의 기절 직전의 상황에 도달했다. 나는 내가 하는 말이 점점 더 나쁜 쪽으로 그 아이를 자극했다는 것을 알았다. 그래서 가급적이면 그 아이가 좋아할 만한 긍정적인 동물을 말해줌으로써 사태를 완화시키려고 했다. 아아, 미루나무에는 송충이가 살지 않아. 미국나방애벌레라고 훨씬 뚱뚱하고 커다란 놈이 살지. 그러자 그 아이는 축축이 젖어 있는 땅바닥에 털썩 주저앉고 말았다. 나는 그 벌레가 얼마나 우아하게 살이 쪘는지 벌레 중에서는 귀부인 급에 속한다는 다음 말을 잊어버릴 정도로 당황했다.

그래서 내가 아는 모든 동물 가운데 여자아이의 옷 속으로 들어가도 괜찮을 만한 동물을 주워섬기려 했는데 그게 생각대로 되지 않았다. 내 입에서 나온 말은 떡개구리, 맹꽁이, 두꺼비, 지네, 노린재, 거미 등등이었다. 그 아이는 종이가 접히듯 기절했다. 나중에 알고 보니 그 아이는 심장이 약했다.

훔친 감자가 가득 든 광주리를 들고 집으로 돌아오던 광자가 난처해하고 있는 나와 기절한 소녀를 보았다. 그녀는 감자를 캐듯이 거칠고 부주의한 손으로 그 아이의 가슴에서 아주 작은 바나나처럼 생긴 미루나무 이파리를 꺼냈다. 그 순간 나는 그 아이가 이미 아이가 아니라는 것을 알게 됐다. 밋밋한 내 가슴과는 달리 무엇인가 부풀고, 장미처럼 붉고 흰 게 있었다. 처음 목격했을 때의 느낌으로는 그건 귀엽지도 않았고 징그럽고 두려운 종류에 속했다.

그런데도 그다음부터 그 처녀를 볼 때마다 내 눈알은 걷잡을 수 없이 가슴 쪽으로만 돌아갔다. 나는 처녀의 젖가슴을 보았다는 깊은 자책감에 빠진데다 고의로 기절을 시킨 탓도 있고 해서 그 처녀를 멀리하게 되었다. 그래서 당분간 보지 못했다.

6

"어디 있는 거냐, 도대체. 사람을 오라고 했으면 기다리든지. 이 양반 이렇게 보내도 되는 거야."

화를 내고 만다. 처음에는 화를 내는 척만 하자고 했는데 내는 척하고 또 내는 척하다보니 정말로 화가 난다. 그래서 고래고래 소리를 지른다. 별일도 아닌데 버럭 소리부터 지르고 보는 것, 그게 지역의 풍습에 맞기 때문이기도 하다. 지역에 오면 지역의 법에 따라야 하는 법. 재천의 휴대전화는 감이 멀어서 쒜쒜 하는 바람 소리가 섞여든다.

"낚시터에 나왔다가 지금 돌아가는 길이다. 기다려라."

"낚시? 지금이 낚시 다닐 때야? 도대체 어떻게 이럴 수가 있어? 후배고 선배고 애고 어른이고 꼴도 하나 없으니."

"지금 그런 거 따질 시간이 없다."

"낚시 다닐 시간은 있고?"

"가서 이야기하자. 삼십 분쯤 있다가 다시 걸어."

전화는 거기서 멋대로 끊긴다. 문득 공중전화 수화기에서 풍기는 장미향이 코끝을 간질인다. 국화향보다는 훨씬 자극적이고 관능적인 냄새다.

을씨년스러운 바람이 몇 번 오가는가 하더니 여름에는 보기 힘든, 아주 작은 빗방울이 떨어지기 시작한다. 빗방울은 바깥에 쳐놓은 포장 안으로 날아들 정도로 가볍다. 그나마도 적은 수의 사람들이 영안실 안으로 들어가거나 자리에서 일어선다. 이제 포장 안에는 나와 중늙은이 몇 사람만 남는다.

비구름을 몰아오는 바람에 너울거리는 세희의 치맛자락. 펄럭펄럭 소리가 나도록 다니고 있다. 마치 이 세상에서 가장 중요한 것은 문상객 대접을 하는 것이며 그 대접을 소홀히 하면 세상이 무너져내린다고 확신하는 것처럼. 나는 보고 있다. 세희.

초상집은 죽은 사람을 위한 자리가 아니라 산 사람이 외로움을 느끼지 않게 하기 위해 마련한 외로움의 교환 장소, 시장이다. 한 가지 확실한 것은 초상을 당한 사람은, 그 죽음이 자신에게 의미가 크면 클수록 맹렬한 성욕에 사로잡힌다는 것이다.

나는 노려보고 있다. 나는 세희를 세고 있다. 세희의 숫자를 센다. 세희는 이곳에 나타나고 저곳에 나타난다. 이리 번쩍, 저리 번쩍한다. 나는 중늙은이들이 자리를 지키고 앉아 세희를 음탕한 시선으로 바라보는 게 싫다. 늙었으면 관심이 없어질 때도 됐지, 얼이 빠져서, 자신의 본분을 잊고, 그녀의 엉덩이와 그녀의 젖가슴과 그녀의 얼굴에 눈알을 고정시키고 있는 꼴이라니. 그들이 싫고 세희가 싫어진다.

"정승댁 개가 죽으면 문상객이 미어터지고 정승이 죽으면 강아지 한 마리 오지 않는다더니, 에이, 씨부랄……"

인상이 비루먹은 개를 닮은 문상객이 혼잣말치고는 꽤 큰 소리로 중얼거린다. 내가 의아해하는 것도 바로 그것이다. 마사오의 장례식이라면 전 세계에서 검은 양복 입은 건달들 일 개 사단이 와서 손님 맞고 손님 대접하고 손님 보내고 남는 시간에는 일 개 연대씩 돌아가며 대성통곡을 해야 할 게 아닌가. 마사오가 은퇴한 지 오래되어 그렇게까지 대접받지는 못하더라도 국내에서 일 개 연대는 왔어야 하지 않은가. 은퇴한 지 워낙 오래되었고 또 본인의 초상이어서 부고를 직접 낼 수는 없었던 연고로 손님이 아무리 적다 하더라도 지역 건달 삼백 명은 와야 하지 않은가. 삼백 명이 어렵다면 그 절반이라도, 그 절반의 절반이라도…… 그게 단 한마디, 정승 댁 개가 죽으면 문전이 미어터지고 정승이 죽으면 강아지 한 마리 얼씬 않는다는 말로 그저 메워질까 생각하면서 입이 싼 발설자를 살펴보았는데 그 역시 힐끗 나를 훑어보고 있다. 나는 그를 만나본 적은 없지만 소문은 들어 잘 알고 있다. 그는 지역 최고의 민주투사 조봉신이리라.

나머지 한 사람은 뒤돌아 앉아 있지만 보나 마나 노름꾼 이희주다. 깡마른 볼에 주름과 눈이 깊은 사람.

또 한 사람은 어릴 때 나를 가르친 적이 있는 박조룡 선생이다. 나는 선생의 강철 같은 주먹 덕분으로 장래 희망을 버스 운전기사에서 아동문학가로 바꾼 적이 있다. 그는 조금 떨어져 앉아 등을 돌리고 앉은 나를 몰라본다. 나도 그에게 인사하지 않는다. 그는 너무나 높은 경지에 도달하여 나로서는 제자로 처신하는 데 상당한 용기가 필요하다.

어쨌거나 지역의 대표 건달 셋이 다녀갔고 대표 인물 셋이 자리를 지키고 있으니 마사오의 영전이 쓸쓸하다고 말할 수는 없을지도 모른다.

민주화를 위해 신명을 바친 사람들의 회합 장소인 식당의 주인에서 일약 지역을 대표하는 민주투사로 변신한 명사. 지역뿐만 아니라 전국적으로도 누구에게 뒤떨어지지 않는 기술을 가진 노름꾼. 역시 지역뿐만 아니라 전국적으로 알려진 아동문학계의 거장.

이 세 사람이 와 있다면 지역의 인물들, 쉽게 말해 지역의 재야 정치가, 재야 경제인, 재야 지식인 알짜는 다 온 셈이다. 그 외에도 지역에서 거론될 만한 재야 인물은 우주적인 술꾼 정운천, 과거와 미래를 꿰뚫어보던 역술가 최고리, 재야 천재 화가이며 방중술의 대가인 성문종이 있겠으나 그들은 오십 살을 넘기지 못하고 둘은 죽고 하나는 지역을 영영 떠나버린 까닭에 거리의 왕, 무관의 임금이었던 마사오의 영전에 올 수 없다.

이들은 모두 하늘에 빛나는 해 마사오가 알아주던 인물들이었다. 마사오는 어느 해, 지역 북쪽 상산上山에 있는 못에 이들을 초청, 잉어 잡아먹기 대회를 개최했다. 상산은 이름과는 달리 야트막한 야산에 불과했지만 계곡 아래에는 수백 년은 된 대나무숲이 있었다. 숲 안에는 유서 깊은 못이 있었는데 그 못은 지역이 인근에서 가장 빼어난 곡창지대임을 상징하듯이 수백 년 전에 만들어졌다. 오래되다보니 못의 규모는 양어장 정도의 크기로 줄어들었고 당시에는 지역 수리조합에서 민물고기 양식 시설로 운영하기 위해 울타리를 둘러쳐놓고 있었다.

조봉신은 대나무숲에서 가장 가까운 마을에 살았다. 그래서 대나무숲 안에 있는 못에 얼마나 많은 잉어가 사는지, 그 잉어들의 색깔이 얼마나 먹음직스러운지를 누구보다도 잘 알았다. 하지만 철조망으로 둘러쳐진 대나무숲 안에 마음대로 드나들 수가 없어서 침만 삼키고 있다가 모르는 게 없는 도사 최고리에게 자문을 구했다.

최고리는 입산과 방랑을 합쳐 도합 십칠 년을 수도한 다음, 지역으로 와서 스스로를 도사로 칭하며 사람들을 불러모으기 시작했다. 최고리가 정말로 십칠 년을 수도했는지, 최고리의 나이가 열일곱 살인지 그보다 더 먹었는지 제대로 아는 사람은 아무도 없었다. 어쨌든 그는 점도 쳐주고 푸닥거리도 하고 이름도 지어주면서 밥을 먹었다. 그는 스스로 우주의 비밀을 깨달아서 병에 걸리지도 않고 죽지도 않는 방법을 알고 있다고 온 지역에 소문을 냈다.

"길가에 떨어진 풀씨는 저절로 싹이 트고 자라는 게 아니니라. 햇빛과 공기 같은 하늘의 기를 받고 수분과 영양분이 포함된 땅의 기를 받아 그것을 자신의 기로 만들어서 성장하고 꽃을 피우고 열매를 맺는 법이니라. 그러고 나면 쇠진해서 죽고 마는데 그 기는 남겨진 풀씨 안에 갈무리되어 다음해에 다시 태어나게 되느니라. 사람도 마찬가지니라. 아버지에게서는 하늘의 기를 받고 어머니에게서는 땅의 기를 받아서 태어나느니라. 이것이 선천의 기이니라. 태어난 다음에는 선천의 기만 가지고 성장할 수 없느니라. 공기와 햇빛을 통해서는 하늘의 기를 받아들이고 음식물을 통해서 땅의 기를 받아들여야 하느니라. 이것을 후천의 기라 하느니라. 잉어는 대자연의 일부니라. 잡아 요리하면 먹을 수 있느니라."

최고리는 조봉신과 함께 개구멍을 통해 대나무숲 속 연못가에 와서 팔뚝만한 잉어가 헤엄치는 것을 보고는 즉각, 거침없이 우주의 비밀을 토해냈다. 조봉신은 이렇게 화답했다.

"글쎄, 내가 보기에도 잉어가 잘 먹고 잘 살다가 늙어 죽는 건 우주에 도움이 안 되는 것 같아. 우리 저거 날 받아서 잡아가지고 술안주 해먹세."

최고리는 곰곰이 생각하다가 입을 열었다.

"우리 힘만으로는 안 되리라. 두 사람으로는 이 많은 잉어를 잡을 수 없으리라. 또 이런 일에는 뒤탈이 무서우리라. 소문이 나면 막아줄 사람이 필요하리라. 막을 사람은 단 한 사람밖에 없으리라. 내일 동남쪽에서 귀인이 오리라."

마사오는 이미 대나무숲 못의 사정을 알고 있었다. 지역에서 살찐 고기가 사는 곳을 중천에 뜬 해와 같은 마사오가 모를 리 없지 않은가. 그러므로 언젠가는 못이든 잉어든 한번 손을 보려고 생각하고 있었다.

조봉신과 최고리가 이희주를 통해 대나무숲에 한번 왕림해서 지역의 평화와 단결, 발전, 그리고 지역을 대표할 만한 일류 인물들 간의 단합을 도모하자고 했을 때 마사오는 고개를 끄덕였다.

"지역을 대표한단 말이지. 그러면 우리끼리만 모이지 말고 예술가들도 불러야 할 것 아닌가."

그래서 온 나라를 대표하는 문사 박조룡과 역시 한 시대의 그림을 좌지우지하는 성문종이 초청을 받았다. 아울러 여러 사람의 목마름을 채우기 위해 약간의 술과 안주를 마련하기로 의논이 되어서 술을 많이 마시기로는 전 은하계에서 둘째가라면 서럽다는 정운천이 술을 가져오게 되었다.

이렇게 하여 지역의 통치자인 마사오, 최고의 문사 박조룡, 최고의 화가 성문종, 최고의 주호酒豪 정운천, 최고의 도사 겸 예언가 최고리, 최고의 식당 주인은 아니나(그렇게 서열을 매기기는 어려우므로) 불세출의 민주투사로 둔갑하게 되는 조봉신이 역사적으로 한날한시에 상산 아래의 대나무숲하고도 못가에 모였다.

박조룡과 성문종은 지역의 남쪽과 북쪽에 살면서 한 사람은 원고지와 만년필로, 한 사람은 팔뚝만한 대필로, 시대의 감수성을 대변하고 민중의 사랑을 받는 세계적인 작품을 낳고 있다고 서로 생각했다. 그래서 삼십대 중반 단 한 번 만남으로 의기투합하여 서로 호를 지어줄 정도로 아름다운 인연을 맺었다.

박조룡은 약관의 나이에 교편을 잡았다. 그게 바로 내가 다니던 학교였는데 그가 첫번째 부임한 학교에서 첫번째 학생으로 그만 나를 가르치게 된 까닭에 광자의 기억보다 조금 더 자세히 알 수 있게 됐다.

박조룡은 타고난 천성이 불같았고 남이 자신보다 앞서는 것을 참지 못했다. 그는 남보다 뛰어난 것을 보증하는 제도, 상에 대해 격렬한 집착을 보였다. 따라서 남이 가르친 아이들이 자신이 가르치는 아이들보다 많은 상을 받는 것을 용납하지 않았다. 아이들이 상을 타오게 하는 데 그가 사용한 방법은 오직 주먹이었다. 사랑의 매도 아니고 곤장도 아니고 맨주먹의 훈육. 또 자신과는 아무 관련도 없는 다른 학교 아이가 자전거를 타고 인사도 없이 지나갔다고 해서 귀뺨을 올려붙여서 고막을 터뜨렸고 또 한번은 수업중에 시끄럽게 군다고 운동장으로 쫓아나가 철봉하는 아이를 밀어뜨려 팔을 부러뜨려 치료비를 물어준 적도 있었다.

그러다가 그는 운명적으로 마사오와 어느 술집에서 대면하게 된다. 중천에 뜬 해와 같은 마사오는 선생 중에 상당한 주먹이 있다는 소문을 듣고 있었다. 그 주먹은 주먹 약한 선생 몇과 술을 마시다가 마사오에 대해서 약간의 비평을 했다.

"세상에 황당한 이야기도 유분수지, 마사오라는 깡패에 관한 이야기는 교육적으로 문제가 많더군. 어떻게 사람이 미친 황소와 싸워 이기고 남은 힘으로 그 단단한 대추나무를 부러뜨리고 한다는 건가. 어떤 아이는 아예 그 깡패가 평소에 날아다닌다고 믿고 있더군. 그래서 신발값이 안 든다더군. 그런 능력이 있으면 뭐하러 남의 주머니나 털고 외상 신세나 지는 깡패 노릇을 하겠는가. 허위를 진실로 믿는 아이들을 어떻게 가르칠까 난감하구나. 아아, 백년지대계의 어려움이여. 교육자의 외로움이여."

그 말이 마사오의 귀까지 전달되는 데 오 초 이상이 걸리지 않았으니 세상에는 황당한 일도 다 있지 뭔가. 마사오는 그 말을 전해 듣고 나서 삼 초 안에 그 술집으로 날아갔으며 마침 변소를 가려고 나오던 박조룡을 왼쪽 주먹으로 쳐서 육 미터 안으로 날려보냈다.

그러고 나서는 달려가서 먹살을 잡아 일으켜세운 다음 소리쳤다.

"아이구, 이거 사람을 잘못 봤군. 미안해서 어쩌지? 얼굴이 비슷해 보여서 그만."

마사오의 손 안에서 파닥거리던 박조룡은 비로소 세상에는 황당한 힘의 주먹도 있다는 것을 알게 되었고 실수는 용서할 수 있다고 마사오와 스스로를 위로했다. 그다음부터 박조룡은 절대로 주먹 자랑을 하지 않게 되었으며 황당하고 기이한 이야기에도 관심을 가지고 자기 나름의 세계를 개척하기 시작했는데 그것이 아동문학의 성자가 되는 일이었다. 그 덕분에 그의 반 아이들은 한 학기에 두 번씩, 그가 쓴 지루한 이야기가 들어 있는 등사판 문집을 집에 가져오고 그 대금으로 돈을 가져가게 되었다.

성문종은 또 누구인가. 그는 대담한 에로티시즘과 분방하고 파괴적인 화풍을 융합하여 자신이 자주 출입하는 요정 마담의 미인도를 몇 점 그렸다. 머리는 개구리의 형상이나 몸은 여성의 누드로 구성되어 있는 그 그림은 화가가 얼마나 치밀하게, 가까이서 모델을 관찰했는가를 알 수 있게 해준다. 하여간 성문종은 희고 풍부한 살집이 있는 얼굴에 보기 좋게 구레나룻을 기른, 모임 당시 사십대의 호남이었다.

그에게는 그림보다 더 관심과 쓰임이 많은 특기가 있었다. 그는 화가다운 치밀한 관찰력과 심미안을 가지고 있었고 자신이 점찍은 여인이면 설사 경찰서장의 어머니일지라도 함락은 시간문제라고 장담했으며 실제로 몇몇 유부녀와 스캔들을 일으키기도 했다. 타고난 정력가였으니 그 역시 대자연이 주는 음식물, 특히 노루 피, 사슴 고기, 멧돼지 쓸개, 독사의 생식기, 개미, 지렁이, 산삼, 오리, 자라, 잉어, 미꾸라지 등등을 고루 섭취할 필요가 있었다.

술꾼 정운천. 그는 술이 있는 곳이라면 언제 어디서나 모습을 나타내는 기이한 존재였다. 청탁 불문, 좌석 불문, 관혼상제 불문, 화재 홍수 불문, 승속 불문, 안주 불문, 유주무량. 그야말로 '상산 잉어 잡아먹기 대회'처럼 속세를 초월한 모임에 가장 걸맞은 인물이었다. 그는 술자리에서 술을 마시는 일 말고는 일체의 일에 무심했다. '말을 하지 마라, 술 마실 시간이 준다. 노래를 하지 마라, 한 방울이라도 더 마시자. 춤을 추면 술이 깬다. 싸움하지 마라, 술 쏟아진다.' 말 그대로라면 그는 이미 단순한 술주정뱅이에서 벗어나 세상의 비밀 한 자락을 움켜쥔 사람의 풍모를 갖추고 있었다.

마사오는 남들이 알아주지 않는 재주꾼까지 본능적으로 알아봤고 그들을 자신의 가까이에 두었다. 박조룡이나 성문종, 정운천이 과연 공식적으로는 지역의 일개 건달에 지나지 않는 마사오의 초청에 허겁지겁 달려오다시피 한 것이 마사오의 주먹이 두려워서였을까. 마사오 역시 우주의 비밀 한 상자쯤은 깔고 앉아 있었던 건 아닐까.

그때 그들은 무엇을 했는가. 물보다 물고기가 차지하는 부피가 더 많은 못에서 고기를 잡았다. 회 쳐 먹고 구워 먹고 삶아 먹고 고

아 먹었다. 낚시에, 뜰채에, 장화에, 함지박에, 자동차 배터리를 사용한 전기충격 장치, 흔히 '밧데리'라고 쓰고 '빠떼리'라고 발음하는 기구에, '꽝'이라고 불리는 발파용 다이너마이트까지 준비한 그들은 한 번은 낚시로, 한 번은 밧데리로, 한 번은 꽝으로, 한 번은 직접 못에 뛰어들어 당수와 뒷발차기로 때려잡는 등 각자의 취미껏 놀면서 영광스럽고 아름다운 한 시절을 장식했다.

대회 마지막 날 그들이 잡아올린 잉어 가운데 엄청나게 큰 게 있었다. 준비해온 함지는 어린아이 둘이 목욕을 할 정도로 컸으나 잉어는 거기에도 들어가지 않았다. 잉어를 집어넣으려면 머리나 꼬리를 잘라야 할 판이었다.

잉어는 힘겹게 숨을 내쉬었다. 사람과의 전쟁으로 군데군데 비늘이 벗겨져나갔고 온몸에서 붉은 피가 배어나고 있었다.

"자, 이제 어떻게 한다?"

"죽기 전에 빨리 먹어야지?"

"어이쿠. 이건 너무 큰데. 도로 놓아줍시다."

최고리가 잉어를 도로 놓아주어야 한다고 주장했다. 이렇게 큰 잉어는 이미 영통을 했으리라. 곧 못의 제왕으로 군림하고 있었을 것인데 인간세나 마찬가지로 물고기에게도 예와 충이 있을진대 간섭을 해서는 안 되리라.

"말도 안 되는 소리 하지 마시오. 크다고 다 영통을 하면 코끼리나 고래는 전부 신선이 되겠네."

조봉신이 반박했다. 성문종도 한마디했다.

"옛날 사람들은 잉어가 묵으면 용이 된다고 믿었거든. 으흠. 등용문이라는 이름이 붙은 곳은 대개 폭포나 급류에서 잉어가 뛰어오르는 곳을 말한다 이 말이오. 그러니까 잉어찜은 용찜이고 매운탕은 용매운탕, 회는 용회라고 할 수 있는 게지. 용을 먹을 기회가 자주 오는 게 아니오."

잉어는 그 장황한 이야기가 진행되는 동안 죽어가고 있었다.

"여기는 강이 아니라 양어장이야. 개천에서 용 났다는 말은 알아도 양어장에서 용 났다는 이야기는 못 들었소."

박조룡도 거들었다.

"터가 있는 곳에는 터의 지킴이가 있지요. 이게 이 못의 지킴이가 아닐까요?"

잉어는 죽어가고 있었다.

"이런 못에서 이만큼 자랄 수가 없어. 이만한 잉어라면 큰 강에서 유유히 임금처럼 살던 것이야. 이건 필시 사람이 갖다넣은 거요. 그러니까 지킴이가 될 수는 없는 법이오."

그사이에도 잉어는 죽어갔다.

"너무 크면 아무 맛도 없어요."

"원래 잉어란 건 맛으로 먹는 게 아니고 약으로 먹어요."

"여자들 몸에 좋지. 산후조리 할 때."

"여기 여자 있어?"

126

"일단 회를 떠서 먹읍시다. 그다음에 매운탕으로."

"놔줘야 한다니까. 이건 이 못의 신령이라고."

"지킴이지. 괜히 말을 그럴듯하게 만들지 마시오."

"지킴이나 신령이나 그게 그거려니. 신령에게는 신장이 있어. 그 신장들이 가만 놔두지 않으리."

"신장이 자라였으면 좋겠군. 피 좀 먹게."

일동이 갑론을박하면서 두 패로 나뉘어 싸우는 동안 잉어는 죽고 말았다. 아무 말 없이 지켜보던 마사오가 결론을 내렸다.

"자, 이제 먹어치우자고."

박조룡은 도도한 강물처럼 흘러간 그 옛날, 지역의 황금기와 그 황금기를 주도했던 인물, 특히 자신의 빛나는 민주화 투쟁 이력에 대해 길게 술회하고 있다. 그가 이미 시작한 이상 중도에 그만두게 하기는 불가능하다. 미망인이 몇 번 나왔다가 들어갔고 광자가 나왔다가 화장실에 갔다 와서 들어갔다. 국이 몇 번 데워졌고 다시 식었다. 술병이 한 줄로 서 있다가 넘어졌고 두 줄로 서 있는 것을 세희가 가져갔다.

"아, 그때 그 잉어 참 컸네. 그거 살려줬으면 용 됐을지도 몰라."

조봉신이 우렁찬 목소리로 박조룡의 말 사이에 끼어든다. 박조룡은 언짢은 표정으로 말을 받는다.

"용이 어디 있소. 무식한 사람들이 하는 소리지. 아아, 그때에 바람은 소슬하고 은물결 금물결이 출렁거리는데……"

조봉신이 다시 말을 끊고 끼어든다.

"나중에는 비가 왔지, 응? 우리 여섯이 쪼로록 다 젖었지. 이형, 생각나지?"

이희주는 난처해한다. 대답을 하면 박조룡이 삐칠 것이고 하지 않으면 조봉신이 잡은 마이크에서 나오는 소리를 계속 들어야 한다.

"이형, 내 말 맞잖아. 그날 그 잉어 먹고 우리 똥 싸다 죽을 뻔했잖아. 박형, 박형도 먹었지?"

그날 그 잉어를 먹자는 편에 섰던 사람들은 잉어를 먹고 심한 설사병으로 죽다 살아났다. 먹지 않은 사람들은 그때 어중간하게 옆에 서 있던 일이 동티가 났는지 지금은 모두 죽고 없다.

조봉신은 한번 끼어든 이상 체면을 찾아야겠다는 듯이 물러서지 않는다. 그가 후일 민주투사가 된 데는 아무 자리에나 악착같이 끼어드는 버릇이 크게 작용했다.

조봉신의 식당 벽에는 '민주투사가 직접 요리한 미꾸라지 맛'이라는 제목 아래 그의 투쟁 이력이 실린 두 면짜리 잡지 기사가 액자에 담겨 걸려 있었다. 실상은 농민운동을 하던 몇 사람이 그의 식당에서 만드는 겉절이와 된장찌개가 맛있다고 해서 이따금 모였고 어느 날 경찰이 잠복 기습해서 일행을 체포하던 과정에서 조봉신이 밀려 넘어지면서 코뼈가 부러진 게 그의 민주화 운동의 총

이력이었다. 문민정권이 출범한 뒤 그는 자신이 지역은 물론 전국의 민주화 운동을 이끌어 마침내 오늘날의 민주 정부를 탄생시킨 주역이었다고 말하고 다녔다.

내가 화장실에 다녀오는 동안 그들의 화제는 이 자리에 오지 못한 인물들에게로 돌아가 있다. 그들은 먼저 정운천의 운명에 대해 회고한다.

정운천은 술 내기를 하다가 술에 취해 죽었다고 한다. 아무리 마셔도 취하지 않으니 최종적인 방법으로 소주에 밥을 말아 두 대접을 먹고 바늘에 실 꿰기를 하던 중 쓰러졌다. 술 내기는 세 사람이 했는데 그중 두 사람이 죽어 한동안 지역을 떠들썩하게 만들었다. 살아남은 한 사람은 일어서서 비틀거리며 일곱 걸음을 걷고는 "내가 왕이다" 하고 외친 다음 그길로 식물인간이 되었다. 정운천은 왕보다 높은 신선이 되어 화장터 연기를 타고 하늘로 날아갔다.

최고리는 한동안 점쟁이로 살다가 온몸을 바쳐 노력한 끝에 진짜 도사가 되었다. 그는 자신이 백오십 세까지 감기 한 번 걸리지 않고 살아 보이겠다고 장담하곤 했는데 어느 날 술 취한 운전사가 모는 덤프트럭에 치여 농구공에서 바람 빠지는 소리를 내며 죽고 말았다.

성문종은 단 한 번의 스캔들로 지역을 떠났다. 밤이면 밤마다 엄청난 그의 정력에 시달려 여념이 없었어야 할 그의 젊은 부인이 지역의 여러 남자와 맞바람을 피웠기 때문이었다.

셋 중에서 가장 말수가 적은 이희주는 그저 고개를 끄덕이면서
술잔을 비운다. 다른 두 사람은 경쟁적으로 침을 튀기며 자신의 영
웅담과 남의 험담을 늘어놓다가 밑천이 바닥나버렸는지 드디어
조용해졌다. 그들이 마사오가 몰락한 이후, 뿔뿔이 흩어져 어떻게
망해갔는가에 대해, 비교적 가까운 시기에 있었던 일로 쉽게 회고
할 수 있는 사건을 다루었다면 이희주의 입에서 나올 이야기는 마
사오가 한창 깃발을 드날릴 때의, 전설과 역사의 중간쯤에 해당되
는 것이다. 내가 알기로 이희주는 한동안 속세에서 떠나 있었다.

이희주는 지역에서 둘째가는 부자인 아버지가 갑자기 죽는 바
람에 지역 두번째 부자가 된 사내였다. 아버지가 죽기 전에 이희주
는 부잣집 아들답게 씀씀이가 커서 위가 크고 가난한 건달들 대부
분은 한두 번 이상 그에게서 술과 밥을 얻어먹었다. 전국 최고 수
준의 노름꾼에게 걸려들어 패가망신하기 직전, 마사오의 구원을
받아 집과 고물상 하나를 건질 수 있었다. 이윽고 노름꾼이 입을
연다. 말수 적은 그가 굳이 입을 여는 것은 이제 평생의 벗과 이별
하는 마지막 자리에서 지역 사람들이 보여주는 미덕, 즉 말잔치를
통해 죽은 벗의 영예를 드높이고 살아 있는 사람들에게 오래도록
기억하게 하는 방식에 따르는 것이다.

조봉신은 끄덕끄덕 졸고 박조룡은 흔들흔들 존다. 그러므로 그
말을 듣고 기억하고 기록할 만한 사람은 나밖에 없다. 이희주는 개

의치 않는다. 공중을 향해 입을 열어 천천히 한마디씩 뻐끔거린다.

마사오와 한 시대를 풍미한 이들 인물의 면면을 모은다면 한 나라라도 너끈히 세울 수 있을 정도다. 단 하나 모자라는 것이 있다면 건국신화에는 항상 빠지지 않는 아름다운 여인이겠다. 지역에 경국지색의 아름다움을 지닌 여인이 없는 것은 아니었으니 반 세대 후에 출현한 미의 화신 세희가 바로 그 여인이다. 그러나 세희는 지금 보이지 않는다.

지역을 대표하는 일색…… 지역에서 두 세대에 걸쳐 하나 나올까 말까 하는 미녀…… 지역이 한 나라가 된다면 공주가 되고 왕비가 되어야 할 미희…… 그녀를 차지하는 자로 하여금 왕이며 왕자가 되게 할 여인 세희…… 세희가 없다. 심장이 약한 세희, 물밖에 나온 물고기처럼 연약한 세희는 해가 지기 전까지 계속 일을 하고 있었다. 세희는 돼지고기를 썰고 돼지고기를 나르고 새우젓을 치우고 젓가락을 가져다주었다. 콧등에 송송 맺힌 땀을 보았다. 그 세희가 없다. 사라졌다. 어디로? 영안실 밖에도, 안에도 없다.

마사오의 영전은 더욱더 썰렁하게 느껴진다. 광자는 국화 다발 아래 드러누워 자고 있다. 늙은 누에처럼 얼굴에 주름이 졌다. 향이 매워서 그러는지 유족들은 향로에서 타는 것 한두 개를 빼고는 계속 향을 끄고 있다. 사진 속의 마사오는 웃고 있다. 사십대 초반쯤의 모습이 아닌가 싶다.

그 무렵을 전후해 나는 지역을 완전히 떠났다. 내가 떠나고 난

다음 서너 해 뒤에 마사오는 몰락했다. 내가 있었다고 해서 달라지지는 않았겠지만 나는 그때 지역에 없었던 것을 한동안 가슴 아파했다. 그때에 그는 내 마음속에서 죽기 시작했는지도 모른다. 몰락한 마사오는 내게 살아 있어도 죽은 것이나 다름없었다. 이제 그는 완벽하게 죽었다.

흰 팔뚝은 아들에게 무엇인가 소곤거리고 있다. 아들은 고개를 끄덕거린다. 무슨 비밀이 있단 말인가, 보아라. 마사오에게는 비밀이 없다. 없었다. 마사오의 일거수일투족은 알려지지 않은 게 없다. 마사오의 성장, 마사오의 실력, 마사오의 신화, 마사오의 이력, 마사오의 군림, 마사오의 몰락, 마사오의 죽음, 전체에 비밀이란 없다. 그는 대낮처럼 밝은 사내였다. 태양에 비밀은 없다.

나는 떠난다. 원래 혼자 심심하게 있는 것을 견디지 못하기 때문이다. 병원 정문을 나서서 고개를 숙이고 걷는다. 내가 누구인지 아는 사람이 없는 거리를. 나는 혹시 세희가 내게 손짓을 보낸 것이나 아닌가 생각한다. 따라오라고 말하면서 병원 밖으로 걸어간 것은 아닌가.

병원 앞 버스 정류장에 아이들이 버스를 기다리며 서 있다. 그 아이들 가운데 하나가 세희가 낳은 내 아이일 수도 있었다. 아니, 부질없는 생각이다. 왜 나라는 수컷은 지난날을 잊지 못하는가. 잊지 못하고 비틀거리는가. 나는 남이야 어떻든 내 맘대로 상상할 수 있는 세계에 숨어서 살아 있는 걸 느끼는가. 병원을 돌아본다. 마사오가 냉동된 육체로 남아 있는 병원. 나는 산 자의 권리인 숨쉬기로 지역의 특산물인 선선한 저녁 공기를 힘껏 빨아들인다.

지역은 시가지를 중심으로 플라타너스 잎처럼 넓적한 형태로 이루어져 있다. 중심에서 가장 먼 곳은 수십 킬로미터에 달하나 시가지를 제외하고는 대부분이 들이나 산이다.

사방에서 흘러내려온 냇물이 합쳐져 지역 서쪽을 우회하는 강에 합류하고 저녁 무렵 황금빛 노을이 장엄하게 비치는 강에서 겨울이면 청둥오리떼가 까맣게 날아오르곤 했다. 이윽고 어두워진 벌판 신작로를 숨차게 찬바람을 마주하며 자전거를 달리다가, 아아아아아아아아 하고 긴 소리를 질러대면 청둥오리떼가 귀를 먹먹하게 하는 날개 소리를 내며 날아올랐다. 지금도 그 청둥오리들이 겨울이면 찾아올까.

겨울로 한 해가 시작되는 지역에서 봄은 냇가 상류 버드나무의 삼단 같은 머리를 풀며 찾아든다. 아주 작은 물방울이 공중이나 풀잎 위나 땅, 어디에나 흩어져 있고 깔깔거리는 처녀들이 도롱이를 쓰고 베잠방이를 입은 채, '이랴 이랴, 호오오' 소를 몰아오는 노인을 만나면 입을 가리고 돌아가던 그 봄.

수도원 뜰처럼 정갈한 초여름. 직하하는 햇살의 폭포, 땅에 떨어져 뛰어다니는 것 같은 햇빛 알갱이의 한여름. 뇌우의 늦여름. 설핏 돌아서 보는 여인 같은 초가을을 쫓아가면 황금빛 북소리가 날 듯한 들판이 거대한 우산처럼 펼쳐지는 가을을 만난다. 또 서리 같은 늦가을. 이윽고 억새를 쓰러뜨리며 획획 큰 걸음으로 겨울이 온다.

강은 언제나 있었고 홍수를 막기 위해 쌓은 방죽도 언제나 있었다. 지역에서 변하지 않는 것은 그뿐이다. 내가 살던 곳은 강에서 갈라진 냇가로 강의 상류에 해당한다. 물론 상류에 해당하는 냇가는 내가 살던 곳 말고도 동서남북으로 각각 하나씩 더 있었다.

내 발길은 나도 모르게 냇가로 향한다. 추억은 아직도 완강한 손길로 내 뒷덜미를 밀고 있다. 방죽에는 염소가 없다. 방죽에는 상엿집이 없다. 방죽에는 문둥이 집이 없고 문둥이네가 키우던 개가 살던 개집도 없다. 그건 없어진 지 오래됐다. 방죽에 걸쳐진 다리 아래에는 유신조가 살지 않는다. 마사오의 집, 키 큰 미루나무가 열주처럼 서 있던 냇가 높은 곳의 집은 쓰러져가고 있을 것이나 어두워서 보이지 않는다. 상류 쪽에는 불빛도 거의 없다. 온통 부재다.

갑자기 모터 소리가 요란하게 난다. 외눈박이 거인이 낮은 포복으로 달려오는 것 같다. 오토바이다. 한 대, 두 대. 스무 대 이상의 오토바이가 떼로 몰려오고 있다. 남자아이들 수십 명이다. 그 반수 정도 되는 여자아이들이 오토바이 뒤에 타고 있다. 남자아이들은 한결같이 반바지에 슬리퍼 차림이고 여자아이들은 머리를 길게 기르고 입술을 붉게 칠했다.

철썩, 소리가 나고 한 대가 흙탕물을 튀기며 통과한다. 철썩, 소리를 내며 또 한 대가 흙탕물을 튀기며 통과한다. 철썩, 소리를 내며 또 한 대가 흙탕물 속으로 뛰어든다. 이상하게 아이들은 말이 없다. 오로지 오토바이와 뒤에 태운 여자아이, 혹은 앞에서 운전하는 남자아이에만 몰두해 있는 것 같다.

한 아이가 오토바이를 몰아 방죽 아래로 내려온다. 또 한 아이가 오토바이를 몰아 방죽 아래로 내려온다. 물이 쏟아져 흐르듯이 연이어 오토바이가 내려온다. 나는 당황한다. 내 생애에 한꺼번에 이렇게 많은 오토바이를 이렇게 가까이에서 만난 적이 없었다. 수가 많다는 것 하나로 나는 압도당한다.

한 아이가 나를 발견한다. 또 한 아이가 나를 본다. 그들은 적절치 않은 시각에 적절치 않게 냇가에서 어정거리는 이상한 짐승을 다 보겠다는 듯이 붕붕, 부우웅 모터 소리를 크게 울린다. 진땀이 난다. 말을 걸 수도 없고 말을 건네오지도 않는 이 이상한 침묵의 족속은 어디서 왔을까.

오토바이와 침묵의 엔진을 함께 돌리며 나를 에워싸고 있는 아이들 앞에서 나는 어떻게 해야 좋을지 모른다. 삼십대라는 나이는 이런 경우에는 아무런 힘이 되지 않는다. 이십 년 전부터 서른 살이었다고 하더라도.

아이들은 오토바이의 불빛으로 내 얼굴을 알아보고 나이를 알아보고 모터 소리를 크게 울려 신호를 한다. 별 볼일 없는 우스운 놈이다. 내게는 엔진 소리가 그렇게 들린다.

문득 앞서 나갔던 오토바이 한 대가 돌아온다. 거기에 타고 있는 아이 역시 반바지와 슬리퍼 차림이나 선글라스를 낀 게 조금 다르다. 선글라스를 낀 아이는 눈을 끔뻑이듯이 불빛을 껐다 켠다. 그것이 신호인지 아이들은 훌쩍 사라진다. 물속에 고개를 박은 청둥오리처럼 꽁지를 높인 오토바이들이 한 대 두 대 방죽을 따라 사라진다. 엉덩이에 붉은 물을 들인 것처럼 미등 불빛이 비춰진다. 마음대로 왔다가 마음대로 사라지는 마지막 엉덩이가 사라질 때까지 나는 꼼짝할 수 없다. 내가 이 아이들만할 때는 오토바이가 아닌 자전거를 타고 다녔다.

　자전거와 오토바이는 두 바퀴를 쓴다는 점, 달리지 않고 서 있는 동안에는 자칫 넘어질 수도 있다는 점, 올라타고 나면 뒤에 여자아이를 태우고 싶어지고 또 여자아이를 태울 수 있다는 점, 방죽 위에 세워놓고 오줌을 눌 수 있다는 점에서 똑같은 물건이다.

　두 물건이 다른 점은? 오토바이는 자전거보다 빠르고 오토바이는 비싸고 오토바이는 연료가 필요하고 오토바이는 소리가 시끄럽고 오토바이로 사고가 나면 죽거나 병신 된다. 그리고 오토바이로는 뒤에 태운 여자아이를 놀려먹을 수 있다.

　─야, 나 꼭 잡아, 안 그러면 떨어져 죽어!

　─오빠, 무서워. 천천히 가아!

　자전거에는 이런 대사가 어울리지 않고 자전거를 타고서는 등에 뭉클한 젖가슴을 느낄 수 없다. 자전거에 비해서 오토바이 위에서는 도취하고 발달시킬 수 있는 게 이것저것 꽤 많다. 그러므로 그건 비싸다. 아무리 아버지를 졸라도 사주지 않는다.

냇가에서 시내로 도로 내려오는 길에서 심상치 않은 분위기를 느끼게 된다. 낮과는 판이한, 게으르고 느린 자족적인 분위기는 간 곳이 없다. 사람들의 발걸음도 전에 없이 빠른 듯하다. 차들도 빨리 지나간다. 빠르다는 게 심상치 않은 건가.

길옆 가게들은 내가 냇가로 올라오면서 볼 때는 분명히 불을 켜놓았다. 이제 가게들 불은 꺼져 있다. 그게 심상치 않은 건가.

왜 마사오의 영전은 비어 있는 것인가. 조문객도, 조문객을 가장한 승냥이도, 승냥이를 가장한 개 한 마리도 얼씬거리지 않는 건가. 왜 재천은 낚시를 갔는가.

오토바이 족속, 그들은 누구인가. 그들이 누구인지 내게 말해줄 사람은 없는가 하는 의문으로 불안한 공기가 흐르는 저녁 거리를 걸어가는 것 자체가 심상치 않은 건가.

나는 네거리 옆 공터에 서 있는 차들을 보고 가볍게 한 친구를 기억해낸다. 그는 내게 말해줄 수 있을 것이다. 그 친구라면 결코 이 바닥을 떠날 수 없다. 그 자체가 바닥인 까닭이다.

예상했던 대로 그는 바닥에 붙어 있다. 나의 친구 한상수는 바닥에 누운 자세로 냇가에서 만난 허리 위는 사람, 허리 아래는 오토바이인 침묵 종족의 정체를 묻는 내게 대답한다.

"좆도, 그거 황포파 애들이다."

황포는 황포 돛대에서 돛대를 뺀 말이다. 본명은 황보춘. 출신지는 지역 중심에서 삼십 킬로미터쯤 떨어진 금문교 밑. 그는 언젠가 마사오가 건달들을 모아들여 '복날 개 때려잡아 먹기 대회'를 개최했을 때 〈황포 돛대〉란 노래를 불렀다. 그 노래에 감흥을 느낀 마사오가 저 아기가 누구냐고 주위에 묻고는 황보춘을 가까이 불러 머리를 쓰다듬으면서 "앞으로 너의 이름을 황포로 하라. 네가 남들보다 우뚝해진 뒤에 너를 따르는 아이들이 이 냇가의 모래처럼 불어나리라"고 했다는 전설이 있다. 싸움 실력? 일대일로 겨루어 누구에게도 진 적이 없다. 왕년의 막강한 팔뚝, 양희안조차 황포라면 한 팔 접어주었다.

황포파? 황포가 기르는 아이? 그의 무리? 그의 추종자?

"왜 떼로 몰려다닌대? 젊은 것들이 시간 있으면 공부나 하지."

대답이 없다. 끙끙거리면서 무엇인가를 들어올리는 소리가 난다. 한참 후에 기름때가 묻은 가오리처럼 넓적한 것이 움찔움찔 일어선다. 얼굴이 있을 법한 자리 위쪽에서 두 눈이 반짝하면서 겨우 인간 같은 모습이 되더니 말이 흘러나온다.

"몰라서 묻는 거냐, 좆도? 너 몇 년 만에 온 거야?"

"한 오 년 됐나."

상수는 사방을 둘러보고 자신의 말소리를 들을 만한 거리에 있는 사람은 나밖에 없는 것을 확인하고 중대한 기밀을, 오 년 만에 온 친구를 위해 어쩔 수 없이 누설하는 것처럼 한숨까지 내쉬며 말한다.

"오늘내일 건달들끼리 좆도 크게 한판 붙는단다. 그것 때문에 분위기가 좆나게 안 좋다. 너 조대경이가 여기다가 좆도, 호텔 짓는다는 거 알지?"

상수는 말을 하면서도 내 얼굴에서 눈을 떼지 않는다. 나는 그 보답으로 상수의 조그맣고 빠르게 움직이는 눈동자를 힘들지만 열심히 따라가준다.

"처음 듣는 소리다."

"그거 모르면 지역에서는 간첩이다, 좆도. 조대경이 하면 지역 출신 중에서 돈 많기로는 일등일 거다. 지역에 호텔 하나 짓는다고 좆도 이상할 거 없다."

조대경은 어릴 때부터 늘 일등이었다. 공부도 일등, 놀기도 일등, 인기도 일등, 싸움도 일등. 반장이었으며 야구부 주장이었다. 전교 회장이었고 응원단장이었으며 보이스카우트 대장, 밴드부 악장이었다. 거기에는 대경이 우리가 어릴 당시 지역에서 첫번째로 돈이 많은 사람의 외아들이라는 배경이 있었다.

대경의 아버지는 제사 공장을 가지고 있었다. 시내 동쪽 들판에 까마득히 높은 굴뚝이 서 있고 드넓은 터에 축사처럼 기다란 단층 건물이 십여 동 늘어서 있던 공장에서는 봄가을로 농가에서 수확한 누에고치를 사들여서 실을 만들고 부산물로 번데기를 토해냈다. 매일 저녁 무렵이면 번데기 장수들이 수레를 끌고 제사공장에 가서 번데기를 사오곤 했다.

읍내에서 제사 공장 다음으로 큰 주물 공장의 다섯 배는 더 되는 크기의 공장이다보니 잘못 들어가면 길을 잃을 수도 있었다. 공장이니만큼 쉽게 보기 힘든 연장이나 부품, 공산품들이 많았다. 어디서 나왔는지 몰라도 아이들의 장난감으로 쉽게 전용될 수 있는 깡통, 철선, 쇠구슬도 나왔고 가끔은 이상하게 생긴 유리병도 나왔다. 그러나 아이들은 제사 공장 안에 들어가서 공장에는 별로 쓸모가 없는, 아이들의 보물을 마음대로 가져올 수는 없었다. 그 안에 들어가게 할 수 있는 사람은 공장 주인을 아버지로 둔 대경뿐이었다. 따라서 재천이나 상수를 비롯해 대경의 허락으로 공장 안에 가서 보물 수집을 해본 아이들은 모두 대경에게 두려움과 동경의 감정을 품고 있었다.

나는 평범한 집안에서 태어났고 평범한 환경에서 자랐으며 평범한 기질에 평범한 성적을 유지하고 평범한 것에 만족하는 평범한 어린애였다. 비범성은 타고나는 것이다.

재천 역시 평범한 집안에서 태어났고 평범한 환경에서 자랐다. 평범한 성적을 유지하고 평범한 자질을 가진 것도 나와 같다. 다만 평범한 것에는 만족을 하지 않는 것이 나와 다른 점이었다. 그는 자신보다 뛰어난 존재를 참지 못했는데 그것을 구체적으로 말하자면 비범한 인물을 자신처럼 평범한 위치로 끌어내리든가, 자신이 비범하게 되기를 원했다. 강력히 바랐다. 그래서 그의 혀와 표정을 비범한 수준으로 발달시켰다. 그때 재천의 혀와 항상 웃음 띤 표정이 가져다주는 성공이 대경의 부유함, 비범함에 비하면 대체로 보잘것없었기 때문에 그는 불행했다.

그는 혀와 어휘와 문장과 상상력과 집착을 총동원해서 남들을 자신처럼 평범하게 깎아내리는 데 열중했다. 세세하게, 거칠게, 대범하게, 무지막지하게, 낱낱이 깎아내릴 수 있는 한 깎아내리고 깎아내리기 때문에, 대부분의 비범한 아이들은 그의 신기한 이야기 기술, 비평을 견디지 못하는 한 비범함을 포기해야만 했다. 하지만 세상에는 깎아도 깎이지 않는 게 있다. 그중 하나가 부자 아버지다. 그는 자신이 깎아내리지 못하는 부분에 대해 이를 갈았다. 그래서 그는 대경을 동경하면서도 싫어했다.

우리가 이십대 초반일 때 오래도록 누워 앓던 대경의 아버지가 죽었다. 그때 이미 제사 공장은 사양산업으로 쇠락해버린 뒤였다. 대경의 식구들이 제사 공장을 땅값만 받고 남의 손에 넘기고 지역을 떠났을 때 가장 기뻐한 것은 재천이었을 것이다. 그런데 그 대경이 지역 최고의 부잣집 아들에서 잠시 가난해졌다가 이전보다 훨씬 더 큰 부자가 되어서 금의환향, 지역에 호텔을 짓는다니 좋은 일이다.

"재천이는 뭘 하지?"

"누구?"

"박재천. 걔가 지금 지역에서는 왕 노릇을 한다면서?"

"왕은 또 뭐이고. 좆도."

"뭐이고라니, 새로운 사투린가. 아니면 군대 말인가. 무슨 뜻이야?"

"우리끼리 말인데 걔한테는 거짓말하는 재주하고 좆 까는 소리밖에 없다. 이때까지 다리몽댕이 안 부러지고 성한 것도 용하다. 박재천이는 인기가 좆도 없다. 밑에 모이는 애들도 좆도 없다. 믿을 데도 좆도 없다. 재천이가 어릴 때부터 따라다니던 마사오가 좆도, 어제 죽었다. 재천이 혼자서는 좆도, 아무것도 못한다. 이제 진짜 싸움 터지면 걘 죽거나 잘하면 병신 된다. 저만 좆도 모르고 있다. 왕 좋아하고 자빠졌네. 그런 게 좆도, 왕이라고?"

7

어렸을 때 재천은 구슬의 왕이었다. 내가 재천의 집에 마지막으로 들렀던 것은 초등학교 졸업식 직후였다. 그는 내게 수천 개의 구슬이 가득 담긴 콩나물 함지를 보여주었고 얼마든지 가져가라고 말했다. 하지만 구슬을 좋아하던 시기는 지나가버린 다음이었다. 구슬을 가지고 싶었던 시절에는 구슬을 가장 많이 가진 사람이 왕이었다.

재천이 구슬치기를 잘했는지 못했는지는 잘 모른다. 본 적이 없다. 그런데 주머니에는 언제나 수십 개의 크고 작은 구슬이 들어 있었다. 푸르고 노랗고 검고 붉으며 유리이며 쇠이며 차갑고 닳고 새것이기도 한 구슬은 다른 구슬과 교환되면서 수와 종류가 계속 불어났다.

어지간한 아이는 그 구슬을 쳐다보는 것만으로도 기본적인 지배욕을 충족시킬 수가 있을 것이다. 나아가 그 구슬로 다른 아이의 구슬, 더 나아가 다른 아이 자체를 자신의 뜻대로 움직이려고 마음먹는다면 어떻게 될까. 재천이라면 그렇게 할 수 있지 않았을까. 아이들은 단순하면서도 복잡하고 복잡하면서도 단순하다. 나처럼 마음에 드는 구슬 백 개 모으는 일을 인생의 목표로 삼고 있는 아이들도 있었다.

수집은 무엇인가. 지배욕의 연장이다.

재천은 또 그 당시의 유행대로 우표도 모았다. 그냥 모은 게 아니라 개성적이고 독특한 방법을 동원했는데 그 희생자 중 하나가 나였다.

한번은 그가 모나코라는 나라에서 멍청한 우표 수집가들을 우려먹기 위해서 발행한 싸구려 우표를 정말로 뛰어난 우표 수집가였던 사촌 형이 내게 준 값나가는 우표 다섯 장과 교환한 일이 있다. 거기에는 갖은 감언이설과 협박과 거짓말이 동원되었는데 시시콜콜 그 과정을 말하는 것은 구차한 일이다. 하여간 속아서 그 값진 우표를 싸구려 우표와 교환한 것을 알게 된 나는 그때부터 우표는 물론 모나코에 대해서도 아주 정나미가 떨어졌다. 그는 그 다

섯 장의 우표를 스무 장의 쓸 만한 우표로 바꾸었는데 그 과정에서
도 그 우표들이 세상에 몇 장 없는 우표로 선전이 되었다. 이런 식
으로 우표를 불려가서 나중에 아이들이 우표 수집에 흥미를 잃을
나이가 되었을 때 그는 가장 많은 우표 앨범을 보유할 수 있었다.
그 우표 앨범은 다른 쓸모 있는 물건으로 교환되었을 것이다.

재천이 자신의 능력을 마음껏 발휘한 분야는 내가 지금까지도
투덜거리는 구슬이나 우표 정도의 차원이 아니었다. 그것보다는
훨씬 더 복잡하고 강력한 텔레비전이라는 분야였다. 최초로 텔레
비전이 등장한 것은 내가 태어나기도 전이었을 것이나 내가 텔레
비전이라는 물건을 알게 되고 텔레비전의 중요성을 알게 된 건 초
등학교를 졸업하기 직전 여름 재천의 집에 텔레비전이 하늘에서
강림하듯이 등장했을 때였다.

재천의 삼촌은 월남전에 참전했다 전사했다. 재천의 삼촌이 월
남에서 보낸 일제 흑백텔레비전은 일대의 텔레비전 가운데서 단
연 탁월한 성능을 자랑했다. 하기는 한 사람의 죽음과 맞바꾼 것이
나 다름없는 텔레비전이니 그 자체로도 특별한 의미가 있는 것이
다. 재천은 기회가 있을 때마다 텔레비전의 우수성과 텔레비전을
사 보낸 삼촌의 용감성을 찬양하도록 강요했다. 그것에 대해 경의
를 표하지 않고는 그의 집 마루에 모셔진 파라오의 위패와 같은 텔
레비전을 볼 수 없었다.

당시 텔레비전 프로그램 가운데 가장 인기가 있었던 것은 프로

권투와 프로레슬링이었다. 중계가 있는 날이면 어른이고 아이고 할 것 없이 텔레비전 앞에 모였다. 그러나 재천네 집은 좁았다. 방도 좁았고 마루도 좁았고 마당 역시 좁았다. 용사의 죽음을 기리고 텔레비전의 위대성을 찬양한다고 해서 모든 사람이 다 볼 수는 없었다.

권력자 가까이서 세상을 살아나가는 기술 가운데 아주 사소한 것처럼 보이나 실은 엄청나게 중요한 것이 아첨이다. 아첨은 인간의 일생을 기름지게 할 수도 있고 비겁한 자로 낙인찍히게 할 수도 있다. 아첨을 아첨 같지 않게 하는 것이 기술의 핵심인데 그때나 그후에나 나는 그런 데에 익숙하지 못했다.

재천은 중계가 있는 저녁이면 마당과 조금 떨어진 사립문 옆에 서 있다가 들어오려는 사람이 누구인지 확인하곤 했다. 들어오는 사람이 자신보다 우월한 사람이면 두말없이 비킨다. 그게 아니면 입장료를 바치든가 굴욕적인 충성 서약을 하도록 했다. 입장료는 구슬 다섯 개, 참외 하나, 달걀 한 개일 수도 있고 특별히 중요한 중계가 있는 날에는 두 배로 뛰기도 했다. 그야말로 엿장수 마음이었다.

충성 서약은 간단했다. "나는 박재천 대왕님 신하입니다, 졸개입니다, 똥걸레입니다"라는 주문을 외우면서 엉덩이부터 마당으로 들어가는 시늉을 하는 것이었다. 집에 참외나 달걀이 없거나, 또 남의 집에서 훔칠 능력도 없는 경우에 충성 서약이 행해졌다.

그런 점에서 재천이 유난히 권력 지향적이었다고 말하지 않을
수 없다. 내가 그나마 재천과 어린 시절 우호적인 관계를 유지할
수 있었던 것은 내가 평범했기 때문이었을 것이다. 평범한 나와 특
별한 재천 사이에 싸울 일이 있었을까마는 내가 최초로 그에게 격
렬한 배신감을 느끼게 된 것은 바로 그 텔레비전 때문이었다.

평범한 나는 그때 텔레비전이라는 특별한 물건이 마음에 들지
않았다. 충성 서약도 마음에 들지 않았고 참외나 달걀도 마음에 들
지 않았다. 나처럼 마음에 안 드는 게 천성적으로 많은 사람은 그
곳에 가지 않으면 그만이었다. 그런 내 마음을 알았는지 어쨌는
지, 그런 마음의 성곽을 무너뜨리기 위해서인지 아닌지, 재천은 특
유의 부드러운 혀로 나를 괴롭혔다.

재천은 프로레슬링의 루 테즈, 김일, 천규덕, 안토니오 이노키
등등의 약력과 장단점, 서로간의 전적을 줄줄 외웠다. 재천은 허버
트 강과 김기수와 캐시어스 클레이, 조 프레이저에 대해 그들의 매
니저보다 더 많은 것을 알고 있다고 장담했다. 재천은 축구의 이회
택, 펠레, 자이르지뇨, 에우제비우의 특기와 득점력에 대해 무엇이
든 증언할 수 있었는데 그건 대부분 과장된 것이었다.

권투 선수 허버트 강은 맨집으로만 상대를 KO시킬 수 있다, 캐
시어스 클레이는 독수리처럼 날아서 주삿바늘처럼 쏘는데 조 프레
이저의 피부는 벌의 침이 들어가지 않는 코뿔소 특제이다. 에우제
비우는 골인을 시킬 때마다 골대의 그물을 찢어놓는 습관이 있다,

자이르지뇨는 삼십 미터 이상의 롱슛 아니면 골키퍼가 화장실에 가고 없어도 슛을 하지 않는다. 이회택은 "아시아의 황금 다리"로 불렸는데 실제로 왼발 정강이뼈는 황금으로 만들어졌다 등등……

그런 인간이 세상 어디엔가 있고 친절하게도 텔레비전에서 그런 사람을 찾아서 보여준다는데 보지 않고 배길 인간이 있겠는가. 나는 재천이 만든 무수한 이야기를 귀에 못이 박일 정도로 들어서 훨씬 후에 그것을 정말 사실인 것처럼 설명함으로써 망신을 당하곤 했다. 그 신화적인 손은 그 당시에는 훨씬 더 강력하게 나를 끌어당겼다.

무슨 날이던가. 나는 그날 텔레비전을 보지 못했으므로 정확히 무슨 내용이 방영되었는지 모른다. 어쨌든 나는 냇물을 건너 처음으로 재천의 집에 텔레비전을 보러 갔다. 여름이었고 남동쪽 하늘에 붉은 별이 불길하게 빛나고 있었다. 내 손 안엔 아무것도 들어 있지 않았다.

나는 재천이 입장료를 받는다는 이야기를 들었지만 설마 한날 한시에 난 내게까지 받으랴 여겼다. 또 그런 경우에 충성 서약을 시킨다고 했지만 설마 내게까지 시키랴 여겼다. 이도저도 아니면 입장을 거절한다고 했지만 설마 나한테까지 그러랴 싶었다.

그날따라 재천의 집은 관객 만원사례의 대성황을 이루고 있었다. 한 세기에 한 번 있을까 말까 한 어떤 시합을 중계한 다음, 성자가 등장하는 영화를 세 시간에 걸쳐 보여준다고 했다. 대문에는

입장을 기다리는 아이들이 줄을 지었고 재천은 몽둥이를 들고 질
서를 유지하고 있었다.

"뭐 가져왔어? 거기 놔. 들어가. 너는 없어? 집에 가서 애나 봐.
너는 하나뿐이야? 하나 더 가져와."

대개 이런 내용의 말이 내 귀에 들렸다. 입장료를 가져오지 않
은 아이들 가운데 작은 아이들은 즉석에서 재천의 졸개가 되었고
재천보다 나이가 많아서 졸개가 되기 싫은 아이들은 이를 갈며 돌
아갔다. 그러나 재천과 동갑인 나는 돌아갈 수도 없었고 졸개가 될
수도 없었다. 그저 사립문 사이로 흘러나오는 텔레비전 불빛에 입
맛을 다시며, 기합소리와 관중의 탄성을 들으면서 서 있었다.

"더 없어? 그럼 문 닫는다."

어지간하면 돌아갔을 것이다. 그러나 재천의 이야기가 내게 끼
친 영향은 너무나 컸고 신화 속의 인물을 만나고 싶은 유혹은 실로
엄청났다. 나는 한 걸음 나아가서 재천에게 얼굴을 보였다.

"나 좀 들여보내줘."

"너구나. 뭘 가지고 왔는데?"

재천이 알은체를 해주어서 나는 무척 기뻤다.

"없어. 내일 가져오면 안 돼?"

재천은 무척 난감하다는 표정을 지었다. 그 표정이 기억난다는
이유 하나로도 나는 그때 그 일을 저지른 그를 용서하고 싶다.

"안 돼."

재천은 지옥의 문을 지키는 수문장처럼 냉정하게 내 말꼬리를 잘랐다. 나는 그게 못내 서운했다. 그때 나와 같은 입장인 몇몇이 옆에서 웅성거렸다.

"테레비 하나 가지고 더럽게 지랄하네."

"누구는 월남 가서 뒈진 삼촌 없어서 그러나?"

"더러워서 안 본다. 더러워서."

그때 내 옆에 서 있던, 나와 같은 처지의 아이들이 세 명 이상은 되지 않는데 어쩐 일인지 치명적인 말만 골라서 나왔다. 재천은 갑자기 안으로 달려들어갔다. 사립문은 열린 채여서 모욕을 퍼부은 아이들은 주춤주춤 안으로 따라들어갔다. 욕을 먹고 반성을 한 모양이라고 여기면서. 나 역시 뒤에 붙어 따라가고 있었다. 어느 순간 어둠 속에서 내려오는 그물처럼 무엇인가가 우리를 덮어씌웠다. 그러더니 재천의 고함이 들렸다.

"그래, 더러운 놈한테 진짜 더러운 맛 좀 봐라!"

그것은 재천이 날렵하게 뒤꼍으로 달려가 퍼온 똥물이었다. 그 날 냇가에 가서 몸을 씻으면서 우리가 복수를 다짐한 것은 당연한 일이었다. 그 다짐이 어떻게 이루어졌는지 아직까지 알지 못한다. 나는 중학교를 가면서 재천과 헤어지게 됐을 때 그 잘난 녀석 꼴을 안 봐도 되니 속 시원하게 잘됐다고 생각한 것으로 복수를 했다.

"재천이가 바로 구파다. 신파 대장이 황포고. 늙은이들 친목계 같은 구파에 마흔 살 이하는 재천이 말고는 좆도 몇 명 안 된다. 젊은 애들은 거의 다 황포 편이다. 네가 아까 본 게 황포파 애들이다. 그애들은 눈에 뵈는 게 좆도 없다. 무서운 걸 좆도 모른다. 그래서 그애들이 제일 무섭다. 우리 가게에 있는 애도 황포 애다. 뭘 하고 있다가도 명령만 내리면 오토바이 타고 좆나게 빨리 모인다. 황포 뒤에는 도시의 진짜 조직이 있다고 한다. 사실은 그게 더 무섭다. 재천이는 잘나봐야 좆도 혼자다. 믿을 건 제 좆밖에 없을 거다."

상수의 말에는 비평이나 세론이라고만은 여기기 힘든, 비꼬인 질투심 같은 게 들어 있다. 아무렴, 그 역시 왕년에는 한가락 하던 전설의 주인공이다. 덩치와 입, 위의 크기 때문에 항상 고통을 받던 그의 별명은 하마였다. 진짜 하마가 그러는지 안 그러는지는 모르지만 그는 배고픔을 참지 못하고 남의 음식을 훔쳤던 시절이 있었다. 이제 평범한 시민으로 돌아갔다고 해도 비상시국에는 언제든 자신의 장기를 발휘할 수 있는 법이다.

그런저런 사연이야 지역 사람 누구에게나 있다. 누구는 달리기, 누구는 담 타넘기, 누구는 칼, 누구는 맷집, 누구는 모내기, 누구는 삽질로 한때 명성을 날렸다. 누구는 안 그런가. 궁지에 몰리면 세상 사람 전부 다 비상한 사연을 만들어내지 않는가.

재천이 입학한 중학교는 후일 마사오와 건곤일척의 승부를 벌이게 되는 조창용이 중퇴한 학교였다. 또 재천의 동급생으로는 재천과 사춘기를 거쳐 이십대 초반까지 내내 경쟁관계가 되는 희안과 대경이 있었다. 그것만으로도 그 학교, 내가 다닌 학교보다 백배는 더 재미가 있었을 것이다. 내가 다닌 중학교는 따분하고 게다가 집에서 엄청나게 멀었다.

중학교 내내 재천은 오로지 키를 키우는 데 골몰한 것처럼 보였다. 불과 일 년 사이에 재천은 키가 이십 센티미터쯤 자라서 같은 또래 아이들 가운데 단연 우뚝한 존재가 되었다. 그의 어머니가 키운 콩나물을 먹은 덕분인지는 모르겠다.

그 무렵 마사오가 지역에 완전히 복귀했다. 마사오는 군대를 들락거리는 동안 쌓은 확고한 신화와 명성을 바탕으로 거리의 왕이 되었다. 그 왕을 보기 싫으면 왕이 통치하는 거리에 얼씬거리지 않으면 되었겠지만 지역은 곧 거리였고 거리는 곧 지역이었던 관계로 대부분의 사람은 마사오의 통치권 범위 안에 있었다.

그 무렵에 세계 대통령 유신조가 죽었다. 그가 언제, 어떻게 죽었는지는 모른다. 언제부터인가 그는 거리에 나타나지 않았고, 거리에서 아이들을 몰고 다니며 불어터진 붉은 성기를 끄집어내어 오줌으로 세계지도를 그리지 않았다. 언제부터인가 그는 "세계 대통령 유신조!"라고 외치지 않았다. 언제부터인가 그는 비럭질을 다니지 않았고 그럼으로써 사람들의 관심에서 멀어져갔다.

어느 날 그는 시체로 냇가 하류에서 발견되었다. 그의 반평생을 감싸주었던 거적도 함께 떠내려와 있었다. 전날 비가 오긴 했지만 큰물이 진 것도 아니어서 염소 한 마리 떠내려가지 않았는데 어째서 유신조는 담요와 함께 떠내려갔을까. 언젠가 큰 홍수가 졌을 때에도 떠내려가지 않았던 바로 그 담요, 바로 그 사람이 말이다. 알 수 없는 일이었지만 그런 데 관심을 가진 사람은 거의 없었다.

그의 장례는 없었다. 진혼가도 없었고 추도객도 없었다. 물론 세계 각국 정상으로부터 조문 사절이나 조전이 온 것도 아니다.

냇가의 물이 제 빛깔을 찾고 물살도 고요해진 어느 오후, 방죽을 따라 자전거를 타고 집으로 돌아오던 나를 포함한 중학생 몇이 유신조가 거적에 말린 채 달구지에 실려가는 행렬을 지켜보았다. 그날 저녁 산 너머 화장터에서 잠깐 연기가 올랐다. 그것이 그 위대한 인생의 종착역이었다.

그로부터 이틀 뒤, 재천과 나, 희안과 대경, 하마, 이렇게 다섯은 가출을 감행했다. 지금도 그런지 모르겠지만 그때는 가출이 참 흔한 시절이었다.

나를 제외한 네 사람은 같은 학교 같은 반이었다. 어느 날 거의 이 년 만에 재천이 우리집에 찾아왔다. 우리집에 형이 쓰던 구형 군용 텐트가 있었는데 그걸 빌려달라는 것이었다.

"왜?"

"집을 나가야겠어. 우 바지 때문에 못살겠다. 움마도 시끄럽고."

재천은 무슨 이유에선가 경찰인 아버지에게 경찰봉으로 구타를 당하고 가출 계획을 세운 것이었다. 그 무렵 재천의 아버지는 알코올중독이 극심해서 술을 마시지 않고는 근무도 할 수 없었고 잠을 잘 수도 없는 지경에 다다라 있었다. 그래서 술을 마시는 틈틈이 부부싸움도 하고 아이들도 훈육했는데 번번이 재천이 그 희생양이 되곤 했다.

재천은 우선 하마를 가출 동기로 끌어들였는데 그때 하마는 이미 가출 상태였다. 하마는 지역 변두리에서 시내로 유학을 와서 자취중이었기 때문이다. 재천이 하마를 유혹한 이유는 간단했다. 자취를 하는 하마가 주방 기구를 가지고 있었기 때문이다.

그와 마찬가지로 재천은 내가 영어 알파벳 'A'처럼 생겨서 흔히 에이 텐트라고 부르는 텐트를 가지고 나올 수 있는 위치에 있었기 때문에 나를 유혹했다. 처음에는 그걸 빌려달라고 하다가 내가 거절하자 텐트만 가져오면 공짜로 산 너머 남쪽의 이름난, 그러나 나는 한 번도 가본 적이 없는 관광지인 월계사로 데려다주겠다고 했던 것이다. 나는 내 인생에 전기를 가져올지도 모르는 모험이 바로 한 발짝 너머에 있음을 직감했고 사진으로만 본 월계사 소나무숲의 황홀한 달빛을 떠올리면서 충동적으로 거기에 몸을 던졌다.

희안은 누가 유혹할 필요도 없이 그 계획을 듣자마자 가출에 가담했고 대경은 바늘에 실과 같은 그의 친구였다. 둘은 이미 가출에는 이골이 난 터여서 정기적으로 가출을 하지 않으면 체증이 생기는 중독자였다.

우리 다섯 중에 가장 가난한 집 아들이자 고집불통에 주먹 센 희안과, 우리 또래 아이 가운데 가장 부자 아버지를 둔데다 머리

좋고 다양한 취미를 지닌 대경이 늘 함께 어울렸다는 건 참 안 어울리는 이야기 같기도 하다. 두 사람의 공통점은 돈에 있었다.

희안은 대경이 가져오는 돈을 아무 거리낌없이 제 돈처럼 쓸 줄 알았다. 대경은 돈을 가져올 줄만 알았지 쓸 줄은 몰랐다. 아무거나 사먹고 아무데서나 자고 권투 글러브, 자전거, 야구방망이, 포수 마스크, 포수 프로텍터, 야구 모자, 야구공, 축구공, 배구공, 농구공, 탁구공, 탁구 배트, 탁구대 등등 아무거나 사낼 줄을 몰랐다. 두 사람은 대경의 돈으로 같이 먹고 같이 자고 같이 놀았다. 빌려주는 돈이라 하더라도 빌리는 사람은 빌린다고 생각하지 않았고 빌려준다고 생각한 사람도 받을 생각조차 하지 않는 아름답고 이상적인 공생관계였다.

재천이 희안에게 가출 계획을 말한 것은 그들이 경험자여서 필요한 사전 지식을 얻자는 것도 있었을 것이다. 그에 더하여 늘 경원하던 부잣집 아들 대경을 통해 자금을 조달하자는 기대도 있었으리라. 그들은 재천의 제의를 받자마자 바로 신발끈을 매고 따라나섰다. 그렇게 하여 텐트 하나와 솥과 다른 취사도구를 걸머진 일행은 월계사로 떠났다.

아침부터 저녁까지 지역을 둘러싼 천 미터가 넘는 산을 돌아 말도 코끼리도 타지 않고 넘어간 것은 그렇다 치고 우리가 지상 낙원이라고 여기며 도착한 월계사는 가출 중학생에게는 너무도 가혹한 환경이었다. 가출 청소년들은 도착 즉시 이 비정하고 추운 곳을 따뜻하고 살 만한 곳으로 만들자는 야심찬 계획을 실천에 옮겼다. 우리는 텐트를 월계사 앞 관광호텔의 잔디밭에 쳤다. 아무리 유명한 관광지라도 한겨울 평일에 찾아오는 사람은 별로 없는지 밤이 됐는데도 호텔 객실의 불은 거의 꺼져 있었다.

밤에 불빛이 없기는 텐트도 마찬가지였다. 하마는 주방 기구만 가져왔을 뿐 샹들리에나 전구, 전깃줄은 고사하고 몽당 초나 호롱불 하나 가져오지 않았다. 또 일동은 모두 둘째가라면 서러워할 불평분자였던 관계로 좁아터진 에이 텐트 안은 서로 불평하고 비난하고 원망하고 떠들어대는 소리만으로도 미어터질 지경이 되었다.

좁다는 말이 나왔으니 말인데 텐트는 군인들이 야전에서 사용하도록 만든 것으로 규격은 삼사 인용이었으니 다섯 사람이 가만히 앉아 있기에도 좁은 것이었다. 더구나 텐트 안은 하마가 가져온 살림살이—밥솥, 도마, 장검이 부럽지 않은 식칼, 아기가 들어가 목욕하고도 남을 크기의 양푼(하마는 그걸 평소에 밥그릇으로 사용한다고 했다), 그 반쯤 되는 국솥, 그 반의반쯤 되는 물통, 그 반의 반의 반쯤 되는 숟가락 통, 그의 서너 배는 되는 베개, 크기를 비교하기가 괴로운 담요와 이불 등—로 이미 비좁을 대로 비좁은 판이었다. 그것들을 밖에 내놓자고 해도 살림살이를 사람보다 훨씬 믿는 하마는 꿈쩍도 하지 않았다. 그러다 누가 그 물건에 손을 대면 그 사람을 삼키기라도 할 것처럼 입을 있는 대로 벌리고 뇌두라고 소리를 질러댔다. 솥이 감기에 걸리기라도 하는지.

그 암흑과 고함의 지옥에서도 어쨌든 의논은 되어서 일단 텐트를 밝힐 불과 텐트 안을 덥힐 난방시설과 밥을 해먹을 화덕을 구해오기로 했다. 그 세 가지 요구를 충족시키려면 우리 모두 그놈의 시설들에 텐트를 몽땅 비워줄 판이었으므로 이야기는 다시 길어졌다. 그 결과 가출에 관한 한 타의 추종을 불허하는 경험을 자랑하는 희안이 내놓은 의견, 곧 석유풍로를 집어오는 것으로 결론이 났다. 풍로는 일단 난방을 할 수 있고, 또 그 위에 솥을 걸어 밥을할 수도 있었으며 어느 정도 불을 밝힐 수도 있다는 것이었다.

더이상 따지기에는 너무 비좁고 갑갑하던 판이라 곧 결사대와특공대가 조직됐다. 특공대가 풍로가 있는 곳을 찾아내어 결사대에 연락을 하면 결사대가 그 풍로를 훔쳐오기로 한 것이었다. 특공대는 또다른 임무가 있었는데 그건 쌀이나 부식을 조달해오는 것이었다. 돈이 있으면 사오겠지만 우리에게는 돈이 없었다.

영악스럽게도 대경은 돈은 한푼도 가져오지 않았다. 대경을 믿고 있었던 우리 역시 한푼도 가져오지 않았다. 또 돈이 있더라도사온다는 생각은 애초부터 없었다. 그건 가출 청소년의 본분에 맞지 않는 이야기였다. 가출 청소년이 돈 주고 난로 사고 돈 주고 쌀이며 반찬을 살 것이라면 아예 가출을 않는 게 낫다는 게 우리 모두의 일치된 견해였다.

재천은 텐트를 지키기로 했다. 나와 발 빠른 대경이 특공대가 됐고 발이 느리고 혹 잡히더라도 맞을 데가 많아서 물리적인 충격을 온몸으로 분산시킬 수 있는 하마와 희안은 결사대가 됐다. 특공대는 곧 오백 미터도 떨어지지 않은 구멍가게에서 불을 쬐고 있는 사십대 남자를 발견했다. 아울러 그 남자의 주먹이 그리 세 보이지 않는다는 정보도 가져다주었다. 결사대가 발진했다. 특공대는 또 다른 목표, 곧 쌀과 부식을 훔치기 위해 주변을 정찰했다. 그러다가 결국 그 구멍가게에 우리가 원하는 모든 것이 있다는 결론에 도달하고 결사대보다 한발 빨리 그 구멍가게를 방문했다.

우선 내가 물건을 사는 체하며 바람을 잡았다. 몇 분 뒤에 들어온 대경이 과자 몇 개를 집은 다음, 도망을 치기 시작했다. 주인이 "어어, 저놈!" 하면서 밖으로 뛰어나간 사이, 내가 번개탄 한 묶음, 쌀 한 봉지, 양파 세 개, 꽁치 통조림, 고등어 통조림, 소금 한 봉지, 양초 한 곽, 성냥갑 한 통, 오징어 두 마리, 소주 됫병으로 하나, 작은 병으로 둘, 참기름 한 병, 고춧가루 한 봉지를 챙겨서 밖으로 나왔다. 대경은 달리기 선수 출신으로 야생마를 연상케 하는 주력을 자랑하고 있었으므로 잡힐 리가 없었다. 살살 약을 올려가면서 주인을 유인했고 그새 나는 무사히 물품을 챙길 수 있었다.

대경을 놓치고 터덜터덜 돌아오던 구멍가게 주인은 소시지처럼 물건을 주렁주렁 달고 걸어가던 나를 발견하고 다시 달리기 시작했다. 나는 대경처럼 주력을 자랑할 처지는 아니었으나 대경 때문에 숨이 찰 대로 찬 가게 주인을 따돌릴 정도의 순발력은 가지고 있었다. 내가 도망가는 사이에 결사대가 가게 안에 들어가 풍로를 접수했다.

그런데 그 풍로가 잔뜩 달아올라 있어서 손으로 집어들고 갈 수 없다는 게 문제였다. 그건 미처 생각하지 못한 사고였다. 두 사람은 풍로의 불을 끄고 열이 식기를 기다릴 수도 있었지만 곧 가게 주인이 돌아올 것이었고, 돌아와서 그 꼴을 보고 "아이구, 학생들, 날씨가 추워서 그러는군. 그거 손 데지 않게 조심해서 들고 가게나" 하면서 석유가 가득 든 통과 함께 선선히 내줄 리는 없는 일이었다. 두 사람은 눈을 멀뚱멀뚱 뜨고 마주보다가 결국 빈손으로 돌아왔다.

혁혁한 전과를 올리고 돌아와 느긋하게 풍로를 기다리던 특공대는 빈손으로 돌아온 결사대를 그냥 두지 않았다. 특히 하마가 공격 목표가 되었다. 양초에 구운 오징어와 양푼에 따른 소주는 모두 특공대의 권리가 되었는데 특공대는 그것을 재천과 희안에게는 나누어주었지만 하마에게는 줄 생각이 없었다. 재천은 앉아서 얻어먹는 값을 하느라 특공대에게 맞장구를 쳤고 희안은 씹고 마시느라 바빠서 같은 결사대 출신인 하마를 변호할 틈이 없었다. 하마는 삼십 분 동안 욕으로만 배를 채우다가 더 못 견디겠는지 자리를 박차고 일어섰다.

"일어서면 어쩔 거야. 넌 안 돼."

"아냐, 아냐. 난 할 수 있어. 할 수 있다고."

"하마야, 우리는 너를 이해한다. 넌 안 돼. 너는 솥바닥이나 계속 닦아."

"할 수 있단 말야. 할 수 있어."

"뭘?"

"너희보다 잘할 수 있어. 더 잘할 수 있어."

"또 뭘?"

"너희보다 잘 훔칠 수 있어."

"또?"

"너희보다 많이 훔칠 수 있어."

"정말일까, 얘들아?"

"우리 따라가볼까?"

우리는 하마에게 빵을 훔쳐오라고 숙제를 내주었다. 어차피 간식이 필요했으니까. 하마는 우리가 지켜보는 가운데 그 일진 나쁜 주인이 운영하는 구멍가게로 접근해갔다. 희안이 책임을 조금 느꼈는지 바람을 잡아주겠다고 따라갔다. 이윽고 희안이 빵을 몇 개 들고 후닥닥 뛰기 시작했다. 불쌍한 구멍가게 주인은 이번에야말로 지옥까지 따라가는 한이 있어도 잡고야 말겠다는 듯이 희안을 쫓아갔다. 그날 우리가 좀 심했던 건 아니었을까. 한 번 한 살림 털어갔으면 그만이지 같은 집을 두 번 세 번 습격하는 건 그 가게 주인을 심장마비로 몰아 죽이자는 건 아니었을까.

그때 하마가 움직였다. 하마라고 믿을 수 없을 만큼 재빠른 동

작이었다. 조금 더 하마를 잘 보려고 우리가 눈을 씻는 사이 하마
는 이미 우리가 기다리던 쪽으로 뛰어오고 있었다. 들고 있는 것은
빵 몇 개가 아니라 한 상자였다. 그 상자는 나무로 만들어져 있었
는데 빵 제조회사의 상표까지 찍힌 묵직한 것이었다. 하마는 미친
황소처럼 헉헉거리며 우리 앞에 그 상자를 내려놓았다.

"야, 이건 너무하잖아."

"나도 할 수 있단 말야! 했잖아!"

"도둑이야! 불이야!"

구멍가게 주인이 쉰 목소리로 손나발을 불며 달려왔다. 우리는
뛰기 시작했다. 하마는 빵 상자를 어깨에 메고 허겁지겁 우리를 따
랐다.

"야, 그거 버려! 잡힌단 말이야."

"안 돼! 안 돼!"

"버려!"

"죽어도 안 돼! 죽어도 안 돼!"

구멍가게 주인은 우리의 대화를 충분히 알아들을 수 있는 거리
에서 따라오고 있다가 우리 말을 알아듣고는 기가 찼는지 손나발
은 그만두고 점점 더 빨리 따라오기 시작했다. 드디어 하마가 잡힐
것 같았다. 그 순간 "받아!" 하는 소리가 나더니 어둠 속에서 빵
상자가 날아왔다. 나와 대경이 그걸 집어 한쪽씩 들고 뛰었다. 구
멍가게 주인은 하마를 잡을 것인지, 빵 상자를 따를 것인지 한동

안 망설이다가 빵 상자를 따라왔는데 그것 때문에 하마도 살고 우리도 살았다. 우리가 빵 상자를 감춰놓고 이십 분 정도 숨바꼭질을 하다가 텐트로 돌아왔을 때 하마는 울고 있었다.

"왜 저런대?"

"술 처먹었어."

"남은 무거운 빵통 들고 도망 다니느라 죽을 뻔했는데 저 자식은……"

하마는 아주 만족스럽게 울었다. 난로는 필요 없었다. 우리의 육체만으로도 좁은 텐트 안은 충분히 따뜻했다. 특히 하마의 따뜻한 허벅지는 잊지 못할 추억을 주었다. 그건 최고의 베개였다.

"상가에 손님이 없는 건 거기서 안면 있는 사람끼리 서로 마주칠까 싶어서 그런 거다. 나 같은 사람은 가보고 싶어도 깡패끼리 싸우는데 괜히 도끼라도 한 방 맞을까 싶어서 못 간다, 좆도."

"몇 시간을 있어도 쓸 만한 쥐 한 마리 안 보이던데, 뭘."

"아아, 너는 운이 좆나게 좋았다. 네가 좆도 몰라서 그렇다. 다 숨어 있는 거다. 걔들이 노리고 있는 사람이 나타나면 그때는 좆도 소리 할 새도 없이 끝장이다."

그의 말에 따르면 황포 같은 인물이 일단 움직이면 쇠스랑과 낫 같은 농기구에 회칼, 도끼, 정글도가 같이 움직이고 쇠파이프, 야구방망이, 자전거 체인 같은 공산품이 사방을 호위한다는 것이다.

"너는 누구 편이냐?"

갑자기 상수는 꼬리를 사린다.

"좆도, 우리 같은 사람한테 편이 어디 있나. 빨리 아무나 잡는 게 좋다."

"잡으면 넌 뭐하는데?"

"누가 잡든지 잡는 사람들 차를 고쳐준다. 차는 고칠 데가 좆나 게 많다. 부속이 얼마나 많은데, 좆도."

그는 갑자기 입을 쩍 벌리고 커다란 목구멍을 드러내며 하품을 하더니 트럭 아래로 기어들어간다. 내게는 물어보고 싶은 사항이 아직 수십 개는 남아 있다.

그러나 바로 그때 지프 한 대가 요란스러운 소리와 함께 내 앞에 멎는다. 불 켜진 헤드라이트는 하나뿐이고 차의 천장까지 흙먼지로 도배가 되어 창이 하나도 안 보일 정도니 어떻게 왔는지 거기까지 굴러온 게 기적처럼 보인다. 기적은 한 번만 일어나는 게 아니고 연달아 일어나는 듯하다. 거기에서 왕처럼 품위 있고 당당하게 재천이 내려온 것이다. 마치 그곳에서 만나기라도 약속이나 한 듯 자연스럽게 나를 보더니 특유의 웃음을 보여주면서 플라타너스 잎처럼 넓은 손을 불쑥 내민다. 그 손에서 벗어나려고 나는 트럭 밑을 들여다보면서 "상수야, 상수야" 하고 부른다. 하마는 그새 어디로 갔는지 보이지 않는다. 참, 빠르다.

8

재천은 상수의 카센터에 차를 맡기고 어디론가 낮은 목소리로 연락을 한 다음 휴대전화를 딸깍, 소리나게 덮는다. 상수의 조수인, 그 역시 오토바이 족족이 틀림없는 청년이 재천의 차를 끌고 가는 사이 우리는 악수를 할 때 곁들이지 않았던 대사를 읊조린다.

"개새끼, 오랜만이다."

"나도 당신 같은 개 얼굴은 처음인데."

재천은 정사각형에 가까운 영국제 금장 라이터를 꺼내 담뱃불을 붙인다. 휴대전화. 반바지. 슬리퍼. 그의 차림이다. 예상과는 달리 선글라스는 보이지 않는다.

공식적으로 오 년 만에 만난 첫인사를 교환한 다음 우리는 천천히 지역 중심부로 통하는 거리를 걸어내려간다. 오토바이 한 대가 굉음을 내면서 우리 곁을 지나간다. 팽팽히 부풀어오른 등에 비해 머리가 무척 작아 보이는 아이다. 재천은 뭐가 좋은지 여전히 싱글벙글하는 표정이다. 아직 위험이 심각한 건 아닌가, 걸어다닐 정도는 되는 모양인가. 그 표정만으로는 도저히 알 수가 없다.

"상가에는 안 가나?"

"아직 큰형님 영전에 갈 만큼 감정 정리가 안 됐다."

단 한마디 대답만으로도 그에게 맺혀 있던 내 감정이 물에 빠진 휴지처럼 천천히 풀어지려고 한다. 무슨 일이 있겠거니. 한 사람의 죽음은 살아 있는 사람들을 관대하게 만드는 힘이 있다. 죽은 사람이 산 사람에게 끼치는 힘이 크면 클수록. 또 위험이 닥쳐 있다는 사실도 마찬가지로 감정의 풀기를 누그러뜨린다.

재천이 앞장서서 들어간 곳은 호화로운 실내장식이 된 레스토랑이다. 나비넥타이를 맨 귀여운 인상의 웨이터가 우리를 별실로 안내한다.

"요새 분위기가 안 좋다면서 무슨 일이 있는지?"

재천은 천천히 담배 한 대를 빼 문다. 그가 불을 켜는 순간 소매에서 쇠사슬로 만들어진 금팔찌가 반짝거린다. 그는 보통 라이터 두어 배는 됨직한 묵직한 라이터를 남 두 배는 될 정도로 큰 손 안에서 가볍게 돌린다.

"하마가 뭐라고 그래? 그 자식 입이 싸서 언제 한번 손 좀 봐줄라고 했는데."

"그냥 내가 짐작한 거야. 내가 냄새 잘 맡는 거 모르냐? 넌 왜 그 모양이야."

두 마디 말도 지나기 전에 벌써 새로운 감정이 꼬이기 시작한다. 한 가지 얘기를 금방 다른 사람과 연결시키는 눈치 빠른 재천에 대한 경계심도 섞여 있다.

"별거 아냐. 아주 깨끗이, 길거리 청소 좀 하자는 거지."

재천의 금니가 반짝인다. 그게 그의 말에 담긴 심각한 뜻을 이해하는 데 방해가 된다. 이가 반짝하는 그사이에 재천은 난 죽어도 잘못한 게 없다는 성명서를 발표하는 전직 대통령처럼 엄숙하게 변해 있다. 자유자재의 변환.

"지금 상황이 상당히 심각하다. 너 대경이하고 자주 만나지?"

재천 앞에서 말 한마디 한마디를 조심하지 않으면 안 될 때가 있다. 지금이 바로 그런 순간이라고 그와 만났던 수많은 순간들이 가르치고 있다. 그 순간들은 또한 가르치기를 내가 조심하고 있다는 인상을 주지 않도록 하라고도 한다.

"나 같은 밑바닥 인생을 만나줘야 만나지. 워낙 돈 많고 높으신 회장님 아닌가."

다행히 웨이터가 노크를 한다. 재천의 얼굴에는 자동적으로 벙글, 평소의 웃음기가 번진다.

"아가야, 여기 스테이크 정식하고 맥주 두 병이다. 바깥 좀 조용히 시켜라."

웨이터의 허리를 구십 도로 굽히게 하는 재천의 부드러운 반말이 또 목엣가시처럼 걸린다. 나라면 존댓말로 주문을 하고도 인사받기 어려웠을 터이다.

"야, 이 개새끼야, 너 그렇게 해서 한 달에 얼마 버냐? 대경이 같은 놈한테 비벼서 먹고살기나 해? 그 강아지 같은 놈 가랑이 밑에 들어간 지 오래됐잖아. 그런데 만나주지도 않아? 친구 대접을 그렇게 하는 놈이 무슨 사업이야."

그는 느닷없이 대경에 대해서, 또 지역을 떠나 비빌 언덕 삼아 한때 대경의 회사에 들어갔던 나까지 싸잡아 신랄하게 비판을 해 댄다. 최대한 조심을 하고 있는데도 내 속에 들어 있던 그 무엇인가, 지렁이처럼 꿈틀 움직인다. 이를테면 평범한 자존심이.

"네가 간섭할 문제가 아니잖아. 나 걔 얼굴 못 본 지 오래됐어. 마지막으로 전화 통화한 게 한 삼 년 되나."

재천의 이마에 주름이 잡힌다. 고양이가 화를 낼 때 콧등에 주름을 잡듯이. 사실은 내가 그렇게 해야 하는데.

"대경이 그 똥개새끼, 내 눈에 띄는 대로 나한테 죽는다고 전해."

내가 뭘 전해? 나는 도저히 그의 말에 찬성할 수가 없다. 말투, 말의 내용, 말의 전제, 말의 결과 모두. 나는 너를 안다. 너는 나에게 그런 말을 해서는 안 된다. 그래서 너는 늘 이등이다. 이류다. 너는 그 상태로 죽거나 병신이 될지도 모른다.

조금 열린 문을 가볍게 두드리는 소리와 함께 우리의 대화도 끊긴다. 맥주가 들어온다. 재천은 마셔보라는 말도 없이 제 손으로 맥주를 따라 혼자 마신다. 그 행동이 의미하는 바에 대해 특별히 할 말이 없다. 재천이 혼잣말처럼 툭툭 잽을 던져온다.

"미꾸라지 같은 자식. 너구리 같은 새끼. 여우 같은 놈. 배신자는 뒈져야지."

도시에서 바삐 사는 대경이, 아무리 지역을 주름잡고 있다고는 해도 일개 건달에 지나지 않는 재천을 배신할 만한 일이 무엇인가 생각해본다. 배신할 거리가 있어야 배신을 할 게 아닌가. 그러면서 나는 우리 두 사람이 선뜻 저녁을 함께하기에는 헤어진 시간이 너무 길었다는 생각을 한다. 그동안 어떻게 변했는지, 서로 몰라도 너무 모르고 있다. 재천 역시 우리가 그동안 장구하게 대립해온 몇 가지 문제가 상기되었는지 나를 빤히 건너다본다.

"큰형님이 왜 돌아가신 것 같으냐?"

바로 너 때문이지. 네가 속을 썩여서. 하지만 그렇게 대답할 수는 없다.

"모른다."

"바로 대경이 똥개새끼 때문이다. 황포도 끼어 있고."

"아이구, 나는 그런 골치 아픈 일은 모르겠다. 아예 나한테는 그런 얘기 하지도 마라."

"대경이하고 황포하고 손을 잡고 마사오 큰형님을 돌아가시게 했다. 알겠나?"

"이봐. 서울서 사업하는 대경이가 뭐 할 일이 없어서 황포하고 손을 잡는단 말인가. 또 손을 잡았다고 해도 어떻게 마사오 큰형님을 돌아가시게 한단 말인가."

재천은 나를 한동안 꿰다놓은 보릿자루를 보듯이 한심하게 쳐다본다. 그건 옛날부터 내게 익숙한 표정이다.

"새끼, 네 개대가리는 정말 단단하구나. 차돌이다."

쳐다볼 만큼 보고 나서 재천이 내게 내린 평가는 그렇다.

"넌 그놈이 어떤 야심을 가지고 있는지를 몰라. 그놈이 지금 황포한테 돈을 대고 있다. 황포는 하이에나 같은 놈이야. 두 놈이 손을 잡고 지금 지역 전체를 말아먹으려고 하고 있어. 지역이 다 아는 일이지. 넌 정말 몰라?"

"몰라. 하이에나는 어떻게 생겼지?"

"넌 〈동물의 왕국〉도 안 보는 모양이다?"

그러면서 그는 다시 나를 물끄러미 바라본다. 그러다가 맥주잔이 깨어져라 내려놓은 다음 입을 연다.

"대경이가 지금 황포하고 손을 잡고 여기에다 호텔을 짓네 마네 하면서 여기를 저희 세상으로 만들겠다고 날뛰고 있다."

나는 재천이 대경에게 콤플렉스를 가지고 있다는 것을 알고 있다. 대경은 항상 일류였다. 일류 초등학생, 일류 중학생, 일류 고등학생, 일류 대학생이었으며 이제는 일류 사업가가 되어 지역에 일류 호텔을 지으려고 하고 있다. 그 일류가 이류라고 생각되는 재천에게 돈을 댈 리가 없다. 그래서 재천이 섭섭하고 괘씸해하고 있는 것이다.

황포는 일류인가? 일류끼리 손을 잡은 건가? 모른다. 재천과 황포는 사업 분야가 다르다. 황포는 불법 도박장을 운영하고 있고 재천은 합법적인 술집을 경영한다. 도박을 하는 사람은 술을 끊게 되고 술을 마시는 사람은 도박을 끊는가? 그래서 경쟁하는 사이일까? 모른다. 그것과는 차원이 다른 문제다. 내가 아는바 두 사람이 경쟁을 하게 된 것은 두 사람이 하나의 뿌리, 즉 지역에 최초로 폭력조직을 이식한 창용의 휘하로 들어간 다음부터다. 창용 다음의 2인자 자리를 두고 두 사람은 항상 경쟁을 했다.

황포가 재천의 상대이니 재천이 일류가 아니면 황포도 일류가 아닐 것인데 대경은 왜 일류가 아닌 황포와 손을 잡지? 그게 재천을 화나게 할 거라는 걸 알면서? 재천의 입장에서 보면 대경이 죽을 만하다고 나는 생각한다. 이 정도면 나는 돌이 아니다.

"제 애비가 믿던 놈 보증 섰다 부도 맞고 졸도해가지고는 골골하다가 깨꼬닥, 하고 나서 식구들 딴 데로 떴잖아. 한이 맺혔다 이거지. 호텔 하나 짓겠다고 나서면 지역에서 전부 만세를 부를 줄 알고. 그걸 막으려고 마사오 큰형님이 동분서주하시다가 세상을 떴다는 거다. 그러니까 그놈은 나한테 죽어야 한다."

"그래, 네 맘대로 해. 죽여, 죽이라구."

기다렸다는 듯이 재천의 얼굴에 벙글, 웃음기가 번진다.

"이해할 줄 알았다. 네가 나를 도와다오."

나는 그의 작위적인 표정에 감동을 받아 함께 웃음을 지을 생각은 전혀 없다.

"너 사람 죽이면 징역 가거나 사형당한다는 거 몰라? 내가 너를 어떻게 도와줘?"

재천은 입을 열려다 문득 입을 다문다. 문틈 사이로 누군가의 옷깃이 스쳐가는 듯하다. 제기랄, 기습 테러, 룸살롱 이런 말들이 자꾸 머릿속에 어른거린다. ……너, 죽을지도 모른다. 까불지 말고 도망이나 가라. 말할 수 없는 말을 가슴에 담고 있자니 가슴이 빵빵한 위장처럼 거북하다. 어떤 식으로든 그 말을 해주지 않으면 가슴병으로 내가 죽을 것 같다.

"할말이 있는데, 갑갑하네. 덥고. 딴 데 가면 안 돼?"

"어디로?"

"글쎄, 강가에나 바람 쐬러 가보든지, 상가에 가든지."

재천은 잠깐 시계를 들여다보는 동안 특유의 여유 있는 표정을 회복한다.

"조금 이따가 모임이 있다. 끝나면 만나자. 할말이 있다."

"누구야?"

"뭐 후배들하고 선배들하고…… 처세지."

처세? 세상 살아가기? 암호 같기도 한 생경하고 고답적인 단어는 재천에게 안 어울리는 것 같다. 시간이 흘렀다. 갑자기 그를 본 게 몇 년 만이라는 게 새삼스럽게 상기된다.

"아까 지용칠이를 봤다. 확 늙었데."

"음, 그 밭두렁 깡패."

재천은 가볍게 평한다. 왠지 저항감이 일어난다.

"박치기 하나는 무적이었지. 지금도 힘 좀 쓰는 것 같던데."

"그거야, 뭐 촌에서 닭 잡을 때 하는 짓이고 요새 그런 식으로 해서 뭐가 되나. 제 대갈통만 아프지."

"그래도 옛날에 너하고 희안이가 지용칠이한테 당한 기억은 난 다."

희안이란 이름이 나오자 재천은 슬며시 얼굴을 찡그린다. 바로 그거다. 조금 복수한 듯한 기분이 든다. 자신의 성공을 자랑하는 친구에게, 그리고 허탈하게 지나간 세월에 대해.

우리가 스무 살 남짓 먹었을 무렵, 너무 심심해서 비만 와도 좋았을 무렵, 정말 오랜만에 비가 오고 양철 지붕에 떨어지는 빗소리를 들으며 대낮부터 막걸리를 마시고 있던 중에 희안과 재천 사이에 내기가 붙었다. 실은 셋 가운데 유일한 학생이며 학생인 고로 늘 가난한 내가 공짜 술을 얻어먹기 위해 상대적으로 학생보다는 부자인 건달들을 부추겨 내기를 붙였다는 말이 옳다. 오토바이로 북쪽 고개 정상의 휴게소까지 다녀오는데 먼저 출발한 사람이 우리가 함께 서명한 성냥을 휴게소에 맡기고 돌아오면 나중에 출발한 사람이 그것을 찾아오기로 했다. 시간이 많이 걸린 사람이 술값을 내는 내기였다. 술값이 얼마나 되기에 그런 내기까지 하는가고 물을 사람이 있을지도 모르는데 재천의 엄청난 주량과 희안의 무량한 안주발을 경험한 이후 비로소 세상 물정을 조금 이해하게 될 것이다. 그런 것과는 별도로 아무튼 그때 우리는 무척 심심했었다.

재천이 먼저 다녀왔다. 사십 분쯤 걸렸다.

"너 왜 그렇게 부었어?"

재천의 붉은 얼굴에서는 김이 났고 퉁퉁 부어 있었다. 내리는 비에 맞아 그렇게 되었다는 것이었다. 비는 이슬비가 되었다가 소낙비처럼 거세지기도 했는데 시속 백 킬로미터 가까운 속도로 총알처럼 달려나가는 오토바이에 앉아 있노라면 가늘게 내리는 비가 곧 총알처럼 느껴질 것이었다.

　희안이 다녀왔다. 25분 40초. 신기록이었다. 비공인이긴 하지만. 길은 굽어 있는 데가 많았고 오가는 차들이 더러 있는데다 비가 와서 미끄러웠고 비안개 지대에서는 눈앞에 보이는 게 없었다. 죽지 않은 게 다행이라는 것이었다. 어눌한 희안의 설명을 듣는 데만 고개 갔다 오는 시간 이상이 걸렸다. 이윽고.

　"진 놈, 술값 내."

　"성냥부터 내놔."

　"성냥? 어, 성냥이 어디 갔지?"

　"너, 안 갔다 오고 그러는 거 아냐?"

　"뭐, 자식아! 내가 사기를 쳤단 말이냐!"

　희안이 자리를 박차고 일어섰다.

　"하여간 성냥이 없잖아. 성냥에 날개가 달렸나?"

　재천은 조금 물러서면서도 슬쩍 시비를 걸었다.

　희안의 키는 재천에 비해 반뼘은 작았다. 그러나 어깨는 훨씬 더 벌어졌고 주먹 크기는 비슷했지만 주먹을 달고 있는 팔뚝은 재천보다 훨씬 더 굵었다. 별명은 '내 팔뚝은 언제나 너보다 굵다'라는 주장에서 나온 바로 그 '팔뚝'이었다.

"야야, 오줌 마렵다. 아무나 돈 내."

탁자는 합친 몸무게가 이백오십오 킬로그램인 우리 세 사람이 팔로 누를 때마다 비명을 질러대며 흔들거렸다. 당시 몸무게 육십오 킬로그램인 내가 자리에서 일어나자 그 바람에 바깥쪽에 앉아 있던 재천이 일어서야 했고 내가 나가면서 두 사람은 술상을 마주 보고 맞서는 모양을 이루었다.

변소는 재래식이었는데 문을 닫으면 캄캄했다. 전깃불이 고장 나서 그 구멍으로 발이 언제 빠질지 몰랐다. 나는 그게 싫어서 주머니에 있던 라이터를 찾았는데 라이터는 없고 성냥이 하나 나왔다. 희안이 가져온 바로 그 성냥이었다. 이게 왜 내 주머니에 들어 있지? 나는 오줌을 누면서 자리로 돌아가자마자 내 나쁜 버릇, 성냥이나 라이터는 눈에 보이는 족족 주머니에 집어넣고 보는 버릇에 대해 사과하려고 마음먹었다.

마음이 급했던지 변소 문을 밀어젖히다 밖에 서 있던 사람의 얼굴을 치고 말았다. 하긴 그곳은 냄새만 아니면 어두워서 변소인지 담벼락인지 장독대인지 구별이 가지도 않을 골목 가운데에 있었다. 그 앞에 서 있다가 코를 부딪히는 게 전부 안에서 나오는 사람의 책임이라고만 할 수는 없으리라. 어쨌든 나는 코를 싸쥐고 있는 어둠 속의 인물에게 사과를 했다.

"아이고, 미안합니다."

그런데 뭐라고 투덜거리는 소리를 듣다보니 어쩐지 그 인물이 고등학생 같다는 느낌이 들었다. 고등학생이 왜 이 시간에 공부는 않고 이런 우범지역에 돌아다녀, 코피가 터져도 싸지. 그렇게 생각하는 순간 바로 옆 골목에서 한 녀석이 뛰어들어왔다.

"야, 아무도 안 오는데, 담배 하나 줘."

그때 내가 왜 세상의 온갖 불의와 범죄에 대해 일일이 신경을 쓰고 살았는지 모르겠는데 그 말을 듣는 순간 나는 이 두 녀석이 어린 학생 신분으로 어두운 골목길에 어슬렁거리는 이유는 단 한 가지, 바로 나와 같은 정의의 사도의 눈을 피해 담배를 피우려는 것이라는 결론에 도달하고 말았다. 그때 고등학교는 지역에 서너 개가 되었지만 초등학교, 중학교, 고등학교를 왔다갔다하면서 서로 동창생이 되는 바람에 내가 나온 고등학교 후배는 내 친구의 중학교나 초등학교 후배였고 내 친구가 나온 고등학교 후배는 내 초등학교 후배였으니 나는 그애들의 선배가 되고도 남았다. 그러므로 선배로서 골목길에 숨어서 담배를 피우는, 타락의 길로 빠져들어가는 후배를 그냥 지나칠 수는 없는 문제였다.

"요놈들 봐라, 차렷!"

그때 내가 믿고 있는 게 있기는 있었다. 바로 이십 미터도 안 되는 곳에 든든한 덩치들이 둘이나 있었으니까.

"왜요?"

그때나 지금이나 나는 버릇없는 놈들을 아주 싫어하는데 코를 문지르고 있던 놈이 바로 그런 놈이었다. 눈을 동그랗게 뜨고 올려다보면서 물어오는 것이었다.

"너, 어느 학교 다녀?"

그제야 나중에 뛰어들어왔던 녀석이 사태의 심각성을 알아차린 듯이 코 만지는 놈을 끌어당기면서 제 깐에는 신중하게 대답했다.

"안 다녀요. 아저씨."

"어느 중학교 나왔어?"

"안 나왔어요. 중퇴예요."

"초등학교는?"

"몰라도 돼, 짜샤."

그러면서 두 녀석이 쏜살같이 사라져버렸는데 나는 맨 나중에 이중창으로 들은 반말이 아니꼬워서가 아니라, 더러워서도 아니고 기뻐서도 아니고, 저렇게 맹랑한 아이들을 태어나게 하고 여태까지 밥 먹이고 숨쉬게 하고 키워낸 세상이 한심하고 슬퍼서, 갑자기 외로워져서 얼른 내 친구들이 있는 자리로 돌아가기로 마음먹었다. 자리에 돌아왔을 때는 상황이 많이 달라져 있었다.

"똑바로 해, 임마. 졌으면 졌다고 할 것이지, 무슨 핑계를 대. 비겁한 자식."

"내가 거짓말을 한단 말이냐? 말조심해."

재천은 확실히 변했다. 재천은 고등학교 때 학교에서 한 아이와 싸워 눈을 실명케 했다. 재천의 덩치를 질투한, 또는 덩치 속에 숨어 있는 게 무엇인지 궁금해했던 아이들은 가장 몸집이 작은 아이를 시켜 재천을 건드렸다. 재천은 작은 아이의 뒤에 있는 큰 아이 때문에 교실 뒤로 물러섰으나 큰 아이는 재천을 핍박해서 결국 밥 먹을 때 쓰는 포크를 들게 만들었다.

"가까이 오지 마. 찌른다."

큰 아이는 재천이 어떤 존재인지를 모르고 있었다. 그래서 실실 웃으며 다가갔다. 찔러봐. 해봐. 아이들이 두 사람을 둘러싸고 박수를 쳤다. 찔러라, 겁보.

"찌른다구. 찔러. 오지 마아. 오지 말란 말이야."

"그래. 찔러봐."

큰 아이는 포크의 사정권 안에 들어가서 맨손으로 빼앗는 기술을 세상 모든 고등학생에게 보여주려고 했던 모양이다. 재천은 그 것을 공격으로 알았다. 그래서 포크를 휘둘렀는데 세 가닥 끝 가운데 하나가 큰 아이의 왼쪽 눈을 정통으로 찔렀다. 그 아이는 그 자리에서 한쪽 눈을 잃었다.

"거봐. 찔렸잖아."

재천이 울먹이면서 말했지만 훗날 그것을 기억하는 사람은 거의 없었다. 정말로 찌른 과감성, 결단력, 독기, 용기만 기억했다. 재천은 마사오가 홀아비의 눈을 찌른 신화에 빗대어 자신의 신화도 만들어냈고 스스로도 정말 그렇게 한 것으로 믿었다. 그러나 가까이서 그 모든 과정을 지켜본 나는 재천의 마지막 말을 기억하고 있었다.

한 가지 교훈이 있다. 밥 먹을 때 쓰는 포크를 든 덩치 큰 고등학생에게 '나를 찌르라'고 하면 안 된다.

재천이 후일 진로를 정하게 되는 데는 고등학교 때의 그 사건이 계기가 되지 않았나 생각한다. 어차피 덩치는 하늘이 내린 것이니 남보다 큰 덩치를 가지고 일찍 죽지 않으려면 강해져야 한다. 무서워져야 한다.

그러나 그 정도로는 다른 사람은 몰라도 희안에게는 통하지 않았다. 그는 지역에서 가장 굵은 팔뚝의 소유자였다.

"내가 갔다 왔다고 하면 그걸로 끝난 거야. 내 앞에서 그따위 소리를 해!"

희안에게도 남 못지않은 전력이 있는데 그건 내기로 몇 사람의 피를 보았다는 것이다. 내기는 주로 술자리에서 이루어졌다. 사소한 의견 충돌이 생길 때 머리 나쁜 희안으로서는 말로 이기기는 어려웠다. 말로 하다 안 되면 주먹이며 팔뚝인데 그전에 가위바위보 같은 절차를 두어 이긴 사람 마음대로 한다는 식의 내기를 벌였다.

가위바위보를 해서 이긴 사람이 진 사람을 힘껏 친다. 그래서 쓰러지면 승부는 끝이다. 쓰러지지 않으면 또 가위바위보를 한다. 어느 누가 쓰러질 때까지 계속한다. 그렇게 해서 한 사람은 장파열로 거의 반쯤 죽여놨고 또 한 사람은 코뼈를 부러뜨렸다. 그러나 맞은 사람이 그걸로 고소하는 일은 없었다. 사나이끼리의 내기에서 벌어진 일로 두고보자는 건 있을 수 없다. 고소? 비겁한 일이다. 반면 그 자신도 콧등이 성할 날이 없어서 남 두 배는 튼튼한 갈비뼈가 몇 번 부러졌고 빗장뼈가 부러져서 깁스를 하고 다니며 내기를 계속하던 시절도 있었다. 그는 고개에 앉아 있다가 지나는 나그네에게 수수께끼를 내어서 길손이 지면 목숨을 빼앗는 스핑크스 같은 존재였다.

"얘들아, 성냥 여기 있네. 여기 있지롱."

내가 끼어들었지만 이미 때는 늦었다. 희안이 그 성냥을 손가락으로 탁 튀기고 두꺼비 같은 눈을 뒤룩거리며 다음과 같은 선언을 해버렸기 때문이었다.

"조오타. 네가 정 억울하면 우리 짱께미를 해보자……"

그 유명한 선언이 떨어지자 그러잖아도 을씨년스러운 술집 안의 분위기가 아예 냉동되어버렸다. '짱께미'란 가위바위보를 뜻하는 일본말에서 나온 것 같은데 그 당시에는 일곱 살배기도 그 말을 쓰지 않아서 사어가 다 된 말이었다. 그러나 희안의 입에서 그 말이 떨어지면 곧 죽을지도 모르는 도전을 각오해야 한다는 뜻이 되었다. 늙은 술집 주인은 짱께미의 '짱, 께, 미'가 발음되는 동안 식칼을 감추었다. 가위바위보를 해서 한 번씩 칼로 찌르기를 하자고 할까 겁이 났던 것이리라.

"유치한 짓 하지 말고 앉아봐."

재천이 자리에 앉았다. 하지만 가슴 부근이 벌렁거리는 걸로 보아 희안의 가위바위보를 유치한 짓만으로 생각하지 않는 것은 분명했다.

"야, 이 비겁한 놈아! 나가, 짱께미 해."

희안의 눈에 흰자위가 많아지면 그때부터는 확실히 알아들을 수 있는 말은 두 가지밖에 없다. 짱께미. 비겁. 가위바위보를 회피하는 자는 비겁한 자다. 비겁한 자는 가위바위보를 하지 못한다. 그게 희안의 진리였다.

재천은 떨리는 손으로 막걸리를 마셨다. 후에 그 지역을 방문한 사단장 출신 대통령이 마시게 되는 막걸리였다. 한 되짜리 한 주전자에 오백원. 콩자반과 김치, 날고구마 썬 것이 기본 안주로 따라 나오고 주문에 따라 김치나 배추전이 안주로 주로 등장하는 그 막걸리. 막걸리야 어떻든 희안은 이미 밖에 나가서 비를 맞아가며 소리를 지르고 있었다.

"비겁한 노옴. 빨리 나하고 짱께미 하자!"

양철 지붕에 듣는 빗소리. 시장 골목에 버섯처럼 돋아나던 사람들의 머리. 나는 두 가지를 기억한다.

"뭘 봐? 너희도 짱께미 할 거야?"

이 말에 거짓말처럼 사라져버리던 버섯들. 나는 재천에게 물었다.

"어떡할래? 가위바위보 하면 맞아 죽지 않겠어? 그냥 술값을 내지? 아니지, 이제 와서는 내도 안 되겠지? 너, 오늘 재수 더럽게 없구나."

가위바위보를 하자면서 길길이 뛰고 있는 희안, 큰 주먹을 잔뜩 오그리고 가슴을 벌렁거리는 재천. 장난이 아니었다.

"에이, 죽기야 하겠어, 썅."

재천은 마지막으로 고풍스러운 욕설을 뱉으면서 자리에서 일어섰다. 나는 그 소리를 들으면서 마사오를 연상했다. 아 썅, 한판 떠! 이건 마사오가 누구에게 도전할 때 쓰는 유명한 숙어였다. 혹시 후세에 누군가 마사오를 기억해서 그를 중심으로 지구가 돈다는 역사를 쓰고 그 역사가 사람들의 입과 귀에 남는다면 이 대사는 중요한 고사성어가 될지도 모른다.

재천은 밖에 나가서 일단 조용히 가위바위보를 하자면서 희안을 변소 쪽으로 유인했다. 재천이 먼저 들어가고 희안이 어두운 골목 안으로 따라 들어갔는데, 재천은 어둠을 이용해서 전광석화처럼 주먹을 날렸다. 그런데 선천적으로 싸움 신경이 발달한 희안이 그것을 피하는 바람에 주먹은 희안의 귀만 살짝 건드렸을 뿐이었다. 그 순간부터 재천은 뛰기 시작했다. 지역 사람들은 빗속을 뛰어다니는 두 덩치를 흥미롭게 지켜보았는데 난 우산이 없어서 그 재미난 구경을 밖에 나가서 할 수가 없었다. 십 분쯤 후에 재천이 시장 안까지 다시 도망왔고 희안은 여전히 목이 터져라 고함을 지르면서 재천을 추적하고 있었다.

"비겁한 노옴! 거기 서라!"

달리기라면 재천이 훨씬 나을 것이었다. 우선 하체가 길고 키에 비해 몸무게가 적게 나가니까.

나가서 보니 두 사람의 달리기에는 세 가지 기묘한 점이 있었다. 희안이 그렇게 고함을 쳐서 힘을 빼지 않고 쫓아간다면 훨씬 숨이 덜 찰 것이었다. 그런데도 계속 고함을 치며 따라가고 있었다.

주머니 먼지까지 톡톡 털어 술값을 계산하고 큼직한 나머지에 대해서는 울며불며 애원하여 외상을 한 다음 술집을 나서자 대낮부터 마신 막걸리의 취기가 나무뿌리처럼 몸을 타고 올라왔다. 기다렸다는 듯이 어둠이 가랑비와 함께 밀려들었다. 우산을 가지고 나오지 않은 스스로를 한탄했지만, 내게는 우산 살 돈이 없었고 집은 거기서 너무 멀었다. 나는 아까 만났던 고등학생 또래의 아이들이 나처럼 비를 맞으며 여태 골목 안에서 어정거리고 있는 것을 보았다. 오냐, 잘 만났다. 그런데 아이들은 둘뿐만은 아니고 그새 새끼를 쳤는지 우산 쓴 키 큰 여자아이도 함께 있었다.

자세히 보니 함께 있다는 표현은 어울리지 않았고 두 아이가 한 아이에게 뭘 내놓으라고, 가령 집에 갈 차비, 용돈, 우산 등등을 내놓으라는 전통적인 방식의 협박을 하고 있었다. 조금 더 자세히 보니 두 아이는 아이였지만 여자아이는 아이라기에는 조금 더 나이가 든, 즉 나와 같은 또래의 여자였다. 확실하게 보니 아이들이 어른을 가지고 놀자는 것이 아니겠는가.

"요놈들!"

아이들은 마침 여자의 우산을 젖히면서 함께 쓰고 가자고 희롱을 하고 있었는데 내가 다가가자 한 발짝씩 물러섰다. 그러면서도 주둥아리는 새처럼 놀리고 있었는데 내용인즉 이런 것이었다.

"끼지 마!"

"네 일이나 잘핸마."

내 일? 내 일은 싸우러 간 친구들 기다리는 것인데 지금 잘하고 있지 않은가.

"요 쥐새끼 같은 놈들이, 담배만 피우는 줄 알았더니 어른을 놀리기까지 하고 안 되겠구나. 너, 이리 와!"

나는 몸이 빼빼 마르고 아직 가슴뼈가 다 펴지지도 않은 아이를 붙잡았다. 아이는 버둥거리면서 끌려왔다.

"너, 이름 뭐야? 누구 동생이야?"

갑자기 그 아이는 내 강철 주먹이 가서 닿지도 않았는데 맞은 것처럼 아야, 하고 비명을 지르더니,

"잘못했어요."

하고 무릎을 꿇었다. 그러니까 조금 떨어져 있던 녀석도 자진해서 내 앞으로 와서 무릎을 꿇으며 빌기 시작했다.

"잘못했어요. 다시는 안 그럴게요."

나는 갑자기 싱거운 기분이 들어서 피해를 입은 여자 쪽을 바라보았는데 여자는 여전히 우산으로 얼굴을 가리고 쓰다 달다 말도 없이 서 있을 뿐이었다.

"일어서!"

아이들은 일어섰다. 고개를 푹 숙이고 내 처분만 기다리고 있었다.

"너희들, 잘못했다니까 이번만은 용서해주겠는데 다시 이 골목에 들어와서 응, 담배 피우고 지나가는 여자 괴롭히고 하면 나한테 죽을 줄 알아. 내가 바로 이 골목의……"

그렇게 해놓고 나니 갑자기 적당한 별명이 생각나지 않았다. 내가 망설이는 동안 아이들의 고개가 살짝 꼬이더니 이상하다는 눈치를 보였기 때문에 할 수 없이 쓰기 싫은 내 소싯적 별명을 써야 했다.

"이 골목의 왕초 개코다."

개코라는 별명은 내가 워낙 냄새를 잘 맡는다는 데서 유래했다. 그런저런 사연을 아이들이 알 리는 없겠지만 그렇다고 '개코'라는 별명이 썩 위엄이 있는 건 아니었으므로 얼른 아이들을 처리하려고 했다.

"한 놈씩 앞으로."

그러자 고개를 갸웃거리던 아이들 가운데 하나가 조용히 내게 물었다.

"저, 대경이 형 아니세요?"

"대경이고 개대가리고 간에 한 놈씩 앞으로."

그러자 다른 아이가 또 조용히 속삭여왔다.

"대경이 형 모르세요?"

"알아, 인마. 너부터 나와!"

그리고 나는 차례로 아이들의 뺨을 한 대씩 쳤다. 왜 아이들이
자꾸 대경을 들먹거리는지 이해가 가지 않았다. 두번째 아이의 뺨
을 칠 때는 손바닥이 얼얼했다. 어리지만 차돌 같은 아이들이었
다.

"가봐!"

아이들이 이상하다는 듯이 자꾸 고개를 흔들면서 갔기 때문에
나는 다시 부르지 않을 수 없었다.

"돌아와!"

아이들은 돌아오지 않았다. 골이 나서 씩씩거리며 걸어가고 있
었다. 나는 아이들이 정말로 돌아오면 빗속을 뛰어다니느라 한창
바쁜 두 친구 가운데 하나를 불러야 할지도 모른다고 생각했기 때
문에 다시 부르지는 않았다.

"저, 가도 돼요?"

우산 밑에서 여자의 음성이 들렸다. 어디선가 장미향이 살풋 풍
겼다.

"밤길인데 어두운 데 다니지 마세요. 어디로 가십니까?"

우산 쓴 여자는 엉뚱한 대답을 했다.

"시장에서 왔어요. 고마웠어요."

그때나 지금이나 나는 냄새나 피우면서 신비한 체하는 여자는

질색이라 더이상 묻지 않았고 바래다줄 생각도 없었다. 우산 쓴 여자는 골목을 빠져나가 길을 건넜다. 그리고 맞은편의 어두운 골목 안으로 빨려들어갔다. 그 여자를 쫓아 눈을 옮기다가 나는 드디어 재천을 잡은 희안을 볼 수 있었다.

재천은 긴 팔을 이용해서 희안의 팔뚝을 잡고 그것이 자신의 몸 가까이 오지 못하도록 혼신의 힘을 다하고 있었다. 나는 천사와 씨름을 하는 야곱을 그린 그림을 본 적이 있는데 재천이 꼭 그 야곱 같았다. 천사 역인 희안은 팔이 묶이자 머리로 재천에게 박치기를 하고 있었다. 재천의 키가 컸으므로 희안의 이마가 적중하는 곳은 재천의 목이었다. 박치기가 되풀이되면서 재천의 팔에는 점점 힘이 빠졌고 캑캑거리는 소리가 삼십 미터 밖에서도 들렸다.

"아이구, 저거 좀 누가 말려야지. 저러다가 사람 죽겠네. 어쩌, 저걸 어쩌."

생명이 달린 상황이 되면 나는 언제나 이상한 고요를 느껴왔다. 폭풍 전야처럼, 후덥지근하고 피비린내가 나는 듯한 고요. 후에 산부인과 병원에서 확인하게 된, 어린아이의 몸에 감긴 피냄새. 그리고 아이가 최초로 울음을 터뜨리기 전의 그 터질 듯한 고요. 나는 바로 그걸 느꼈다.

재천은 마치 물에 빠지기 직전에 최대한 까치발을 서고 찰랑찰랑 차오르는 물을 높은 콧대로 바라보는 듯한 자세로 희안의 박치기가 닿지 않도록 했다. 그러나 희안은 지치지 않는 청춘의 기관처

럼, 방아깨비처럼 박치기를 계속하고 있었다. 두 사람은 그런 상태
로 한참 대치했다.

"야, 그만해, 그만해. 내가 술값 냈다, 이놈들아."

내가 사이에 끼어든 틈을 타 재천은 다시 희안의 팔뚝과 박치기
의 사정권을 벗어나 도망치기 시작했다. 쫓고 쫓기다보면 애초에
쫓고 쫓기게 된 동기와 또다른 감정이 생기게 된다. 희안은 애써서
잡은 재천을 놓치자 제정신이 아닌 듯 "어흐헝!" 하고 호랑이 같은
소리를 내며 다시 뛰기 시작했다. 재천의 모습이 골목 끝에서 사라
지고 희안이 사라졌다. 그들이 다시 거리를 한 바퀴 돌았는지 어쨌
는지는 모르겠다. 그리고 한 시간이 지났는지, 하루가 지났는지,
일 년이 지났는지, 한 생이 지났는지도 모르고 시장 앞 유리 가게,
한쪽 다리가 부러진 긴 의자에 누워 있는 내게 희안이 다가왔다.

희안의 셔츠는 잉크를 쏟아부은 듯이 온통 피가 묻어 있었다.
그건 자신의 피가 아니라 재천의 목에서 흘러나온 피였다. 희안은
헐떡거리며 외쳤다.

"비겁한 노옴. 비겁한 놈. 비겁한 놈. 비겁한 놈."

유혈의 저녁이었다. 피를 씻어내리려는 듯이 다시 비가 내리기 시
작했다. 양철 지붕에 쇠구슬이 부딪히는 듯한 소리가 났다. 빗물은
처마를 타고 내려 노크를 하듯이 누워 있는 내 얼굴을 두드렸다.

제 성질을 못 이겨 유리 가게 유리문을 주먹으로 내리치던 희안
이 비틀거렸다. 눈앞이 뿌옇게 흐려지는가 했더니 뜨뜻하고 비린

냄새를 품은 무엇인가가 얼굴에 흩뿌려졌다. 희안은 늙은 사자처럼 내게 쓰러졌다.

"무슨 일이야?"

눈을 비비고 일어나자 역겨운 피비린내가 왈칵 끼쳐왔다. 내 손은 피 묻은 칼을 쥐었던 것처럼 빨간 피로 적셔졌다. 희안이 피를 흘리고 있었다. 오른손에서 피가 간헐천처럼 솟구쳤다가 잠잠해지곤 했다. 깨진 유리에 핏줄이 끊긴 것이었다.

유리의 날카로운 절단면이 희안의 오른손 세 손가락을 반쯤 끊어놓았다. 피를 많이 흘려서 수혈을 해야 한다고 의사는 말했다. 그러나 시골 병원이어서 혈액 주머니를 쌓아놓고 있다가 피가 필요한 응급 환자가 오면 즉각 수혈할 시스템을 갖추지는 않고 있다고, 이럴 경우 대체로 헌혈로 충당한다고 묻지도 않았는데 재잘재잘 떠들더니 내 혈액형이 뭔가고 물었다. 희안은 A형이었다. 피를 뽑을 수 있는 사람은 O형인 나와 O형일 게 틀림없는 당직 의사, 누가 봐도 A형이라 할 간호원, A 아니면 O형이 틀림없는 다른 응급 환자들이었다. 그러나 의사나 간호원, 다른 응급 환자들이 언제 봤다고 온몸에 피칠갑을 하고도 꽥꽥 소리를 질러대는 희안에게 피를 뽑아주겠는가. 나는 피 같은 내 피를 뽑아 희안에게 주었다.

자리에서 일어서는데 이번에는 목에서 피를 흘리며 재천이 걸어들어왔다. 그는 B형이었다. 의사는 이번에도 피가 필요할 것 같다고 했다. 내가 곤란해하자 의사는 조금 망설이는 척하다가, 일단

지혈 처리를 해줄 테니 나가서 선짓국이나 사먹이라고 했다. 재천은 선짓국과 헌혈 사이에서 고민하는 나를 보면서 누구는 뽑아주고 누구는 못 뽑아주느냐는 식으로 입을 있는 대로 내밀고 있었다. 그래서 할 수 없이 나는 또 일 인분의 피를 뽑아냈다. 그러다보니 피가 모자라는 두 사람과 거의 비슷한 수준의 빈혈 상태에 빠졌다.

희안은 마취를 않고 수십 바늘을 꿰맸다. 다량의 알코올이 함유된 내 피를 수혈받았으니 별다른 마취도 필요 없었으리라. 왜 위스키를 마시고 수술을 하는 서부영화의 배우들도 있지 않은가. 우리는 위스키 대신 막걸리를 마시고 수술을 했다는 차이밖에 없었다.

"손가락 힘줄이 끊어졌네요. 정밀 수술을 해야 하는데 환자가 싫다고 하니 오늘은 어쩔 수가 없지요. 그냥 꿰매기만 했어요. 수술을 하지 않으면 불구가 될지도 모르는데, 그래도 싫다니."

젊은 의사는 땀을 흘리고 있었다. 환자가 싫다고 한 정도가 아니었겠지. 가위바위보를 하자고 그랬겠지. 그냥 꿰매줄 건가, 맞으면서 꿰매줄 건가를 걸고.

희안은 결국 오른손 세 손가락의 힘줄이 끊어져서 평생 오른주먹을 꽉 쥘 수가 없게 되었다. 희안은 그 손에 붕대를 감고 집으로 가겠다고 고집을 피웠다. 비교적 가벼운 상처를 입었던 재천은 그때 이미 어디론가 사라졌다.

희안을 데리고 나오려는데 응급실 침대에 대경이 손목에 붕대를 감고 누워 있는 게 보였다. 무슨 일인지 그 녀석 역시 수혈이 필

188

요하다는 것이었다. 아, 피의 밤이었다. 자칫 일 인분의 피를 더 뽑게 된다면 내가 드러누워야 할 판이어서 나는 모르는 체하고 대경을 보지 못하게 희안을 끌고 나왔다. 희안은 자신이 잘 아는 곳에 가서 한 잔씩 더 하자고 했고 나도 내 피, 남의 피를 골고루 보고 상당히 흥분된 상태여서 반대하지 않았다. 우리는 소주와 고추장을 사서 남의 외딴 원두막으로 기어올랐다. 오이를 한아름 따와서 그것을 고추장에 찍어 먹으면서 무슨 이야기인가 나누었다. 희안은 손가락이 영영 낫지 않으면 당구를 어떻게 쳐야 하는지, 점수를 낮추어야 하는지에 대해 이야기했다.

또 우리는 희안이 초등학교 때 발이 불편한 친구의 가방을 들어다준 이야기를 했다. 희안은 평생 단 한 번 상을 받았다. 비가 오나 눈이 오나 소아마비로 발이 불편한 친구의 책가방을 들어주었던 일로. 나중에는 자전거로 친구의 책가방을 날랐는데 그것을 어떻게 안, 상 좋아하는 담임 교사가 표창을 하자고 해서 교장 선생이 전교생이 보는 앞에서 상을 주었다.

"이 어린이는 우리 학교의 보배입니다."

교장은 손수건까지 꺼내 눈가를 훔치는 시늉을 했는데, 그 시늉이 싫어서 희안은 책가방 들어다주는 일을 그만두었다. 다리가 불편한 친구는 스스로 책가방을 들고 절룩거리며 남은 기간을 혼자 다녀야 했다. 우리는 추워서 오들오들 떨면서 이야기를 나누었고 백조처럼 무릎 사이에 코를 박고 잠이 들었다 깼다 했는데 새벽에 희안은 사라졌다.

다음날 희안을 찾아온 것은 박치기 왕이었다. 희안은 원두막에서 백조처럼 잠이 들어 있는 나를 내버려두고 혼자만 편안히 자겠다고 그랬는지 어쨌는지 전날 마신 술집 골방으로 돌아갔다. 아침이라고는 하나 그때의 우리에게는 새벽이나 다름없던 오전 아홉시, 용칠이 바람처럼 들이닥쳤다. 문을 두드리는 소리에 희안은 그게 나인 줄 알았다고 했다. 그게 용칠인 줄 알았다면 아무리 담대한 희안이라도 뒷문으로 도망쳤을 것이다. 희안이 문을 열자 용칠이 발소리도 없이 안으로 들어섰다.

"네가 팔뚝이란 좆만한 새끼냐?"

희안은 잠이 덜 깬 중에도 용칠의 이마, 몇 가닥의 털이 붙어 있고 좌우에 털이 덮인 머리통을 거느린 그 유명한 이마가 희미하게 번쩍이는 것을 보았다. 그건 그날의 운이었다. 희안은 본능적으로 고개를 숙이며 대답했다.

"그렇습니다."

마지막 말이 끝나기도 전에 희안이 숙인 머리 바로 위로 술집 탁자 위에 있던 유리 재떨이가 공기 찢는 소리를 내며 날아갔다. 이어 벽에 부딪혀 박살이 나는 소리가 들렸다. 희안이 조금만 늦었더라도 재떨이가 희안의 안면을 박살냈을 것이다. 그게 운이다.

"개새끼, 따라와."

용칠과 희안의 공통점은 둘 다 말을 잘 못한다는 점이다. 말보다는 몸이 빨랐다. 일단 몸으로 움직이고 난 다음에 말을 하든 말든 했다. 희안이 밖으로 나오자 용칠은 뒤도 돌아보지 않고 자전거에 몸을 실었다.

"뛰어!"

용칠은 그 유명한 이마를 꼿꼿이 쳐들고 자전거 페달을 밟기 시작했다. 희안은 쑤셔오는 주먹을 불끈 쥐고 따라 뛰기 시작했다. 용칠은 점점 속력을 냈다. 희안은 용칠을 따라잡으려고 젖 먹던 힘을 다 썼다. 다 쓰면서 왜 용칠이 자신을 꼭두새벽에 찾아왔을까를 생각해보았는데 그걸 알면 자신이 아침부터 뜀박질을 할 리가 없을 것이었다. 희안은 생각해도 모르고 생각 안 해도 모르는, 아무 짝에도 쓸데없는 생각을 포기하고 그저 죽어라 하고 달렸다. 안개가 걷히기 시작한 거리에 오가는 사람들은 이상한 행렬을 보고 고개를 갸웃거렸다.

유난히 팔뚝이 굵은 사내가 웃옷에 피를 묻힌 채 자전거 뒤를 전속력으로 달려가고 있다. 두 사람은 언뜻 보면 권투 선수와 트레이너로 보인다. 자전거에 탄 사람이 누군데. 그 유명한 지용칠이다.

그건 그렇고 뒤에서 뛰어가는 건 팔뚝이 아니냐. 어제저녁부터 온 시내를 헤집고 돌아다니더니 아직까지 뛰고 있는 거야? 상당한 체력이며 집념이라고 할 수 있겠군. 사람들이 뭐라고 수군거리건 말건 두 사람은 쏜살같이 시내를 가로질러 버스 정류장 맞은편에 있는 아방궁 다방 앞에 멈추었다.

용칠은 희안은 돌아보지도 않고 다방 문을 열고 들어가버렸다. 희안은 숨이 턱에까지 닿은 채, 떨리는 가슴을 안고 뒤질세라 대포 알처럼 다방 안으로 쇄도했다. 거기에 반바지 차림의 마사오가 기다리고 있었다.

희안을 호출한 것은 마사오였다. 희안이 유리를 깬 유리 가게 주인이 마사오의 친구 동생 친구의 동생 후배 선배였다. 그게 무슨 관계냐고 물을 사람이 있을 것인데 지역에서는 그것도 관계다. 경찰서장의 사돈 재종형이나, 시장 동창의 동생, 군부대장의 운전병 고모가 큰 벼슬이듯이. 그렇게 안 걸리는 데 없이 서로 그물코처럼 걸고 걸린 사이로 누천년을 살아온 사람들이 지역 사람들이다. 어쨌든 유리 가게 주인은 유리문값을 변상받기 위해서 다른 지역 사람들이 볼 때는 조금 복잡한 경로, 지역 사람이 보면 단순한 경로를 통해 마사오에게 재판을 부탁했다. 희안에게 직접 변상을 요구했다가는 남아 있는 성한 유리 전부에 덤으로 가게 지붕까지 날아갈 확률이 컸다.

재판은 그날 정확히 오전 열한시에 개정했다. 장소는 최초로 중국을 통일한 진시황이 지은 궁전 이름을 본뜬, 최초로 지역을 평정한 마사오가 평소에 놀기도 하고 아가씨들 엉덩이를 만지기도 하는 아방궁 다방. 변호사는 없었다. 검사도 없었고 서기도 없었다. 방청석에는 대여섯 명의 건달들이 한 수 배우려고 나와 있었고 정리 겸 형리는 가게 주인의 친구의 선배인 용칠이 맡았다.

192

"네가 팔뚝이냐?"

재판장이 질문했다.

"예."

피고는 공손한 목소리로 대답했다.

"네가 남의 유리 가게 유리문 유리를 깼어?"

"예."

"유릿값 물어줄 거지?"

"예."

"지금 물어줘."

"지금은 돈이 없는데요……"

"그럼?"

"내일이나 모레나 그 다음날이나……"

"너 맞고 물어줄래, 맞고 안 물어줄래?"

간밤에 피를 잔뜩 흘리고 아직 빈혈 상태에서 회복되지 않은, 거기다 숙취와 수면 부족에 시달리고 있으며, 일생 최대의 속력으로 거의 일 킬로미터를 달려온 희안에게는 너무 어려운 질문이었다. 희안은 어리둥절한 채 서 있었다.

"저 새끼 내놓을 때까지 패."

재판장이 탁자를 탁탁 두드리며 판결했다. 형리인 용칠이 준비한 몽둥이를 들었다.

"엎드련마."

희안은 엎드리면서도 도대체 어떻게 이렇게 빨리 마사오가 유리 가게 일을 알게 되었는지가 궁금하지 않을 수 없었다. 궁금증은 금방 풀렸다. 엎드린 희안은 가랑이 사이로 다방 문이 열리는 것을 보았다. 거기에 목 깁스를 한 재천이 들어서고 있었기 때문이었다.

"호로자식. 개호로자식."

희안은 엉덩이를 추켜들며 다급히 입을 열었다.

"안 맞고 내겠습다!"

"벌써 늦었어."

용칠은 싸늘한 어조로 선언했다. 판사는 콧구멍을 쑤시면서 나 몰라라 하고 있었다. 희안은 별수 없이 엎드렸다. 붕대로 싸맨 한 손 때문에 왼손으로만 땅을 짚었다. 치기 좋도록 엉덩이를 번쩍 들었는데 어쨌든 한 팔의 팔뚝만으로도 그 무거운 몸을 버티는 데 무리가 없었다는 것이다.

"요 생쥐 좆만한 어린놈들이 온 읍내가 저희 집 안방인가, 동네방네 시끄럽게 만들어? 지금부터 너는 맞을 때마다 원기 왕성한 복창소리로 숫자를 센다. 소리가 작거나 곡소리가 나면 숫자는 두 배가 된다. 알겠나?"

복창소리는 스물에서 끝났다. 몽둥이가 부러졌고 희안의 엉덩이께 찢어진 바지에서는 붉은 피가 줄줄 흘러내렸다. 후에 다방 안이 온통 피비린내로 가득할 정도였다는 목격담이 생겨날 정도였다. 그건 희안의 윗도리에 묻은 피와, 용칠의 용서 없는 몽둥이질이 불러일으킨 연상 작용일 것이다. 어쨌든 희안은 비명 한 번 지르지 않고 늠름하게 매를 이겨냈다. 마사오의 조용한 목소리가 들렸다.

"다음."

희안은 팥죽 같은 땀을 흘리며 고통을 참고 있었다.

"네가 박재천이냐?"

목에 깁스를 한 재천이 "예" 하고 대답했다. 이미 서로를 알고 있는 듯한 그들의 어조에서 희안은 자신이 그렇게 빨리 마사오의 재판정에서 당한 이유를 확실히 알게 되었다. 뒷날 밝혀진바, 용칠의 친구 여동생 친구 동창은 바로 재천이었다. 재천이 유리 가게 주인을 충동질했거나 대리했거나 간에 제소를 하게 한 건 틀림없었다.

"넌마, 뭘 잘했다고 맞고 다니면서 어른들 귀찮게 해?"

마사오의 재판은 정확하고 공정했다. 마사오가 한 지역의 역사에 기록되고 남을 인물인 것은 이런 데서도 나타난다. 어떤 분야든, 한 분야에서 정상에 오른 사람은 어느 정도 세상 이치에 통달한 모습을 보여준다. 정상에서 보면 다른 정상으로 올라오는 길도 보인다. 마사오는 자신이 올라온 길과 남이 올라오는 길을 보았고 알았다. 그 길에는 물론 역사에 남는 명판관들이 간 길도 포함되어 있었으리라.

"형님, 그게 아니고……"

"하하, 형님? 어이 마빡, 나보고 저 어린애가 형님이라고 했는데 무슨 말이야?"

용칠이 얼굴을 찌푸렸다.

"아직 젖을 덜 먹어서 그런 모양인데요."

과묵한 용칠로서는 친구 여동생 친구 동창으로서, 복수를 해달라고 부탁한 재천을 감싸주기 위해 할 수 있는 최대한의 수사법을 동원한 것이었다.

"잘못했습니다, 큰형님."

재천이 무릎을 꿇었다. 희안의 입에서 다시 "비겁한 놈!"이 새나온 것은 물론이다.

"아, 세상 정말 웃기는구나. 내가 왜 네 큰형님이냐? 너 많이 컸다."

그때 재천은 어릴 때 마사오의 심부름을 했던 일을 상기시키려고 했는지도 모른다. 그게 그날의 운이라는 것이다. 마사오는 재천을 기억했을지도 모르는데 때와 장소가 좋지 않았다.

용칠이 다방에서 쓰는 대걸레 자루를 부러뜨렸다. 원래 몽둥이는 한 사람의 피고인, 희안만을 위해 준비되었다. 갑자기 필요해진 대걸레 자루는 희안의 엉덩이를 치고 부러진 몽둥이의 삼분의 일도 안 되는 굵기였다. 용칠은 희안을 칠 때보다 삼분의 일밖에 내키지 않는 목소리로, 삼분의 일밖에 안 되는 음량으로 나직이 명령했다.

"엎드려. 일어서. 엎드려. 지금부터 너는 맞을 때마다 원기 왕성
한 복창소리로 숫자를 센다. 소리가 작거나 곡소리가 나면 숫자는
두 배가 된다. 알겠나?"

"다시는 안 그러겠습니다. 제발……"

"엉덩이!"

숫자를 세는 소리는 다섯에서 멈췄다. 재천은 걸레 자루가 부러
지기도 전에 먼저 몸을 꺾고 지렁이처럼 나뒹굴었다.

"너희들, 앞으로 조심해. 다시 시끄럽게 했다가는 줄초상날 줄
알아."

그것으로 재판과 벌은 모두 끝났다. 희안과 재천은 당분간 원수
가 됐다.

9

"하마 카센터에서 기다려. 모임 끝나면 따라갈게."

누구 맘대로? 속으로는 그랬지만 나는 내가 재천의 말대로 상수
의 카센터로 가고 말 것임을 알고 있었다. 재천이 말하는 방식에
대해 반발한 것뿐이지 사실은 걱정을 하고 있다. 내년 이맘때에 제
사상을 받을지도 모르는 친구의 부탁, 제의, 명령을 거부할 만한
사람은 그리 많지 않을 것이다.

재천이 앉아 있는 방을 나오면서 나는 사복을 입었지만 어떻게든 신분이 경찰임을 과시하고 싶어하는 두 사람이 레스토랑 입구 계단을 통해 내려오는 것을 본다. 늘 제복을 입는 사람이 사복을 입으면 나이 짐작을 하기가 어렵다.

계단에서 역시 머리가 짧고 눈매가 날카로운 사오십대 사내와 엇갈린다. 사내는 절도 있는 걸음으로 바닥을 탁탁 울리며 내 곁을 지나쳐간다. 끈이 긴 군용 구두를 신은 것으로 보아 민간인 신분은 아니고 군인 같다.

신비한 세 인물을 보내고 나서 겨우 올라가려는데 또 검은 양복에 선글라스를 낀 이십대에서 사십대 사이로 보이는 사내 둘이 계단을 꽉 채우며 걸어내려온다. 그들과 엇갈리면서 나는 옛날 어른들에게서 맡았던 포마드 냄새와 흡사한 위압적인 냄새를 맡는다. 사내들은 내가 벽에 바짝 붙어 최대한 넓혀놓은 공간을 팔자걸음으로 슬슬 걸어 통과한다.

세 번씩이나 계단 밑에서 기다리자니 문득 계단을 이렇게 좁게 설계한 설계가가 누굴까 궁금해지면서 울화가 치민다. 시공자, 레스토랑 경영자, 소개업자, 건물 주인 모두 도대체 어떤 놈인지 궁금해지는 동시에 모르는 그들 모두 미워진다.

지역에서 자신의 신분을 숨기고 위장하는 풍습은 언제부터 시작되었는지 모르겠다. 서로 익명인 것이 편할 정도로 도시화가 되었다는 것인가. 그건 내가 모르는 일이다. 내가 떠날 때까지만 해도 그렇지는 않았다. 마사오…… 태양처럼 밝은 사내가 다시 그리워진다. 그 사내 앞에서는 누구도 정체를 숨길 수 없었고 숨길 필요도 없었다. 상수의 카센터로 가는 도중에 나는 같은 길에서 재천을 만났던 기억을 떠올린다.

오 년 전인가. 그때 내가 타고 온 버스는 새 버스였고 운전기사들도 신참이어서 기사는 졸지 않았고 버스가 중앙선을 왔다갔다하면서 긴장과 즐거움을 안겨주지도 않았다. 나는 몇 년 만에 고향에 오는 사람이 대개 그러하듯이 내가 없는 새 바뀐 풍경을 신기해하고 의아해하면서 길을 걷고 있었다.

낡은 단층 건물들이 길 양쪽으로 처마를 대고 이어져 있던 이 높아진 건물들이 조금 더 멀찍이서 마주서는 광경으

있었다. 도로는 흙먼지 속에서 ····

문득   ···· ·· ···   것을 보

····. 거기에 ···   ·· 구성하게 낮춘 사내가 내렸다.

····아, 헤이, 박재천!"

내가 재천이라고 생각한 그 인물은 철 이른 트렌치코트를 입고 막 저물어가는 햇빛에는 안 어울리게 선글라스를 끼고 있었다. 그는 내가 서 있는 쪽을 한번 흘깃 돌아보는가 했더니 별 우스운 놈 다 보겠다는 듯이, 바람 소리라도 날 것처럼 몸을 휙 돌렸다. 하기는 길 건너편에 서 있는 내게 그 바람 소리가 들릴 리는 없었다. 나

는 내가 사람을 잘못 본 것이라고 생각할 도리밖에 없었다. 아무리 지역에 아는 사람이 없기로, 그러다가 알 만한 얼굴을 보았기로, 내 목소리가 그렇게 크게 나올 줄은 나도 몰랐다. 주변에 보는 사람이 있는지 없는지, 또 나의 실수를 실수로 생각하고 웃는 사람이 있는지 없는지, 그런 걸 살필 여유는 없었다. 하찮은 일이다. 흔한 일이다.

그가 정말 재천이라면, 내가 먼저 보았다고 하더라도, 쫓아가서 이름을 불러가며 얼싸안을 처지는 되지 못한다…… 얼싸안지는 않더라도 길거리에서 악수를 나눈다든지, 차라도 한다든지 할 사이도 아니다…… 우리는 그렇게 친하지 않다…… 과거에는 친했는지도 모른다…… 과거에 친했는데도 지금 친하지 않다면 그 과거야 별 의미가 없다…… 그런데 왜 내가 그를, 아니 박재천이라고 착각한 사내를 박채천이라고 불렀을까…… 아는 사람 하나 만나지 못하고 반나절을 다녔기 때문에? 그래서 지나가다 차에서 내리는 사람을 아는 사람으로 착각할 수도 있고, 반갑게 부를 수도 있고, 그 사람이 내가 아는 사람이 아닐 수도 있고, 아니었고…… 방금 벌어진 상황은 그랬다……

그런 생각을 하면서 나는 줄창 걸었다. 아무렇게나 들어간 찻집에서 케첩이 휘감긴 감자튀김처럼 기억에 휘말려 있다가 나오는 길이었다. 누군가 나를 막아섰다.

"당신, 장원두요?"

"그런데……요?"

내 앞을 막아선 건 건장한 체구에 검은 양복을 입고 선글라스를 낀 정체 모를 두 사내였다. 짧은 머리는 나름대로의 엄격한 규율을 상징하는 듯했고 약한 바람에도 펄렁거릴 정도로 헐렁한 옷차림은 그들이 비교적 자유스러운 직업을 가지고 있음을 암시하고 있었다.

선글라스는 햇빛을 가리기 위해서 끼는 것인데 밤에도 똑같이 끼고 있다면 두 사람은 '전 국민 선글라스 보급협회' 같은 조직에 속해 있다고 보아야 할 것인데 세상에 아무리 없는 게 없기로서니 그런 협회가 이승에 있을쏜가. 따라서 생각건대 조직은 조직이되 선글라스는 그들 조직이 조직원들에게 끼게 하는 표지와 같다. 규율, 자유직업, 조직…… 결론은 하나였다. 깡패였다. 깡패를 수집해놓은 표본실이 있다면 당장 두 사내를 잡아 엉덩이에 방부 주사를 놓은 다음 압정으로 꽂아놓아도 될 지경이었다.

"형님을 좀 아는 모양인데…… 형님을 길에서 그렇게 함부로 부르다가는 다리몽댕이가 부러질 수도 있다는 거 알아……요?"

키가 내 머리 하나는 더 크고 표면적은 네 배는 됨직한 사내는 존댓말과 반말과 서툰 영어 회화를 뒤섞은 것 같은 말투로 내게 말했다. 그걸 보충하려는지 옆에 있던, 한 부모가 한날한시에 사준 것과 같은 네모진 선글라스를 끼고 있었으나 그것 말고는 같을 게 없는, 얼굴도 네모지고 몸도 네모진 사내가 다시 재빠른 입놀림으로 말했다.

"대갈통 아작나기 싫으면 그런 식으로 아구통 놀리지 말란 말이야. 빨리 꺼져, 여기서 어정거리지 말고."

불과 몇 년 만에 익명의 인물들이 득시글거리는 곳으로 변한 지역에서 내가 그날 온종일 놀린 아가리라는 게 뭔가. 식당에서 "추어탕!"이라고 주문한 것과 찻집에서 "커피 한 잔 주시오. 춥네"라는 말, 그리고? 무엇이 형님의 이름인가. 미꾸라지? 커피 원두? 그러나 나는 장난을 칠 마음이 없었고 그래서도 안 된다는 걸 알고 있었다.

나는 "박재천!" 하고 길가에서 크게 외친 적이 있었다. 표본들은 내게 그렇게 해서는 안 된다고 말하고 있는 것이다. 내가 그 규칙을 또 어겼다가는 이 바닥에서 뼈도 못 추리게 된다. 따라서 더 이상 어정거릴 수 없게 된다.

판단을 마친 나는 고개를 크게 끄덕였다. 따지고 보면 몇 년 후배는 될 아이들과 시비를 벌일 수도 없었다. 그렇다고 "네네, 잘 알겠습니다" 하고 머리를 굽힐 수도 없었고 더구나 모른 체하고 그 자리를 모면할 수도 없었다.

그래서 세상 사람 누구나 알아볼 수 있는 몸동작, 그것도 고개를 최대한 크게 끄덕거림으로써 수긍과 동의를 표현했다. 표본들은 나를 한동안 노려보더니 멋진 비웃음을 흘리면서 사라져갔다.

막힘없이 나는 기억을 해낸다. 오 년 후 오늘, 식당에서 나를 지나쳐간 사내들이 바로 그들이다. 그들은 오래전부터 재천의 오른팔과 왼팔 역할을 해왔다. 내가 너희를 모를 줄 아느냐. 오른팔의 이름은 이중원이며 왼팔의 이름은 오재모다. 재천은 내가 어정거리기를 포기하고 지역을 떠난 그 몇 달 뒤, 나를 찾아왔다. 그리고 자신을 위해 목숨을 바칠 수 있고 남의 목숨을 끊을 수도 있는가 하면 신발끈을 매줄 수도 있으며 인스턴트커피를 타줄 수도 있는, 그 일을 다른 사람에게 맡기면 약이 올라 혀를 끊고 죽을 수도 있는, 내 이름을 성과 별명까지 합쳐 알려준 두 사내에 대해 자랑스럽게 언급한 적이 있었다.

그와 두 사내의 관계를 뭐라고 부를까. 상하관계? 그렇게만 부를 수는 없다. 그것보다는 끈끈하고 수평적이다. 하기 좋은 말로, 그들이 그렇게 부르는 대로 형님과 아우? 아니다. 형제간에도 시킬 일이 따로 있고 해줄 일이 따로 있다. 그렇다면 늙은이와 젊은이? 아니다. 나이 차라 해야 기껏 네댓 살이다. 또 뭐? 맞았다. 수족이다. 그들은 재천의 수족이다. 수족은 더러운 일이나 깨끗한 일이나 다 해준다. 진창도 딛고 다니고 설거지도 한다. 힘든 일도 쉬운 일도 마다하지 않는다.

중원은 재천이 발탁한 재목이다. 중원은 씨름 선수 출신으로 고등학교를 졸업하기도 전부터 재천을 따라다녔다. 어느 결혼식에서 중원은 재천이 화장실에 들어가 있는 사이 화장실 문 앞을 지키고 서 있었다. 혼자 왔던 빽다리가 화장실에 들어가려다가 육중한 중원의 몸에 부딪혔다.

"넌 뭐하는 놈이야?"

빽다리가 물었다. 중원은 그때는 어려서 상대가 누구인지 잘 몰랐다. 그래서 늘 하던 대로 눈을 위로 뜨고 과묵과 덩치로 버텨 상대가 저절로 물러서게 하려고 했다. 그러나 빽다리는 용변이 급했다.

"비켜!"

중원은 있는 힘껏 자신의 주특기를 발휘했다. 웬만한 사람 두 배는 돼 보이는 덩치, 웬만한 사람보다 약간 작은 얼굴에 웬만한 사람 두 배쯤 되는 눈, 코, 귀, 입에 있는 대로 힘을 주고 먼 산을 보는 것. 그 순간 빽다리의 유명한 발차기가 터졌다. 빽다리는 그 자리에서 학처럼 펄쩍 뛰어오르며 마른 장작개비 같은 다리로 중원의 귀뺨을 갈겼다. 이어서 왼쪽 구둣발로 후려 코피를 터뜨렸다. 마침 재천이 화장실 밖으로 나오다 그걸 보았다.

"아이구, 형님!"

"저거, 네가 가지고 다니는 물건이야?"

중원은 울상을 지으며 서 있었다. 감히 코피를 훔치지도 못하고.

"죄송합니다."

"교통 방해되니까 안 쓸 때는 접어놔라."

"명심하겠습니다, 형님."

재모는 중원의 한 해 선배였다. 중원에 비하면 체구는 마늘쪽처럼 작아도 중원과 두 번 싸워 일승일패를 한 독종이었다.

재모는 재천이 경영하는 술집에 나타나 공짜 술을 마시고 몇 번 행패를 부렸다. 재천은 중원에게, 저 메뚜기 같은 놈 제발 조용히 보내라고 내보냈는데 이층에서 내려다보니 중원이 재모와 그의 친구에게 연방 얻어터지고 있었다. 한참 후에 중원이 올라왔다.

"어떻게 됐어?"

"갔습니다."

"그래? 이제 안 오겠대?"

"내일 또 오겠다는데요. 제가 마음에 든다면서요."

"기도 안 차네. 너 왜 얻어터지고 있었어?"

"내가 때리면 어디가 부러져서 죽을까봐요."

재천은 중원에게 처리 지침을 하달했다. 머리를 써라. 때려서 죽이지는 마라. 그 대신 다시는 못 오도록 해라.

다음날 재모와 그의 친구는 기고만장해서 술집에 들어오자 중원부터 찾았다.

"왜 애기 코끼리를 안 내놓는 거야, 내가 찾아서 애기 코끼리가 나오면 그때는 전부 다 때려줄 거야."

그건 재천이 왕년에 나에게 써먹던 논리가 아니었던가.

'돈 좀 빌려줄래? 없다구? 뒤져서 나오면 다 내 거다!'

재천은 사무실에서 머리를 써보려고 스스로와 힘겨운 싸움을 벌이고 있는 중원을 내보냈다.

"저 자식들 다시 이 가게를 시끄럽게 하면 너부터 죽을 줄 알아."

중원은 고민스러운 표정으로 느릿느릿 밖으로 나가서는 재모와 그 친구를 만났다. 재천이 내려다보니 재모와 그 친구가 다시 마음 껏 주먹과 발을 휘두르는 게 보였다. 특히 재모의 발길질과 쉴새없 이 떠들어대는 입담은 뛰어났다. "이단옆차기!" 하면서 돌려차기 를 성공시켰고 "코브라 트위스트!" 하면서 박치기를 시도했다. 실 패하면 성공담이, 성공하면 실패담이 튀어나오는 등 자유자재로 입을 놀려 상대를 혼란에 빠뜨렸다. 이층에서 내려다보던 재천은 그 재주가 썩 훌륭한 것이라고 여겼는데 재모의 특기는 불행히도 과묵한 코끼리에게는 별 소용이 없었다.

중원은 잠자코 몇 대 맞아주다가 두 사람의 손발을 붙들었다. 그리고 두 사람의 팔을 착착 접어 서로 엇갈리게 한 다음 발을 마 저 접어 포갰다. 농사꾼이 볏단을 쌓듯이 말없이 두 사람을 쌓아 번쩍 쳐들고는 냇가 쪽으로 사라져갔다. 그날 저녁 재모와 그 친구 는 다시는 오지 않겠다고 맹세하기 전까지는 차가운 냇물에서 모 래밭으로 나올 수가 없었다. 중원은 조약돌을 던지듯이 밖으로 기 어나오는 그들을 물속으로 집어던졌다.

그 다음날 재천이 보니 중원과 재모가 시무룩한 표정으로 어디 론가 가고 있었다.

"너, 어디 가?"

"병원에요."

"왜, 어디 아파?"

"어제 저 친구 이빨이 부러졌거든요. 끼워넣어달래요."

"돈 있어?"

"없는데요."

"그럼 이거 가져가. 치료 끝나면 둘 다 나한테 와."

그다음부터 두 사람은 이란성쌍둥이처럼 붙어다녔다. 중원이 차고 재모가 받고 재모가 물어뜯고 중원이 쓰다듬어주고. 앞에서 끌어주고 뒤에서 밀며 시키는 일에는 한 번도 실패한 적이 없었다.

전에 없이 술집 간판이 늘어난 게 눈에 띈다. 룸살롱, 디스코 클럽, 레스토랑, 찻집이 한 집 건너 하나씩은 붙어 있는 듯하다. 도대체 누가 이 많은 술집에서 술을 먹을까. 근처에서 금광이라도 터졌나. 지역에 드문드문 공장이 없는 건 아니지만 사시사철 이런 술집에서 술을 소비할 만한 인구는 최대로 잡아 십만 명 미만이다. 시가지를 동서로 관통하는 길과 남북으로 관통하는 길이 만나는 네거리를 중심으로 술집 수는 최소한 쉰 개는 넘을 것 같다.

"뻔하다. 지역에서 요새 되는 장사는 좆도 술하고 노름밖에 없다. 다른 장사를 하던 사람들도 전부 술집으로 업종을 바꾸고 있다."

"술은 누가 마시고 노름은 누가 하는데?"

상수는 일이 끝났는지 혼자 소주잔을 기울이고 있었다. 이따금 넓적다리를 탁탁 쳐서 카센터 불빛을 보고 날아왔다가 반바지 차림의 인간에게 들러붙는 모기들을 날려보내고 있다. 육지신선이 즐길 법한 취미다.

"건달들이다. 젊은 놈들. 좆도."

"돈이 어디서 나나? 농사가 돈을 벌어주는가?"

상수는 이방인을 바라보듯이 나를 물끄러미 넘겨보다가, 그럴 때의 표정은 재천과 놀랍도록 닮았는데, 그건 또 지역 사람이라면 모두 공통적으로 가지고 있는 표정이기도 한데, 지역을 떠난 사람에게는 아까운 물건을 잊어버렸을 때처럼 섭섭한 감정을 불러일으키기도 하면서 지역과 관련이 없는 사람에게는 적잖은 저항감을 불러일으키기도 하는 바로 그런 표정으로 말을 잇는다.

"돈이야 나라에서 좆나게 준다. 땅만 좀 있으면 영농 후계자로 신고하고 땅값보다 훨씬 많은 돈을 융자받을 수 있단 말이다. 그 돈으로 차도 뽑고 술도 마시고 노름도 좆 빠지게 한다. 바로 이런 애들이 있어서 수십 군데도 넘는 카센터가 다 먹고사는 거다. 운전할 줄은 몰라도 차는 가지고 있는 애들이 좆나게 많다. 걔들이 술 마시고 노름하다가 박고 고치는 데가 바로 카센터다, 좆도."

상수는 말은 그렇게 하면서도 그런 술집에 가보지 못한 게, 그런 노름판에 끼지 못하는 게 몹시 억울한 모양이다.

"너, 아까 어디로 갔었어? 재천이 왔을 때."

"네 입장이 난처할까봐 피해줬다. 너도 갑자기 재천이 만나서 좆나게 놀랐을 거다. 그럴 때 옆에 아는 사람이 없는 게 좋다. 또 재천이하고 얘기하는 게 황포 눈에 띄면 황포가 오토바이를 타고 날 찾아올지도 모르고, 좆같이. 재천이도 황포를 겁내니까 서로가 다 좋은 거다."

나는 바로 상수의 그런 점이 재천에게 미움을 사는 점임을 알게 된다. 자신이 말을 하지 않아도 결국 알게 될 일인데, 또 묻지도 않았는데 왜 먼저 입을 놀려서 미움을 살까. 말이란 돌고 돌다보면 원래 말한 사람의 의도와는 정반대의 결과를 낳기도 한다. 그 결과를 달갑지 않게 생각하는 사람은 그 말을 애초에 했던 사람을 찾게 되고 그러면 상수 같은 인간이 맞아도 싼 인물로 낙인찍히게 되는 것이다. 나는 그런 교훈을 알고 있다. 그러므로 공연히 상수의 면전에서 그 말을 함으로써 상수와 같은 인간이 되어 상수에게 미움을 받고 싶지 않다. 그래서 말문을 돌린다.

"조창용이가 간 지가 꽤 됐지?"

"한 육칠 년 됐나? 이십 년은 된 거 같다, 좆도."

"조창용이가 차 사고로 죽었잖아. 차가 고장난 거야, 사람이 잘못한 거야?"

상수는 내 기대와는 다르게 시큰둥하게 대꾸한다.

"조창용이 차는 조금밖에 안 부서졌다. 떨어진 다리도 그렇게 높지 않았고 물도 별로 안 깊었다. 시체도 깨끗했다고 하더라. 그러니까 알 수가 없다. 누구는 귀신이 데려갔다고 하는데…… 그렇게 믿는 게 마음이 편할 거다. 하여간 창용이 살았을 때 참 막강했다. 왼쪽에 박재천, 오른쪽에 황포를 두고. 참 대단했다. 아, 씨발 좆도."

상수는 입 끝을 들어올리며 웃으려는지 하마처럼 벌건 잇몸을 드러낸다. 무슨 말인가 하려다가 잠시 멈추고 나를 보더니 평범한 비밀 한 가지를 들려준다.

"그 인간이 인물은 인물인데 말이다."

마사오가 중풍으로 쓰러진 다음 지역은 힘의 중심이 빈 것처럼 보였다. 그 빈 중심이 태풍의 눈이라도 되는 양 사면팔방에서 크고 작은 일이 터져서 하루도 조용한 날이 없었다.

지역의 시골에 있는 한 순경의 팔이 잘렸다. 지역에서 가장 아리따운 아가씨가 납치되어 실종되었다. 지역 중심부에 있는 건물주가 대낮에 테러를 당해 쓰러졌다. 어느 민주투사가 비밀조직을 만들었다가 경찰에 적발되었다. 또 파출소가 괴청년들의 기습을 받아 유리 한 장 성한 게 없이 전파당했다. 그 외에도 사소한 싸움은 하루가 멀다 하고 일어났다.

이런 일이 일어나는 건 마사오가 없어서 그렇다. 사람들은 그렇게 생각했다. 사람들은 마사오가 어서 자리를 걷고 일어서기를 바랐다. 그가 예뻐서가 아니라 그의 자리가 빈 다음 그가 지역의 평온과 질서를 유지하는 경찰, 재판관, 시장, 의원, 언론인, 배우의 기능을 겸한 위대한 인물임을 실감했기 때문이었다. 누구도 그만한 일을 할 수 없었고 그만한 영향력을 가질 수 없었다. 그러나 마사오가 사람들이 원해서 쓰러진 게 아니고 사람들이 원한다고 자리 걷고 일어나는 게 아니었으므로 조심스럽게 후계 문제가 거론되었다.

마사오의 공백을 메울 인물로 일단 같은 시대의 건달인 지용칠이 꼽혔다. 그러나 그에게는 박치기 빼면 아무것도 없었다. 그는 머리가 가진 힘 가운데 극히 일부, 두개골 덮개의 단단함에 지나치게 의존하고 있었다.

차세대 주자로는 우선 양희안이 꼽혔다. 그러나 그는 그때 너무 어렸다. 마사오의 옛 동료들이 건재하는 한 시기상조인 것으로 평가되었다. 반론도 있었다. 마사오는 이십대 초반에 이미 자신의 왕국을 이룩했다. 같은 이십대인 희안이라고 불가능하란 법은 없다. 그러나 희안에게는 그런 야심이 없었다. 그는 근본적으로 독불장군이었다. 그는 마사오의 공백 따위를 메운다는 생각은 하지도 않았다. 골치 아프게 그런 일, 그런 생각, 그런 말은 왜 하고 난리야? 그게 그의 반응이었다.

재천은 아예 거론조차 되지 않았다. 혼자서 설 수 없던 그는 가능하면 마사오의 휘하에 들어가 차근차근 계단을 밟아 언젠가 마사오와 같은 위치에 서려고 했다. 그러나 마사오에게는 구체적인 조직이 없었다. 그러므로 재천이 아무리 용빼는 재주가 있어도 그 휘하로 들어가는 구멍을 찾지 못한 것은 당연했다.

마사오는 정식으로 조직을 만들지 않았다. 그는 혼자 힘으로 떠오른 해였다. 다른 사람에게 자신의 힘을 나누어줄망정 다른 사람의 힘을 긁어모아 어떻게 해보겠다는 생각은 없었을 거라고 나는 확신하고 있다. 그러므로 마사오는 왕초도 두목도 대장도 아니었다. 그냥 마사오였다.

그런데도 마사오의 영향력은 누구보다도 컸다. 그건 경찰도 의원도 시장도 부자들도 조그만 질투심 없이 모두 인정하는 바였다. 오히려 마사오가 없는 것을 가장 불편해하는 측은 경찰이나 지역 유지 같은 사람들이었다.

그것은 장기집권에서 오는 관성의 힘이었다. 마사오는 인간적인 육체와 한계를 벗어나 힘과 동일시되었고 질서로 자리잡았던 것이다. 힘과 질서가 사라졌을 때 혼돈이 찾아드는 것은 당연했다. 그때 문제의 인간 조창용이 돌아왔다.

창용은 혼자 오지 않았다. 그는 지역에서는 최초로 룸살롱을 열었고 거기를 외지에서 데려온 미희들로 채워넣었다. 사람들은 어리둥절했다.

창용은 소년 시절부터 마사오가 되는 것을 꿈꾸었다. 그건 그와 함께 소년 시절을 보낸 우리 모두 아는 바였다. 우리 역시 한때는 다 그랬으니까. 그는 마사오를 흉내내어 모든 영화를 공짜로 보았다. 마사오가 극장 정문으로 어깨를 펴고 들어가는 사이, 그는 극장 담을 넘어다녔다. 마사오가 그랬듯이 그는 돈 많은 친구들에게

서 용돈을 타 썼는데, 특히 돈 내고 영화를 보러 온 아이들의 주머니를 자주 털었다. 마사오가 그랬듯이 그는 마당에 있는 대추나무에 새끼줄을 친친 감고 권투 연습을 했다. 마사오가 그랬는지는 모르지만 그는 면도칼을 가지고 다니다가 급할 때 상대의 손등을 긋기도 했다. 마사오가 그러지 않았는데 그는 극장 출입을 단속하는 선생에게 들켜 정학을 받았고 그다음에 극장 앞에서 그 선생과 마주치자 보기에도 훌륭한 이단옆차기로 길바닥에 선생을 쓰러뜨렸다. 퇴학을 당한 다음, 그는 한층 더 많은 시간을 극장에서 보내게 되었다. 창용은 그후 어떤 계기를 얻어 도시로 갔다. 거기서 칠 년 만에 돌아왔다.

사실 창용은 도시에 가 있었던 동안 한 번도 지역에 돌아오지 않았던 건 아니다. 한차례 돌아왔던 적이 있었다. 그의 어머니가 죽었을 때였다. 그는 지역에 있을 때는 외톨이였고 그나마 어른이 되기 직전에 지역을 떠났기 때문에 지역에서 조문을 올 사람은 몇몇 친척을 빼고는 거의 없었다.

발인 전날 상가는 조용했고 비가 조금 내렸다. 소식 빠른 재천이 도착했고 이윽고 의리의 대명사 희안이 들어왔다. 두 사람은 '마사오의 재판' 이후 원수가 되어 한동안은 얼굴을 보지 않고 지냈지만 좁은 지역에서 영원히 그럴 수는 없는 법이어서 이런저런 자리에서 맞닥뜨리며 살아가고 있었다. 상주를 사이에 두고 마주앉은 두 사람은 서로 눈을 마주치지 않으려고 했다. 각자 주특기를 발휘해서 한 사람은 자신이 그동안 얼마나 험난한 세상을 살아왔는가, 그러면서 자신의 근육과 의지가 얼마나 단단해졌는가에 관해 쉴새없이 떠들어댔고 한 사람은 그저 고개를 숙이고 엄청난 양의 술과 고기를 마시고 먹었다. 창용에게 재천의 이야기는 너무 빈약하고 우스웠으며 한심했을 것이다. 너절한 사연을 허풍을 떨며 늘어놓기보다, 또 위의 크기를 과시하는 것보다, 함축적으로, 상징적으로, 멋지게 무슨 말이든 해주고 싶었을 것이다. 무슨 말 끝에 이런 말이 그의 입에서 나왔다.

"사나이라면 천 길 낭떠러지에서 소나무에 대롱대롱 매달렸을 때 그 손을 놔버리는 거야."

그 말을 듣자 희안이 갑자기 동작을 멈추었다. 아는 사람만이 느낄 수 있는 수컷들 간의 긴장으로 충전된 정적이 흐른 후 희안과 재천의 입에서는 거의 동시에 같은 말이 흘러나왔다.

"웃기고 자빠졌네, 씨발."

창용은 두 사람보다 한두 해 선배였다. 또 아무리 객지를 떠돌다 왔다 하더라도 상주에게 그런 말을 할 수는 없었다. 그렇지만 원래 희안은 나이 같은 건 헤아릴 줄 몰랐고 웃긴다고 생각하면 누구에게나 웃긴다고 말하곤 했다. 재천은 오랜만에 만난 창용의 차림새를 우습게 여기고 있었으므로 막말이든 반말이든 아무 말이나 했던 것이다.

두 사람은 헤어진 사이 그가 어떻게 변했는지는 잘 모르고 있었다. 그는 자신의 직업에 관해서는 아무것도 말하지 않았다. 두 사람이 알고 있는 것은 그가 도시의 큰 술집에 근무한다는 것 정도였다. 그의 몸은 작고 마른 편이었고 얼굴은 희었으며 늘 무표정했다. 엉덩이가 작고 검은 양복이 썩 잘 어울리는 그는 그저 술집에서 일하는 제비나 웨이터 정도로 보였다. 그래서 사나이가 어쩌고저쩌고하는 말에 웃긴다고 반응한 것은, 논평한 것은 당연했다.

사실 그의 몸이 작은 것은 가혹한 훈련과 실전으로 불필요한 살이 없어서였다. 사실 그의 얼굴이 유난히 흰 것은 낮에 얼굴을 보일 일이 없어서였다. 사실 그에게 검은 양복이 어울리는 것은 그가 늘 검은 양복을 입는 조직원 가운데 하나이기 때문이었다. 그는 그것을 조금 암시하는 것은 괜찮을지도 모른다고 생각했던 모양이다.

그래서 희고 잘 손질된 손으로 탄띠처럼 양복 속에 달린 갈색 가죽 가방을 열었다. 가죽 가방에서 칼을 끄집어냈고 남들이 뭐라고 말하기 전에 식탁에 그것을 꽂았다. 그 칼은 미국의 식칼 회사에서 사업 다각화를 위해 제조 판매하기 시작한 것으로 손잡이 옆의 스위치를 누르면 긴 손가락 같은 날이 자동으로 튀어나가게 되어 있었다. 도시 조직의 행동대원들 가운데 열 명 미만이 그 칼을 가지고 다닐 수 있었는데 그건 조직의 큰형님이 직접 하사한 칼이었기 때문이다. 그 칼은 손톱 소제에도, 우는 아이의 울음을 그치게 하거나 울지 않는 어른을 협박하는 데도, 개구리 해부에도 쓸 수 있는 다목적용 칼이었다. 그는 거두절미하고 한마디로 그 칼의 용도를 설명했다.

"내가 웃긴다고 다시 말할 놈이 있으면 먼저 이 칼한테 물어봐."

그때부터 일 분간, 또 일 분간 그들 세 사람과 그들 주변에 있던 사람들 모두 침묵을 지켰다. 그가 거두절미한 칼의 다른 용도에 대해 생각했고, 그렇게 복잡한 용도의 전문가용 칼이 어머니의 장례를 치르러 고향에 돌아온, 창백한 표정의 상주 품에서 나온 이유를 생각했다. 온 세상이 생각에 빠진 사람들로 조용했다. 마침내 먹고 마실 시간에 생각하는 걸 무엇보다 싫어하는 희안이 지역의 누구보다 굵은 팔뚝 소매를 걷어붙이면서 말했다.

"그래서 뭐냐 이거야. 그 칼 마음에 드는데 우리 짱께미로 내기나 할까."

창용은 무표정하게, 피곤한 듯이 조그맣고 붉은 입을 놀렸다.

"너는 뭘 걸고?"

레미콘 트럭을 몰던 희안, 모든 면에서 사나이로 인정받고 있는 희안은 번쩍이는 눈으로 주변을 둘러보며 말했다.

"우리 짱께미를 하자. 그래서 지는 놈이 먼저 그 칼로 제 팔목을 긋는다. 못 긋는 놈이 웃기는 놈이 되는 거다."

"간단하게 하자고. 짱께미 빼고, 서로 긋는 것도 귀찮으니까 빼. 내가 네 팔을 그어주지. 참으면 네가 이기고 네가 아야, 하거나 그만하라면 내가 이기고."

"됐다. 시작."

두 사람은 마주앉았다. 순식간에 이루어진 결정이어서 아무도 말릴 생각을 하지 못했다.

이윽고 희안이 팔뚝을 걷어 앞으로 내밀었다. 상주는 무표정하게 칼을 식탁에서 뽑아들었다. 희안은 입을 꾹 다물고 팔뚝에 힘을 주었다. 적갈색의 굵은 팔뚝에 지렁이 같은 푸른 핏줄이 꿈틀거렸다. 제비처럼 보이는 상주는 미국 식칼 회사에서 망하기 전에 만든 칼, 이미 무수한 인간의 피맛을 본 그 칼로 지역에서 가장 굵은 팔뚝을 그었다. 힘을 준 팔뚝에 칼끝이 먹어들어가자 마치 단층이 솟아오르듯, 근육이 벌어지기 시작했다. 칼끝은 차츰 팔꿈치 쪽으로 뻗어갔다. 두 사람은 서로의 눈을 들여다보면서 웃으려고 안간힘을 썼다. 웃으려고.

사람들은 점점 벌어지는 인간의 팔뚝 근육 내부를 들여다보고 있었다. 주변에서는 숨을 죽이고 있었다. 속삭임도 곁눈질도 없었다. 조용했다. 이윽고 팔뚝은 배가 갈라진 검붉은 물고기처럼 보이기 시작했다. 피비린내가 나자 재천이 으윽, 하고 구역질을 했다. 희안은 뭐가 좋은지 빙그레 웃고 있었는데 머리칼만은 철사처럼 곤두서 있었다. 창용은 희안의 눈을 잠시 냉정하게 들여다보다가 문득 주변을 둘러보았다. 어느새 생긴 사람의 장벽에서 어떤 웅변보다도 강한 침묵과 이상한 열기가 감돌았다.

"내가 졌다."

그 말과 함께 창용은 칼을 닦아 칼집에 집어넣었다. 그 다음날 새벽 이후 지역에서 그의 얼굴을 본 사람은 없었다.

친구의 상가에서 우연히 팔뚝을 다친, 언제나 남보다 팔뚝이 굵은 사나이는 재천에 의해 병원으로 실려갔다. 재천은 친구를 위해 헌혈을 자원했고, 의사가 혈액형이 다른 피는 소용없다는데도 굳이 피를 뽑았으며 그가 피를 뽑는 사이 희안은 수십 바늘을 꿰맸다.

─팔뚝이 이렇게 되고 보니 옛날 우리 둘이 유리 가게 유리문 유리를 부순 일이 생각난다.

─이 팔뚝에 달린 손가락이 그때부터 못 쓰게 된 그 손가락이지?

─내가 일부러 이 팔 내밀었다. 조창용이가 그 일을 알면 얼마나 약 오를까. 속으로는 우스워서 죽을 뻔했다.

그로부터 몇 년 동안 희안은 지상에서 가장 용기 있는 사나이로 존경을 받으며 레미콘 트럭을 몰다가 절벽에서 떨어져 죽었다. 절벽에서 트럭이 굴렀다. 굵은 팔뚝의 사나이, 죽는 날까지 가위바위보를 좋아하던 어린아이와 같은 영혼, 사나이 중의 사나이는 목에 걸었던 수건과 함께 절벽에서 수십 미터 떨어진 곳에서 발견되었다.

그는 사나이로서 존경을 받았기에 그의 장례식은 지역에 사는 대부분의 사람들이 지켜보는 가운데 치러졌다. 유해를 실은 영구

차는 차가 다니지 않는 시내 큰길을 가로질러 천천히 화장터까지 갔다. 그의 선배와 후배와 친구가 많이 몰고 있던 택시는 모두 운행을 멈추었다. 승용차들도 다른 차량이 다니지 않는 것을 보고 지레 멈췄다. 그래서 그 장례식은 국장을 방불케 하는 엄숙함 속에 진행되었다.

한동안 술집에 모인 사람들의 입에서는 온통 희안의 이야기밖에 흘러나오지 않았다. 그가 살아서는 얼마나 담대했는가. 그가 얼마나 사나이다웠는가. 그가 얼마나 여자에게 다감했는가. 그가 얼마나 굵은 팔뚝을 가지고 있었는가. 특히 그가 창용을 통쾌하게 제압한 일은 신화로 남았다.

상가에서의 일은 돌발적이고 우연한 충돌로 보였다. 그러나 후일 지역 역사가 연구 대상이 된다면 그 사건은 도시와 지역, 조직과 개인, 현대성과 근대성 간의 격렬한 첫 전투라고 기록될 것이다. 거기서 희안은 아무도 예상치 못한 개성적이고 무식한 방법으로 승리를 거뒀던 셈이었다. 그런데 그 전투의 패장인 창용이 희안의 장례식이 끝난 지 한 달도 되기 전에 돌아와 보란 듯이 술집을 차렸다. 보란 듯이.

"조창용이가 돌아왔다고?"

"그놈이 팔뚝한테 당하고 토낀 그놈이지? 그런데 팔뚝이 죽으니까 그놈이 제 세상 만났다고 아가씨 나오는 술집을 낸다고?"

"벌써 냈다는데?"

"형님들한테는 인사도 없이? 겁대가리는 뒷주머니에 넣어뒀나?"

그 일로 가장 흥분한 것은 재천이었다. 그 무렵, 그는 희안의 문제에 관한 일이라면 무조건 소매를 걷어붙이고 나섰다.

재천은 마사오의 무조직의 조직에 구멍 뚫는 일은 거의 포기하고 있었다. 그렇다고 희안처럼 독보적으로 스스로의 영지를 개척할 희망도 없었다. 그래서 자신만의 고유한 기술, 곧 부드러운 혀와 표정, 큰 덩치를 이용해서 앞날을 개척하려고 했다. 그것이 이야기며 전설이며 신화였던 것인데 소문으로 날이 새고 소문으로 밤이 새는 지역의 특수성을 감안하면 그런 인물이 그제야 등장한 것이 이상할 정도였다.

만약 소문이 사실이 아니라는 게 밝혀지면 그건 소문이기 때문에 그렇다고 둘러댈 수 있다. 소문이 사실이면 그것으로 그만이다. 발설자가 문제가 되면 애초에 자신이 말한 진의가 왜곡 전달되었다고 하면 되고 발설자가 칭찬받을 일이 생기면 자신이 나서면 된다. 우리집에 있던 A형 텐트처럼 필요하면 갖다 쓰고 버릴 때 버리면 되는 소문은 마치 재천을 위해 수천 년 전부터 조물주가 만들어둔 은혜로운 도구처럼 보였다.

희안이 죽자 재천은 즉시 두 사람이 뽕나무 밑에서 서로의 피를 나누어 마시면서 비록 태어나기는 다른 날 다른 시에 태어났되 죽을 때는 한날한시에 죽자고 맹세한 사이라고 주장했다. 그런데 어쩌다 한 사람은 이승에, 한 사람은 저승으로 갈라지게 되었는가고 관운장을 먼저 보낸 유비처럼 방성대곡하면서 장례가 진행되는 동안 내내 시내를 휘젓고 다녔다. 그 일 이후, 그는 희안이 가지고 있던 명성과 인망을 일부 물려받아 약간은 의리와 사내다움을 가진 인물로 인정을 받아가고 있었다.

재천은 일단 창용에 대해 소문과 자료를 모으는 일에 착수했다. 창용은 현대식 무기인 칼을 쓰고 있었다. 그건 주머니칼이나 식칼과도 다르고 옛날에 허세를 부리기 위해 쓰는 장검과도 달랐다. 한마디로 장난이 아니었다. 또 창용의 뒤에는 도시의 조직과 '오야붕'이 있다는 이야기가 있었다. 그것도 장난이 될 수는 없었다.

도시는 지역에서 자동차로 두 시간쯤 걸리는 거리에 있었다. 거기에는 진짜 깡패와 진짜 경찰과 진짜 법원과 진짜 교도소가 있었다.

도시와 지역을 오가며 채소를 나르는 정보원에 의하면 창용은 도시에서 가장 큰 조직의 행동대장이었다고 했다. 반면 도시에서 옷가게를 열고 있는 정보원은 그럴 리가 없다고 했다. 전국 규모로 알려진 도시 조직의 행동대장이 뭐가 아쉬워서 그 조그만 지역에 발을 뻗치겠느냐고. 도시 조직은 일본의 야쿠자, 미국의 마피아, 홍콩의 삼합회와도 맥이 닿는 막강 조직으로 행동대장쯤 되는 사람이면 이미 검찰에서 손을 댔을 것이다. 뭐하러 삼면이 꽉 막힌 보릿자루 같은 시골구석으로 기어들어가서 술집을 여느냐, 손님

와서 바쁘니까 전화 끊자고 했다. 재천의 결론은 뒤에 뭐가 있거나 없거나 간에 조심이 최고다, 숨어서 소문이나 내자는 것이었다.

그러던 차 창용이 아이들을 보내 재천에게 정중한 초대 의사를 전했다. 재천은 주먹과 머리 나쁜 것으로는 희안의 뒤를 이을 재목으로 평가받고 있던 황포와 함께 창용의 술집으로 갔다.

예언자가 고향에서 환영받지 못하는 이유는 어릴 때 함께 고추 크기를 재본 친구가 있기 때문이다. 창용은 분명히 지역 출신으로 그의 고추 크기를 알 만한 사람은 다 알았다. 소싯적부터 극장에서 진을 치고 주머니칼을 휘두른 전력은 있지만 그걸 두려워할 사람은 없었다. 켕기는 건 두 가지, 어머니의 장례식에서 문상객의 팔뚝을 그어버린 칼 같은 독기, 정체 모를 배후였다. 재천이 황포와 함께 간 건 바로 그런 점을 염려했기 때문이었다. 여차하면 황포를 내세우고 뒤에 숨어 있으면 되니까. 몸무게를 합치면 이백 킬로그램에 달하는 두 사람이 창용의 술집에 검은 그림자를 드리우며 들어섰다.

"어서 오십시오."

"사장 있어?"

"사장님, 일이 있어서 어디 가셨습니다."

"난 원래 왔다갔다하는 거 싫어해."

"나도 그래. 약속을 했으면 지켜야지."

"말씀 계셨습니다. 오늘 바쁜 일이 생겨서 못 오게 돼 미안하시다면서 최고로 서비스를 해드리라고 하셨습니다."

제비처럼 생긴 웨이터가 그들을 안내해서 자리에 앉혔다. 긴장이 덜 풀린 그들에게 공주처럼 차려입은 여자아이가 다가와 시중을 들었다. 두 사람은 처음에는 체면을 차렸지만 어여쁜 여인과 향기로운 술에는 장사가 없다. 지역에서는 처음 보는 미모의 여인과 웃음과 서비스와 술이 끝도 없이 나왔다. 두 사람은 덩칫값을 하느라고 남들 두 배분을 부어라 마셔라 하다가 얼마 되지 않아 곤드레만드레가 되었다. 웨이터가 계산서를 가지고 왔다.

"나 사장 친구야. 그러니까 외상이야."

"그러시죠. 성함이?"

"나는 황포야."

"난, 도끼."

재천이 도끼라는 별칭으로 불리기 시작한 것은 그 무렵부터였지만 재천과 도끼가 무슨 관계가 있는지 제대로 아는 사람은 드물었다. 내가 알기에 재천은 시골집에서 장작을 패다 지나가던 어느 순경의 팔을 다치게 한 적이 있다. 잘못 맞은 장작이 튀어 하필이면 담 너머로 자전거를 타고 가던 순경의 귀를 쳤고 그 바람에 순경은 일진 사납게도 얼어붙은 논으로 굴러떨어져 팔이 부러졌던 것이다. 그 일을 두고 재천이 무슨 이야기를 꾸며냈는지는 내가 알바 아니다. 하여간 재천과 황포는 그뒤로도 몇 번 더 창용의 술집을 정찰을 하고 외상을 했지만 한 번도 창용을 만날 수 없었다.

―야호. 이건 뭐야. 웬 주인 없는 방앗간이야.

―창용이가 반성을 하고 돌아온 거라고. 우리한테 여자하고 술을 바치러 왔어. 쑥스러우니까 나타나지도 못하는 거고.

―아냐, 겁을 먹었는지도 몰라. 만나야 오해를 풀어주지. 아예 머리카락도 안 보이게 꼭꼭 숨어버렸으니 매우 안타깝구나.

그때부터 두 사람은 그 집을 단골로 하기로 의견의 일치를 보았다. 다른 사람이 알면 벌떼처럼 와서 벌떼처럼 처먹고 벌떼처럼 외상을 할 것이다. 그러면 아무리 반성하고 착한 마음을 먹고 있는 창용이라 하더라도 일시에 망한다. 이런 술집은 우리 같은 건달이 보호해줘야 한다. 그런 의미에서 우리끼리만 알고 있자. 이 집에 올 때는 둘이 함께 와야 한다. 다른 사람한테 말을 해서도 안 되고 데려와서도 안 된다, 응? 그렇게 단단히 약속했다. 그다음에도 그다음에도 변함없이 공주처럼 생긴 여자아이의 시중과 향기로운 술과 안주가 그들의 간장을 녹였다. 창용은 언제나 없었다.

몇 주일 후 어느 날 황포가 폭발 사고를 당했다. 황포는 금문교 밑 여울에서 다이너마이트로 물고기를 잡으러 나갔다. 심지에 불을 붙인 채 고기떼를 쫓다가 그만 다이너마이트가 터져버린 것이었다.

애초에 던지기로 작정한 곳에 던지면 될 것을, 남의 떡이 커 보인다고 여기 던질까 저기 던질까, 그렇게 왔다갔다하기를 싫어하면서 왔다갔다하다가 던지기는 던졌는데 코앞 일 미터쯤에서 다

이너마이트가 터져 머리며 얼굴이며 새카맣게 구워먹었다.

재천은 성화병원으로 황포를 찾아가는 길에 창용의 술집 앞을 지나갔다. 거의 다 지나갔는데 바람결에 들려오는 웃음소리를 들었다. 잠시 걸음을 멈춘 사이 안주 냄새를 맡았다. 걸음을 떼려는 순간 향기로운 술냄새가 났다. 재천은 술집 앞을 몇 번 지나가고 다시 돌아가고 지나가고 돌아가다가 기어코 술집에 들어가고 말았다. 창용은 여전히 부재중이었다. 재천은 병원에 드러누워 있는 친구에게 미안한 마음 때문에, 친구 몫까지 해야 한다는 의무감으로 평소의 두 배는 더 마셨다. 또 곤드레만드레가 된 다음, 웨이터가 계산서를 가져왔다.

"계산서 가져왔습니다."

"사장, 어디 갔어? 이젠 오라고 해."

"사장님은 지금 안 계십니다."

"아, 거, 내가 좀 만나서 좋게 해줄 이야기가 있는데 계속 없으면 어떡하나. 자네가 꼭 좀 전달해. 한번 보잔다구."

"그렇게 전해드렸습니다."

"그런데 코빼기도 안 보여? 아예 지역에 안 오는 거 아냐? 그렇게까지 할 필요는 없는데."

"아닙니다. 하루에 한 번은 꼭 들르십니다. 오늘은 오실 겁니다."

"오늘?"

"예. 오실 겁니다."

재천은 그제야 자신이 지역에서 가장 막강한 경호원을 대동하지 않았다는 것을, 그 경호원과의 약속을 어겼다는 것을, 그 경호원이 없으면 만에 하나 어떻게 해볼 수가 없다는 것을 깨달았다.

"아이코, 이런, 내가 바쁜 일이 있는데, 그만, 아이코코."

"계산은 어떻게 할까요."

"알잖아. 외상이야."

귀여운 웨이터의 표정이 달라졌다.

"그렇게는 안 되겠습니다. 사장님이 앞으로 외상은 절대 받지 말라고 하셨습니다."

재천은 버텨보려고 했다.

"나 때문에 이 가게가 얼마나 장사가 잘되는지 알아?"

"모르는데요."

웨이터는 똑바로 서서 팔짱을 끼고 재천을 내려다보았다. 재천은 귀여운 웨이터가 점점 덩치가 커지고 눈과 입이 옆으로 늘어나며 갑자기 두세 명으로 불어나는 것이 환상인가 술 때문인가 생각하느라 정신이 없었다.

"나, 도끼야. 몰라?"

웨이터들이 합창을 했다.

"안다. 알어. 잘 아니까 지난번 것까지 다 합쳐서 계산하거라잉."

"이 자식들이, 사람을 놀려?"

"이게 술 취하니까 보이는 게 없나? 네가 언제 나를 낳았냐, 내

226

가 네 자식이게? 맞기 전에 빨리 내라잉."

재천은 스무 살이 되었는지 안 되었는지도 모르는 도시 출신의 진짜 웨이터들에게 온몸이 고루 노글노글해지도록 얻어터졌다.

한창 맞고 있는 재천을 창용이 구원해주었다. 도시에서 막 돌아온 것처럼 가게에 나타나 아이들을 제지했다.

"그만 됐어. 일들 봐."

재천은 그의 얼굴을 보고는 맞으면서 얼마나 서러웠던지 그만 울어버렸다.

"아이고매, 나 죽네."

재천은 그날부터 창용의 휘하에 들어갔다. 재천으로서는 찾고 찾던 조직의 구멍을 찾은 셈이었는지도 모른다. 창용은 소문이 재천의 장기이며 지역에서는 소문이야말로 주먹보다 칼보다 심지어 대포보다 더 유효한 무기임을 알아보았는지도 모른다. 그래서 지역에 들어와서 첫번째로 재천을 포섭했을 것이다.

그로부터 재천은 소문을 퍼뜨리기 시작했다.

우리를 알아주는 인물이 왔다. 예쁜 여자들을 데리고 왔다. 친한 사람에게는 늘 외상을 준다.

그래서 공짜 좋아하는 주먹과 어깨와 건달 들이 떼를 지어 그의 가게로 왔다. 그들은 곤드레만드레 마신 다음, 외상을 했다. 그러면서 한두 명씩 창용에게 항복했다. 소리도 없이, 소문도 없이.

10

조직의 시대가 왔다. 칼의 시대가 왔다. 사업의 시대가 왔다. 관리의 시대가 왔다. 주먹질로 서로 코피나 터뜨리고 술집에 외상이나 하고 담뱃값이나 뜯는 시대는 갔다. 논두렁은 갔다. 밭두렁도 갔다.

그러나 창용에게는 한 가지 해결하지 못한 게 있었다. 바로 마사오였다. 그는 바로 자신이 마사오가 되려고 지역에 돌아왔다. 어릴 때부터 꿈꾸어온 신화 속의 인물이 되려 했다. 모든 사람이 자신의 앞에서는 벌벌 떨고 자신의 뒤에서는 화젯거리로 삼는 왕이 되려고 했다. 그런데 지역에는 여전히 고물이 되기는 했지만 모든 사람의 마사오, 마사오인 마사오가 존재했다.

마사오는 중풍으로 쓰러진 후 운신을 제대로 못하고 있었다. 마사오가 있는 한, 그의 영향력은 과거의 마사오보다 적을 수밖에 없었다. 하늘 아래 두 개의 태양은 존재할 수 없다. 마찬가지로 지역에는 두 사람의 마사오가 존재할 수 없었다.

그가 인생의 목표를 마사오보다 뛰어난 존재가 되려고 정했다면 사정은 조금 달라졌을지도 모른다. 무엇인가 되려고 하면 가능하면 그보다 더 큰 꿈을 꾸는 게 좋다. 노력하다보면 자신이 원래 꿈꾸던 자리에 오를 수도 있고 운이 좋으면 조금 더 크게 꾼 꿈이 현실이 될 수도 있는 법이니까. 그러나 작은 꿈을 꾸면 그보다 못한 자리에 오르기 십상이고 그나마 실패할 수도 있다. 하여간 창용이 되려고 했던 것은 더도 덜도 아닌 마사오 그 자체였다.

사람들은 그를 존경하지 않았다. 동정하지도 않았고 미워하지도 않았으며 소리내어 이름을 말하지도 않았다. "마사오가 어제……"라고 말하듯이 "조창용이가 오늘……"이라고 말할 사람은 아무도 없었다. 아이들이 떼를 쓸 때에만 마사오보다 더 큰 영향력을 가질 수 있었다. 지역에서 창용과 공포는 동의어가 되었다. 그 외에는 없었다. 그로서는 참을 수 없는 일이었으리라.

"마사오는 요새 뭘 하고 있나?"

어느 날 그는 그의 왼팔인 재천에게 물었다. 재천은 마사오가 더 이상 싸움은 하지 않는다고 했다. 무서운 사람이 있기 때문이다.

마사오는 평소에 자기가 다치거나 앓아누우면 자신이 갈 병원을 정해두었다…… 그런데 고혈압으로 쓰러졌을 때 가족이 입원시킨 병원은 그 병원이 아니었다…… 마사오는 병원 정문에서 들어가지 않겠다고 뻗대다가 병원에 도착하자 눈을 감아버렸다…… 마사오가 입원하자 제일 좋아한 사람은 병원의 원무과장이었다…… 마사오가 그때까지 병원비 외상한 게 수천만 원은 되었기 때문이다…… 자기가 팬 사람 치료비도 외상으로 하고 자기 동생들 치료비도 외상으로 했다…… 마사오가 입원해 있는 동안 원무과장은 의사보다 훨씬 자주 병실을 드나들었다…… 그때마다 마사오는 괴로운 표정으로 돌아누웠다…… 마사오가 이제 힘을 못 쓰는 것은 원무과장 때문이다……

창용은 평소의 그답지 않게 지역 사람이라면 누구나 다 알고 있는 이야기에 큰 반응을 보였다. 창용이 깔깔거리자 재천은 신이 나서 마술사가 모자에서 비둘기를 꺼내듯이 숙달된 동작으로, 또하나의 신화를 만들어냈다. 그때 그는 제정신이 아니었다.

이야기 자체의 흥미를 위해 사실을 왜곡하는 것은 흔히 볼 수 있는 일이다. 아니, 사실의 목을 비틀고 쥐어짜서 이야기를 하는 사람도 많다. 나아가 사실의 존재를 부정하면서까지 이야기에 매달리는 사람은 또 얼마나 많은데. 이야기의 독성에 한번 당해본 사람은 안다. 그래, 지금 나는 재천을 이해하고 있다. 다만 한 가지만 알면 된다. 자신이 만든 이야기가 촘촘하면 촘촘할수록 그 이야기의 그물을 벗어나기가 힘들다는 것을. 재천은 바로 그 이야기 그물에 걸려든 살찐 메추라기였다.

한때 지역에서 가장 굵은 팔뚝이었던 양희안의 장례식 때는 더욱 굉장했다…… 병원에서 원장하고 원무과장을 포함, 외과, 방사선과, 피부비뇨기과, 산부인과 과장 해서 여섯 사람이나 문상을 왔다…… 다른 과는 이해가 가지만 산부인과 과장이 왜 왔는지는 지금까지 미스터리로 남아 있다…… 어떻든 그 친구는 외상이 절대 없는 가장 큰 고객이었으니까…… 또 장례식에 문상 온 사람들 대부분이 병원의 단골 고객이자 장래에 새로운 고객이 될 것이었으므로……

이야기가 끝나기도 전에 재천은 자신의 실수를 깨달았다. 새로운 보스가 팔뚝과 무슨 일이 있었다는 것을 상기했기 때문이다. 실수였다. 아니, 반드시 실수라고만 할 수 있을까. 하늘의 섭리가 곁들여져 있지는 않았을까.

재천은 창용의 희고 무표정하고 얇은 껍질을 씌워놓은 듯 살이 별로 없는 얼굴이 눈치채기 힘들 만큼 살짝 일그러졌다 펴지는 것을 보았다. 동시에 그의 얇고 가늘고 붉은 입술이 아주 약간 씰룩거렸다. 미세한 동작 하나하나가 재천의 가슴 고동을 가지고 놀았다. 창용은 재천을 세워둔 채 계집아이같이 새침한 표정으로 오래도록 앉아 있었다.

희안과 보스인 창용의 대결. 그건 오래전 일이었다. 아주 먼 옛날의 일이었다. 장난이었다. 보스는 그런 장난 따위는 싹 잊어버렸는지도 모른다. 그렇지는 않더라도, 않다고 하더라도 팔뚝은 죽었다. 죽은 자는 말이 없다! 알 거야. 알 거야.

마침내 창용이 입을 열었다.

"그 개 좆 같은 새끼, 왜 죽은 줄 알아, 팔뚝이라는 놈?"

재천은 천 길 낭떠러지 위에서 트럭이 떨어졌다고 대답했다. 창용은 싸늘하게 웃었다.

"내 앞에서 까불다가 그렇게 된 거야, 씨발아."

재천은 천 길이든 백 길이든 낭떠러지에서 떨어져서 살 자신이 없었다. 창용의 음성은 노래처럼 들렸다.

"세상에는 우연한 사고라는 게 없어. 천 길 아니라 열 길 낭떠러지에서 떨어지더라도, 떨어지는 데는 다 이유가 있는 거야. 그걸 알면 죽을 때 죽더라도 억울하지는 않지. 그놈은 제가 왜 죽는지도 모르고 죽었겠지만, 네가 지금 알게 된 거야. 너라고 그런 때가 안 오지는 않겠지."

그 순간 재천은 털썩 주저앉았다. 창용은 싸늘하게 재천을 굽어 보았다. 그리고 시들한 음성으로 마사오를 데리고 오라고 지시했다. 재천에게는 그때까지만 해도 인간성이 조금은 남아 있었다. 마지막 남은 한 방울분의 인간성이 재천의 입에서 인간다운 말 한마디를 뽑어내게 했다.

"마사오도 다 죽어가는데요. 손댈 필요도 없습니다."

창용은 언짢은 표정으로 쳣, 하고 입을 다시며 다시 지시했다.

"씨발아, 그냥 넌 데려오기만 해."

창용은 그때까지 남아 있는 마사오의 영향력을 뿌리부터 도려내기로 결심하고 있었다. 자신의 왼팔인 재천조차 벗어나지 못하는 그 영향력을 폐기하려고 했다.

나는 그 무렵 이미 지역을 떠나 있었다. 그래서 마사오와 창용의 승부에 재천이 얼마나 관여했는지, 어떻게 관여했는지 세세하게는 모른다. 자신에 관해서 불리한 이야기는 하지 않았을 테니까. 세부를 상상하는 것조차 나를 힘겹게 한다. 몰락하는 해에 관한 이야기, 이야기의 그물이 나를 옥죄어온다.

─그냥 술 한잔 대접하려는 거다. 그분을 모셔올 수 있는 사람은 너뿐이잖아. 옛날 네 사부라면서.

─아니오, 아닙니다. 몇 번 과자 심부름해준 것밖에 없습니다. 어릴 때 한동네서 살았거든요.

─그래, 알지. 네가 그런 수준이라는 건 내가 잘 알지. 네가 마사오를 데려오기만 하면 내가 너에 대해 생각을 다시 해보지. 그러니까 네가 네 인생을 결정하란 말이야.

재천은 자신의 실수를 만회하고, 게다가 경쟁자인 황포를 제치고 완벽한 2인자가 될 수 있는 기회를 맞았다. 그래서 마사오를 찾아갔으리라.

─지금 새로운 사람이 왔습니다. 실력도 있고, 의리도 있습니다. 큰형님을 한번 모시고 싶어합니다.

─그놈은 누가 뭐래도 내가 앓아누운 새에 내 굴로 기어들어와 똥을 싸대고 있는 여우다.

─그 사람은 보통 건달보다 훨씬 통이 큽니다. 뒤를 봐주는 사람도 많습니다. 국회의원과는 형님, 동생 사이고 경찰서장의 친척이자 시장의 후배죠. 군부대장과는 하루라도 안 보고는 못 사는 사이랍니다.

─나는 이제까지 그런 놈들하고는 상종을 하지 않았다. 그놈 노는 꼴이 그 모양이면 알 만하다.

─사실은 사업가랍니다. 엄청난 돈을 투자할 계획입니다. 호텔

을 세울 거예요. 온천도 개발하고 유원지도 만들겠다고 합니다. 그런 일에는 이 지역에 오랫동안 뿌리를 내려온 사람, 즉 고문이 필요합니다. 그래서 한번 뵙고 싶어합니다.

　—나는 늙었다, 얘야. 그런 일은 너희끼리 잘 말아먹으렴.

　—지금 도시에서 지역으로 쳐들어오려고 호시탐탐 노리고 있습니다. 그 사람은 바로 우리 지역 출신입니다. 그 사람을 내세우면 도시에서도 마음대로 들어오지 못합니다. 모두가 뭉쳐야 합니다. 늙은이, 젊은이, 남자, 여자, 선배, 후배, 어린아이, 사업가, 시장, 군인, 약장수 모두. 그 사람은 어릴 때부터 큰형님을 존경해왔다고 합니다. 큰형님이 안 나서시면 사업이고 뭐고 하지 않겠다고 합니다. 그러면 지역은 다시 옛날 그 시절로 돌아가고 말 겁니다.

　—그러면 어때? 옛날이 지금보다 훨씬 좋았잖아.

　—큰형님, 우리들도 살아야 하지 않겠습니까. 눈먼 돈 쓰겠다는 성의 있는 졸부 하나 잡아서 지역이 발전하면 누이 좋고 매부 좋은 게 아니겠습니까.

　—그래서 나보고 어쩌라고?

　—한번 가주시기만 하면 됩니다. 만약 큰형님이 가시지 않으면 그 사람은 당장 짐을 싸서 도시로 돌아가고 말 겁니다.

　—그렇게 나를 보고 싶어 환장했으면 제가 찾아오면 되지, 왜 나보고 오라는 거야.

　—기가 막힌 술집을 하나 차려놨습니다. 큰형님 한번 제대로 모

시고 싶어서요. 한번 구경 삼아 가보시죠. 애들도 예쁘고요. 지금 지역에서 인기 최곱니다.

재천의 집요한 공작 때문인지, 또 마사오가 중천에서 지역을 굽어살피지 못한 지가 오래된 탓에 물정에 어두워져서인지, 두 가지가 다 합쳐져서인지 모르겠으나 드디어 마사오가 창용의 술집에 나타났다. 물 찬 제비 같은 웨이터들과 공주 같은 여자아이들 전원이 입구에 도열하여 마사오를 영접했다. 그들의 태도가 재천이 고개를 갸웃거릴 정도로 엄숙하고 정중해서 재천은 창용이 정말로 자신이 꾸며낸 말대로 마사오를 고문으로 모시려고 하는지도 모르겠다고 생각했다.

"어서 오십시오."

"사장 있어?"

"안 계십니다. 도시에 가셨습니다."

"술 좀 가져와."

늙은 마사오는 술을 마시기 시작했다. 그때 창용은 술집 밖에서 기다리고 있었다. 실상 그는 술집을 차린 이후 한 번도 도시에 가지 않았다. 어둠 속에서 기다렸다. 어두운 골목에서, 차 안에서 마사오가 오기를 기다렸다. 지역 논두렁 건달들의 영원한 형님, 마사오. 그의 유년기의 신화인 마사오, 그가 건너뛰어야 할 천 길 낭떠러지.

마사오를 정리하는 건 그에게는 고통스럽고도 행복한 일이었다. 해야 할 일이다. 마사오, 이제 네가 가고 너의 시대가 간다. 내일은 새로운 해가 뜬다.

마사오는 늘어진 근육과 떨리는 눈꺼풀, 혈압 때문에 술은 조금만 마셨다. 기분을 풀기 위해 밴드를 불렀다. 그는 그 자리에서 평생 동안 아껴온 노래를 불렀다고 한다. 자신의 운명을 예감이나 한 듯이 가사는 비창하고 음조는 우울했다. 그러나 그날 마사오는 병든 사람이라고는 생각할 수 없을 정도로 목소리가 힘찼다.

> 이슬비 내리던 밤에
> 나 혼자 걸었네
> 정든 이 거리
> 그대는 가고 나 혼자만이
> 거니는 밤길
> 그리워 그리워서 흘러내리는
> 두 줄기 눈물 속에
> 아련히 보이는 것은 희미한 옛사랑

그는 마사오의 노랫소리를 들으면서 어두운 차 안에서 두 대의 담배를 피웠다. 그게 너의 마지막 노래, 너를 위한 만가다. 이윽고 밴드 소리가 멎었다. 노랫소리도 멎었다. 재천이 술집에서 나왔다. 담뱃불을 붙이면서 차를 향해 머리를 끄덕거려 보인 뒤 사라졌다.

여느 때나 다름없이 조그만 가죽 가방을 쥔 그가 종종걸음으로 술집에 들어서자 웨이터가 달려와서 마사오가 들어 있는 방을 가리켰다. 그는 시무룩해 있는 밴드 마스터에게 물었다.

"너희들 왜 그래?"

"손님이 마이크를 던졌습니다. 반주를 제대로 못한다고요."

그는 몸을 꼿꼿이 세우고 술집 모든 손님에게 들리도록 목소리를 높였다.

"어떤 씨발 새끼야? 어디 있어?"

"1호실입니다."

밴드는 원래 반주를 잘 못하게 되어 있었다. 그 아이들은 노래 반주를 전문으로 하는 아이들이 아니었으니까.

그는 1호실의 문으로 다가갔다. 마사오는 아무것도 몰랐다. 다만 타고난 육감으로 문을 잠갔다. 창문으로 나가려고 했지만 그 창문은 마사오의 큰 몸이 나가기에는 너무도 작았다. 그 방 역시 마사오를 위해 준비되고 설계되었다.

"문 열어!"

"잠겼습니다."

"도끼 가져와."

밴드에게서 등산용 도끼를 건네받은 그는 문을 부쉈다. 마사오는 문고리를 잡고 있었다. 아니다. 재천을 불렀다. 아니다. 창문을 깨고 나가려고 했다. 아니다. 탁자를 뒤집어 다리 하나를 떼어내려고 했다. 아니다. 소파 뒤에 숨으려고 했다. 아니다. 전부 아니다. 그는 늙은 대왕처럼 위엄 있게 앉아 있었다. 문이 열리자 밴드들이 민첩하게 안으로 뛰어들었다.

"잡아!"

밴드는 네 명이었고 마사오의 팔은 둘, 다리도 둘이었다. 밴드들은 사지를 하나씩 붙잡았다. 그게 그들의 전문 분야였다. 마사오는 무슨 일이 벌어질지 몰랐다. 무슨 일이냐고 묻지도 않았다. 창용 역시 아무 말 하지 않았다. 바닥에 눕혀진 채 버둥거리는 마사오의 오른팔, 왕년의 철권이 달린, 피스톤 펀치를 자랑했던, 기관차를 뒤로 물리는 괴력을 지녔던, 전설과 신화 속의 위대한 오른팔, 마이크를 집어던진 오른팔을 등산용 도끼의 등으로 잘게 부수었다. 부러뜨린 게 아니다. 자른 게 아니다. 다시는 뼈와 뼈가 이어지지 못하도록 잘게 가루가 나도록 부수었다.

마사오는 떠났다. 그는 다른 곳에 가서 자리를 잡을 것이었다. 늙은 외팔이로서, 아무에게도 말하지 못하는 상처를 지닌 늙은이로서 여생을 마치게 되었다. 이제 모두가 알게 될 것이었다. 새로운 시대에 맞는 새 인물이 왔고 그에게 복종해야 한다는 것을.

11

"하마, 다 고쳐놨어? 세차도 깨끗하게 했겠지?"

재천은 지갑을 꺼내며 상수에게 묻는다. 상수는 재천의 지갑을 바라보면서 고개를 끄덕인다. 그런 때의 표정은 진짜 영악한 상인이며 평범한 시민의 표본이다. 그에게는 비밀이 없는 게 좋겠다. 비밀은 선량한 사람의 명을 단축시키는 독한 화학조미료 같은 것이다. 그때 누군가 지갑을 휘두르면서 두 사람 사이에 끼어든다.

"어이, 우리 형님 차 수리비 얼마야?"

아까 레스토랑 입구에서 스쳐 지나갔던 점퍼 차림의 사내다. 꽤 취해 있다. 내가 재천과 헤어져 상수의 카센터에서 재천을 기다린 시간은 길어야 한 시간이다. 그동안 마신 술에 혀가 꼬부라질 정도로 취했다면 술에 어지간히 약한 모양이다.

"헤드라이트 새로 하고 빵꾸 때운 거하고 냉각수 넣고 세차비 빼고……"

상수는 합쳐놓고 나니 너무 많아서 그러는지 난처한 듯이 우물거린다. 재천을 형님이라고 부르는 걸 보면 보나 마나 자신보다 나이가 아래다. 그런데도 처음부터 반말로 치고 나오니 보통 손님처럼 같이 반말로 상대할 것인지, 특별한 손님처럼 존댓말을 할 것인지, 반말을 유난히 좋아하는 기이한 손님을 대할 때처럼 반은 반말, 반은 존댓말로 할 것인지 잘 판단이 가지 않는 모양이다.

"어, 자네 왜 이래. 내가 낼 거야."

"에이, 형님. 여기는 제 관내입니다. 제 관내에서는 제 말을 들으셔야죠."

그들이 타고 온 승용차에서 재촉하듯이 엔진 소리가 으응으응 나고 있다. 차 안 어둠 속에서도 두 사람의 머리가 보인다.

"내 차 고치고 내가 수리비 내는데 그것도 경찰한테 물어보고 해야 하나? 세상에 이런 법이 어디 있어. 요새 경찰들은 다 이런가."

재천은 껄껄거리며 취한 경찰을 아이 다루듯 한다. 상수는 쩔쩔매고 있다. 그 경찰의 관내에서 장사를 하는 건 상수 자신이니까.

"형님한테 돈 받으면 재미없어. 내가 두고볼 거야. 알았지?"

재천과 경찰은 봄날 양지 쪽에 모인 고양이들처럼 정답게 놀고 있다. 경찰은 결국 수리비 원가 십만원에서 삼만원을 깎고 삼만원은 언제 준다는 기약도 없이 외상으로 달고 나머지를 사또가 백성 가난 구제하듯이 발발 떨면서 준 다음 제 차로 돌아간다.

재천의 지프는 낡았다. 나는 재천이 그 무슨 영화에 나오는 악당 두목처럼 리무진은 아니더라도 고급 승용차는 탈 줄 알았다. 그런 예상을 비웃는 것이 재천의 새로운 장기가 된 듯하다. 게다가 뒷자리는 야구방망이 같은 운동 용구부터 톱, 낫과 같은 갖가지 농기구로 꽉 차 있어서 사람이 탈 수가 없다. 나와 재천이 그 차를 타고 나머지 사람은 승용차를 타고 따라오고 있다.

"저거 뭐하는 놈이야?"

나는 모르는 체 물어본다.

"뭐긴 뭐. 순사 나부랭이지."

"나이는?"

"어려."

재천이 그 순사와 장난을 칠 때는 사오십대의 노련한 건달로 보였다. 나와 상대할 때는 순식간에 삼십대의 제 나이로 돌아오는 것이 희한하다. 그게 처세라는 건지도 모른다. 상대에게 맞추어주는 일.

"너, 지금 어디 가는 줄 알아?"

재천은 문득 말을 돌린다.

"정말. 어디 가?"

오늘 저녁 나는 계속 재천에게 끌려다니고 있다. 오라면 오고 기다리라면 기다리고 나가 있으라면 나가 있고 태우면 타고. 낯선 곳에 온 느낌, 바보가 된 느낌, 누구에게라도 의지하고 싶은 느낌은 무엇 때문일까. 핑계를 댄다. 마사오가 정말로 가버렸기 때문이다.

차는 병원 쪽으로 향한다. 마사오의 영전을 생각한다. 아무도 없는 쓸쓸한 그 자리. 다시 가고 싶은 마음이 없다. 그곳에는 슬픔이 너무 깊게 고여 있다. 그 슬픔이 지겹다. 나는 오히려 재천이 그곳에 가자고 할까봐 겁을 낸다.

그리고 백 미터나 왔을까. 차가 멎는다. 병원이 아니다. 병원 뒤의 조용한 골목이다. 재천은 마주 오는 차가 간신히 빠져나갈 정도의 공간만 남긴 채 차에서 내린다. 그 뒤에 경찰이 모는 차가 선다.

여느 가정집처럼 보이는 대문에 '석夕'이라는 자그맣고 흰 간판이 보일 듯 말 듯 붙어 있다. 그나마 불은 꺼져 있다.

"들어가자고."

이것들 전부 음주운전이군. 지킬 것 지키고 적발될 때 적발되고 고발될 때 고발되며 살아가는 보통 사람들 모두를 대표라도 한 듯이 억울한 느낌이 든다.

"야, 형수님!"

문을 열고 들어서자 경찰이 술집이 떠나가도록 소리를 지른다. 그러고는 온몸을 던져 안기기라도 할 듯이 한 여인에게 달려가서는 두 손을 잡고 깍듯이 인사를 하는 것이었는데 그제야 나는 그 여인의 얼굴을 본다. 눈을 부릅뜨고 다시 본다. 가늘게 뜨고 다시 본다.

"어서 오세요."

거기, 눈부시게 흰 세희가 서 있다. 눈부시게 흰 옷을 입고, 눈부시게 흰 빛을 받으며, 눈부시게 흰 얼굴의. 눈부시게 빠른 시간을 지났어도 여전히 눈부시게 아름다운 세희가 서 있다.

우리가 스물두어 살 먹었을 무렵, 그러니까 내가 지역 대학 이학년에 다니는 학생이었으나 그해에 떨어진 휴교령으로 홀연히 건달이 되어 있던 때, 중앙의 일류 대학생인 대경 역시 휴교령 덕분에 건달이 되고 말았던 때, 재천이 그냥 건달이었을 때, 우리 세 알건달은 차례로 세희를 만났다.

세희에게 첫번째로 푹 빠진 건 대경이었다. 대경은 이미 고등학생 시절, 도시에서 방학을 맞아 돌아왔다가 세희를 한 번 보고는 사랑의 폭풍에 휘말렸다. 세희가 훗날 수상쩍은 소문에 시달리는 원인이 되는 일, 즉 창용과의 야반도주를 감행하던 그 무렵이었다.

세희에게는 늘 나쁜 소문이 따라다녔다. 세희에게 따라다니는 소문 가운데 가장 저질인 것은 그녀가 한때 몸과 마음을 바쳐 창용을 사랑했다는 것이다. 창용의 입에서 나온 게 틀림없는 그 소문은 아직 확인되지 않았다. 그러나 그걸 감히 물어볼 사람이 있을까. 하여간 고등학생 시절 대경이 시장 어물전집 딸 세희를 한 번 보고는 그만 실성하다시피 상사병에 걸렸던 건 사실이다.

대경은 혹시 세희가 어머니를 도우러 시장에 나오지 않을까 방학 내내 세희의 집과 어물전 앞에서 살다시피 했다. 그러나 세희는 낮이나 밤이나 늘 어두워서 불을 켜야 하는 어물전에도 대문 밖에도 횃불처럼 아름다운 자태를 보이지 않았다. 대경은 미래에 장모가 될지도 모르는 세희 어머니에게 맛이 간 고등어도 사고 눈알 빠진 오징어도 사면서 세희 소식을 들으려고 했으나 어림도 없었다. 세희 어머니는 세희 이야기만 나오면 얼굴을 돌려버리는 것이었으니. 대경은 터질 듯한 가슴을 안고 도시로 돌아갔다. 세희가 그때 모습을 보이지 않았던 것은 창용과 도시로 도망을 쳤기 때문이라는 소문이 있기는 하나 세희의 어머니는 그런 사실을 부인도 확인도 하지 않고 일찍이 세상을 버렸다.

하여간 그때부터 세희의 집에 대경이 쓴 편지가 하루가 멀다 하고 도착했다. 한 번이라도 만나달라는 내용이었다. 대경은 놀라운 기세로 엄청난 양의 편지를 쏟아부었는데 나중에 정신을 차려보니까 재수를 하고 있었다는 이야기다. 세희가 그중 십분의 일만 읽었더라도 대경과의 사이가 달라질 수 있었을 것이다. 그러나 세희는 단 한 통도 읽지 않았다.

세희가 실제로 야반도주를 했건 안 했건 간에 일단 소문의 결말을 쫓아가보자. 대부분의 경우 소문이 사실보다, 정사보다는 야사가 훨씬 더 재미있으니까.

어떠한 계기로 인하여 극장의 전업 깡패 창용은 세희를 아주 쉽게 정복했다. 지역을 돌아 흐르는 방죽에서 자전거를 타고 가던 세희를 어떻게 했는지, 또는 체구는 작지만 온몸에 기름 바른 듯 잘잘 흐르는 타고난 독기를 이용했는지, 또 후일 지역을 평정하게 되는 조직적 수완으로 세희를 어떻게 했는지, 그 부분은 중요하지 않다.

어쨌든 세희는 사랑에 빠졌다…… 일류인 대경도 아니고 잘생긴 나도 아니고 가진 것이라고는 불알 두 쪽밖에 없는 창용을 사랑하기 시작했다…… 세희는 아직 어린 자신이 보는 눈이 많은 지역에서 창용과 붙어다니거나 결혼식을 하거나 살림을 차리기 어렵다, 지역을 떠나야 한다고 눈물로 주장했다…… 그래서 두 사람은 야반도주로 도시에 갔는데, 가서 세희는 우유 배달을 하고 창용은 신문 배달을 하면서 살았는데, 그러다가 창용이 신문의 지국장과 싸워서 탈이 났다…… 창용은 팔자에도 없이 새벽마다 일어나야 했는데, 신문을 돌리면서 줄담배를 피우는 게 동네 사람들 입에 안 좋게 오르내려서 지국장이 주의를 주었는데, 창용이 중학교를 중퇴한 것도 따지고 보면 잔소리가 심한 어느 교사 때문이었던 것으로, 지국장이 창용의 과거를 조금만 알았더라도 사태가 그렇게까지 가지는 않았을 것이다…… 그러나 지국장이 그 사실을 어이 알랴…… 이력서에 그런 걸 써넣는 바보도 없으며 창용은 더구나 이력서를 내고 취직한 것도 아닌 터에, 그래서 톡톡히 훈계를 하려고 마음먹고 창용을 불러 세워 욕설을 퍼붓다가 창용 야무진 주먹에 코피가 터졌던 것이다…… 지국에서는 창용에게 대적할 아이가 없었으므로 지국장은 막냇동생의 친구인 진짜 깡패를 불러 창용의 버릇을 가르치기로 했는데 창용은 그 깡패 앞에서 지역에서 소싯적부터 단련한 발차기며 주먹질이며 풍차 돌리기며 온갖 재주를 다 부렸으나 머리에 손도끼 한 방을 맞고는 기절해서 병원으로 실려갔던 것이다…… 세희는 몇 번 죽을 작정을 했으나 차마 그러지는 못하고 지역으로 돌아와 하룻밤을 집과 어물전 사이에서 맴돌다가 배고프고 어지러워 집 앞에 쓰러졌으니…… 그렇게 해서 집에 돌아오긴 했으나 그녀의 마음은 터져버린 풍선처럼 갈기갈기 찢어져 있었다……

가령 그런 상태에서 대경의 편지가 왔다면 눈에 들어올 리 있었 겠는가. 소문의 접시에 비계처럼 붙어 있는 후일담을 붙인다면 이 렇다.

창용은 병원에서 나오자마자 복수를 하러 깡패를 찾아갔다…… 깡패가 숙달된 솜씨로 창용을 주물러놓았고 창용은 다시 다음날 깡패의 집 대문을 걷어차 싸움을 걸었다…… 깡패는 다시 창용을 병원으로 직송했지만 퇴원하고 나서 또 자신의 집에 찾아온 창용 을 보고는 어이가 없어서 상대를 하지 않았다…… 창용은 부전승 으로 만족하지 않고 깡패와 그의 식구들을 잠 못 자게 만들고 밥도 못 넘어가게 만들었다…… 깡패가 창용이 쓸 만한 독종임을 인정 하고 창용을 자신의 조직 안에 받아들이게 되었다…… 창용은 세 희에게 전화를 해서, 이제 출세하기 전엔 고향으로 돌아가지 않겠 다고, 공부 열심히 해서 좋은 데 시집이나 가라고 했다…… 혹시 깡패한테 시집을 갈 양이면 몸을 쓰는 촌놈한테 가지 말고 도끼나 체인 같은 도구를 이용하는 애를 골라라, 후세를 생각해야지…… 그동안 즐거웠다고 말하며 모질게 이별을 했다……

그것이 소문의 줄거리인데 소문이란 사소한 진실과 커다란 거 짓이 뒤범벅되어 있는 탓에 신문사 지국이 뒤집어지고 창용이 건 달들의 조직 세계에 입문하게 된 경위 등등은 사실이 아닐지도 모 른다.

아니, 그거야 아무래도 좋고 야반도주니 뭐니 하는 게 사실이 아닐지도 모른다.

대경은 재수를 해서 명문대학에 입학하면서 공부로 자리보전하고 누워 있는 아버지처럼 시름시름 망해가는 집안을 일으켜세우고, 공부로 출세하고, 공부로 다시 부자가 되자고 맹세를 했다. 그러나 그때 대학마다 학원 자유화니 민주화니 하는 바람이 불어서 눈 뜨고 나면 시위에, 눈 감았다 뜨면 휴강이었다. 그러던 중에 덜컥 계엄령이 떨어지고 덜컥 휴교령이 떨어져 대학 문을 덜컥 닫아걸었으니 지역으로 돌아올 수밖에 없었다.

세희는 어머니가 생선 비린내가 등천하는 세상을 하직하는 바람에 그녀의 어머니가 늘 앉아 있던 바로 그 자리, 어물전에 눌러앉았다. 처녀가 된 그녀의 모습은 어물전의 꼴뚜기와 오징어 사이에서도 실로 눈부시게 아름다웠다. 휴교령이 떨어진 뒤 지역에 내려와 어물전 근처를 지나다 뜻밖에 세희를 발견한 대경은 일 초도 지나기 전 옛날의 독한 상사병이 재발하고 말았다.

대경은 날마다 편지를 썼다. 편지를 쓰는 것이 그 당시 일류대학생의 적성과 수준에 맞는 방법이었기 때문일 것이다. 그런데 그것을 고등학교 때처럼 부치지 않고 자신이 직접 배달했다. 세희는 그것을 받아두었다가 집에 돌아갈 무렵에 물고기의 머리나 내장 따위와 함께 쓰레기 더미에 집어던졌다. 그래서 대경은 극적이고 전통적이며 고래로 동서양을 불문하고 효과가 뛰어난 방법을 생각해냈다. 악당들을 동원해서 집에 돌아가는 세희를 희롱하게 하고 나타나서 구원하겠다는 것이었다.

그래서 내가 대경의 짝사랑을 알게 되었다. 대경은 제 동생 후배의 친구를 시켜 시장에서 집으로 가는 세희를 습격하게 했다. 각본대로 골목에서 깡패들이 나타나서 세희를 희롱하고 놀란 세희가 울음을 터뜨리며 도움을 청하는 순간을 기다리고 있었다는 것이다. 그런데 세희는 놀라지 않았고 울지도 않았으며 도움을 청하지도 않았다. 그런다고 가만히 있는다는 게 말이 되는가. 그게 일류들의 병이다. 처음부터 각본을 짜지나 말든지, 일류가 이류처럼 각본을 짰으면 삼류처럼 밀어붙여야지 중간이고 끝이고 간에 생각이 뭐 필요하냐 말이다.

대경이 망설이는 동안 골목에 서 있던 내게 그 광경이 눈에 띄었고 나는 이류이므로 앞뒤 재지 않고 아이들을 잡아 응징을 했다. 내가 응징을 하는 동안 대경은 골목 변소 앞에서 발만 구르고 있었다. 지역의 이류 대학생인 내가, 도시의 일류 대학생이 꾸민 삼류 연극에 끼어들게 된 건 다 지역이 좁다보니 일어난 일이었다.

그 일이 있고 난 다음 대경은 면도칼로 제 손목의 정맥을 그었다. 물론 그 사실이 사실로만 기록될 정도로만 살짝. 이어서 사랑 때문에 자살을 기도했다는 자랑스러운 알리바이를 인정받기 위해 제 손목을 부여잡고 병원으로 총알처럼 달려왔다. 시장 양철 지붕에 비 떨어지는 소리가 요란하게 들리던 날, 재천과 희안과 내가 무슨 일로 성화병원 응급실에 가게 됐는데 거기서 내가 피를 흘리고 수혈을 받고 있던 대경을 언뜻 보게 되었다. 그러나 그때 나는 피를 너무 많이 뽑은 끝이라 대경을 알은체할 수가 없었다. 그러나 그 다음날, 그게 못내 마음에 걸려 착한 나는 병원을 찾았다.

대경은 자살을 하는 순간, 피가 몸을 빠져나가고 온몸이 나른해지면서 환각을 보게 되는 달콤한 경험에 대해서 이야기했다. 그리고 대경은 울었다. 처음에는 예배당 종소리를 듣고 울기 시작했다. 내가 가져온 사과를 내 손으로 깎아 먹는 걸 보더니 주르르 눈물을 흘렸고 내가 우산을 가지고 왔다고 울었다. 문을 열어도 울고 닫아도 울고 간다고 해도 울고 안 간다고 해도 울고 같이 죽자고 해도 울고 그만 울라고 해도 울었다. 정말 대책 없는 울음이며 눈물이었다.

내가 지겨워서 정말 간다고 하자 대경은 절간 풍경 소리처럼 조그맣게 "세희, 세희" 하고 부르짖고는, 눈물을 매단 채 나를 바라보았다. 나는 왜 그러는지 묻지 않았다. 모른 척하며 돌아서 나왔다. 문 바로 앞에서 또 그 소리를 들었다. 마치 내가 그 이름을 잊어버렸을까 걱정하는 듯이.

"세희, 나를 울려주는 세희!"

그게 〈봄비〉라는 노래의 가사에서 나온 것임을 알고는 나는 내내 〈봄비〉를 흥얼거리며 걸어서 세희를 만나러 갔다. 친구로서 해줄 만한 일이었으니까. 그녀를 만나는 것은 쉬웠다. 왜 대경이 그렇게 만나는 게 어렵다고 목숨까지 걸었는지 이해가 되지 않을 정도였다.

어물전으로 내가 세희를 찾아갔을 때 그녀는 물고기 대가리와 내장을 흰 팔뚝에서 뻗어나온 길고 가녀린 손으로 정리하고 있었다. 그녀는 주변에 전혀 어울리지 않는 깊은 구멍처럼 보였다. 그런데 그 깊은 구멍은 어두운 것이 아니고 안쪽에서 밝은 빛이 뿜어져나오고 있었다. 대경이 자살을 기도한, 아니 기도한 척할 정도로 미친 이유를 알 것 같았다. 설명할 수는 없지만 직관적으로 느껴졌다.

그녀를 만나는 순간, 내 머리는 그녀의 갖가지 면모에 대응하는 낱말과 문장과 문장부호를 생각하느라 꽤나 복잡해졌다. 내 머리 어딘가에 불이 반짝 켜지고 깜빡깜빡하고 순식간에 십여 년 전의 어린 시절로 돌아가는 것을 느끼게 되었고 또 불이 반짝 켜지고 깜빡깜빡하더니 그 느낌이 또다른 느낌을 불렀고 또다른 느낌은 노곤했고 온몸을 꼼짝할 수 없게 만들었다. 다행히 등천하는 생선 비린내가 나를 깨어나게 했다. 배가 고파졌고 목이 말라왔다. 허기와 목마름이 내게 큰 용기를 주었던 고로 입술을 놀릴 수 있게 되었다. 나는 그녀에게 뭘 마시면서 이야기를 나누자고 제의했다.

넋 빠진 내 모습이 관심을 끌었는지 그녀는 나를 따라 일어섰다. 옆에 있는 야채 가게 주인에게 가게를 봐달라고 부탁을 했고 앞치마를 벗었고 머리를 한번 쓸어올린 다음 앞장을 섰는데 그녀가 말할 때, 그녀가 돌아설 때, 그녀가 머리를 손으로 쓸어올리고 가볍게 한숨을 쉴 때의 모습은 평생 잊을 수 없는 것이 되고 말았다.

세희는 어두워오는 저녁 길을 앞장서서 걸어갔다. 그녀의 긴 다리와 긴 허리와 긴 목, 총체적으로 긴 몸매는 저녁 어스름 속으로 진군하는 미의 대포처럼 느껴졌다. 따라서 그녀의 앞에 오는 사람, 그녀의 뒤에 가는 사람, 그녀와 마주보고 오는 이, 서 있는 이들 모두 횃불처럼 아름다운 그녀가 지나가는 것을 보고는 한 번이라도 더 보려고 남녀노소 불문코 모두 걸음을 멈추고 고개를 돌리는 것이었는데 그런 광경은 실로 보기 드문 장관이었다. 나는 세희를 만나게 해준 세상과 시간과 지역에 감사했고 제정신이 아닌 채 병원에 드러누워 세희를 불러대는 대경에게도 고마움을 느꼈다.

그런 생각 끝에 세희에 관해 떠돌았던 몇 가지 좋지 않은 소문, 가령 누구와 밤에 야반도주를 했다든지, 누구의 아이를 뗀 적이 있다든지, 그녀의 어머니가 그 때문에 화병으로 돌아갔다든지 하는 것도 떠올랐다. 조물주는 공평하니 아름다움을 그냥 주는 법이 없고 소문과 같이 준다.

"여기 들어가죠."

그녀가 멈춰 선 곳은 생맥줏집이었다. 전기 통닭과 메뚜기를 안주로 내놓는 곳이었다. 그러나 내게는 생맥주를 혼자 마실 돈도 없었다. 내가 머뭇거리자 그녀는 앞장서서 이층 계단으로 올라가기 시작했다. 나는 어떻게 되겠지 하는 심정으로 뒤를 졸졸 따라갔다.

우리는 사람의 왕래가 드문 밤거리가 내려다보이는 이층 창가에 마주앉았다. 창문은 푸르고 조잡한 비닐이 덧씌워져 있어서 내

려다보이는 세상이 온통 시퍼렇게 멍든 것처럼 보이게 했다. 그녀
는 나를 알고 있었다. 기억했다. 나를 만났던 집, 냇가, 미루나무
아래에서 일어났던 일까지 이야기했을 때 웨이터가 왔다.

주문을 하자마자 나는 재빨리 내게는 생맥주를 마실 만한 능력
은 있되 현재 가진 돈이 없다는 사실을 고백했다. 그녀는 그런 나
를 용서해주었고 앞으로도 그렇게 공짜 술만 얻어먹으면서 살라고
격려해주었다. 우리는 그녀의 지갑에 든 액수를 감안하여 두 사람
이 합쳐 전기 통닭 한 마리와 양철 도시락 하나분의 볶은 메뚜기를
안주로 이만 시시 이내의 범위에서 생맥주를 마시기로 합의했다.

그녀는 십 년 전과는 달리 반말을 하지 않았다. 반말을 하지 않
는다는 건 서로가 적절한 위치에 서서 객관적으로 서로를 관찰할
수 있는 거리를 의미했는데, 스무 살을 조금 넘은 젊은 남녀에게
그 거리만큼 관능적인 거리는 또 없을 것이다. 또 그 거리를 조금
씩 줄여나가는 일만큼 아슬아슬하고 흥분되는 일도 없는데 그녀
는 현명하게도 미리 거리를 확보해둔 것이었다. 다만 반말을 하지
않는다는 간단한 기술로. 나는 그녀의 기술을 존중하는 의미에서,
그녀의 기술을 돋보이게 하려고 끝까지 반말을 하기로 결심했다.

"대경이 알지? 걔가 어제 자살을 기도했어."

세희는 입을 다물고 나를 똑바로 노려보았다.

"그런데요?"

"지금 병원에 누워 있는데 나는 세희가 대경이가 있는 병실에

위문을 가주었으면 해. 그 친구는……"

지금 울면서 당신을 엄마 소 찾는 송아지처럼 부르고 있다고 얘기하려다가 나는 말을 멈추었다. '당신'이라는 표현이 어색하게 여겨졌기 때문이었다. 우리는 십 년 만에 만났다. 십 년이라는 시간은 막 젖가슴이 부풀기 시작했던 소녀를 성숙한 처녀로 변하게 만드는 엄청나게 긴 시간이다. 그런데 당신? 차라리 여보라고 해보지?

"그런가요? 난 관심 없어요."

"대경이는 제 입으로는 세희더러 와달라고 죽어도 말을 못 하는 놈이야. 그러나 세희가 가지 않으면 대경이는 또 자살하려고 할 거야."

"마음대로 하라고 하세요. 다음에는 꼭 성공하라지요. 아니, 그런 말도 할 필요가 없네요. 난 가지 않아요. 갈 이유가 없고 갈 시간도 없어요."

"죽은 사람 소원도 들어주는데 산 사람의 소원을 한 번만이라도 들어줘."

나는 바보처럼 노인네 같은 소리를 하고 말았다. 내가 언제 그렇게 대경을 염려했던가. 내가 왜 이 아름다운 여성에게 말도 안 되는 이야기를 하면서 인생을 낭비하고 있는가. 나는 바보다. 그러는 동안에도 생맥주는 계속 들어와서 우리가 마신 합계가 칠천 시시를 넘어섰다. 그녀는 진짜 술꾼이었다.

"바보 같은 소리 그만하고, 왜 나를 만나러 왔는지 진짜 이유를 말해봐요."

그녀는 고개를 기울이고 머리를 걷어올렸다. 마치 자신의 얼굴에 가려진 커튼을 밀어젖히듯이. 나는 무엇인가 머리끝까지 분수처럼 솟아오르는 것을 느꼈다. 그녀에게서 마사오의 여인이 내게 처음 흩뿌린 그 냄새 비슷한, 마사오의 겨드랑이 사이로 쑥 나오던 흰 팔뚝과 같은, 아니 훨씬 더 강력한 느낌이 피어올랐다. 내가 당장에라도 닿을 수 있는 그녀의 손과 목은 더욱 길게 보였고 더욱 가늘어 보였고 더욱 희어 보였고 더욱 위엄 있게 보였다.

"골목에서 나를 구해준 빚을 받으러 왔나요?"

"골목?"

"며칠 전에 비 올 때 애들한테서 나를 구해줬지요?"

"아아아, 그게 바로…… 별거 아닌데."

나는 쑥스러워하면서 바삭거리는 메뚜기를 씹었다. 그래서 군말 없이 나를 따라나섰던 거로군. 생맥주도 사주고 말이지. 정의의 사도는 고맙다는 인사를 받을 때 가장 수줍어하는 법이다. 그래서 자신이 구해준 숙녀와 소년 곁에 오래 머물지 못하고 석양 속으로 말 타고 떠나는 법. 속으로는 그 숙녀와 천년만년 살고 싶어 미치겠지만.

"사실 나는 괜찮았어요. 걔들, 내 동생 친구 학교 후배들이에요. 오히려 그쪽이 위험했어요. 걔들이 한 대씩 맞고 나서 연필 깎는

칼을 쥐는 걸 봤거든요. 그래서 내 동생 이름을 말할 뻔했지요."

그렇다면 이 정의의 사도가 그날 저녁 하마터면 애들 주머니칼에 찔려 남의 피를 수혈받을 수도 있었더란 말인가. 또는 여인을 구하려다 덧없이 스러져간 수많은 무명의 사내들과 저승에서 정답게 악수를 할 수도 있었더란 말이지. 그러기 전에 나를 구원하려 한 여인을 나는 만나고 있는 것이었다.

그때부터 나는 진짜 사랑에 빠진 자만이 쓸 수 있는 두서없고 몽롱한 편지처럼 말을 더듬기 시작했다.

"난 바보야. 그냥 바보. 멍청이. 돌대가리."

"날 찾아와서 할 이야기가 겨우 그거예요? 실망했어요."

나는 그녀를 실망시키고 싶지 않았다. 나는 무엇보다 친구에게 의리 있는 인간이었다. 그것을 보여주고 싶었다.

"세희가 가지 않으면 대경이는 다시 자살을 기도할지 모르지. 글쎄, 한 번만 가주면 그것으로 만족을 할까? 그래도 가는 게 낫겠지? 한 번밖에 안 온다고 섭섭해서 또 자살을 기도하면? 아예 안 가는 게 나은가? 그 친구를 위해 할 수 있는 일이 무엇인지 둘이 함께 두고두고 연구해보자고."

그녀는 붉고 가는 입술을 벌렸다. 희고 가지런한 이의 대열 안쪽에서 붉은 불길 같은 혀가 움직였다.

"아이, 나보고 어차피 죽을 철없는 애한테 가서 무슨 말을 하라는 거죠? 내게 원하는 건 뭔가요? 나보고 병원에 한번 가달라는 건가요, 갈지 안 갈지 같이 연구하자는 건가요?"

"가졌으면 하는 거야. 아니, 가지 말았으면 하는 거야. 연구가 끝나고 방법이 확실하게 나오기 전에는 병원에 가지 말라는 거야."

그녀는 또 눈살을 찌푸렸다. 그때에야 비로소 내게 반성의 시간이 찾아왔다. 병원에 누워 있는 친구가 사랑하는 여자에게 너는 무슨 말을 하고 있느냐. 이 바보야. 미친놈아. 그때는 두 사람의 식도를 통과한 생맥주의 양이 일만 시시에 가까웠다.

갑자기 그녀가 나를 향해 환하게 웃었다. 나는 가슴뼈가 활처럼 당겨지는 것 같았다. 자살이나 기도하는 인간에게 사랑은 필요 없다. 사랑은 쟁취하는 것이다. 나는 쟁취하는 인간이다. 그때 그녀가 말했다.

"남자들은 비슷한 용건을 가지고 날 찾아오는군요. 다 자기와 함께 가달라는 거죠. 심지어 같이 가기만 하면 돈까지 준다고."

내가 정녕 소문처럼 난잡한 여자와 마주앉아 있는가. 나는 대범하게 웃으려고 애썼다.

"세상에 정말 그런 일이?"

"있어요. 바로 어제도 그랬어요."

그래서 당신은 어떻게 했나? 나는 웃으면서 물어보려고 했지만 웃어지지가 않았다. 나는 질투의 쓴맛을 보고 있었다. 그녀의 붉은 입술이 움직일 때마다 거기에서 향기로운 김이 쿨렁쿨렁 쏟아져 나오는 것 같았다.

"십 년 만에 나한테 뭘 가져왔지요? 돈은 아니고 메뚜기?"

"나는 가난한 바보야."

"어떤 남자는 내가 입을 한 번만 맞춰주면 새 자전거를 한 대 사주겠다고 하데요."

"아, 자전거 가지고 약 올리지 마. 미칠 것 같으니까."

윤이 번쩍번쩍 나는 새 자전거. 흙 한 점 묻어 있지 않은 바퀴와 페달. 체인에서 검푸른 기름이 흘러내리는 새 자전거. 그건 내가 정말 좋아하는 것이었다.

"오늘 자전거 타고 왔어요?"

"지금은 자전거 안 가지고 왔어. 오토바이는 양희안이라고 내 친구 걸 빌릴 수는 있는데……"

"나 지금 당장 자전거를 타고 싶어요."

"지금은 없어."

"내가 새 자전거를 빌려줄까요?"

생맥줏집 안은 엉성하게 칸막이가 되어 있었다. 그 칸막이는 담뱃불도 오래 대고 있으면 구멍이 날 정도로 약했다. 이미 뚫어진 구멍이 있기도 했다.

"내 자전거를 가져가요. 빌려가요."

나는 눈을 감고 새 자전거를 타는 기분을 상상했다. 윤이 번쩍번쩍 나는 새 자전거를 타고 언덕길을 내려간다. 이야호호호!

그때 밋밋하고 축축한 무엇인가가 내 입술과 마주치는 것을 느낄 수 있었다. 뜨거웠다.

"이제 그만."

내가 고개를 내밀며 본능적으로 입술을 여는 순간 향기로운 선언이 떨어졌다. 나는 순식간에 자전거에서 굴러떨어졌다. 아무 말도 할 수 없었다. 나른하고 몽롱하고 행복했다. 피가 손목에서 천천히 빠져나갈 때의 기분이 이럴까.

머리를 쓸어올리는 세희의 눈은 침침한 불빛 아래서 번들번들 윤이 나는 것 같았다. 그녀의 눈은 충혈되어 있었고 얼굴은 달아올라 있었다. 그녀는 무엇 때문인지 화를 내고 있는 것 같았다. 우리의 식도를 기차처럼 통과한 생맥주의 양이 만오천 시시를 넘었다. 그녀는 화장실을 다녀와서 좀 진정한 것처럼 보였다. 그러더니 아까 자신에게 빌려준 자전거를 갚으라고 했다.

나는 기꺼이 새 자전거 한 대를 돌려주었다. 그녀의 입술은 잠깐 사이에 약간 부풀었다. 미지근하다가 뜨거워졌다. 그건 뜨거웠다. 나는 그녀가 내게 빌려준 자전거를 아주 천천히 돌려주었다. 그건 달콤했다. 그러나 그건 미끄러웠다. 그건 온몸으로 느껴졌다. 가슴속에서는 흰 말과 검은 말과 잿빛 말, 얼룩말이 동시에 뛰고 있는 것 같았다.

왜 그런 일이 벌어졌을까. 살아 있는 존재들에게 거는 운명의 장난이다. 우연이다. 취기 때문이다. 그날따라 그녀가 그래보고 싶어서였을 것이다. 그래도 나는 그 순간을 잊지 못한다. 말도 안 되는 장사라고 해도 할 수 없다. 보름달 빛에 잠깐 닿았던 반딧불이 같은 미물이어서 그렇다 해도 할 수 없다.

인적이 없는 한밤, 두 방죽을 연결하는 다리 위에서 우리는 헤어졌다. 나는 탱자나무 울타리 옆에 서서, 그녀가 가야 할 먼길을 무서워하지 않도록 등뒤에서 노래를 불러주었다.

봄비. 나를 울려주는 봄비. 언제까지 내리려나. 마음마저 울려주네. 봄비.

이틀 내내 나는 자나깨나 그녀와 다시 자전거를 교환할 생각만 했다. 잠을 잘 수 없었다. 눈만 감으면 얼굴이 떠올랐다. 밥을 먹으려고 하면 국 속에서 자전거 바퀴가 집혀 나오고 재채기를 하고 난 다음에 눈에 그렁거리는 눈물 사이로 그녀의 붉은 입술이 보였다. 나는 병원과 어물전 사이를 열 번쯤 오갔다. 대경은 여전히 울고 있었고 먼발치에서 본 그녀는 물고기의 내장을 빼고 토막을 쳐서 손님들에게 내주고 있었다.

왔다갔다하다보니 다리도 아프고 가슴도 아프고 발바닥도 아팠다. 어물전으로 그녀를 찾아갔다. 그녀는 손님을 맞고 있었다. 나는 손님이 가기를 기다렸다. 그런데 또 손님이 왔다. 세희는 나를 힐끗 보기만 했을 뿐 계속 물고기를 다듬거나 팔거나 했다. 나는 조금 더 가까이 다가갔다.

"바빠?"

"왜 왔어요?"

그녀는 생전 처음 본 사람처럼 보였다. 차가웠다. 드라이아이스처럼 차가운 김을 내뿜고 있었다. 나는 할말이 없었다.

"그냥 지나가다가."

"그럼 마저 지나가요."

나는 어물전을 지나갔다. 야채 가게를 지났다. 신발 가게를 지났고 그릇 가게를 지났다. 옷 가게를 그냥 지나쳤다. 그리고 그녀가 나를 볼 수 없게 되었을 때쯤 나는 두 주먹을 움켜쥐고 달렸다. 달리면서 외쳤다. 다시는 안 갈 거야. 가면 미친놈이야. 숨이 턱에 차서 나는 걸음을 멈추었다. 이렇게 하다가 미쳐버린 대경이 팔목을 그었는지도 모른다는 생각이 들었다. 조심해서 잘 그어야지, 긋고 나서 재빨리 병원으로 가야지 실수를 하면 정말 죽을 수 있다. 이런 경로로 총각귀신이 생겨나는구나.

네가 뭔데. 너는 바람난 여자야. 모르는 사람이 없는 소문에도 뻔뻔하게 앉아 있는 철면피. 철면피한 공주. 야반도주의 귀신. 나는 계속 욕을 퍼부었다. 하루종일 왔다갔다 달리기만 했다. 그 다음날 나는 그녀를 찾아가서 용건을 말했다.

"물오징어 한 마리, 꽁치 두 마리."

이 대사를 수십 번을 연습하고 갔는데 막상 말하는 순간에는 목소리가 한 옥타브 올라가고 갈라지며 쥐수염처럼 바르르 떠는 것이었다. 죽고 싶었다. 그녀는 나를 물끄러미 바라보았다. 나는 다리가 후들거리는 것을 간신히 참고 처분을 기다리고 있었다. 세희는 꽁치를 꺼내는 대신 앞치마를 벗었다. 이웃의 야채 가게 여주인에게 가게를 부탁한 다음 거리로 나섰다.

그 어물전에 유난히 물고기 사러 온 사람이 많은 것을 보고 나는 한 가지 비밀을 알게 됐다. 그녀의 어물전에 꽁치를 사러 오는 사람들은 일단 연적으로 보아야 한다. 조기나 고등어를 사러 온 남정네들은 무조건 수상하다. 물오징어 사러 온 아이들 가운데 사내애들도 수상쩍다. 시내에서 달리기를 하는 녀석들은 볼 것도 없다. 그날 저녁에도 지나가는 사람들이 모두 그녀를 쳐다보았으며 웨이터는 내내 실수를 했다.

"내 꿈이 뭔지 알아요? 나는 대통령이 되고 싶어. 학교 다닐 때 장래 희망을 쓰는 난이 있지요. 거기에 대통령이 되겠다고 썼더니 모두 웃었어요."

"나는 버스 운전사가 되겠다고 했지. 그랬다가 선생한테 혼이 났지. 꿈이 작으면 이루는 것도 작다고 말이지. 그래서 억지로 아동문학가로 고쳤지."

"정말이야. 나는 대통령이 되고 싶어. 꼭 되고 말 거야."

나는 배운 사람답게 공짜로 가르쳐주었다.

"대통령은 영어로 프레지던트라고 하지."

"나는 여자 프레지던트가 될 거야."

"우리나라에는 여자 대통령이 없는데. 세계적으로도 유례가 없지."

그때 나는 잘못 알고 있었다. 아르헨티나의 후안 페론 대통령의 부인 이사벨 페론이 바로 여자 대통령이었다. 그녀는 알고 있었다. 대통령이 되고 싶어했으므로.

"이사벨 페론이 대통령이 됐으면 나도 될 수 있어."

"아무리 그래도 한국에서는 불가능할 거야. 우리 역사에 여왕은 있어. 그런데 여왕은 먼저 공주로 태어나야 하는데."

나는 그녀에게 출신을 상기시켜주는 것으로 족하다고 생각했다. 그러나 그녀는 달랐다.

"나는 여왕이 싫어! 나는 여자 대통령이 될 거야."

그렇다. 민주주의국가에서는 누구나 대통령이 될 수 있다. 그렇지만 여성이 대통령이 되는 데는 보이지 않는 제한이 있다. 아니, 남성이라고 쉬운가. 우선 대통령이 되려는 마음이 있어야 하고 대통령이 될 만한 학식과 교양과 경력을 쌓은 다음, 계단을 밟아 대통령이 되어야 한다. 그 과정마다 권모술수를 써야 하고 야합도 해야 하고 정적을 무찔러야 하고 그러는 동안에도 스스로가 인간임을 잊어서는 안 된다. 그게 얼마나 힘든 일인가. 유세, 거짓말, 공약, 거짓말, 정책, 거짓말, 격려, 거짓말, 비전 제시, 거짓말……걸레 사이에 낀 먼지처럼 거짓말이 섞인 세계관을 가지고 세상을 살아야 한다. 얼마나 힘든 일인가. 나는 대통령을 동정했다. 하물며 여성 대통령이라면……

"목표를 좀 낮추는 건 어때? 수상이나 당수는 가능하지. 얼마

전에 이스라엘인가에서 여자 수상이 나왔고 우리나라에도 야당 당수를 지낸 여자가 있지. 그런 예는 많을 거야. 그래도 여자 대통령은 좀……"

"왜 불가능한 것 같니?"

언제부터 그녀가 내게 반말을 했는지 모른다. 나는 어릴 때처럼 그녀에게 존대어로 대하고 싶은 충동을 간신히 억눌렀다.

"불가능하지는 않지. 남자든 여자든 다 어렵다는 거지. 세계 대통령 유신조를 생각해봐. 그이가 얼마나 어렵게 살았는가를."

나는 그저 그 재미없고 실현 가능하지 않은 이야기가 끝나기를 바랐다. 빨리 끝내고 자전거 놀이나 합시다아. 그러나 그녀는 끝내주지 않았다. 그날 저녁에 내 마음대로 할 수 있는 건 하나도 없었다.

"누구도 나를 보고 웃을 수 없게 하겠어. 나를 존경하게 만들고 내 말에 복종하게 만들고 나를 다시 대통령으로 뽑게 하겠어. 국민을 행복하게 해주겠어."

야, 농담이 아니네. 그렇다면 시간이 없다. 너는 당장 어물전부터 정리해야 한다. 너는 예쁘기만 하다. 너에게는 벌써 추문이 있다. 나는 그런 과대망상을 낳은 게 무엇인지 궁금했다.

"언제부터 그런 생각을 하게 됐지?"

"초등학교 육학년 때 담임 선생 때문에. 박조룡 선생."

"아, 그 선생. 펀치 자랑 그렇게 하다가 딴 학교로 쫓겨간 줄 알

왔더니 너희 학교로 전근 갔구나."

"그 선생이 나보고 수업 끝나고 남으라고 했지."

그때 세희는 부반장이었다. 반장인 남자아이와 부반장인 남자 아이는 공을 차러 나갔다. 세희는 혼자 남아 그 많은 반 살림을 정리하고 있었다. 선생이 슬리퍼를 끌고 들어왔다. 반 일에 고생이 많다고 했다. 세희는 괜찮다고 대답했다. 남자 선생은 남자아이들이 여자아이를 도와주기는커녕 공만 차러 나갔으니 내일 혼내주겠다고 했다. 세희는 다시 괜찮다고 했다. 그때 선생은 세희의 장래 희망에 대해 물었다. 세희는 간호사가 되겠다고 대답했다.

선생은 자신의 어린 시절 희망은 대통령이었다고 했다. 그러면서 꿈은 크게 꾸어야 한다고 했다. 내가 대통령을 꿈꾼 결과 선생이 되었으니 세희는 기왕이면 의사를 꿈꾸도록 하여라, 간호사는 너무 꿈이 작다, 그래가지고는 간호사보다 훨씬 못한 직업을 가지게 된다고 충고했다. 세희는 잠자코 있었다. 자신이 늘 몸이 약했기 때문에 간호사가 되면 좋겠다는 생각을 했었다. 선생은 이야기를 계속했다.

그래도 여자는 현모양처가 되는 게 제일이야. 빨리 시집가서 이남 일녀를 낳고 남편에게 순종하고 아이들을 잘 키우고. 그러면서 선생은 웬일인지 한숨을 쉬었는데 세희는 그 숨에서 술냄새를 맡았다. 세희야. 선생이 불렀지만 세희는 꼼짝하지 못하고 교실 뒤에 붙일 물건들을 내려다보고 있었다. 세희야. 선생은 다시 불렀다.

세희는 아주 가까이에서 나는 마늘 냄새와 술냄새와 담배 냄새를 맡았다. 그건 남자의 냄새였다.

"나는 그때 그 선생이 나를 강간할 것 같다는 생각을 했어."

학교는 텅 빈 게 아니었다. 공을 차러 나간 아이들은 언젠가 돌아올 것이었다. 나는 그렇게 말했다.

"그 선생은 나를 딴 데로 끌고 갈 수도 있었어. 숙직실이나 양호실 같은 데. 그 사람이 가자고 했으면 따라갈 수밖에 없었을 거야."

그날 세희가 양호실과 숙직실에 갔을까. 그날이 아니라 하더라도 그전이나 그후에 그런 데를 가보았을까. 그래서 그 생각이 맞았음을 알게 되었을까. 그래서 대통령이 되겠다고 장래 희망란을 채우고 그 희망을 강박관념이 되도록 강화시켰을까.

나는 그런 궁금증이 끔찍하게 싫었다. 그래서 어떻게 대통령이 되느냐는 실천적인 주제로 이야기를 돌렸다.

"우선 대통령이 될 만한 사람을 고를 거야. 그 사람과 결혼할 거야. 그 사람이 대통령이 되도록 만들 거야. 그 사람이 대통령이 된다면 나도 그 뒤를 이어서 대통령이 될 수 있을 거야. 누구도 나를 함부로 할 수 없게 하겠어. 나에게 달려든 사내놈들이 늙어 죽을 때까지 나를 존경하게 만들겠어."

그제야 나는 그녀의 꿈이 이루어질 수 있을 것이라는 생각이 들었다. 그녀는 아름답지 않은가. 이제 대통령이 될 만한 사람을 고르기만 하면 된다.

그녀는 희고 긴 손가락이 달린 손으로 가볍게 내 손등을 어루만졌다. 그 손가락과 손톱 하나하나가 내게 묻는 것 같았다. 네가 아르헨티나의 누구처럼 대통령이 될 수 있을까. 그녀가 원한다면 그렇게 해주고 싶었지만 불가능했다.

실상 나는 세희를 만나기 전엔 아무것도 되고 싶지 않았다. 그녀를 만나고 난 직후 자전거 가게나 향수 가게를 운영해볼까 하는 꿈을 갖기는 했다. 그런데 이제 내 인생을 대통령이 되는 데 바치라고 세희는 권한 것이다. 그 당시에 세희가 만난 사람 가운데 내가 가장 대통령이 될 가능성이 많은 사람이었을 것이다. 그건 틀림없다. 그녀가 재천을 만나기 전까지는.

나는 정치를 직업으로 할 생각도, 자질도 없었다. 따라서 그녀가 나를 변화시키기는 했지만 내게는 진정 권력을 추구할 생각은 애초부터 없었다.

대경은 그녀를 얻지 못하자 자신의 손목을 그을 정도로 강력한 욕망을 가지고 있었다. 그는 어릴 때부터 모든 면에서 일류였다. 그러나 겉모양이 일류라고 해도 여성에게는 소용이 없다. 여성들의 본능은 사내들이 경쟁이랍시고 주먹질이나 하고 공이나 차고 답안이나 달달 외워서 일류를 가리는 것보다 훨씬 정교하고 광범위하고 미래지향적으로 사내들을 평가한다.

어떻든 나는? 곱슬머리에 비쩍 마르고 눈이 쥐처럼 반짝이는 대경보다는 착하고 잘나기는 했다.

그녀는 내가 세상 다른 남자들 모두보다 잘났거나 뛰어난 자질과 두뇌를 가졌다고는 믿지 않았다. 나를 선택하지 않았다. 다만 내가 사랑에 대한 갈망으로 타고난 용모와 열정과 광기를 세상 누구보다도 뛰어난 것으로 개량시켰던 그 얼마 동안 같이 놀아주었다.

또 생각해본다. 그녀가 재천을 선택한 이유. 그에게는 결단력이 있었다. 추진력도 있었다. 안목도 있었다. 강력한 욕망이 있었다. 무엇보다 실천적이었다.

어느 날 술집에서 우연히 나를 목격한 재천은 내 맞은편에 앉아 있는 세희를 보고는 웨이터를 시켜 나를 화장실로 불렀다.

"너, 저 여자와 어떤 사이야."

"친구지."

"남녀 간에 친구가 어디 있언마. 너 쟤 따먹었어, 안 먹었어?"

"아직 못 먹었다."

재천은 갑자기 비수를 들이대는 듯이 냄새나는 입을 내게 들이대고 나를 냄새나는 화장실 벽에 밀어붙였다.

"야, 쟤 끝내주는데. 왜 내가 몰랐지? 쟤 나 좀 소개시켜라. 너는 학생이고 시간이 많다. 시간이 많으면 다른 여자 많이 만날 수도 있다. 나는 학생 아니고 저 여자도 학생 아니다. 우리는 열심히 살아야 된다. 쟤 그냥 두면 남의 게 돼버린다. 나를 저 여자에게 당장 데리고 가라."

재천은 그날 밤 그녀와 함께 갔다. 가로채갔다, 훔쳐갔다, 유혹
했다, 여러 가지 말을 할 수도 있겠지만 그건 패자의 변명일 뿐이
다. 어쨌든 양쪽에서 배신당한 나는 몹시 비참했다.

12

"세상에 박사장같이 의리를 중하게 여기는 사람이 있을까. 젊은
사람이지만 놀랄 때가 많아요. 이 사람 아주 구식이야. 지역 선후
배들 대소사에 제일 먼저 달려가는 게 박사장이지. 내가 이 지역에
와서 속마음 터놓은 사람들 가운데 박사장 욕하는 사람은 하나도
못 봤어. 동생이지만 존경하는 마음이 저절로 생겨요."
　군인으로 짐작한 사내는 역시 군인이다. 그는 자리에서 가장 연
장자답게 두루 돌아가며 칭찬을 해준다. 좋은 일이다. 좋은 일.
　돌아가면서 칭찬을 해주는데 듣기 싫다고 딴짓할 사람은 없는
법이어서 모두들 군인의 이야기에 귀를 기울이고 있다. 그래서 나
는 어느 정도 마음을 놓고 세희를 관찰할 수 있었다. 낮에 보았을
때에는 몰랐는데 말랐다는 느낌이 든다. 아니, 몸은 그대로인데 얼
굴만 조금 빠진 것 같기도 하다. 화장 탓인지도 모른다. 세월 탓인
지도 모른다. 남자들은 대체로 나이가 들면 살이 찐다. 나 역시 세
희를 낮에 만났을 때에 비해 오백 그램은 는 것 같다. 그런데 세희
는 그때보다 더 말라 보인다. 여전히 아름답다.

그 아름다움이 옛날의 아름다움은 아닐 것이다. 인간은 살아 있는 동안에 쉼 없이 바뀌니까. 이를테면 인간이 미감을 느끼는 일차적인 기관이면서 인체에서 가장 큰 기관인 피부는 끊임없이 벗겨져, 평균 사 주일마다 완전히 새 피부로 바뀐다. 일 년이면 열두 번, 십 년이면 백스무 번을 갈아입는 천연 겉껍질이 아무 변화도 없다면 이상한 일이다. 피부 밑에 있는 뼈의 굵기, 튼튼함, 유구함, 불변성은 어떤가. 뼈는 조금 오래 버티기는 하지만 칠 년마다 한 번씩은 새로 바뀐다. 손톱이나 발톱은 말할 것도 없어서 육 개월이면 뿌리에서 손톱깎이로 깎을 수 있는 부분까지 자란다. 변하지 않는 것은 없다.

아름다움의 기준도 바뀐다. 얼마 만에 한 번씩 바뀐다고 단언할 수는 없지만 하루에도 열두 번씩 바뀌기도 하고 몇 세기에 한 번씩 순환하기도 한다. 세희를 두고 말한다면 강산을 바꾸는 세월의 강력한 연마에도 불구하고 언제나 내 미적 기준에 맞는 쪽으로 극적으로 변화시켜온 것 같다. 그녀는 십 년 전이나 이십 년 전이나 지금이나 여전히 아름답다.

아름다운 그녀와 함께 네 사내가 둘러앉아 있다. 그녀는 어느 누구와도 일정한 거리를 유지하고 있다. 그녀에게는 선천적인 거리 감각이 있는 듯하다. 사내를 애달게 하는, 멀지도 가깝지도 않은 거리…… 붙잡으려 하면 언제든 도망칠 수 있는 그 거리…… 원할 때는 언제든지 자신의 아름다움과 매력으로 정복할 수 있는 일방적인 거리…… 이 거리를 아는 자가 역사를 변화시켜온 여신 족이다.

세희는 그녀를 두고 암중의 치열한 각축을 벌이는 수컷들의 곁 눈질, 웃기기, 냄새 피우기, 가벼운 음담, 과시, 자랑, 유혹을 즐기 는 듯하다. 나는 그 무리에서 한 발 떨어져 있지만 어느 때는 도리 없이 그 와중에 휩쓸려든다.

재천이 군인의 술잔을 정중하게 돌려주며 묵직하게 응답한다.

"어, 형님은 무슨 말씀을 그렇게 하십니까. 우리가 서로 안 챙겨 주면 누가 챙겨주겠습니까. 말이 났으니 말이지 저는 형님이 하시 는 거에 비하면 아무것도 아니죠. 지난번에 말이야. 내가 조그만 술집을 하나 낼 때 말이야. 형님이 놀고 있는 방위병들을 보내줘서 업자 시키면 열흘 할 일을 사흘 만에 끝낸 적이 있지. 슈퍼마켓 하 나를 통째 들어내고 거기다가 시설을 하는 거였는데 그게 전부 사 람 손이 가는 거야. 생각해보게. 거기다 사람을 얼마나 집어넣어야 되겠는가를. 참, 형님의 은혜를 잊을 길이 없습니다."

재천은 그렇지 않느냐는 듯이 나를 돌아본다. 나는 웃으며 고개 를 끄덕여준다. 군 교도소에 가봐라. 전부 의리 때문에 왔지.

"저도 할말이 있습니다. 지난번에 감찰이 나와서 파출소가 한 번 뒤집힌 적이 있었지요. 그때 소내에서 직원들이 복날이라고 술 판을 벌였지 뭡니까. 술판중에 여흥으로 노래를 했는데 그게 본서 로 신고가 들어간 모양입니다. 파출소에서 다방 계집애들을 불러놓고 노래방을 열었다나요. 그게 아니고 가끔 커피 배달하는 민양이 고생 많다고 친구들 데려와서 잠깐 노래 한마디 한 걸 가지고. 참, 요새는 대민 협조가 이렇게도 안 됩니다. 뭘 몰라요. 그래서 감찰이 나왔는데 술들은 취했지, 얼떨결에 당해서 전부 다 징계감이었지요. 그때 형님이 지나가시다가 감찰반장을 붙들었지요. 형님이 누굽니까. 사실 우리끼리는 돈이고 뭐고 아무것도 안 통하거든요. 안면밖에 더 있습니까. 형님이 안면이 넓어서 망정이지 안 그랬으면 큰일날 뻔했습니다. 형님께 다시 한번 감사드립니다."

경찰은 재천의 일을 두고 반은 나를 향해, 반은 세희를 향해 말한다. 근무 태만에 술판? 나는 그거 큰일날 뻔했다, 불행 중 다행이라는 듯이 눈을 크게 뜨고 세희를 본다. 세희는 그저 미소 지으며 앉아 있다.

"허, 그 사람. 그런 일이 있으면 맨 먼저 나한테 전화를 해야지. 본서 감찰반 정도는 내가 꽉 잡아놨는데 말이야. 서장도 내 말 한마디면 허리 굽히고 왔다갔다하게 할 수 있어. 박사장이 그때 안 지나갔으면 어쩌려고 그랬어. 앞으로 그런 일이 있으면 나한테 먼저 연락하라구. 내가 없으면 당번한테라도 얘기해놓으란 말이야. 나는 언제나 오 분 내에 연락이 되니까."

"죄송합니다, 형님. 그때는 제 힘으로 어떻게 해볼라고 했는데 감찰반 반장이 워낙 깐깐한 인물이라놔서. 다음부터는 조심하겠습니다."

"그래, 신경을 좀 쓰라구, 동생. 사실 우리가 이렇게 만나는 이유가 뭔가. 술이 모자라서인가, 친구가 없어서인가. 그게 아닐세. 지역의 발전을 위해서 각자가 최선을 다하자, 내가 할 수 있는 건 내가 하고 내가 할 수 없는 건 형이나 동생들한테 협조를 구하자는 거 아닌가. 그런 우리가 서로 급할 때 돕지 않으면 이렇게 만날 필요가 뭐 있는가. 앞으로 주의하게."

"명심하겠습니다. 죄송합니다. 그런데 형님 친구분은 아까 말씀들으니까 도시에서 무슨 사업을 하신다면서요?"

느닷없이 내게 관심이 돌아와 나는 순간적으로 당황한다.

"사업은요. 구멍가게 하고 있습니다."

"내 친구지만 보기하고는 딴판이야. 이 친구 이렇게 엉성해 보이지만, 형님, 서울 시내 중요 백화점 고급 가죽 제품은 전부 이 친구가 만든 겁니다. 소장, 그걸 뭐라고 하지, 거 자기가 안 만들고도 자기 상표를 붙여서 파는 거?"

"오이엠OEM? 그럴 겁니다."

소장 말고 그 옆에 앉아 있던 젊은 경찰이 잽싸게 거든다. 나는 그 친구가 이렇게 더운 날에도 양복을 벗지 않는 이유가 몹시 궁금했는데 그가 대답을 하면서 몸을 기울이는 바람에 의문이 풀린다. 속주머니에 들어 있던 두툼한 봉투가 외계인의 귀인 양 삐죽이 솟아올랐던 것이다.

"아, 나는 외국말에는 자신이 없어서, 하하. 그렇지요. 이 친구

272

가 손봐버리면 우리나라 가죽 제품은 그날부로 생산 끝입니다. 아우성 납니다."

덕담이다. 덕담. 내가 어떻게 사는가와는 상관이 없는 말이다. 가죽 구경 못한 지가 몇 년이 됐던가.

"오, 대단하구만. 몰라뵈었네."

군인이 두툼한 손을 내밀어온다. 나는 얼떨결에 손을 맞잡는다. 따뜻하고 부드러운 손이다.

"뭐 그 정도는 아니고 조그맣게 밥 벌어먹고 사는 겁니다."

"형님 친구분들은 모두 형님처럼 겸손하시군요. 제가 보기에도 십 년 내에 재벌이 한 분 탄생할 것 같습니다. 바로 이 자리에서."

"이 친구도 곧 내려올 겁니다. 지역 출신이 어디 가겠습니까. 객지에서 돈 벌면 지역을 위해 투자를 해야지요. 안 그렇습니까, 형님."

"꼭 그런 건 아니지. 물론 동생 친구 중에야 그런 인물이 없겠지만 돈으로 세상 막살려고 하는 놈들이 있는데 그런 놈들은 억만금을 가지고 와도 반갑지 않아."

그렇구나. 갑자기 재천에게서 내가 도저히 알 수 없는 힘이 느껴진다. 그가 보여주고 있는 건 무엇인가. 그가 처세라고 말한 것은 피부로 느껴지는 권력과의 만남이다. 이 힘 앞에 있는 나는 무엇인가. 내가 가슴에 품고 있던 말, '어이 친구, 도망가. 황포가 너를 죽이러 온단다' 하는 말이 가슴에서 배꼽쯤으로 미끄러져 내려오는 것 같다. 희한한 감각이다. 간지럽기도 하고 우습기도 하다. 내가 그 감각에 빠져서 멍하게 앉아 있는데 세희가 묻는다.

"회사 이름이 뭐예요?"

나는 그녀 앞에서는 예나 지금이나 꼼짝할 수 없다.

"나울입니다. 나풀나풀하고 너울너울을 합쳐서 만든 이름인데 섬유 원단을 다루니까 그런 이름을……"

"자자, 우리 장대표의 사업 번창을 위해서 건배하세."

"형님의 무운도 빌어야 하지 않겠습니까. 다음달에 승진 심사가 있지요?"

"그거야 내 마음대로 되나."

"형님, 걱정하지 마십시오. 유장군이 있지 않습니까. 형님은 유장군만 꼭 붙잡고 있으면 안 되겠습니까. 제가 만나면 단단히 부탁을 하겠습니다. 그 양반은 제 부탁을 한 번은 들어주게 돼 있으니까요."

"뭐 그럴 것까지 있나. 내 힘으로 한번 해봐야지."

"형님, 사람은 서로 도와야 삽니다. 유장군이라고 언제나 군에만 있겠습니까. 제대하면 다 마찬가진데요. 유장군이 지난번에 땅한번 알아봐달라던데요. 지역에 정착할 뜻이 있는 모양입니다."

"꼭 좀 알아봐드리게. 법 없이도 살 양반이지."

"소장님이 본서로 발령이 났습니다. 정보과로 가십니다."

"축하하네. 영전이지?"

"쑥스럽네요. 저는 현장에 있으면서 언제까지나 대민봉사만 하고 싶었는데."

"저렇게 봉사 정신이 투철한 사람은 언제든 남의 눈에 띄게 되어 있지. 자네가 아무리 그렇게 하고 싶어도 그게 사람 마음대로 안 되는 거라네, 이 사람아."

"건배!"

그다음의 기억은 토막토막 끊긴다.

"세희씨, 하나도 안 변하셨네요."

"아까도 그 말 했잖아요."

"낮에는 초상집 일해주고 밤에는 술집 경영하고 안팎으로 바쁘십니다. 됩니까, 그래도."

"낮에 초상집 왔다가 밤에 술집 오는 사람도 있잖아요."

"형수님은 언제 봐도 아름다우십니다."

"박사장은 절대 바람 못 피워."

"형님, 형님 친구분이시니까 형님이라고 부르겠습니다. 언제 도시 갈 일 있으면 한번 들르겠습니다."

"그래. 안 들르면 나 화낼 거야."

"황포가 뭘 한다고? 그 자식 제정신이야? 여론을 몰라."

"여론, 우리가 결정하는 게 여론 아닙니까. 생각 같아서는 싹 끌어넣고 싶은데 본서 과장부터 대가리까지 몽땅 희미해서."

"손 좀 봐야겠는걸. 뭘 얻어먹은 거야?"

"황포 쪽에서 젊은 애들 중에 쓸 만한 애들은 몽땅 빼가고 있어. 고등학생이고 중학생이고 없는 거야. 이럴 수가 있어? 전부 깡패를 만들자는 거야, 뭐야. 이건 치안에도 중대한 문제라구."

"구십 프로는 명단 파악하고 있습니다."

"요새 싸움하는 건 애들뿐입니다. 뭣도 모르고 맨 앞에 섰다가 맨 먼저 칼 맞는 것도 애들이죠."

"총알받이구만. 왜 그러는 거야."

"돈하고 여자를 준다. 오토바이 주고 차도 준다 하는 식으로 유혹을 하는 거지요. 이유도 모르고 싸워요. 조직폭력배 중에 십대가 차지하는 비율이 육십 프로가 넘습니다. 보통 문제가 아니죠. 걔들 감옥에 갔다 오면 남는 건 문신하고 칼자국밖에 없습니다."

"감옥 가면 그래도 잘된 거야. 조금만 잘못돼도 병신 되거나 죽어. 평생을 조진다 말이야."

"싹부터 잘라야 돼. 선도 차원에서도."

"폭력은 병이야. 의사가 다뤄야지."

"그런데 마사오가 죽었다며?"

"예, 자살이라던데요."

"누가 소문을 일부러 퍼뜨렸어요. 자살할 이유가 없거든요."

"너 왜 그래? 뭘 안다고?"

"틀림없어. 자살했다고 소문을 퍼뜨려서 누가 이득을 보려고 한단 말이야. 그게 누구지? 너냐?"

"깨셨어요?"

여기가 어딘가. 말을 할 수가 없다. 어둠 속에서 어떤 여자가 말을 걸어오고 있다. 시계가 급제동을 걸고 멈춘 것 같다. 깜깜하다. 세로로 갈라진 틈으로 빛이 새들어오고 있다. 그 빛을 받은 여자의 옆얼굴이 보이는 것 같기도 하다.

세희. 네가 있었으면. 지금 너를 안을 수 있다면 세상을 다 주어도 좋다.

목이 마르다.

"세희?"

목이 탄다. 목이 쩍쩍 갈라지는 것 같다. 말이 나오지 않는다. 시계는 급회전을 한다. 뒤로 돈다. 뒤로 간다. 뒤로, 뒤로. 달력이 거꾸로 넘어간다. 왠지 멈추지 않을 것 같다는 느낌이 든다. 서른한 살. 결혼.

"세희?"

스물아홉. 남이 되었다. 나는 남이다. 스물여덟. 남의 발바닥이 되다. 성공. 스물일곱. 남 밑에 들어가다. 실패. 스물여섯. 공무원 시험. 미련. 미련함. 스물다섯. 도피. 떠남. 스물셋. 회피. 기피. 망각. 위선. 소심. 소문. 어물전의 천사.

"세희? 거기 있어?"

스물둘. 스물하나. 세희가 나타난다. 눈부신 세희가 걸어온다.

세희가 눈부시다. 그만, 그만.

시계는 멈추지 않는다. 뒤로 쓰윽쓰윽 돌아간다. 그만, 그만.

열일곱 살. 열세 살. 광자. 무릎베개를 해주고 노래를 불렀다. 여름밤, 냇가에서. 이상한 냄새가 났다. 미끄러웠다. 나는 그녀의 숲속으로 들어갔다. 그녀는 노래를 불렀다. 노랫소리는 점점 작아졌다. 그녀의 몸은 점점 뜨거워졌다. 온통 미끈거렸다.

그만둬, 그만.

나는 아이가 된다.

다시는 어른이 될 수 없는 아이. 나는 그때 내가 서른 살이라고 믿었다.

광자.

세희.

광자.

세희.

광자.

세희. 세희. 세희. 세희. 세희. 세희. 세희. 세희. 세희, 세희, 세희. 세희. 광자.

나는 몸부림을 친다. 세희를 부른다. 나를 꺼내줘, 발이 저리다. 마구 수축된다. 아이로 돌아간다. 네 머리에는 도대체 뭐가 들어 있니? 넌 꼬마가 아닌 것 같아. 날 사랑해? 너 내가 몇 살인 줄 알아? 넌 몇 살인데? 나도 서른 살이야! 열세 살 안 할래!

차가운 너의 입술. 광자. 미끈거린다.

"세희!"

"물 드릴까요?"

불이 켜진다. 통통하고 귀엽게 생긴 여자가 컵을 들고 서 있다.

"줘요."

"밤새 한잠도 못 잤어요. 왜 그렇게 몸부림을 치세요?"

둘러보니 이 풍진세상의 여관이 분명하다.

"누구시오?"

"어제 오셨잖아요. 그 집에 근무해요."

"내가 아가씨를 불렀던가요?"

"아저씨가 어제 폭탄주 먹고 나서 소장님을 막 때렸어요. 아저
씨. 여자 데려오라고요. 언니가 나보고 따라가라고 했죠. 근데 아
저씨가 길에서 부대장 오빠한테 큰절한 거 기억나요?"

"미쳤구나. 그다음에는요."

"욕조에 물 틀어놓고 자는 걸 끌어다놨죠. 그냥 놔뒀으면 빠져
죽었을 거예요."

"몇 시죠? 내 바지는?"

"아홉시 넘었을 거예요."

"뭐요?"

바지를 입는 동안 그녀는 커튼을 열어젖힌다. 햇살이 폭포처럼
흘러든다.

"아이쿠, 큰일이다."

"뭐가요?"

"오늘 발인이 있는데, 바보같이. 얼마 드리면 돼요?"

귀여운 여인은 몸을 반쯤 돌리더니 고개를 살살 흔든다. 엉덩이
도 따라 흔들린다.

"고마워요, 그럼."

이게 웬 떡이야. 나는 문손잡이를 잡았다.

"아저씨, 언니 잘 알아요?"

"무슨 언니?"

"마담 언니요. 세희 언니. 아저씨가 밤새도록 불렀잖아요. 오 분
간격으로요."

"내가 그랬어요?"

"시장님하고 술 마실 때 그러면 작살나요. 조심하세요."

"난 부르지 않았어요."

"부르지 말라는 게 아니고요. 그냥 이름을 부르면 안 된다고요.
사장님이나 나세희씨로 부르셔야 해요. 내 말 안 듣다가 맞아 죽은
사람이 얼마나 많은데 그래요."

"그것도 고맙군요. 정말 돈 필요 없어요?"

"언니가 벌써 줬어요."

마사오가 병으로 쓰러진 다음 나는 은근히 희안이 마사오의 대

를 이어줄 것을 바랐다. 둘 사이에는 공통점이 많았다. 누구도 부인 못하는 막강한 주먹 실력이 그렇고 손가락 굵기의 칼이나 참새잡는 총을 쓰지 않는 것도 그렇고 자질구레한 일에 얽매이지 않는다는 점이 그렇고 의리가 있다는 점도 비슷했다. 무엇보다도 인간적인 약점이 많으면서도 전혀 약해 보이지 않는다는 것이 그랬다.

진정 왕이 되려는 자는 모든 면에서 완벽해서는 안 된다. 완벽한 인간에게는 도움이 필요 없고 도움이 필요 없으면 도와주는 사람도 필요 없게 된다. 도와주는 사람이 없으면 주변에 사람이 없는 것이니 사람이 없으면 다스릴 백성이 없는 것이고 백성이 없는데 왕은 무슨 왕. 약아빠진 인간보다 어리석은 인간이 왕이 되는 이치도 이와 같다. 머리 좋고 흠 없고 잘생긴 인간은 그저 참모 역할이 고작이다. 어리석은 왕이라고 뒤에서 비웃다가는 그나마 펄펄 끓는 솥단지 안에 들어가게 된다.

희안이 비누거품처럼 허무하게 스러져 가버리고 난 다음, 내게는 지역 곳곳에서 그의 자취를 만나는 것이 꽤나 괴로웠다. 물론 희안을 알고 짝사랑하던 인간이 나뿐만은 아니어서 그 자취를 만나는 게 괴로워서 너도나도 떠난다면 지역은 삽시간에 텅 비고 말겠지만 희안의 자취 말고도 내게는 떠날 이유가 또 있었다.

나는 재천이 창용의 밑에 들어간 것을 알고도 가만히 있었다. 그건 그가 선택한 길이었으니 내가 가타부타할 일이 아니었다. 그러므로 그것 때문에 떠난 것은 아니다.

재천은 세희를 창용이 경영하는 술집으로 데리고 가서 계산대에 취직시켰다. 내가 그것 때문에 떠난 것도 아니다.

　재천이 등신처럼 제 쓸개를 집에 빼두고 세희를 데리고 갔을 때 한때 세희와 그렇고 그랬다는 소문이 있는 창용은 무슨 말을 했을까. 아니, 재천에게 세희를 데리고 오라고 한 사람은 창용이었을지도 모르니 재천이 그렇고 그런 소문을 알면서도 쓸개를 빼서 빨랫줄에 걸어두고 세희와 함께 창용에게 가서 고개를 굽혔을 때 창용은 무슨 말을 했을까.

　"너, 하나도 안 변했구나. 너는 가만히 두면 남의 여자가 될 것이니 앞으로 내가 너를 돌보도록 하겠다. 앞으로 너는 나한테만 술을 따르도록 해라."

　세희는 어물전에서 꽁치 한 마리를 처리할 때처럼 삼십 초 정도 생각한 다음 그렇게 하겠노라고 대답했으리라. 창용은 잘 생각했다고 재천이 보는 앞에서 세희의 엉덩이를 두드려주었을 것이니, 어쩌면 그 옛날처럼. 그랬다고 했더라도 나는 그것 때문에 떠나지는 않았다.

　세희는 윤이 번쩍번쩍 나는 새 자전거를 타고 시장을 나왔다가 어물전 근처를 어정거리던 나를 만났다. 어물전에는 광자만큼 못생긴데다 죽은 광자 어머니보다 훨씬 늙어 보이는 노파가 새 주인이랍시고 앉아서 파리를 잡고 있었다. 세희는 고등어를 싸달래서 자전거 꽁무니에 매달더니 돌연한 그녀의 출현에 놀라 서 있는 나를 향해, "너 철들려면 아직 멀었구나" 하고 밑도 끝도 없는 말을 하고는 장미향을 뿌리면서 사라졌다. 내가 그 충격 때문에 떠난 건 절대 아니다.

나는 원래 아무 희망이 없는 곳에서 혼자 심심하게 있는 것을 견디지 못한다. 그래서 병든 마사오와 살아 있는 세희와 건강한 재천과 죽은 희안과 나의 어린 시절과 소년기와 청년기의 기억을 지역에 몽땅 두고 비안개의 장막을 넘어 황금 햇살이 비치는 쪽으로 떠나고 봤다. 너 오기 기다렸다는 듯이 군대가 입을 쩍 벌렸다.

속에 뭘 채워넣지 않고서는 어디로든 갈 엄두가 나지 않는다. 옛 버스 정류장 근처에 있는 해장국집이 생각난다. 값싸고 시끄럽고 맛있는 집.

오 년 전, 십오 년 전, 어쩌면 백오십 년 전에도 그랬듯이 해장국집에는 빨랫줄 위의 잠자리처럼 늙은이들이 줄지어 앉아 있다. 아침 일찍부터 국밥 한 그릇과 막걸리 대포 한 잔을 앞에 놓고 세상 돌아가는 이야기며 누구 죽은 이야기며 세상 돌아갔던 이야기를 한다. 나 같은 뜨내기손님이 오면 잠잠히 술을 마시거나 밥을 먹는 체하면서 손님을 관찰하고 혹시 손님이 술이나 밥을 남기면 그것을 얼른 채가 자기 밥그릇이나 술잔에 채워넣는다. 그게 그들의 일이다. 전문이다.

내가 포장을 걷고 들어서자 그들의 눈길이 순서대로 나를 훑는다. 이런 눈길에 대해 시비할 건 없다.

"국밥 하나, 계란은 빼시오."

내가 주문을 하고 기다리는 동안 그들은 말이 없다. 말없이 나를 관찰하는 그들을 관찰하려니 뭔지 어색하다. 어느 한쪽이 관찰하고 다른 쪽은 그걸 모르면 좋겠는데. 그러나 관찰이 주특기인 나는 양보할 마음이 별로 없다. 그들과 나 사이에 서로 틈을 주지 않으려는 긴장이 흐르고 침묵이 이어진다. 하루 사이에 지역의 관습, 살아가는 방식이 내 몸속에 살아나 있다.

이윽고 국밥이 오고 나는 속세의 백팔번뇌를 떠나 뜨거운 국밥의 세계로 빠져든다. 그들도 자신들의 세계, 잡담과 소문의 해석으로 빠져들어가는데 오늘의 화제는 당연히 마사오의 장례식과 마사오가 지역의 정치, 경제, 사회, 문화, 자연, 의학, 외교에 고루 쌓은 업적에 관한 것이다. 그 모두 비공식적이고 비제도적이고 비합리적인 것이지만 공식적이고 제도적이며 감정과 사리에 합당한 것만 가지고는 지역인의 이야깃거리가 되지 못한다. 그건 그런 인간끼리 서로 이야기하면 된다. 한 가지 확실한 것은 마사오는 죽은 지 사흘 만에 이미 역사 속의 인물로 변했다는 것이다.

"바로 나흘 전에 마사오가 남산에서 내려오는 것을 봤네. 많이 말랐어. 아, 이 사람, 이 우중에 어딜 가시나, 했더니 운동 끝나서 갈라는데 비가 온다고 그러더구만. 우산을 같이 쓰고 내려왔네. 오면서 흘러온 인생을 이야기하지 않았겠는가. 부생약몽, 우리 모두

꿈처럼 떠도는 인생일진대 우중 화제로는 그만이지. 그 사람, 참사람이 됐더구만. 영감님, 살펴 가십시오, 우산 고맙습니다 하고 구십 도로 절을 하데. 그렇게 예의바른 사람이 어떻게 이 험한 세상을 살아나왔는지, 원."

"에이, 거짓말이지. 그날이 음력 초여드레로 화요일인데 비가 안 왔는걸. 나하고 배 타고 낚시를 하기로 했는데 그 사람이 안 오더란 말일세. 내가 낚시 가방을 들고 강가로 올라가니까 아령을 들고 오더란 말이지. 그래서 강가에 서너 시간은 같이 앉았다 왔는데."

"그게 아니네. 내가 잠시 착각했는데 그건 그 뒷날 이야기고 그 전전날은 저기 저 나하고 살 만한 땅을 보러 갔거든. 이제 조용히 살고 싶다는 게야. 내가 그전부터 소개해준다고 약속은 해놓고, 아 함. 그래서 상산 뒤에 있는 감밭으로 갔는데 시커먼 흙을 만지면서 아 색깔 좋다, 참 좋다고 하던걸. 그런데 뭐? 배? 네놈한테 배가 어디 있어?"

"네놈이야말로 거짓말쟁이다, 이놈. 너는 평생 건달패에다 거짓말로 살더니 이번에는 죽은 사람까지 팔아가면서 거짓말을 해?"

"네가 옛날에 만주에서 개장수 하면서 십팔기 좀 배웠다고 자랑하고 싶은 모양인데, 중국집 주방장 출신이란 거 다 안다, 이놈아. 어디서 젓가락을 휘둘러."

이윽고 그들 모두 왕년에는 독립운동을 했고 백마고지 전투에 참전한 총알받이 소위에 맨주먹으로 멧돼지를 때려잡은 장사였다는 것을 나는 알게 된다. 나아가 평범한 일상인으로 보이는 지역의 장삼이사 역시 실은 한 가닥 비범한 사연과 재주를 지닌 기인들이며 그들이 밟고 다니는 풀뿌리 하나, 돌멩이 하나 사연이 깃들이지 않은 것이 없다는 것도.

은거한 고수들의 아지트를 빠져나와 병원으로 가는 길에 접어든다. 오늘도 찌는 날씨가 될 것 같다. 그렇다면 어제처럼 긴 하루가 될 것이다. 그런데 참 아까부터 뒤에 꼬리가 달린 듯이 무엇인가 따라오는 느낌이 드는 것은 왜일까. 돌아보면 서 있을 사람 서 있고 갈 사람 갈 길을 가고 있는데. 서두른다.

영안실은 텅 비어 있다. 해바라기가 힘겹게 고개를 일으킨다. 마당에 물을 뿌리고 있던 노인네가 서쪽을 가리킨다.

"방금 나갔으니까 따라가봐."

몹시 나무라는 듯한 눈초리를 피해서 설렁설렁 걸어나온다. 마사오의 장지는 시내에서 십 킬로미터쯤 떨어진 상산이다. 병원 정문 앞에 서 있는 택시를 잡는다. 묘하게도 운전석에는 전날 오후에 나를 병원에 데려다준 운전기사가 앉아 있다.

"상산 갑시다."

택시 뒤를 돌아보지만 따라오는 차는 없다. 신경과민이다. 누가 뭘 하겠다고 나를 미행하겠는가. 한낱 이방인에 불과한, 세수도 하지 않은 우울한 사내를.

운전기사는 어제와는 달리 내가 뒷자리에 앉았으므로 마음놓고 수다를 떨지 못하는 게 서운한가보다. 실내 거울로 나를 넘겨다보는 것을 나는 안다. 내가 보는 거울 속에는 기사가 들어 있고 기사가 보는 거울 안에는 내가 들어 있을 것이다. 그렇게 몇 번 서로 눈길을 주고받다가 기사가 못 참겠는지 먼저 말을 한다.

"상산 어디요?"

"오늘 초상 나간 공동묘지요. 마사오 말입니다."

"아하."

그는 고개를 크게 끄덕이며 알겠다는 표시를 한다. 어제는 관계없다더니 오늘은 잘 아는 사이가 됐소? 그렇게 묻고 싶겠지. 나는 아니라고 대답할 준비를 한다. 잘 모르는 사이인데 왜 장지까지 따라가느냐? 그냥 심심해서 가본다, 그 양반은 지역의 역사에 기록될 인물이니까.

그런데 기사는 아무 소리도 하지 않는다. 하루 사이에 철이 들었나보다. 하긴 오뉴월 땡볕은 철들게 하는 데는 그만이라니까.

"13호차, 13호차."

잡음이 섞인 무전기 소리가 난다. 택시 기사는 운전대 옆에 있는 더럽고 낡은 마이크를 집어든다.

"여기 13호차."

"지금 위치가 어디요?"

"상산 가는 냇가. 공동묘지로 이동중."

"알겠습니다. 이상."

이게 무슨 소린가. 꼭 제가 장례식에 가는 듯한 대화와 억양이다. 장지에는 손님인 내가 가자고 해서 가는 것임에도. 왜 그렇게 대답하느냐고 물어볼까 했지만 실상 물어보려면 어떻게 물어야 할지가 난감하다. 어떻게 보면 택시 기사와 해장국집의 노인들과 영안실의 노인, 여관의 귀여운 엉덩이 아가씨, 경찰, 군인…… 그들을 포함한 내가 모르는 사람들이 나를 둘러싸고 무슨 연극을 하고 있는 것 같다. 또 어떻게 보면 나와는 아무 관계도 없는 대화 같다.

오랜만에 내가 세상의 중심에 선 것 같은 느낌이 들었다가 오랜만에 세상다운 세상을 만나 모든 사람과 의사소통을 하고 관계를 가지게 됐다는 느낌도 들었다가 과대망상에 빠져 있다는 느낌도 들었다가 어떻게든 되라는 생각도 들었다 나가버린다. 어디 한번 물어볼까. 내가 지금 이 모양인데 어떻게 생각하시오? 운전기사는 골똘히 운전에 빠져 있다. 나는 포기한다. 항아리 속처럼 좁은 곳이니 그럴 수밖에 없는 거지. 어떻게든 서로 얽히는 것이려니. 우연이든 필연이든.

택시는 방죽 위의 비포장도로로 접어든다. 아스라이 마사오가 살던 집이 서 있다. 서 있는 게 아니라 기울어져 있다. 빈집이다. 그러나 그 집을 둘러싼 미루나무와 수양버들, 참 울울창창하다. 냇가는 더럽고 유신조의 머리카락처럼 삐죽삐죽한 물풀이 자라고 있다. 방죽 위 길은 여전히 희고 길게 뻗어 있다. 그냥 내처 달리고 싶다는 생각에 사로잡힌다. 지구 끝까지, 아니 지구는 둥글다니까 언젠가 제자리로 돌아올지도 모르니 우주 끝으로 떠나고 싶다.

맞은편에서 승용차 한 대가 달려온다. 방죽 위 좁은 길에서는 차 두 대가 교행할 수가 없다. 어느 쪽에서든 교행할 만한 곳에서 기다려야 한다. 내가 탄 택시 기사는 전혀 기다릴 기색이 없다. 그는 앞에 오고 있는 게 뭔지 모르겠다는 듯이 힘차게 차를 몰고 나간다. 앞에서 오는 승용차 역시 마찬가지다. 두 대의 차는 점점 근접한다.

"저 자식, 저거!"

택시 기사가 투덜거린다. 맞은편 차에도 투덜거리는 운전자가 보이고 그 옆에서 같이 인상을 쓰는 사람이 보인다. 그는 뜻밖에도 인상과 문장의 대가, 박조룡이다.

"아니, 그렇게 계속 오면 어쩌란 말이야!"

"우리는 어쩌고!"

"뒤로 가, 가란 말이야!"

"당신이 가. 바로 뒤에 넓은 데 있잖아!"

지역에서 차를 모는 사람은 서로 반말을 한다는 동맹이라도 맺은 모양이다. 반말이 오가고 오가다 아니나 다를까, 성질 급한 박조룡이 문을 열고 나온다.

"여보! 왜 그렇게 사람이 경우가 없어! 빤히 보고 그렇게 오는 법이 어디 있어!"

"이런 씨부랄. 먹고살기 힘드네."

택시 기사가 내린다. 이윽고 두 사람은 삿대질을 시작한다. 그 다음에는 멱살을 잡을 거고 서로 패대기를 치려다가 방죽 아래로 구를 수도 있을 것이다. 나는 차에 앉아 기다린다. 아직 오전이라고는 하지만 볕은 꽤 뜨겁다.

창용은 마사오를 해치우고 난 다음 천 길 낭떠러지 위로 솟아오르는 태양처럼 하루가 다르게 지역의 상공으로 떠올라 온 누리에 존재를 과시하기 시작했다. 누가 뭐라고 해도 창용은 최초로 지역에 폭력조직을 도입해서 뿌리내리게 한 인물이다. 그는 진짜 폭력조직의 일원답게 민간인에게 직접 손을 대지는 않았다. 따지고 보면 지역 사람들이 그를 그토록 경원하고 말 게 없었다. 지역 사람들이 볼 때 그의 가장 큰 잘못은 마사오를 대신하여 왕처럼 행동했다는 것이었다. 그러면서도 왕으로서 백성에게 주어야 할 신화는 주지 않았다. 위엄과 자비를 보여주지 못했다.

다만 그는 빗나가고 싶어서 환장한 아이들은 제대로 빗나가게 해주었다. 패가망신하고 싶어서 미친 사람들은 훌륭히 패가망신하게 해주었다.

공식적으로는 술집 운영이 창용의 주업이었다. 술집에 관련된 사업, 가령 여자나 술을 공급하는 것도 창용의 사업에 들어갔는데 그게 자신의 위치에 어울리지 않는다는 것을 알고는 그 일을 재천에게 맡겼다. 그게 재천을 2인자로 꼽히게 한 이유인지도 모른다.

재천은 술집에서만은 분명히 2인자였다.

하지만 창용은 술집보다는 도박장에서 더 크게 사업을 벌였다. 창용은 도시 조직 큰형님의 충고에 따라 창고를 개조해서 군데군데 밤새도록 운영하는 도박장을 열었다. 도박장은 비공식적이고 비합법적이었지만 몽둥이를 들고 창고 정문을 지키는 아이들이 있고 사이좋은 경찰이 있는 한 세상에서 가장 이익이 많이 나는 사업이었다.

황포가 창용의 휘하에 들어오기 전에는 그 일도 재천의 몫이었다. 재천은 그 일을 잘해낸 것으로 나는 알고 있다. 빌려주는 일, 빚진 사람에게서 빚을 받아내는 일, 도박장에 있는 선수들이 중간에서 돈을 가로채지 못하도록 하고 다른 곳으로 날아가지 못하도록 관리하는 것이 주 업무였다.

도박장에서는 돈이 떨어진 사람들로부터 집문서나 논문서도 받아주었다. 이 장사는 여관이나 온천보다 훨씬 수지맞고 쉬운 일이었다. 지역에서 돈이 좀 있고 놀기 좋아하는 사람들에게는 온천보다 뜨겁고 여관보다 더 은밀한 오락거리였다.

내 생각에는 재천이 그 일을 너무 잘해냈기 때문에 창용이 황포를 중용한 것 같다. 황포는 머리 나쁘고 무식하고 창용에게 마지막으로 항복했다는 이유 하나로 창용의 휘하로 들어가자마자 도박장 지배인 자리를 얻었다. 창용에게는 황포를 통해 재천을 견제하려는 심산도 있었을 것이다.

또한 조직에는 속속 새로운 행동대원들이 채워지고 있었다. 그들을 관리하고 책임질 사람이 필요했다. 일찍이 마사오가 예언한 대로 황포에게는 냇가의 모래알처럼 따르는 아이들이 많아졌다. 황포는 아이들을 끌어들이고 충성케 하는 데 전문가였다. 아이들을 제 식구처럼 아끼고 때 빼고 광을 내서 간수하는 건 드러나는 기술이 아니어서 남들은, 특히 독불장군인 희안의 후광을 입어 창용의 조직에 발을 들여놓았고 기껏해야 두어 명의 수족을 확보한 데 그친 재천으로서는 흉내도 낼 수 없었다.

결국 두 사람의 얼굴이 오뉴월 땡볕에 익을 만큼 익고 고생할 만큼 하고 철이 들 만큼 든 다음, 두 대의 차는 서로 지나갈 수 있게 됐다. 결론적으로 새로운 방식의 일광욕이라고 할 수 있겠다.

나는 마사오의 장지가 바라다보이는 벌판 한쪽에 서 있게 된다. 포클레인이 웅웅거리며 돌아가는 소리가 들려오고 사람들이 빨리 돌리는 필름처럼 바쁘게 오가고 있는 게 보인다. 두드러진 키 때문에 세희를 알아본다. 세희에게 기댄 사람은 왕년의 흰 팔뚝이겠다. 번쩍이는 머리로 박치기 왕을 알아보고 그 옆에 주저앉아 술판을 벌이고 있기 때문에 그들이 왕년에 한가락 하던 건달들임을 알아본다.

으하, 으하.

이제 가면 언제 오나.

으하, 어어하.

북망산천 멀고 멀어 혼자서는 못 가겠네.

으하, 으으하.

희미하게 상엿소리가 섞여 들린다. 그 소리가 무슨 장벽이라도 형성한 것처럼 걸음이 나아가지지 않는다. 장지가 바라다보이는 곳에 늙은 팽나무가 서 있는데 내 걸음은 거기서 멈춘다. 장지에 있는 삼십여 명쯤 되는 사람 가운데 재천이라고 짐작이 가는 인물은 없다.

재천을 만난다면 어떻게 할까.

―자네, 위험하니 빨리 피하게. 자네는 지금 한가롭게 장례식에나 다닐 군번이 아니라네.

―나는 마사오 큰형님이 가는 마지막 길을 보지 않을 수 없어. 내가 만약 여기에 있다가 죽게 되면 내 죽음을 알리지 말고 방패로 내 몸을 가려주게.

―그렇구먼. 자네는 마사오 형님에게 빚을 진 적이 있지. 자네는 마사오 형님을 닭이 울기 전에 세 번 배신했어.

―나만 그랬던가. 자네 역시 배신하지 않았는가.

―그때는 어쩔 수가 없었던 거지. 게다가 나는 배신한다는 생각이 없었네. 자네를 돕고 마사오 형님을 돕는다는 생각으로 행방을 말해주었던 것뿐일세. 그 결과 자네도 살고 마사오 형님도 살았지 않은가.

―나 역시 마찬가지라네.

―그럼 우리는 배신할 생각이 없이 배신한 동지일세. 같이 몸을 피하세.

그렇게 할까. 해가 높이 떠오를수록 나무 그늘은 작아지고 짙어진다. 할 수 있다면 한잠 자고 이 속세를 떠나고 싶다.

13

'범죄와의 전쟁'이 선포되었다. 대통령이 직접 나서서 이 땅에서 범죄를 소탕하겠다. 전 국민이 한마음이 되어 범죄자를 때려잡자고 역설했다. 전 국민의 이름으로 범죄를 추방한다면 범죄자는 외국인뿐이란 말인가. 그보다 대통령 자신이 과거 군인 시절에 정권을 잡으려고 친구들과 짜고 무슨 큰 범죄를 저질렀는데 지금 와서 범죄를 소탕하겠다는 것은 그것을 감추기 위한 게 아니냐는 말도 돌았다. 좋다. 어쨌든 범죄라는 나쁜 놈, 그놈이 어디 살고 있는지, 성장 환경은 어땠는지 모르지만 끝까지 찾아내어 싸워보겠다니. 다 좋다.

그런데 재천에게는 좋지 않았다. 지역 경찰이 범죄와의 전쟁에서 순서대로 때려잡아야 할 범죄자 명단을 작성했는데 느닷없이 박재천이라는 이름이 당당히 두번째로 올라붙었다. 창용은 열한번째, 황포는 공식적인 문서에 언급된 서른 명에는 이름이 들어 있지도 않았다. 첫번째는 어디 가서 죽었는지 살았는지도 모르는 외팔이 권왕 마사오였다.

"이런 엉터리가 어디 있어? 내가 왜 두번째야. 형님은 왜 십등도 안 되지? 화내시겠는데."

재천은 멀리 국기가 휘날리는 경찰서 앞마당이 내려다보이는 술집 이층 사무실에서 창용을 만났다.

"켕기면 피해 있어. 술집은 황포에게 맡겨라."

"그럴 수는 없습니다. 걔는 돌이거든요. 황포보다 제가 서열이 까마득하게 높은데 도망가면 웃음거리밖에 안 됩니다. 한 번 웃음거리가 되면 지역에서는 얼굴 들고 처세할 수가 없죠."

창용은 늘 그렇듯이 삐친 계집아이처럼 쌀쌀한 표정으로 재천을 바라보았다.

"정 그렇게 생각하면 할 수 없지. 나 없는 동안 집 잘 봐라."

"형님은 어떻게 하시겠습니까."

"나는 견문이나 넓힐 겸 해외 시찰이나 할까 한다."

창용은 정말로 지역을 떠났다. 해외로 갔는지 국내로 숨었는지는 아무도 몰랐지만 그때 사건이 터졌다. 나중에 재천과 경찰 일개 중대와의 결전으로 일컬어지는 사건이었다.

재천은 눈치를 보아가며 밤에 지역의 사업장을 돌아다녔다. 경찰 내부에도 술 좋아하는 친구, 도박 좋아하는 친구가 많았다. 자신의 관할을 벗어나는 상급 기관이나 다른 지역에서 단속을 나오면 친구 경찰들은 경찰서 구내 공중전화통에 달려들었다. 사실 경찰서 구내 공중전화는 그런 일에 쓰라고 달아놓았는지도 모른다. 거의 일 분 간격으로 같은 내용의 전화가 연달아 걸려왔다.

"지금 단속 나가니까 손님 내보내고 문 걸어. 뚫린 곳은 남서쪽. 인원은 열여섯 명. 차량 넉 대."

그런데 범죄와의 전쟁 이후에는 그런 대민 봉사에 입각한 친절함이 사라지고 살벌한 경쟁만이 경찰 내부를 감싸고 돌았다. 할당량을 채워야 했기 때문이었다. 그래도 재천은 최선을 다해 경찰과 협상하려 했다.

경찰이 원하는 수는 우선 일곱 명이었다. 그 정도는 되어야 체면이 서고 위에서도 직접 건드리지 않는다. 하지만 그 이하가 되면 보고할 낯이 없다. 경찰측에서는 그런 의사를 전해왔다. 지역이 넓으면 다른 조직을 일러바쳐서 할당량을 채워주면 속이 시원하련만, 지역에는 단 하나의 조직밖에 없었다. 조직 외의 인물들은 하나둘씩 떠돌아다니는 뜨내기여서 경찰은 잡는 것을 귀찮아했다. 일일이 뼈를 발라야 먹을 수 있는 마른 생선이라고나 할까.

"요새 도장은 파리 날리잖아. 그쪽에서 몇 명 더 빼."

'도장'이란 도박장을 줄여서 부르는 말로 세계적으로 재천과 황포밖에 쓰지 않고 있었다. 두 사람은 협상을 하기 위해 금문교 위에서 만났다. 도박장에서 다섯 명, 술집에서 두 명을 빼자는 게 재천의 제안이었다.

술집은 여전히 바빴다. 술집 손님은 범죄와의 전쟁 이후 오히려 늘었다. 범죄와의 전쟁을 벌이면 건달들이 모두 사라지는 줄 알았는지 술값을 내지 않으려는 작자, 기물을 파손하는 작자들은 훨씬 더 많아져서 아이들 역시 눈코 뜰 새 없이 바쁜 몸이었다. 재천의 생각에 거기서 두 명을 빼내는 것도 살신성인이나 다름없었다.

"웃기지 마라. 웃기지 마. 너희가 다섯 명 빼."

황포도 양보하지 않았다. 재천과는 달리 황포는 그 많은 아이들 하나하나를 식구처럼 아꼈다. 그런 황포로서는 한 명도 많다고 여겼을 것이다.

"장난하냐. 요새 집술이 얼마나 바쁜지 몰라? 문 닫으란 말이야? 내일까지 빨리 다섯 데려와. 찰경이 난리다."

'집술'은 술 파는 가게, '찰경'은 경찰을 뜻하는 말로 재천만이 쓰고 있었다.

"무조건 안 돼. 차라리 내가 가면 가도."

"넌 가도 소용없어. 너는 서열에도 안 보이는 놈 아냐. 제발 대가리를 써라, 대가리를."

"그럼 대갈통 좋은 놈, 네가 가라."

회담은 결렬되었다. 말이 씨가 되었는지 그날 저녁 자정이 다 되어 재천이 있는 술집을 경찰 기동타격대가 에워쌌다.

"너희들은 포위됐다. 꼼짝 말고 항복하라!"

그때까지 술집에 남아 있는 손님들이 꽤 있었다.

"웃기시네. 꼼짝을 해야 항복을 하지. 항복하고 꼼짝 마라가 제

순서 아니겠어? 그나저나 웬 난리야?"

손님 가운데 오랜만에 고향에 들렀다 한잔하러 온 똘똘한 세무
공무원이 투덜거렸다. 재천은 하늘이 노래지는 절망감을 맛보아
야 했다.

"밖에 이상한 경찰이 와 있는데요?"

아이 중의 하나가 보고했다. 그 아이는 지역에서 나고 자라 지
역에서 건달이 되었지만 그때까지 기동타격대란 건 본 적이 없었
다. 가스총과 경찰봉, 방석복, 유탄 발사기, 무전기, 순찰차로 중무
장한 오 분 대기조였다. 기동타격대가 출동한 것은 지역 역사에서
초유의 일이었다. 오로지 한 사람을 잡기 위해서였다.

"속았네, 속았어."

재천은 독 안에 든 쥐 같은 스스로를 한탄했다. 무엇에 속았다
는 말일까. 경찰? 인간? 술집? 구름 같은 인생?

"다시 한번 반복한다. 너희들은 포위됐다. 항복하고 나와라."

실상 기동타격대도 첫 출동이었으니만큼 이런 경우 뭘 어떻게
해야 하는지 잘 모르고 있었으므로 그냥 항복하라는 말만 반복하
고 있었다. 말로만 떠드는 기동타격대에게 항복하는 바보는 없을
것이다. 재천은 머리 위로 김이 오르도록 머리를 썼다. 평생 그렇
게 머리를 써보기는 처음이라고 술회했다.

"너희들, 여기서 꼼짝 말고 앞만 보고 있어. 우리는 죄가 없다.
꼼짝하면 오해를 받아 죽고 나가도 죽는다."

어리벙벙해하는 아이들에게 그렇게 이르고는 자신은 뒷문 앞에 쌓여 있는 잡동사니를 치우기 시작했다.

기동타격대 대원들은 출동 전에 자신들이 누구를 잡으러 가는가에 대해 브리핑을 들었다. 전설적인 폭력배, 지명수배 서열 2위, 지서 순경의 팔을 잘랐다는 미확인 정보, 몸무게 백 킬로그램, 키 백구십 센티미터, 도끼로 극렬하게 저항할지도 모르는 대어. 일단 건물 안으로 진입을 해야 옳았으나 망설이는 건 바로 그 브리핑 때문이었다.

"안 나오는데요."

"우리가 들어갈까?"

"위험합니다! 제 발로 걸어나오게 해야 합니다."

"안 나오잖아?"

"최루탄을 하나 까넣지요."

"그럴까?"

지휘관이 시범적으로 최루탄을 하나 까넣자 술집 안은 아수라장으로 변했다. 방독면을 쓴 외계인 같은 타격대원들이 진입하면서 다시 완전히 진압한다는 의미에서 각자 최루탄을 하나씩 더 터뜨렸으므로 술집은 말 그대로 눈물 지옥 콧물 바다가 되었다.

"꼼짝 마라!"

그러나 안에 있던 사람들은 전부 다 살기 위해서 입구로 몰려들었다. 밟고 밟히고 기절하고 울고불고하느라 정신이 없는 사이 재천은 눈물을 흘리며 뒷문으로 나가 화재 때 사용하는 비상 사다리를 타고 도망을 갔다.

재천이 술집에 있다는 걸 알린 사람은 누구였을까. 경찰이 지명수배자만 특별히 탐지해내는 레이더를 갖고 있는 것도 아니고 점쟁이를 특채해서 활용하는 것도 아닌 터에, 스스로 알아서 출동했을 리는 없다. 아무 연락이 없었던 것도 재천의 의혹을 증폭시켰다. 평소 같으면 경찰 내부에서 진작 연락이 왔을 텐데 불시에 기습을 받은 것이 수상했다. 곧 재천이 경찰에 심어놓은 정보원도 모르게, 그 정보원이 재천에게 연락을 하지 못하도록 했다면 재천과 가까운 정보원까지 알고 있는 누군가, 재천이 술집에 있다는 것을 밀고하면서 정보원이 모르게 출동하게 했다는 게 재천의 결론이었다.

황포가 그렇게 머리를 쓸 수 있을까. 절대 아니다. 지역에서 그정도로 머리가 돌아가는 사람은 단 두 사람, 재천 자신과 창용이다.

재천이 자신을 밀고하지 않은 건 사실이었으므로 남는 사람은 보스밖에 없다. 하지만 창용은 시찰을 갔다. 따라서 창용의 머리와 황포의 동기를 가진 누군가가 그랬다는 이야기인데 그게 누구인지 알아낼 정도로 재천의 머리가 좋지는 않았다. 그래서 그는 나를 찾아왔다. 내 머리를 빌리려고.

어느 날 도시 뒷골목 지하방에 비키니 옷장 하나와 전기밥솥 하나를 친구 삼아 사는 나를 재천이 찾아왔다. 그는 악취가 나는 도시 뒷골목에서 먹고살아보겠다고 바둥거리고 있는 나를 위문한답시고 소주 됫병과 쥐포 열 마리를 위문품으로 가져왔다. 위문하는 사람답게 흰 와이셔츠에 값비싼 양복을 입었다. 그 양복을 사입을 돈은 있고 내 위문품을 사느라 돈을 다 써서 우산 하나 살 돈도 없었는지, 장대비를 흠뻑 맞으며 왔다. 또 바쁜 시간을 쪼개어 위문하는 사람답게 새벽 두시가 넘어서 방문했다. 위문을 하느라 얼마나 바빴는지 초인종도 누르지 않고 대문을 넘어와서 지하방에서 곤히 자는 사람을 깨웠다. 그의 주먹에는 피가 흘러내리고 있었고 눈에는 핏발이 서 있었다. 나는 그가 이미 취한 것을 알았다.

경찰이 뒤를 따라오면 얼마나 불안한지 아는 사람은 안다. 죄를 지었든 말았든. 나는 슬그머니 불안해져서 미행을 받지나 않았는가고 물었다.

"나는 찰경에 쫓기는 게 아니다. 찰경 정도는 언제든지 따돌릴 수 있다."

그럼, 경찰 말고 무고한 시민을 쫓아다닐 사람이 어디 있는가.

"찰경을 나한테 보낸 놈이 있다. 그놈이 나를 쫓아오고 있는 거다."

나는 그게 누구냐고 물었다. 검찰총장이나 법무부 장관이냐.

"배신한 놈이 있어. 그놈을 죽이겠어."

그럼, 그때부터는 정말 경찰에 쫓기게 될 텐데. 사람을 함부로 죽이면 경찰에 쫓기게 된다. 그게 세상을 살아가려면 알아두어야 할 상식 아니겠니. 그나저나 도대체 누가 너를 쫓고 있느냐.

"황포라는 놈이다. 그 뒤에는 조창용이가 있는 것 같다."

나는 소름이 끼쳤다. 조창용이라면 마사오를 쓰러뜨린 장본인이다. 황포는 무식하고 잔인하고 무도한 주먹으로 대책이 없는 인물이다. 하나도 끔찍한데 둘씩이나 달고 다니다니, 너는 도대체 뭐하는 놈이냐. 그러고도 나를 찾아오다니 같이 죽자는 거냐. 나는 화를 냈다.

"넌 내 친구지? 그렇지? 나는 너를 믿는다. 우리는 한날한시에 한 동네에서 난 불알친구였지? 친구야, 우리는 생사를 걸고 함께 싸워나갔다. 우리는 뭐든지 함께 나누었고 기쁠 때나 슬플 때나 같이 있었다. 너만큼 나를 잘 알고 있는 사람은 세상에 없다. 나만큼 너를 아는 사람도 없다. 우린 친구다."

아니, 그렇게 간단히 친구가 되면 세상에 친구 아닌 사람이 어디 있느냐고 나는 물었다. 재천이 침묵하는 동안 나는 다음과 같은 말을 하려고 단단히 준비했다.

불알친구라고 지껄여대는 친구여…… 너는 내가 사랑하는 여자를 빼앗아갔다…… 나는 너에게 온 세상을 양보했다…… 그런데 너는 그 아름다운 세상을, 여자를 제대로 건사하지 못했다…… 너는 그 여자를 네 두목한테 도로 바쳤다…… 그 여자를, 내 명예를 더럽혔다…… 그러고도 친구라고 하느냐, 이 나쁜 놈아……

나는 그 말을 하지 못했다. 재천이 찔찔 울기 시작했기 때문이었다. 재천은 그 큰 덩치에 어울리지 않는 형편없이 적은 양의 눈물을 찔끔거리다가 수분이 모자란다 싶으면 소주를 입에 털어넣곤 했는데 나는 그때마다 기계적으로 잔을 부딪쳐주었다. 습관은 무서운 것이다. 그때 우리가 건배할 일이 뭐 있었겠는가.

"나는 죽을 거다."

울다가 고개를 들고 재천이 말했다. 나는 사람이란 누구나 한 번은 죽게 되는 것이라고 말해주었다. 그러므로 어떻게 죽느냐가 문제가 아니라 어떻게 사느냐가 문제다. 그 말을 듣고 재천은 다시 울었다. 나는 우는 놈을 두고 차마 혼자 잘 수가 없었다.

"내가 야구방망이에 맞아서 죽게 되면 머리에서 피가 다 빠져나올 때까지 의식이 남아 있을 거다. 칼에 찔릴 때도 콩팥하고 간을 찔려서 무지하게 아프게 죽어갈 거다. 무섭다. 난 아직 죽고 싶지 않은데. 죽고 싶지 않아."

경찰에 신고해라. 경찰서는 그런 데 쓰라고 세금 들여서 운영하는 곳이다. 나는 충고했다.

"그럴 수가 없어. 그럴 수도 없어. 이럴 수도 없고 저럴 수도 없어. 나는 안 돼."

그리고 그는 자신이 왜 쫓기게 됐는지, 왜 위문을 가장해서 거물간첩 같은 옷을 해 입고 새벽 두시에 내 지하방을 방문했는지, 세상이 왜 자신을 괴롭히는지에 대해 모든 것, 그렇다, 모든 것을 이야기했다. 그날 밤, 나는 세상에는 정말로 나쁜 놈이 존재한다는 걸 알게 됐다. 그 자리에서 재천이 반항하지 않는다는 걸 확신했다면 이웃집에서 망치를 빌려서라도 때려죽였을 것이다.

그 대신 나는 술에 취해 울부짖었다. 너는 개새끼다! 개가 아깝다! 넌 개만도 못한 놈이다! 바로 너였구나! 이 쳐죽여도 시원치 않을 놈! 너는 나한테서 사랑을 빼앗아가고 나의 왕마저 빼앗은 거냐. 이 가룻 유다 같은 놈. 유다가 아까운 놈.

"내가 잘못했다. 내가 잘못했어. 나는 나쁜 놈이야. 맞아 죽을 놈이야."

그러더니 재천은 주먹으로 벽을 치기 시작했다. 주먹에서 다시 피가 흐르기 시작했고 피는 내 얼굴까지 튀었다. 내가 그때 조금만 이성이 있었더라도, 조금만 덜 취했더라도 재천이 벽을 치다가 피가 빠지고 힘이 빠져서 죽게 내버려두었을 텐데. 나는 알 수 없는 흥분 상태에서 재천을 붙들었다.

나는 조창용이 이 기회에 재천을 죽이려고 한다는 것을 기정사실로 만들었다. 조창용은 네가 크는 걸 못 본다. 아무리 로비를 했다는 걸 감안해도 그렇지, 네가 지역 서열 2위이면 조창용이 보기에 너무 큰 거다. 마지막으로 목숨을 걸고라도 발악을 해서 조창용이 발가락이라도 깨물어라.

네가 반성을 한다면 됐다. 너도 조창용이가 그렇게까지 할 줄은 몰랐지, 응? 몰랐던 거지? 그렇다고 해라. 네가 어차피 죽을 각오를 했다면 조창용이한테 맞아 죽어서는 안 된다. 너는 마사오에게 맞아 죽어야 한다. 그런데 네가 모를 리가 없듯이 세계 최고인 마사오의 오른 주먹은 이 세상에 없다. 마사오의 왼 주먹은 맞을 만할 것이다. 또 나이가 있으니까 정말 너를 때려죽일 정도로 세기야 하겠니? 마사오에게 가라. 가서 무릎을 꿇고 빌어라. 늙어 죽더라도 용서해줄 때까지는 무릎을 꿇고 빌어야 한다. 살려달라고 해라. 살려주겠다고 할 때까지 빌어라.

"그러지 뭐."

재천은 말짱한 얼굴로 대답했다. 나는 내 입에서 왜 그런 말이 나오는지 이해할 수가 없었다. 한날한시에 난 인연 때문이었을까. 재천의 일진이 나쁘면 나도 나쁘고 재천이 잡히면 나도 잡힐 사주라서 그랬는가.

재천은 다음날 새벽 내게서 광자가 사는 절 주소를 받아 들고 비갠 아침처럼 밝은 얼굴로 지하 셋방을 나섰다. 그때 마사오는 누이가 있는 절에서 수십 년 전에 그랬던 것처럼 누이가 해주는 밥을 얻어먹으며 살아가고 있었다. 내가 고향을 떠나 공무원 시험 준비를 하면서 잠시 머물렀던 그 절은 '미쓰꼬'라고 가냘프게 부르는 소리가 없다는 것을 빼고는 옛날 마사오의 집과 똑같이 조용했다.

"사나이 대 사나이의 약속이다. 우리의 비밀은 죽을 때까지 지켜야 한다. 그 대신 나도 너의 비밀을 지킨다."

비밀? 무슨 비밀? 나는 그 말뜻을 다 알아듣기도 전에 얼떨결에 약속을 하고 말았다. 대문을 나서서 성큼성큼 걸어가는 재천의 늠름한 뒷모습을 전송하고 돌아와서야 나는 몇 가지 사실을 깨달았다.

재천이 사온 술 대부분을 나 혼자 마셨다는 것. 재천은 원래 나보다 훨씬 술이 세다는 것. 자신이 살아날 유일한 길을 이미 알고 찾아온 재천에게 내가 무슨 큰 인심을 쓰듯이, 제갈량이라도 된 듯이 마사오를 만나도록 제의했다는 것. 가족과 고향과 친구 모두를 등지고 지역을 떠난 마사오를 만나려면 광자를 만나야 하고 광자를 만나려면 나를 만나야 한다는 것을 아는 사람은 세희밖에 없다는 것. 광자가 내 첫사랑이라는 걸 아는 사람이 이제 이 세상에 넷이나 된다는 것. 내가 재천이 마사오를 배신한 비밀을 누설하면 재천도 한때 나와 광자와의 관계를 세상에 알릴 것이라는 점.

그게 무슨 문제가 되느냐고? 그게 문제가 아니라는 걸 말하자면, 혹은 문제라는 걸 말하자면 각각 책 한 권을 써야 하리라. 광자는 육체적으로 어린 내게 여성이 무엇인가를 가르쳐준 사람이었다. 그날 나는 하루종일 이불을 뒤집어쓰고 앓았다. 그날 나는 내 마음속의 영원한 왕에게서 떨어져나왔다.

14

창용이 시찰에서 돌아왔다. 황포가 마중했으나 재천은 보이지 않았다. 창용은 재천이 자신이 없는 동안 아이들은 일렬종대로 잡혀가도록 내버려두고 혼자만 도망간 데 대해 격노하고 재천을 잡아들이라고 지시했다. 그건 표면적인 이유였다. 지역 전체에서 모르는 사람이 없는 새로운 신화가 생겨났다. 혼자 몸으로 경찰 일개 중대를 물리쳤다는 이야기의 주인공이 바로 재천이라는 사실이 그로 하여금 재천을 제거해야겠다는 결단을 내리게 한 것 같다. 애초에 누가 재천을 밀고했는가 하는 것은 문제도 되지 않았다. 도대체 밀고가 있기나 했는가를 따지는 것은 훗날 호기심 많은 사람들의 몫이 될 것이다. 만약에 지구가 재천을 중심으로 돌게 된다면.

마사오를 정점으로 했던 과거 친목회의 구성원들은 은퇴한 것이나 다름없었다. 대부분은 젊을 적 험하게 산 것에 대한 후유증으로 고생하고 있었고 가난한데다 모래알 신세였다.

마사오가 어디 있는지는 아무도 몰랐다. 돛대도 아니 달고 삿대도 없이 일엽편주를 타고 강을 따라 지역을 떠나버린 마사오. 그러나 재천은 마사오를 찾아냈다. 사람 찾는 데는 귀신이었으니까. 재천은 마사오를 끌어내기 위해 밀사를 보냈다. 밀사들은 창용의 포악함, 이기주의, 탐욕, 잔혹성, 배신에 대해 수다스럽게 늘어놓았고 그런 인간을 쓸어내는 데 바로 마사오와 같은 원로가 나서야 함을 웅변했다.

이렇게 말이 말을 낳는 동안 세상 어디선가 말이 망아지를 낳았다. 용칠이 다녀가고 빽다리가 다녀가고 메기가 다녀가고 이놈저놈 남녀노소 한꺼번에 다녀갔다.

마사오는 나서지 않으려 했다. 그는 조용하게 여생을 보내고 싶어했다. 더이상 그런 세계에 몸을 담는 것 자체를 피곤해했다. 그래서 재천의 비밀스러운 방문이 더 필요했다. 재천은 제 입술의 부드러움을 총동원해 이렇게 말했다.

산다고 다 사는 게 아니며 죽는다고 다 죽는 게 아니다. 떠오른 해는 기울고 강한 것은 언젠가 부러진다. 건달로서 도통한 사람은 없다. 혹 도통을 해서 주먹을 더이상 쓰지 않겠다고 하면 맞아 죽거나 다른 건달의 가랑이 사이를 기어다니는 방법밖에 없다. 마사오라고 해서 예외는 아니다. 또 우리가 다녀간 것을 창용이 알게 되면 이 절이라고 성하겠는가. 이 절이 성하지 않으면 마사오라고 성하겠는가.

그는 한때 지역의 왕이었다. 그때가 좋았든 나빴든 왕으로 군림했다는 사실 때문에 피지배자들에게 빚을 졌다. 빚쟁이들은 빚을 진 사람이 망하기 직전에 오는 법이다. 빚진 사람이 잘해나갈 때는 조용히 이자나 챙기지 결코 주변에서 얼쩡거리지 않는다. 그러나 망해가는 징조가 보이면 일가족과 친구, 친지를 대동하고 까마귀떼처럼 몰려들어, 망하지 않을지도 모르는 사람을, 일을, 세계를 물어뜯고 쥐어뜯고 갉아서 완벽하게 망친다. 회생 불능으로 만든다.

마사오가 지역에서 자신을 기다리는 것은 패배와 죽음뿐이라는 것을 몰랐을 리는 없다. 그러나 그는 빚을 졌다. 개인적인 목숨과 영예와 평온쯤은 내놓아야 했다. 그것들이 비록 얼마 남지 않았고 얼마 되지 않는다 하더라도.

마침내 마사오는 돌아가기로 결정했다. 그럭저럭 오토바이 몇

십 대와 늙어빠진 건달 십수 명으로 구성된 세력이 결집됐다.

소문이 퍼졌다. 택시 기사들, 해장국집 노인네들, 경찰에 끌려갔다 온 아이들, 카센터 주인들 등등으로 말은 돌고 또 돌았다.

—팔뚝이 다시 돌아왔다고? 죽은 사람이 어떻게 다시 돌아와?

—사실은 아무개가 아무 날 아무 시에 아무렇게 해서 죽었다는 거야. 원한 때문에 귀신으로 돌아왔다는 거지.

—에이, 귀신이 어디 있어.

—그래도 아무개가 아무개를 죽인 건 사실이라는 거야.

—죄인은 지옥으로 보내야지?

—증거가 없잖아, 증거가.

—증거가 뭐 필요 있어. 당신 알고 나 알고 세상 사람 다 아는 일인데.

—사실은 마사오가 환장했대.

—환장이 아니고 환생이지. 조창용이를 해치우겠다고 어제 모두 모였다더군.

—나는 안 갔는데, 어디서 모였대?

—당신하고 나하고 조창용이하고 황포만 빼고 다 모였대. 상산 대나무숲에서.

소문은 걷잡을 수 없이 번져나갔다. 결국 창용도 그런 소문이 돌고 있는 걸 알게 되었다. 그는 그런 소문을 퍼뜨릴 수 있는 사람은 지역에 단 한 명뿐이라는 것을 알고 있었다. 그를 죽이리라 맹세했다. 마사오는 신경도 쓰지 않았다.

창용의 최후가 어땠는지 나는 정확히 모른다. 일단 알려져 있는 사실은 이렇다. 창용은 세희와 함께 차를 타고 가다가 차가 다리 밑으로 굴러떨어져 죽었다. 세희는 죽지 않고 구출되었고 사고의 전후 상황에 대해 증언함으로써 사고는 사고로 처리되었다.

창용의 죽음은 지방신문에 간단하게 보도되었는데 대체로 '삼십대 남자 추락사'라는 제목 아래 새로 준공된 다리에서 자동차를 타고 가다 떨어져 죽은 한 얼간이에 대해 언급하는 데 그쳤다. 어떤 신문은 사설에서 그 사건을 인용하면서 요즘 음주운전이 큰 문제라는 엉뚱한 이야기를 하고 있기도 했다. 창용은 생전에 술은 한 방울도 입에 대지 않았다.

소문의 나라인 지역에서 제철을 만난 소문이 비 온 뒤 상산 대나무숲의 죽순처럼 무성하게 자라난 것은 당연하다. 소문은 소문을 낳고 소문을 먹고 소문에게 시집가고 소문과 교배하여 다시 소문을 낳고…… 이런 식으로 하루에도 몇 번씩 같은 과정을 되풀이한 끝에 결국 한 가지로 통합되었다. 지금 와서는 이미 역사적 사실로 굳어버린 그 소문의 줄거리는 이러하다.

창용은 세희를 앞세워 재천을 잡으러 갈 계획이었다…… 세희는 청바지를 입고 나타났다…… 그는 언젠가 세희에게 "너는 앞으로 내 앞에서는 청바지만 입어"라고 말한 적이 있었다. 그때부터 세희는 청바지만 입었다…… 그런데 그날따라 창용의 기분이 좋지 않아서 청바지를 보고는 당장 벗으라고 소리를 질렀다……
세희는 그럴 때를 대비해서 다른 옷을 준비해오지 않았으므로 청
바지를 벗은 채 차에 탈 수밖에 없었다…… 창용은 준공된 지 얼
마 안 되는 다리를 건너 재천의 집으로 갔다…… 그 집 근처 들
판에서 그는 한 사내가 청조끼를 입고 천천히 걸어가는 걸 보았
다…… 그는 가죽 가방에서 칼을 꺼냈다…… 갈갈이 회를 쳐서
죽여주마…… 살찐 박쥐 같은 놈…… 그가 부르자 청조끼를 입
은 커다란 사내가 돌아보았다…… 그런데 그건 박재천이 아니라
마사오였다…… 바람에 빈 소매가 흔들렸다…… 허무를 말해주
던 그 소매에서 총이 튀어나왔다…… 그래서 그는 도망쳤다……
집에 가서 기관단총을 가지고 와야지…… 길은 굽어 있었다……
얼어 있었다…… 사고가 났다…… 옆에 앉았던 여자는 청바지를
입지 않은 채로 살아남고 양복까지 입은 창용만 죽었기 때문에 도
시의 큰형님이나 조직에서는 그의 어처구니없는 죽음에 대해 창
피스러워했다…… 그래서 모든 걸 덮어버렸다……

　글쎄, 이거야말로 세희의 아름다움에 끼는 진딧물 같은 악의적인
소문이라고 단정하지 않을 수 없다. 그럴 것이다. 그렇다. 아무리 무
책임한 소문이라고 해도 경우가 있어야지. 창용은 물론 세희에게도
감히 범접할 수 없는 무도하고 몰지각한 인간들이 좋아라 만들어낸
게 틀림없다. 그 몰지각한 인간들이 지각하지 못한 게 또 있다. 마
사오가 총을 겨누었다고 하는데 외팔이가 어떻게 한 손으로 겨냥을

하고 발사까지 할 수 있겠는가. 이거야말로 역사의 왜곡이다.

상식적이고 합리적이면서도 어쩔 수 없이 소문에 중독되어 있는 사람들이라면 내가 창용의 죽음을 전해듣고 생각해낸 다음과 같은 이야기를 옳다고 여길 것이다.

창용은 세희를 호출했다…… 창용은 세희를 미끼로 재천을 유인해내려고 했다…… 그래서 재천의 집 근처로 갔다…… 재천은 없었다…… 재천이 어린 시절 내게 자랑하던 말도 없었다…… 그는 재천의 집 가까이에서 청조끼를 입고 똥통을 나르는 거한을 보았다…… 창용은 차를 세우고 칼을 꺼냈다…… 그때 세희가 비명을 질렀다…… 청조끼를 입은 건 마사오였다…… 세희가 또 비명을 질렀다…… 청조끼를 입은 팔뚝이 나타났다…… 세희가 또 비명을 질렀다…… 청조끼를 입은 이병찬 장군이 나타났다…… 이병찬 장군이 누구냐…… 임진왜란 때 지역에서 일어난 의병장이다…… 세희가 비명을 지를 때마다 괴물들이 나타났기 때문에 창용은 일단 세희의 입부터 틀어막았다…… 그리고 창용은 "이놈들이 분신술을 쓰는구나. 그런다고 내가 놀랄 줄 알았더냐" 외치면서 칼을 꺼냈다…… 세 청조끼가 차를 둘러쌌다…… 똑같아요…… 무엇이, 무엇이…… 세 사람 얼굴이 똑같아요…… 세희는 소리를 질렀다…… 세 청조끼는 똥통을 휘두르기 시작했다…… 창용은 도망치지 않을 수 없었다…… 그뒤에 바닥이 얼어붙은 다리 위에서 차가 추락했던 것인데…… 수영을 못하는 창용은 죽고 세희는 다리가 부러지기는 했지만 살아남았다……

어쨌든 창용은 그렇게 가버렸다. 올 때는 어렵게 오더니 갈 때는 너무 쉽고 허무하게. 하기는 그게 하수들의 특징이다. 권력의 하수, 운전의 하수, 인생의 하수 모두 똑같다.

마사오의 시대는 창용에 의해 끝났다. 창용 역시 사고로 죽음으로써 진저리치는 악명을 남기고 사라졌다. 누가 그 뒤를 이을 것인가. 사람들의 관심은 거기에 모아졌다.

마사오는 창용의 죽음과 함께 정식으로 은퇴를 선언했다. 그는 예수를 재판한 빌라도처럼 사람들이 보는 앞에서 양은 세숫대야에 손을 씻은 다음, 이제 이 세계에서 발을 씻고 개나 키우며 조용히 살겠노라고 천명했다. 그러나 그와 한 시대를 함께 했던 동년배의 건달들은 은퇴고 뭐고 선언을 어떻게 하는지도 몰랐다. 그래서 그냥 살았다.

창용의 조직은 무너졌고 거기에 가담했던 아이들도 우왕좌왕했다. 일부는 도시로 나가 웨이터나 제비가 되었고, 일부는 주유소며 슈퍼마켓이며 중국집으로 돌아갔고, 일부는 부모에게 귀를 잡혀 흩어졌다. 창용이 운영했던 도박장과 술집은 여전히 남아 있었다.

황포는 어떻게 되었는가, 재천의 입장에서 보자면 황포는 당연히 숙청 대상 제1호였다. 그러나 황포에게는 재천에게 없는 인망과, 재천에게 없는 아이들이 있었다. 창용의 밑에 있던 아이들 가운데 흩어지지 않은 아이들은 황포 밑으로 가서 숨었다. 숙청 대상

3호, 6호, 8호, 18호 등등.

또 황포는 자신이 누구에게도 나쁜 짓을 하지 않았다고 주장했다. 나쁜 짓은 창용만이 아는 일이라고. 나는 아무것도 하지 않았다. 이 아이들도 마찬가지다. 나나 애들이나 무식해서 아무것도 모른다. 이 아이들을 버릴 수 없다. 굶길 수도 없다. 앞으로도 마찬가지다. 애들은 배고프면 눈에 보이는 게 없는 애들이다. 심심하면 눈에 보이는 게 없는 애들이다. 누가 이 아이들을 감당할래? 네가 집에 데려다 키울래?

모두 고개를 저었다. 재천도 그랬다. 재천에게는 한 번 보스를 배신하고 새로 보스가 되면 또다른 배신을 부를지도 모른다는 두려움이 있었다. 재천은 2인자로 만족했다. 이번에는 1인자 없는 2인자였다.

두 사람은 서로 침범하지 말고 잘 먹고 잘살기로 했다. 그렇게 하여 황포는 도박장을 계속 꾸려나가게 되었다. 재천은 술집을 맡았다. 창용에게 배운 대로 경찰과 돈독한 관계를 유지하고 지역 발전에 관심을 기울였다. 사업가가 되었다. 관리자가 되었다. 세력의 균형을 유지했다. 그렇게 몇 년을 잘 꾸려왔다.

세희는 기적적으로 살아난 다음, 그녀와 그녀의 아름다움을 둘러싼 악의에 찬 소문의 굴레를 벗었다. 그녀는 몸을 던져 악을 물리친 성녀가 되었고 지역에서 아름다운 성녀가 가는 전통적인 길을 따라 창용이 남기고 간 술집을 정리한 뒤 더 잘나가는 술집의 주인이 되었다.

그런데 대경이 호텔을 짓는다는 소문이 나돌았다. 그건 명백히, 재천이 뿌린 씨에서 돋아난 소문이 아니었다.

15

누군가 엉덩이를 툭툭 차는 바람에 잠에서 깬다. 광자다. 먼지를 남기고 사라지는 하늘색 영구차.

"너 또 길에서 자는구나. 네 애도 그렇게 아무데서나 자니?"

광자는 무안스럽게 내 눈을 들여다보면서 웃고 있다. 상복에 고깃국물 같은 붉은 물이 들어 있다.

"잘 끝났어요? 어젯밤 잠을 못 잤더니 다 와가지고 영결식 참례도 못하고 잠이 들었네. 이런 바보 같은 놈."

광자는 손에 들고 있던 손수건을 내게 건네준다. 옷에 묻은 흙먼지를 털라는 것인가보다. 검은 양복에 묻은 흙은 잘 떨어지지 않는다. 물이 있으면 씻어질까. 묘지 쪽을 바라보니 황토 언덕은 텅 비었고 그 아래 논에서 한 농부가 부부싸움이라도 하고 나왔는지 살인적인 햇빛 아래에서 혼자 김을 매고 있다.

때맞추어 하품이 나오고 하품을 참으니 눈물이 눈에 괸다. 광자는 내가 잠자느라 장례식에 참석 못한 데 대한 반성으로 눈물을 흘린다고 생각했는지 반찬 냄새 나는 손으로 내 눈을 쓱 문질러 닦아

준다.

"다 괜찮다. 하관하기 전에 네가 오는 걸 봤다. 그 아이도 네가 온 줄 알 거다."

그런데 광자의 손에 고춧가루가 묻어 있었는가보다. 눈이 따갑고 눈물이 멈추지 않는다.

"이렇게 가시다니. 이렇게 가시면 내가 지은 죄를 다 어떻게 하라고."

나는 눈물이 나는 김에 그에 어울릴 법한 대사를 읊어본다.

"네가 그럴 게 뭐 있니. 하늘이 명을 그렇게 주신 것을. 너도 이제 정신 차리고 잘살아라. 그게 보답하는 길이다."

광자는 담담하게 충고한다. 내 가짜 눈물을 눈치챈 것일까. 그럴수록 울먹거리며 제정신이 아닌 것처럼 행동하는 게 내 특기다.

"유언은 없었습니까. 워낙 갑작스럽긴 했지만……"

문득 광자가 내 손을 와락 붙잡는다. 그 손길은 뜨겁고 떨린다.

"미안하다…… 고맙다고 했다는구나. 모두들 천천히 따라오라고…… 올케한테 기름하고 고기 적게 먹고 헬스클럽에라도 나가라고…… 무슨 말인지, 무슨 말인지……"

들을수록 기가 찬다.

"애한테는 목욕 자주 하고 담배 끊으라고 야단치고…… 나보고는 돈 아낀다고 라면만 먹지 말고 맛있는 것 좀 사먹으라고 했다는데."

더이상 평범할 수 없어서 비범해 보이는 유언. 그래도.

"다른 말씀은요?"

"보는 사람마다 다 그런 얘기였대. 술 좀 적게 마셔라, 화투 그만해라, 운전 천천히 해라. 네가 있었으면 길에서 잠자지 말라고 했겠지."

"저를 기억할까요?"

"그럼. 죽기 전에는 평생 한 번이라도 만난 사람들이 모두 기억난단다. 너를 알구 말구. 잘 알지. 네가 절로 재천이라는 애를 보내왔을 때 네가 누군지 묻길래 내가 얘기를 해주었다. 그때부터 널 떡보라고 불렀는걸. 네 얘기만 나오면 웃었다."

눈앞이 흐려온다. 장난이 아니라 정말이다. 그는 나를 기억했다. 그는 나를 알았다. 그는 나에게 떡보라고 이름 붙여주었다. 안식과 평온을 깨뜨린 나를 용서해주었다.

"그렇게 오후 내내 이야기만 하다가 그만 가버렸단다. 새처럼, 바람처럼."

광자가 내 손에서 수건을 빼앗아간다. 이윽고 코를 푸는 소리가 들린다. 나는 눈을 감고 마지막 길을 떠나는 나의 왕에게 경배한다.

왕께서 길 떠나신다.

마사오가 나가신다. 서쪽으로 나가신다.

고개를 돌리신다.

손을 들어 보이신다.

왕께서 웃으신다.

왕께서 웃음을 머금고 멀어져가신다.

어쩌나, 점점 작아지시는데.

점으로 남으시네, 남으셨다.

점이 사라진다.

어둠이 온다.

한동안 매미 소리만 세상의 귓속을 가득 채운다.

어디선가 참기름 냄새가 난다. 무엇인가 입 가까이 오고 먹으라는 소리가 들린다. 눈을 떠보니 광자가 비닐봉지에서 기름이 반지르르한 가래떡 조각을 내밀고 있다. 고개를 흔들자 억지로 입에 들이민다.

"네 생각이 나서 아침부터 가지고 다녔다. 마사오가 주는 거라고 생각하고 먹거라."

거부할 수 없는 음성이다. 거부할 수 없는 떡이다. 거절할 수 없는 최후의 이유식이다. 마사오의 살. 나는 떡을 먹었다. 억지로 삼키려다가 목에 걸렸다. 광자는 내 등을 두드려준다.

언제부터인가 멀지 않은 곳에서 농부가 허리를 펴고 삽을 짚은 채 우리를 보고 있다. 그 그늘 전세 냈느냐고 묻는 듯한, 무례하고 거침없는 저 눈길.

"어디로 가세요?"

쿠오 바디스. 갈림길에서 광자에게 묻는다. 광자는 걸음을 멈추고 머릿수건을 고쳐 매면서 사방을 둘러본다. 어느 쪽이나 막막하고 뜨거운 길이다.

"네가 가는 반대쪽으로."

광자는 허리를 바로 세우고 고개를 까딱하면서 내 눈인사를 받는다. 어쩌면 이승에서의 마지막 인사를. 그녀의 눈망울은 푸르게 보일 정도로 밝고 크다. 내 온몸이 그녀의 눈동자에 담긴다.

16

들판은 조용하다. 여름 대낮, 찌는 더위 속에서 나돌아다닐 사람은 없을 것이다. 동굴에 들어 있는 짐승들처럼 저마다의 집에 들어앉아 있다. 그래도 나는 걷고 있다. 왜냐고? 나도 바로 왜냐고 물으면서 걷고 있다. 마주 쳐다보지도 못할 눈부신 햇빛 아래를 걷는 일의 상쾌함을 가르쳐준 것은…… 가르쳐준 것은…… 세희다. 딱 한 번 가르쳐주었을 뿐인데 나는 얼마나 잘 배웠는가.

들을 시커멓게, 어쩌다 시퍼렇게 물들이며 무럭무럭 자라고 있는 벼 사이로 난 논둑길을 걷다보면 무릎 아래는 금방 풀물이 든다. 뜨거운 기운이 솟아올라 얼굴을 확확 달게 한다. 모자를 쓰지 않는 게 좋다. 머리 위에서는 거의 약냄새가 날 것 같은 햇볕이 내리쬔다. 아래도 뜨겁고 위도 뜨겁고 나는 혼자다. 미치고 싶다!

"겁 안 나?"

"아뇨. 기분이 너무 좋아요."

"뱀, 배암, 비암!"

"어디?"

"장난이 아닌데, 떡개구리!"

"어어디?"

우리는 그렇게 딱 한 번 데이트 겸 산책을 했다. 얼굴이 벌겋게 익어 버드나무 그늘에 앉았을 때 그녀는 장미향이 나는 손수건을 꺼내 내게 주었다. 그리고 땀을 닦는 동안 내 눈동자 속에 면허증도 없이 자신을 운전하고 들어와 눈도 깜박이지 않고 오래도록 머물러 있었다. 나는 그 순간 결정적으로 사랑에 빠지고 말았다. 장난이 아닌, 내 일생을 관통하게 될 섬광 같은 것이었다. 나는 미친듯이 사랑의 숲으로 달려들어갔다. 그날 오후 세시까지만.

그녀는 오후 두시 오십팔분에 내가 그녀의 무릎을 베고 잠시 자전거를 빌리겠다고 하자 이미 다른 사람이 어젯밤 가져갔다고 담담하게 말했다. 그게 누구냐고 묻자 그녀는 듣기에도 끔찍한 이름을 발음했다. 그때가 오후 세시였다. 나는 침착해지려고 애를 썼다. 그러면서 몇 가지 의문을 제기했다.

―어떻게 처음 만난 사람하고 곧바로 잘 수가 있나.

―곧바로가 아니다. 몇 시간 뒤다.

―그런 경우가 많았는가. 그대가 그렇게 뜨겁고 넘어가기 쉬운 여자인가.

―말을 삼가주기 바란다. 이건 나의 사적인 영역이며 혼자 결정할 수 있는 부분에 속한다.

―그 개새끼를 사랑하는가.

―아직 모른다.

―세상에, 요즘 젊은이들은 다 이렇단 말인가. 사랑하지도 않으면서 잠자는 건 되다니.

―그건 질문인가, 아닌가.

―질문이라면?

―나는 세상 모든 젊은이들을 대표해서 대답할 입장이 아니다.

―내가 당신을 사랑한다는 걸 알았는가, 몰랐는가.

―확신할 수 없었다.

―나는 오 분 전까지만 해도 당신을 세상 누구보다도 사랑했다. 하지만 이제는 아니다. 당신은 나를 사랑하지 않았는가.

―그럴지도 모른다.

―확실히 대답해보라.

―내 대답은 마찬가지다.

―나에게는 당신보다 훨씬 전에 만난 여성이 있다. 그 여성은 나와 약간 나이 차가 났다. 그녀는 그것에 대해서 미안해했다. 내게 아무것도 요구하지 않으면서 모든 것을 주었다. 나의 첫번째 순정은 그녀의 차지가 되었다. 처음이냐 아니냐는 문제가 아니다. 얼마나 진실한가, 성실한가가 문제이다. 사랑에 빠진 남자는 여인에

게 자신의 모든 비밀을 털어놓는다고 한다. 나는 그 여인에 대한 기억을 포함, 내가 가진 온 세상을 당신에게 주고자 했다. 그런데 당신은 그 기회를 발로 차버렸다.

―그 웃기는 여자가 누구인지 짐작하고 있었다. 그녀는 광자가 아닌가.

―어떻게 알았는가.

―여자에게는 직감이란 게 있다. 내가 이전에 확신을 하지 못한 것은 그 어떤 불결함이 아직 당신에게 남아 있다고 느꼈기 때문이다. 삼십대 여자와 열몇 살짜리 머슴애. 변태?

―누가? 누가 누구에게 변태라고 하는가? 너야말로 변태이며 화냥기 그 자체인 여자다. 당신은 나를 사랑하지 않았나?

―그게 지금 와서 무슨 소용이 있나. 대답하지 않겠다.

―사랑했지?

―당신의 애틋한 첫사랑 이야기를 듣기 전까지는.

"그런데도 내 친구하고 그럴 수 있어? 그러고 난 다음에도 나를 만나러 생글생글 웃으면서 나와? 내가 알고도 그냥 있을 줄 알았어?"

그녀는 눈을 깜박이지도 않고 눈에 눈물이 고이는 과정을 보여주었다. 그것 때문에 나라는 착한 남자는 천하에 가장 나쁜 여자인 그녀를 한 대 쥐어박지도 않고 곱게 떠나보냈다. 돌아서서 가는 내 뒤에서 그녀는 해바라기처럼 태양에 얼굴을 드러낸 채 두 주먹을 들고 외쳤다.

"당신은 뭐가 그렇게 잘났어! 왜 먼저 자자고 하지 않았어? 왜 그날 나를 그냥 보냈어! 왜 노래만 부르고 말았어!"

지금 생각하면 그렇다. 나는 소문에 약한 인간이다. 세희를 둘러싼 악소문으로부터 끝까지 자유로울 수 없었다. 결정적인 순간 앞에서 계속 머뭇거리고 있었다. 소문의 허망함을 잘 알고 있던 재천은 망설일 이유가 없었다. 결국 내 소심함이 내 사랑을 망쳤다. 자업자득이다. 소심한 것도 나다. 각자 기질이 있으니까 거기에 따라 운명을 결정하면 될 일이다. 나는 손목시계가 아닌데 세상의 시계탑과 시간을 맞출 필요가 있는가. 내 사랑은 거기서 끝났다.

그런데 왜 나는 십수 년 후에도 같은 장소, 같은 햇빛 아래에서 머뭇거리고 있는가. 나는 뭔가를 돌려주어야 한다고 믿는다. 그녀의 회유에, 왜 회유하려 하는지는 알 수 없지만, 또 내가 그런다고 넘어갈 사람도 아니지만, 응답을 해야 한다고 믿는다.

나는 응답해야 한다고 믿는다. 그녀의 질문에, 그녀가 왜 나에게 그렇게 물었는지는 알 수 없지만, 내가 왜 여자에 굶주려 미쳐 날뛴다고 믿었는지는 알 수 없지만, '당신 그렇게 여자 좋아해? 한번 실컷 해볼래?' 하고 물어온 그녀에게 응답을 해야 한다고 믿는다.

아무도 나를 무시할 수 없다. 나보고 여자와 자라고 돈을 대신 내줄 수도 없다. 그 사람이 남자든 여자든 벗이든 원수든 심지어 어머니나 아버지라 하더라도. 그러므로 나는 내가 여자와 잘 수 있도록 방까지 마련해주고 그 여자에게 돈을 준 사람에게 엄중히 항의하고 그렇게 함으로써 뭐가 된다고 믿는 그들에게 돈을 돌려줄 생각이었다. 생각은 그랬다. 그러나 그 일을 하기 전에 작열하는 태양 아래서 미칠 필요가 있었다. 나는 적당히 머릿속 온도가 상승하기를 기다렸다가 전화를 걸었다.

"저, 지금 올라갑니다. 어제 여러 가지로 배려해주어서 고마웠습니다. 특히 아가씨를 넣어주어서 고마운데요. 그 아가씨에게 아무것도 주지 못해서 조그만 선물을 하고 싶습니다. 나 대신 그 선물을 해주시겠습니까. 돈은 은행으로 부치겠습니다."

"거기 어디세요?"

"여기 버스 정류장 앞인데요. 은행 온라인 번호를 알려주시면 좋겠습니다."

전화 상대방은 잠시 침묵한다. 나는 그 침묵을 즐긴다. 인생은 유한한 거야. 우리에게 남은 시간은 이제 없는 거야. 이승에서 우리에게 주어진 시간은 다 가버렸어. 이제 계산만 남은 거지, 세희. 세희, 나세희 씨. 당신은 나를 무시했어. 이제 우리는 빚진 게 없군.

"제가 거기로 나가면 안 될까요? 드릴 말씀이 있는데요."

"말씀하시죠."

"전화로는 어렵고요."

"그럼 나중에 편지로 하시든지요. 지금은 은행 계좌번호를 불러 주십시오."

그녀는 다시 침묵한다. 주소를 모르면 재천에게 물어봐. 그 아이는 몇 년 동안 수십 번 바뀐 전화번호도 쉽게 알아내니까. 편지를 쓰기 싫으면 회고록을 쓰라구. 나는 시간이 많다. 기다려준다.

"기다리세요."

그녀는 또 한참을 기다리게 하더니 은행 계좌번호를 불러준다. 통장의 주인은 예상대로 박재천이다. 나는 굳이 따지고 싶지 않다. 통장 주인에게도 안부를 전해달라고 한 다음 전화를 끊는다. 앞으로 그가 겪을 일은 그의 몫이다. 나는 간섭할 수 없고 간섭해서도 안 된다. 나는 역사가가 아니기는 하지만 역사가를 흉내낼 수는 있다.

난 간다. 잘 있거라. 나중에 소식이나 알려줘. 안 알려줘도 섭섭해하지는 않을 거야. 나는 지역의 거리와 가로수와 햇빛과 뛰어가는 아이들을 통틀어 친구처럼 말을 걸어본다. 내가 지역에 다시 올 일은 없을 것이다. 누가 죽든 새로 태어나든 간에.

신문을 사고 버스에 오른다. 운전기사가 출발 직전에 꼭 거쳐야 할 체조인 양 고양이처럼 입을 크게 벌리고 하품을 한다. 어제 내려올 때의 운전사 고양이보다 훨씬 입이 크다. 문득 하마를 생각해본다. 그 평범한 영혼과 다시 만날 수 없을지도 모른다. 이어서 나는 한 여자, 또 한 여자를 생각한다. 당연히 그들을 평생 만날 일이 없을 것이다.

건성으로 신문을 읽으면서 차가 금문교를 지나는 것을 깨닫는다. 금문교 아래로 흐르는 금빛 여울은 마사오가 살던 냇가의 상류에서 발원한 것이다. 그러므로 금문교에서 여울을 따라 방죽 상류로 끝없이 걸어가면 언젠가는 금빛의 원천, 황금 동굴을 만날 수도 있겠다. 거기에선 황금 거인의 황금 머리가 입에 자신의 황금 귀를 물고 뒹굴고 있을 것이다. 친구를 잃고 사랑을 잃고 고향을 잃고 추억을 잃어도 내 마음속에는 여전히 그 이상한 형상의 황금 머리가 고스란히 남아 있으니 나는 부자다. 그 황금 머리는 어딘지 마사오를 닮았다.

이제 조금만 가면 지역을 벗어난다. 여기가 황포의 구역이라고? 황포가 뭐였지?

잘 있거라, 금문교여.

잘 있거라, 다리 아래의 모래무지.

잘 있어, 영원히 늙지 않는 오리야, 잘 있어.

해마다 찬란한 황금 갑옷을 갈아입는 미루나무여.

내 마음속에서 영원히 거꾸로 흐르는 강이여.

나는 너희 앞에서 얼마나 자주 눈물을 보였는지.

내 영혼의 창고지기, 잘 있거라.

황금을 지키는 황금 거인들, 또 내 작고 희미한 발자국들.

잘 있어, 내 다시 돌아오지 않으리.

나는 초등학교 시절, 박조룡 문하에서 사사했던 이후 최초로 자발적이고 멋진 시를 구상한 데 대해 만족한다. 강은 쉼 없이 번쩍이며 구불구불 기어가고 있다.

"아, 이거 자꾸 왜 이래!"

운전기사가 화를 낸다. 내가 뭐 소리라도 냈단 말이야? 속으로 시를 구상하는 것도 안 돼? 나도 화가 난다. 그 뒤통수에다 대고 한마디하려는 순간 경적 소리가 들려온다. 운전기사가 나 때문에 그러는 건 아니다. 뒤차가 계속 경적을 울리고 헤드라이트를 비춰대면서 운전기사의 특기인 졸음운전을 방해했기 때문이다. 버스가 속력을 줄이자 뒤차는 반대 차선으로 넘어가 맞은편에서 오는 트럭을 아슬아슬하게 피해 버스 앞으로 들어오더니 손을 내밀어 정지신호를 보내온다. 번쩍번쩍하는 외제차다.

"노네, 놀아."

그래도 운전기사는 버스를 길옆에 세우고 비상등을 켠다. 앞차에서 사내 둘이 신속하게 뛰어내리더니 버스 문을 두드린다. 기사가 문을 열자 사내들은 버스 위로 쿵쿵 뛰어오른다. 승객들의 눈이 동그래진다.

"차내에 계시는 신사 숙녀 여러분, 잠시 실례하겠습니다. 여기 장원두 사장님 타고 계십니까?"

두 사내는 네모진 선글라스를 낀 것 외에는 도무지 닮은 데가
없다. 하나는 씨름 선수를 방불케 하는 덩치. 하나는 화려한 남방
셔츠를 입은 키 작은 사내. 키 작은 사내가 나에게 말을 건다.

"장원두……씨?"

아하, 깡패 표본들. 재모와 중원 듀엣.

"내리시죠. 짐 없지요?"

나는 잠시 망설인다. 나는 그런 사람 아니오. 그렇게 말하고 싶
다. 하지만 그들이 나를 알아본 이상 포기할 리는 없다. 사내들의
민첩성이나 대담성이 어디에 근거한 것인지 궁금하다. 게다가 어
떤 모험이 기다리고 있다는 예감이. 나는 항상 그 유혹에 져왔다는
체념이 내 엉덩이를 들어올린다.

"뭐요, 아저씨? 이렇게 마음대로 탔다가 마음대로 내려도 되는
거야?"

운전기사가 투덜거린다. 나를 두고 하는 말 같다. 그건 맞는 말
이다. 나는 사과를 하려고 했다. 그런데 왜 나만 가지고 그래. 그
말도 덤으로 붙여서.

"에이, 쌍!"

갑자기 덩치 큰 사내가 흡사 망치처럼 생긴 주먹을 쳐든다. 자
기를 두고 하는 말로 여긴 모양이다. 운전기사는 황급히 목을 움
츠린다. 망치는 운전기사의 머리 위를 아슬아슬하게 지나 햇빛 가

리개를 내리친다. 햇빛 가리개에 끼워져 있던 지폐, 종이쪽, '황제 나이트' 광고 전단지 등등이 어지럽게 떨어져내린다. 대낮에 차를 세우지를 않나, 승객을 납치하질 않나, 승객의 목숨을 책임진 기사를 위협하지 않나. 승객들이 수군거리기 시작한다.

"실례했습니다. 신사 숙녀 여러분, 목적지까지 안녕히 가십시오."

네모진 사내가 선글라스 위에 절도 있게 손을 올렸다가 내린다. 버스는 곧 출발한다. 허둥지둥 도망가는 뚱뚱한 남자처럼 보인다. 이젠 졸지 마, 아저씨.

"어디로 가나요?"

"형님이 기다리고 계십니다."

"나는 돌아가기 싫은데."

"돌아가는 게 아닙니다."

차는 가던 방향으로 계속 달린다. 조수석에 앉아 있던 작은 사내가 나를 돌아다보며 자랑스럽게 말해온다.

"우리가 오늘 버스 세 대째를 검문했습니다. 계시기를 다행입니다."

그건 마치 그렇게 고생한 것을 저희 형님에게 말해달라는 주문 같다.

"그렇게 해도 되나요? 검문 같은 건 경찰이 하는 일 아녜요?"

"지역에서는 우리 마음대로지요. 오늘 경찰은 비상이 걸려서 신경도 못 써요."

나도 그런 일 따위는 신경쓰고 싶지 않다. 저희끼리 소꿉장난을 하든 총싸움을 하든 떠나고 나면 무슨 상관이랴. 무슨 상관이랴, 나물 먹고 물 마시면 내 마음이 편안한 것을.

"그런데 왜 나를 데려가지요?"

"형님 명령이십니다. 우리도 모릅니다."

그렇지. 재천은 보나 마나 "그 잘생긴 놈 좀 데려와" 했을 것이다. 그걸 두고 뚱뚱이와 홀쭉이가 "왜요?" 하고 물을 수는 없었겠지. 오토바이가 지나간다. 또 오토바이가 지나간다. 또 오토바이가 지나간다.

"오늘 오토바이 경주가 있나요? 그거 때문에 경찰이 비상인가요?"

키 작은 사내가 나를 돌아다본다. 그리고 제법 엄숙하게 말한다.

"오늘 우리는 생사를 건 대혈전을 벌이게 됩니다."

도착하니 그림 같은 별장이다. 흰 지붕에 흰 테라스, 흰 벽, 흰 창틀, 흰 신발장, 흰 의자, 흰 탁자. 흰 신발을 신고 흰 양복을 입은 재천이 걸어나온다. 그는 큼직한 흰 이를 드러내며 내게 두 팔을 벌린다.

"어제 그애랑 많이 했냐?"

"응. 다섯 번."

"거짓말하지 마, 새꺄."

"사실은 여섯 번."

17

도시의 조직은 창용이 죽고 나서도 지역을 포기한 게 아니었다. 창용의 죽음 이후에도 그들은 보이지 않는 세력을 유지하고 있었다. 먹을 게 있으면 그냥 두지 않는다. 그건 그들의 철칙이었다. 지역에 먹을 것은 많았지만, 가령 지역 특산물인 쌀, 콩, 참깨, 도토리, 시래기, 무, 메뚜기, 얼갈이, 팥, 깻잎 등등이 있었지만 그들은 그걸 원한 게 아니었다. 그런 건 시장에도 있으니까.

그들은 돈과 그 돈을 거둬들일 수 있는 사람, 특히 아이들을 원했다. 독하고 힘세고 아무것도 모르는 아이들. 오토바이 한 대에 목숨을 거는 아이들. 갱 영화를 보고 난 후 나도 저렇게 되겠다고 맹세하는 순진한 아이들. 지역에 먹을 게 있는 한 도시에서 애써서 심은 조직을 포기할 리는 없었다.

그렇다고 하더라도 창용이 있을 때처럼 드러내놓고 활동을 하지는 못했다. 그들은 창용을 대신할 만한 인물을 찾고 있었다. 황포가 있었고 창용이 하던 일을 일부 대신하기는 했지만 그들은 황포 가지고는 성에 차지 않았던 모양이다.

황포는 불법 도박장, 불법 주차, 불법 낚시, 불법 납치 따위는 어느 정도 할 수 있었지만 합법적인 사업에는 능력이 없었다. 시대는 바뀌어서 무법자들이라고 해도 오로지 불법만 가지고는 살 수 없게 되었고 합법적인 사업이 더 많은 돈을 벌어줄 수도 있었다.

가령 호텔, 가령 합법 도박장, 가령 대형 음식점, 초거대 도시형 술집.

재천? 그들은 재천을 그들과 함께 일할 만한 인물로 거론조차 하지 않았다. 술집 몇 개 가진 조무래기에다 세상이 뭔지 모르는 어린아이라고 판단했다. 판단조차 하지 않았는지도 모른다. 당연히 재천 때문에 창용이 죽었다고는 생각하지도 않았을 것이다.

창용은 교통사고로 죽었다. 교통사고는 우연이었고 불운인 것처럼 보였다. 함께 차에 타고 있었던 여인은 두 사람이 어디를 다녀오다가, 어디라고는 말하지 않았다, 차가 얼음에 미끄러져서 다리 아래로 추락한 것이라고 증언했다.

왜 세희가 창용의 마지막 길에 동행했는가, 세희는 우편배달부를 맡았다. 아니, 우편마차라 해도 좋고 비둘기라 해도 좋다. 세희는 마사오가 준 편지를 가지고 마차를 타고 가서 창용을 찾았다. 편지의 내용은 이러했다.

나 마사오는 아래와 같이 조창용과 일대일 대결을 원한다.
조창용은 나와 맞설 용기가 있으면 나오라.

—아 래—

장소: 금문교 다리 밑.

일시: 사흘 후 해 지기 전.

대결 방법: 마사오는 주먹을 쓴다. 조창용은 아무거나 쓰라.

시간 제한: 둘 중 하나가 죽을 때까지.

맨 아래에 마사오의 왼손 지장과 연월일까지 빠짐없이 적힌 결투장은 내용을 살피지 않는다면 여느 결혼 청첩장이나 다름없는 크기의 봉투와 종이로 만들어져 있었다. 세희는 죽음을 무릅쓰고 그 편지를 창용에게 배달했다. 왜 그렇게 해야 했는가에 대해서는 본인에게 물어보라고 재천은 말했다. 나는 그저 고개만 끄덕였다.

그녀에게는 대통령이 되려는 꿈이 있다. 우리가 예전에 장시간에 걸쳐 엄숙하게 토론한바, 가장 빠른 길은 남편을 먼저 대통령으로 만드는 것이다. 남편을 대통령으로 만드는 데 죽음을 무릅써야 할 일이 있다면 그것을 마다하지 않는 것이 자신도 대통령이 되는 길인 것이다. 그녀는 예전에 어떤 똑똑한 사내보다 위대한 본능과 감각으로 대통령감을 알아보았고 말도 안 되는 속도로 그와 만리장성을 쌓았으며 그를 위해 술집에 나가는 것도 마다하지 않았으니 편지 배달을 하는 게 이상할 것도 없다. 설령 그게 죽음을 가져올 것이라는 것을 알았다 하더라도 그녀는 그렇게 행동했으리라.

재천이 그런 사정까지 알고 있는 것 같지는 않다. 불분명하고 불투명하고 불쌍한 사람들의 이야기는 질색인 재천이 알기에 한 가지 확실한 이유는 마사오가 겉봉에 우표를 붙이지 않아서 누군가 배달을 해야 했다는 것이다. 또 술집 주소를 몰라서 주소를 아는 세희에게 주소를 써서 부치게 하려고 했는데 세희가 그것을 우편으로 부칠까 그냥 술집 문간에 떨어뜨려놓을까 고민하던 끝에 문간에 떨어뜨려놓다가 창용에게 들켰다는 것이다.

그러므로 죽음을 무릅쓰려고 해서 무릅쓴 것인지 처음에는 그렇지 않았는데 나중에 일이 되다보니 그렇게 된 것인지 물어보라는 뜻인 듯하다. 어쨌든 결과적으로 그녀는 죽음을 무릅쓰고 편지를 배달한 셈이었다.

"이게 무슨 미친개새끼가 설사하는 소리야?"

편지를 읽고 난 다음, 창용의 감상은 그랬다. 그리고 죽음을 무릅쓴 사람답게 새파란 얼굴로 서 있는 세희에게 물었다.

"왜 네가 이런 걸 들고 다녀?"

"그분은 제 형부예요. 그것도 모르셨나보죠?"

창용의 하얀 얼굴이 살짝 일그러졌다.

"난 너희끼리 무슨 사인지에 대해서는 전혀 관심 없어. 마사오 그 자식 지금 어디 있어?"

"몰라요."

"모르는데 편지를 들고 와?"

334

이어서 창용은 우악스러운 손아귀로 세희의 긴 머리카락을 잡았고 사정없이 머리칼을 잡아끌었다. 이어서 창용은 고삐를 쥔 마부처럼 명령했다.

"너희가 나를 우습게 보는 모양인데, 좋다. 내가 한 손으로 너희를 전부 상대해주지. 가자, 마사오가 있는 곳으로!"

그래서 세희는 창용과 함께 마사오가 숨어 있는 곳으로 가지 않을 수 없었다. 창용은 세희를 차에 태우고 나서 바지를 벗게 했는데 그건 세희가 혹 뛰어내려 도망을 칠까 싶어서 취한 나름대로의 조치였다. 창용은 운전을 하면서도 틈만 나면 세희의 머리카락을 잡아 뽑았다. 길은 얼어 있었다. 다리에 가기 직전, 굽은 곳에서 세희의 머리카락 가운데 몇 가닥이 잘 빠지지 않았다. 창용은 손에 힘을 주어 머리카락을 뽑다가 운전대를 놓쳤다. 길은 얼어 있었다. 창용이 브레이크를 밟자 운전대는 제 가고 싶은 대로 돌아갔다. 그것으로 끝이었다. 차는 다리 아래로 추락했고 창용은 죽었다. 세희는 살았다. 헤엄을 칠 때는 차라리 청바지가 없는 편이 훨씬 나았다.

원래 마사오의 계획은 무엇이었던가. 말이 그렇지 외팔로 싸울 수는 없었을 것이고 칼로 싸운다 해도 이기지 못했을 것이며 칼이든 총이든 대포든 마사오는 한 번도 남이 만든 도구를 빌려 싸운 적이 없었다.

백전노장인 노련한 마사오는 창용의 최대 무기가 공포라는 것을 알았다. 그래서 그 공포의 최대의 적인 웃음으로 창용을 제압하려고 한 것이다. 가령 다리 위에서 마사오와 창용이 마주선다.

창용: 마사오, 네가 네 발로 네 장례식에 오다니 기특하구나. 이제 죽을 때가 된 걸 안 모양이지.

마사오: 네가 얼마나 극악무도한 놈인지 내가 다 알고 있다. 이한 몸이 가루가 되어도 너를 처치하지 않을 수 없구나.

창용: 늙은 개가 짖는구나. 얘들아! 저 멍멍이를 꽁꽁 묶어서 신문지에 싸라. 다리 밑에 가서 구워 먹자.

마사오: 잠깐! 우리 일대일로 대결하기로 하지 않았더냐. 애들은 치워라.

창용: 그래애, 좋다. (가죽 잠바를 벗어 멋진 동작으로 뒤로 던지며) 싸움이 끝날 때까지는 근처에 오지 마라.

(창용의 부하들, 멀찌감치 물러난다. 이윽고 마사오가 손짓을 한다.)

마사오: 자, 덤벼라, 덤벼.

창용: 네가 먼저 덤벼라. 이 외팔이 병신아.

마사오: 너한테 이야기하는 게 아냐. 덤벼, 물어, 쉭!

창용: 뭔 개소리야, 지금?

(다리 밑에서 개들이 뛰어온다. 그제야 창용은 사태의 심각성을 알아차린다.)

창용: 비겁하다! 일대일로 싸우기로 했잖아!

마사오: 개는 사람이 아닌데 무슨 상관 있어! 억울하면 너도 데려와!

(창용, 개들에게 쫓겨 다리 끝까지 밀려난다. 창용의 뒤에서 또 개들이 몰려온다. 셰퍼드, 포인터, 발바리처럼 식별할 수 있는 종류도 있고 삽사리와 불독 혼혈, 도사견과 황구 혼혈, 풍산개와 진돗개의 혼혈과 황구와 진돗개의 혼혈이 낳은 색다른 혼혈, 개인지 닭인지 구별이 안 되는 종류도 있다.)

창용: 살려줘! 나는 개가 무서워.

마사오: 네가 개 무서워하는 줄 내가 미리 알고 있었다, 요놈. 이제 착하게 살 테냐?

창용: 그럼요. 제발 이 개 좀 치워줘요.

마사오: 짐 싸가지고 오늘 내로 떠날 거지? 다시는 안 올 거지?

창용: 네네, 제발, 이 개새끼들 좀.

마사오: 나는 뉘우치는 자를 벌하지 않는다. 앞으로 착하게 살도록.

(마사오, 개를 쫓아준다. 창용, 개에게 물린 다리를 절뚝거리며 물러난다. 사방에서 환호와 함께 개 주인들이 쏟아져나와 자기 개를 찾느라 한동안 소란이 인다.)

요컨대 창용이 무서워하는 그 무엇, 개든 소든 말이든 동원해서 웃음거리로 만듦으로써 승리한다는 전략이었다. 힘으로 싸워서 이긴다고 하더라도 창용의 뒤에는 도시의 조직이 있다. 조직에서는 더 힘세고 더 독한 제2, 제3의 창용을 끊임없이 보내올 것이다. 하지만 웃음거리가 되어 쫓겨난다면 그것으로 끝이다. 오는 것은 평화일 뿐이다. 그런데 그게 작전대로 되기 전에 교통사고가 먼저였다. 그리고 교통사고는 작전보다 훨씬 더 성공적이었다. 창용은 웃음거리가 된데다 지역에서 가장 먼 거리에 있어서 영원히 돌아올 수 없는 지옥으로 끌려갔으니까.

물에서 건져내보니 창용의 시신은 깨끗했다. 그의 직접 사인은 익사가 아니라 심장마비였다. 언제 마비되었는가가 문제인데 떨어지는 동안 이미 심장이 마비되었고 떨어진 다음에는 심장이 뛰지 않았다. 도시의 건달들은 그들의 수족이 사라진 것을 아까워했을 뿐이지 그 수족이 심장마비로 죽은 데 대해서는 관심을 가지지 않았다.

재천은 창용이 실제로는 얼마나 겁보였는가를 이해시키기 위해서 내게 그 얘기를 해주었다. 평소 심장이 약한 세희도 견뎌낸 그 공포를 강심장의 대명사인 척하던 창용은 이기지 못했다. 우리는 별장 앞 정원에 내놓은 흰 탁자와 의자, 흰 파라솔 밑에서 우리 사이에 유례가 없는 정담을 나누었다. 그 겁보는 떨어지는 순간 이미 심장마비에 걸린 것이었다. 회칼로 겁이나 주고, 뭐? 천 길 낭떠러지에서 대롱대롱? 그런 말로 폼이나 잡았지 형편없는 겁쟁이였음이 시원찮은 죽음을 통해 드러나고 말았다.

"그런데 창용이가 정말로 개를 무서워했나?"

"그래. 한번은 내가 강아지를 한 마리 가져다줬는데 둘이 마주
서서 다리를 덜덜 떨더라니까."

재천의 말에 의하면 누구에게나 무서운 게 있다는 것이다. 개구
리는 뱀을 무서워하고 뱀은 두꺼비를 무서워한다. 염소는 물을 무
서워하고 코끼리는 쥐를 두려워한다.

저 유명한 마사오는 또 어떤가. 그는 평생 주삿바늘 앞에서는
벌벌 떨며 살았다. 마사오가 병원에 가서 치료를 받지 않았던 것은
한 번도 다치지 않았다거나 몸이 강철로 만들어져서가 아니라 사
실은 주삿바늘이 무서워서였다.

이와 마찬가지로 창용은 개 앞에서는 사족을 쓰지 못했다고 한
다. 그런데 그건 바로 재천의 문제가 아닌가. 일찍이 문둥이네 똥
개에게 혼이 난 뒤로 개집 앞에는 얼씬도 하지 못하는 게 재천이
아니던가. 내가 묻자 재천은 개를 동원하는 작전을 짠 사람이 사실
은 바로 그 자신인데 자신이 개를 두려워야 하겠는가, 자신이 무서
워하는 것은 돈벼락, 오로지 그뿐이라고 말했다.

바로 그 두려움이 보통 사람을 영웅으로 만든다. 겁이 없는 인
간은 사랑도 명예도 얻지 못한다. 겁보들 열 놈은 잘난 열 분보다
훨씬 강하다. 그게 나의 결론이었다.

재천은 감개무량한 듯이, 진정 자신을 알아주는 벗을 만났으니
이제는 죽어도 여한이 없다는 눈으로 나를 오래도록 바라보았다.

"그런데 나는 왜 데려오라고 했어? 그 이야기 해주려고?"

"사실은 내년 이맘때가 우리 전부의 합동 제삿날이 될지도 모른다."

재천의 얼굴에서 웃음기가 사라졌다. 재천은 마사오의 죽음을 계기로 도시에서 본격적으로 지역을 접수하기로 했고 바로 오늘 저녁 그들이 지역으로 쳐들어온다고 말했다. 대경이 이미 그들과 합류했고 황포가 마중하기로 되어 있다. 내일이면 지역은 그들의 세상이 될 것이라고. 이런, 정말, 제기랄!

"거참 세상에 짝을 찾을 수 없이 나쁜 놈들이요. 감당이 안 되는 같잖은 사태로구만. 너는 어떻게 할래? 나는 이 일이랑 상관없으니까 가야겠는데. 갑자기 급한 일이 생각났지 뭐냐."

내가 엉덩이를 반쯤 들며 서두르자 재천은 털이 부숭부숭한 긴 팔을 뻗어 내 어깨를 누른다. 그리고 눈알에 얼마나 힘을 줬는지 튀어나올 것처럼 하고는 우렁차게 외친다.

"나 혼자 죽을 수는 없다. 내가 죽으면 너도 죽는다. 우리는 한날한시에 태어났으니까 한날한시에 죽어야 한다."

"설마 걔들이 너를 죽이기야 하겠니. 그냥 빌어. 싹싹 빌면 돼. 나는 깡패도, 경찰도, 협객도, 건달도 아니고 그냥 민간인인데 내가 있어봐야 거치적거리기나 할 거야. 정말로 싸움 나면 내가 먼저 죽을 거라고. 내가 죽으면 너도 죽어야 하잖아. 그러니까 나를 가게 해줘라, 제발."

"앉아. 앉으라구, 앉아! 이 비겁한 놈아. 내가 진작에 네가 그렇게 나올 줄 알았다."

비겁한 놈이어도 좋다. 나는 재천이 한 말이 사실이 아니기를 바란다. 도시에서 잔인무도한 깡패들이 떼거리로 쳐들어온다고? 말만 듣고도 가슴이 떨린다.

"너는 항상 도망만 다녔어. 입으로만 누구를 위하고 입으로만 어떤 사람을 존경하고 입으로만 사랑했지, 마사오를 위해서 한 일이 뭐 있냐."

그는 이제 마사오라고, 존칭도 없이 막 불러대고 있다. 그것을 지적하고 싶은데 또 입으로만 떠든다고 욕을 먹을까봐 말을 못 하고 있다. 그래도 좋다. 오늘 저녁 도시의 악당들이 말 타고 총을 쏘며 쳐들어오지 않는다면.

"이제 네가 할 일도 입으로 하는 거다. 너는 마사오가 왜 죽었는지, 대경이가 얼마나 더러운 야심을 가지고 있는지 증언을 해야 한다."

그건 못 하지. 악당들이 오늘 저녁 지역을 초토화하고 예쁜 여자들은 다 끌고 간다 해도.

"난 아는 게 없는걸."

"너는 내가 시키는 대로 하면 된다."

재천은 내가 대경의 편인 줄 알았던가보다. 돈으로 용 되더니 이제는 돈으로 지역의 왕이 되려는 대경에게 충성하는 하수인으로는 여기고 있었다.

사실 그렇기는 하다. 나는 한동안 대경이 경영하는 회사에 근무했고 또 한동안 섬유 원단을 납품했던 하청업자였으니까. 하지만 지금은 인연 끊어진 지 오래였다. 재천은 마사오의 죽음을 빌미로 나를 끌어내려서 뒤집어보고 쓸어보고 할퀴어보고 끌고 다녀보았지만 결국 별거 아니라는 판단이 서자 재빨리 계획을 변경했다. 증인으로 내세워 대경이나 도시의 조직, 황포에 대항하는 사람들을 끌어모으려는 것이었다.

어쩌나. 내게는 없는 사실을 증언할 만한 소설가적 소질이 없었다. 내 기질은 일이 다 끝난 다음에 중얼중얼해가며 사실의 전말을 기록하는 역사가에 가까웠다. 내가 거의 울다시피 그런 사정을 설명하자 재천은 관대하게도 나는 그냥 증인석에 서 있기만 하면 된다고 말해주었다. 또한 관대하게도 전투가 벌어지는 동안 어둠 속에서 날아오는 회칼이나 체인, 도끼에 맞아 죽지 않도록 경호해주겠다고도 했다. 왜 그렇게 하느냐? 우리는 한날한시에 태어난 친구니까.

재천의 말은 점점 사실로 변해가고 있었다. 도시에서 제대로 된 깡패들이 쳐들어와 지역을 접수하고 재천은 칼에 맞아 죽고 나는 고래 싸움에 등 터진 새우 꼴이 된다.

"그냥 가게 해주면 안 돼?"

마지막으로 나는 빌어본다. 안 될 일이라는 걸 알면서도. 재천

342

은 눈을 가늘게 뜨고 웃는 평소의 표정으로 돌아왔지만 대답은 단호하다.

"그냥 가다니? 너는 벌써 황포나 대경이한테는 배신자가 된 거야. 나중에 황포한테 당할 생각을 해봐."

"아무리 황포라도 설마 그렇게까지 경우가 없을라고. 또 나를 어떻게 찾아."

"걔 무식한 건 바닥이 없다. 너도 알 텐데. 걔가 경우 따지고 사람 잡는 건 한 번도 못 봤다. 그냥 인간 백정이다, 생각해."

어차피 뛰어내려야 할 것, 즐겁게 뛰어라. 마사오가 어느 악덕 고리대금업자를 응징하면서 만든 명언이다. 마사오는 악덕 업자가 옥상으로 도망가자 거기까지 쫓아올라갔다. 업자는 마사오에게 넥타이를 잡힌 채 주먹에 맞아 죽든가 옥상에서 뛰어내리든가 둘 중 하나 마음에 드는 쪽을 골라야 했는데 결국 뛰어내리는 쪽을 골랐다. 그는 마지막 순간에 돌아서서 물었다고 한다.

"다른 길은 없는 거죠?"

마사오는 대답했다. 그럼 없고말고. 기왕 뛸 것, 즐겁게 뛰어. 다행히 그 시절에는 이층 이상의 건물이 드물었고 악덕 업자의 집 역시 이층이었다. 업자는 제집 옥상에서 즐겁게 뛰어내리면서 다리가 부러지는 구경거리를 제공했다. 나는 갑자기 그 업자의 마음을 이해하게 된다.

대경이 어떤 경로로 도시의 조직과 손이 닿았는지는 아무도 모른다. 뒤집어 말해 도시의 조직이 어떻게 새로운 파트너를 만났는지도 모른다.

대경이 호텔을 지으려고 했다는 것, 그거야 나무랄 게 없다. 어디서든 지역에 돈을 가져와서 쏟아붓는 것은 좋은 일이다. 그 돈이 어떤 돈이냐. 재천은 내게 그걸 물었다. 그걸 안다는 것이 재천이 칼을 안 맞는 데, 내가 무사히 지역을 빠져나가는 데 도움이 될 리는 만무했지만 나는 대경의 돈이 어디에서 나왔는지 최대한으로 머리를 써서 설명해주었다.

대경은 아버지가 친구에게 배신을 당하고 쓰러져 앓다 죽은 이후 식구들과 함께 쫓겨나다시피 지역을 떠났다. 제사 공장을 판 돈으로 비단옷 반제품을 들여와 가공한 뒤 완제품으로 수출하는 무역 회사를 설립했다. 근근이 현상유지를 하던 그는 몇 년 전 거래처 사람에게 소개받은 온천에 투자해서 떼돈을 벌었다. 대경은 그 돈으로 일단 죽어가던 회사를 살렸다.

돈만 있으면 안 될 일이 있나. 안 되던 회사도 밑돈이 들어오자 갑자기 풀리기 시작해서 지금은 엄청난 이익을 보고 있다. 일은 그렇게 된 것이다. 그 돈으로 대경은 지역에 돌아와 호텔을 지으려고 했던 것이다.

왜 호텔인가. 실상 고인이 된 대경의 아버지를 포함, 그들 일가족을 쫓아낸 지역 사람들에게 복수하는 방법은 없는 거나 마찬가지다. 쫓아냈던 사람들 역시 쫓겨난 사람처럼 저승 가는 버스를 타기 위해 어제도 정류장에 나가보고 오늘도 나가보고 하면서 살 테니까. 결국 돈과 힘을 보여주고 과시를 하는 것으로 만족할 수밖에 없다.

보란 듯이 지역에서 가장 높은, 가능하면 백층짜리 빌딩을 세운다. 매일 땅에서 꼬물거리는 인간들이 빌딩을 우러러보게 하면서 대경과 대경의 아버지가 얼마나 위대한 인물인지 기리게 한다. 그런데 농촌 도시에서 그 건물을 쓸 사람이 얼마나 있느냐 하는 게 문제다.

아니면 대형 위락 시설을 만들자. 놀이 시설도 만들고 동물원도 만들고 수영장도 넣고. 다 좋은데 누가 오지? 농사짓기가 너무 힘드니까 오늘은 애들 데리고 청룡열차 타보자고 경운기를 끌고 오겠느냐 말이지, 지역 곳곳의 넓고 푸른 여울이며 못을 놔두고 돈 내고 비좁은 수영장에 오겠느냐고?

그래서 호텔을 구상하게 된 것이다. 호텔은 보란 듯이 지을 수 있고 우러러보게 할 수 있다. 지역 호텔을 이용하는 건 지역 사람이 아니므로 수요를 걱정할 것도 없다. 지역 여관에는 이웃 도시의 사람들이 오고 지역 사람들이 여관을 쓸 은밀한 일이 있으면 이웃 도시로 빠져나간다. 그래야 좁은 바닥에서 서로 얼굴 보았다고 소문낼 일 없으니까.

또, 호텔 부대시설을 갖춰서 유원지로 갈 사람들을 전부 흡수한다. 수영장도 만들고 노래방도 만들고 나이트클럽도 만들며 고급 식당도 만들어 촌놈들 눈과 입이 찢어지게 만든다. 너무 좋다. 또, 지역에서 성행하는 도박, 합법적인 도박장으로 카지노나 슬롯머신 업소를 만들어서 지역의 주머니를 몽땅 털어낸다. 얼마나 기막힌 복수이며 영광스러운 금의환향이냐.

"야, 너는 천재다. 작가보다 열 배는 낫네. 그 방면으로 나가보지그래?"

나는 대답한다. 반짝인다고 다 금이 아니다. 똥과 된장은 맛을 보아야 알 수 있다. 가늘고 길게, 멀쩡하게 살던 나를 이 지경으로 만든 그대야말로 진짜 위대한 작가가 아닌가.

"그래, 자식, 너는 나한테 항상 조금씩 모자라지. 그건 그렇고 올 때가 됐는데."

재천이 나보다 낫다는 걸 인정해야 했다. 재천은 신비로운 설득력으로 낚시터에서 놀던 인물, 땡볕 아래에서 풀 베던 농부, 고추밭에서 은인자중하던 고수, 고목나무 아래서 바둑 두던 신선, 마사오의 장지에 모였던 늙은 건달 등등 왕년의 주먹들을 끌어모았다. 며칠 동안 지프의 헤드라이트와 바퀴가 부서질 정도로 돌아다니면서. 드디어 그들이 오토바이를 타고 줄지어 모여들기 시작했다.

먼지구름 사이에서도 여전히 빛나는 용칠의 뻬죽한 머리가 보인다. 마사오가 가고 없는 바에야 이제 용칠이 그 노병, 또는 늙은 건달, 또는 늙은 수탉들의 우두머리가 된 것이다.

곧이어 가축 싣는 트럭이 나타난다. 거기에서 이삼십대의 젊은 사내들 여남은 명이 머리부터 발끝까지 온통 검은 차림으로 뛰어내린다. 이어 흰 승용차 한 대가 나타나고 아래위 흰옷에 흰 구두, 흰 선글라스 차림의 세희가 눈부신 모습을 드러낸다.

재천은 내가 한 번도 본 적이 없는 근엄한 표정으로 자리에서 일어서서 그들이 도착하는 것을 바라보고 있다. 승용차를 마지막으로 사람들이 다 도착하자 그는 커다란 손을 마주잡고 오후 네시, 8월의 태양 아래로 걸어나간다. 오토바이에서 내린 늙은이들이 걸어오는 재천에게 경례하듯이 손을 눈 위에 얹고 바라보고 있다. 천천히 나아가고 있는 재천의 넓은 등은 어릴 때 본 영사 화면처럼 느껴진다. 아직 아무것도 비춰지지 않은 화면.

용칠 외에는 누가 누구인지 알아볼 수 없다. 먼지 때문만은 아니다. 모두 똑같은 사람으로 보인다. 그들은 늙은 깡패라는 집단의 특성을 나눠 가진 획일적인 인간들이다. 재천과 그들 사이의 거리는 점점 좁혀진다. 태양은 여전히 작열하며 내리쬔다. 그들은 미동도 하지 않고 천천히 다가오는 재천을 바라보고 있다.

재천은 그들 앞에 다가가더니 갑자기 땅에 무릎을 꿇는다.

"형님들!"

용칠이 앞으로 나선다.

"자네, 왜 이러나?"

그러고 보니 그의 목소리는 새소리처럼 높고 녹슨 못을 뺄 때처럼 쉰 소리가 난다. 좋고 나쁘고를 가리기 전에 위엄이 있다고 말하기는 어렵다. 그게 그를 영원한 2인자로 만든 원인 중의 하나였는지도 모른다. 그에 비하면 재천의 목소리는 당당하고 극적이며 훌륭하다. 신은 목소리 말고도 그에게 몇 가지 선물을 더 준 것 같은데 그건 자신에게 필요하다면 언제든지 바꿀 수 있는 표정과 자연스러운 몸짓이다.

"제 큰절을 받으십시오!"

그냥 절이 아니라 큰절이라는데 한번 받아나보지, 그렇게 의논이 되었는지도 모른다. 늙은 건달들은 말없이 서 있다. 이윽고 재천은 거구를 접어 맨땅에 자리를 펴듯이 천천히 절을 한다. 마치 제사를 지내는 듯이 공경스러운 자세다. 앉아 있는 사람은 나뿐이다. 그늘에 있는 사람도 나뿐이다. 나는 함께 일어서야 할지, 그저 자리를 지키고 있어야 할지 난감한 기분으로 재천의 감동적인 연설을 듣게 된다.

"형님들께서 먼길을 마다 않으시고, 또 갖은 어려움을 무릅쓰시고 큰 용기를 내어 이 자리에 나와주신 데 대해 진정 존경의 마음을 가지지 않을 수 없습니다. 무슨 일이 있어도 지역을 지켜야 한다는 형님들의 열정과 용기에 백 번이라도 꿇어 엎드려 절하지 않을 수 없습니다. 오늘 우리는 지역이 낳은, 정통 건달의 거목 마사오 큰형님을 영원히 보내드렸습니다. 큰형님께서는 돌아가시는 마지막 순간까지도 지역이 가증스러운 도시 깡패놈들과 고향을 배신한 쓰레기들의 더러운 구둣발에 짓밟힐까 염려하셨습니다.

이제 우리는 지역을 사수하라는 큰형님의 유언을 받들어 오늘 저녁 죽느냐 사느냐를 가름하는 일대결전을 벌이게 되었습니다. 이 결전은 단순하게 우리가 사느냐 죽느냐의 문제가 아니라 지역이 사느냐 죽느냐 하는 문제입니다. 우리는 결사단결해서 한 사람 한 사람의 마지막 피 한 방울까지 이 땅을 지키는 데 쏟아부어야 하겠습니다……"

트럭에서 뛰어내린 청년들도 재천의 연설을 두 손을 맞잡은 채 서서 듣고 있다. 세희 역시 차에서 내려서 재천의 등뒤에 서 있다. 나는 갑자기 목이 멘다. 왜? 모른다. 재천이 힐끗 고개를 돌려 내 쪽을 바라본다.

"저기 확실한 증인이 있습니다. 한때 지역을 넘보던 깡패 새끼들 밑에서 일하다가 마사오 큰형님의 죽음을 계기로 이제까지의 잘못을 뉘우치고 우리에게 돌아온 귀순자입니다. 너, 이리 와."

재천이 마치 강아지를 부르듯 내게 손짓을 한다. 나는 보이지 않는 목줄에 끌려간다.

"얼라? 이게 누구여? 어제부터 강아지같이 영안실을 뱅뱅 돌던 놈 아니여. 요놈이 간첩이란 말이여?"

늙은 닭들과 어린 사내들의 눈길이 모두 나를 향한다. 나는 어쩔 수 없이 고개를 수그린다. 재천이 두 손을 번쩍 든다. 사람들의 시선이 내게서 떠나 재천의 손끝에 모아진다.

"증인은 도시 깡패 조직과 황포, 그리고 졸부 조대경이 어떤 식으로 만나서 음모를 꾸미고 있는가에 대해 하나도 숨김없이 정보를 제공했습니다. 우리를 정탐하라는 지시에 따라서 지역에 들어왔다가 바로 어제 마사오 큰형님이 돌아가신 것을 알고는 그분의 영전에서 무릎을 꿇고 눈물로 참회했습니다. 이것만 보아도 큰형님께서 얼마나 위대한 분이셨는지 알 수가 있습니다……"

이윽고 용칠이 이해한다는 듯이 고개를 끄덕거리기 시작한다. 다른 사람들의 고개도 끄덕거려지고 이윽고 손이 닿으면 머리라도 쓰다듬어줄 것처럼 동정하는 눈빛으로 변해가고 있다. 늙고 어린 사내들의 눈길 속에서 나는 어쩔 줄을 모른다. 내가 뭘 증언했지? 내가 언제 깡패 밑에서 개 노릇을 했지? 왜 귀순했지? 마사오의 죽음에 감동해서? 마사오가 마지막까지 지역을 사수하라고 했다고? 눈앞에 별이 반짝이듯이 물음표가 생겨나지만 나는 도무지 입을 뗄 수가 없다.

"여러 형님들, 동지 여러분, 후배님들, 저는 사건의 전모를 파악하고 나서 결심했습니다……"

내 손은 나도 모르게 맞잡고 있는데 맞잡을 수 없는 무릎은 점점 힘이 빠진다. 이대로 가만히 있으면 무릎을 꿇게 될지도 모른다. 나는 그것만은 모면하려고 있는 힘을 다해 무릎에 힘을 준다. 내가 제공했다는 정보는 재천의 유창한 언변으로 되풀이된다.

지역에 도시를 비롯한 전국 규모의 조직 깡패들이 오늘 저녁 금문교로 들어온다. 예상 인원은 버스 두 대분, 백 명. 그들은 지역에 서게 될 호텔의 영업권, 특히 나이트클럽과 도박장의 이권 전부를 요구하고 있다. 어느 지역에 호텔이 서면 그 지역 출신의 건달이 나이트클럽과 도박장을 운영하는 것은 무시된 적이 없는 동서고금의 원칙이다.

그러나 지역을 말아먹으려는 호텔업자와 도시 깡패들은 그런 원칙은 아예 무시하고 있다. 가증스럽게도 거기에는 황포를 비롯한 일부 우둔한, 어린 양아치들도 가세하고 있다. 오늘 우리는 먼저 내부의 적, 황포의 근거지인 창고 도박장을 접수한다. 그다음 금문교에서 최후, 최대의 결전을 벌여 적들을 처치한다. 한 가지 다행스러운 것은 그들이 지금 우리가 이렇게 결사적인 각오로 모인 것을 모르고 있다는 것이다.

마사오 큰형님의 죽음을 기억하자. 더러운 도시 깡패들이 조창용을 시켜 마사오 큰형님을 어떻게 했는지를 기억하자. 그들이 지역을 지배하게 되면 우리 모두가 어떤 꼴이 될지를 생각하자. 우리 모두 우리 자신과 가족과 지역을 지키는 결사대가 되자. 나가자! 싸우자! 이기자!

재천은 역시 나보다 훨씬 뛰어난 이야기꾼이었다. 사자와 같은 웅변가였고 대장부였고 사단장감이었다. 나는 그에 비해 조금 모자라는 게 아니고 훨씬 뒤처졌다.

"우와아!"

결사대원들은 주먹을 땅과 하늘 사이에 흔들어대면서 저희들이

갓 볶아낸 햇땅콩이라도 되는 듯이 신선하고 원기왕성한 소리로 몇 번이고 함성을 지른다. 이윽고 그들은 트럭과 승용차에 나누어 탄다. 재천은 세희의 승용차에 오른다. 승용차가 희뿌연 먼지를 일으키며 맹렬한 기세로 출발한다. 트럭이 마찬가지로 희뿌연 먼지를 일으키며 맹렬한 기세로 출발한다. 남아 있던 차에서 불쑥 손바닥 하나가 솟아오르더니 까딱까딱 나를 향해 흔들린다. 따라오라고.

이럴 줄 알았으면 평소에 맨손체조라도 열심히 해둘걸. 내가 할 수 있는 운동은 국군 도수체조, 숨쉬기밖에 없는데 그걸로 어떻게 악당들을 무찌를지 궁리를 해보아야겠다. 차가 출발하는 순간, 나는 별장을 돌아본다. 잘 있어. 허여멀건 네가 마음에 들었는데. 살아서 다시 볼 수 있을까.

18

차 안의 아이스박스에는 얼음처럼 찬 맥주가 쟁여져 있고 육포와 마른안주가 준비되어 있다. 나는 맥주를 홀짝거리면서 오늘 저녁 일어날 대격전을 상상한다. 어차피 재천은 상대가 되지 않을 싸움을 시도하고 있다. 어떻게 전국 규모 깡패 조직과 싸움을 한다는 말이냐. 오늘 이긴다 해도 그들은 오고 또 올 것이었다. 나라면 그러지 않겠다.

달라는 건 주고 받을 건 받지. 그냥 술집이나 해나가면 어떠냐.

도박장 따위는 황포든 육포든 아무나 할 것이고 돈은 알아서 먹고 떨어질 것이다. 그냥 술집이나 하면서 낚시나 다니지. 싸울 게 뭐 있어. 싸워서 보신되나. 오래 살기를 하나. 팔 다리 눈이 하나씩 더 생기나. 나라면 그러지 않겠다.

또 싸움을 한다고 해도 그렇지. 이 늙은 닭대가리들 데리고 뭘 한다는 거야. 오합지졸 노병부대, 나하고 싸워도 질 사람이 많을 걸. 젊은 애들은 왜 이것밖에 없지? 이 수 가지고 어떻게 지역 출신 젊은 오토바이족 일 개 대대에 지역 외부에서 들어오는 국가대표급 건달 백 명과 싸워? 나라면 그러지 않겠다.

경찰에 신고를 해버리지. 경찰에 아는 사람도 있겠다. 뭐가 아쉬워. 술집은 합법이고 도박은 불법인데 망해도 술집은 할 수 있잖아. 나라면 신고하겠다.

짧은 인생에서 뭘 그렇게 아옹다옹 다투나. 싸움도 젊은 시절 잠깐 하는 거지. 그러다 병신 되거나 감옥 가면 마는 거고. 오늘 해 지는 걸 못 보았나. 내일 해 뜨는 걸 모든 사람이 다 볼 거라고 생각하는 건가, 당신들? 나라면 그렇게 하지 않겠다.

금문교 아래 하천부지에는 시커먼 창고가 하나 서 있다. 주변에는 오토바이와 차 들이 띄엄띄엄 서 있는데 대낮인데도 어딘지 모르게 음침하고 비밀스러운 느낌이 든다. 과수원과 도축장이 주변에 늘어서 있고 하얀 배를 드러낸 방죽에는 사람 하나 보이지 않는다.

재모는 차를 후진시켜 세워놓고 뭐가 신나는지 벌건 잇몸을 보이면서 웃었다. 그러고는 열쇠를 뽑아 내게 건넸다.

"이거 좀 가지고 계슈."

"제가요?"

"형님께 드리면 됩니다."

그는 경멸하는 눈길로 나를 쓱 훑어보면서 열쇠를 던졌다. 그런 경우의 존대어는 반말보다 훨씬 고약하다.

"저, 저는 어디에……"

재모가 뛰면서 소리쳤다.

"거기 그냥 죽치고 있언마. 또 토꼈다 잡히면 뒤질 줄 알아."

두 사람이 빠르게 창고 쪽으로 사라진 것도 삼십 분이 다 되어 간다. 전초전은 이미 시작되었을 것이다. 재천은 어떻게 하고 있을 까. 벌써 창고 안에 들어갔는가. 갑자기 그럴 리 없다는 생각이 든 다. 세희와 멀리멀리 도망친 건 아닐까. 그러고도 남을 인간이다. 남을 충동질해놓고 저는 쏙 빠져서 결과만 따먹으려는 인간이 재 천이다.

그렇게 욕을 하면서 기다린다. 견딘다.

차가 멈춘 자리에서는 창고가 바로 보이지 않는다. 현장이 보이 지 않자 갑자기 도망치고 싶어진다. 내게 열쇠를 맡긴 이유는 뭘 까. 내가 운전을 못한다는 건 알고 있으리라. 묶어놓은 건 아니니 까 발로 도망가면 그만이다. 제가 창고에 들어 있다면 나를 어떻게 막으랴. 지금이 기회다.

나는 열쇠를 얌전하게 운전대 위 잘 보이는 곳에 놓았다. 마침 택시 한 대가 와서 다리 위에 멈춘다. 금문교를 따라 이어지는 방죽 위 도로는 평소에 택시가 왕래하는 곳은 아니다. 하늘이 나를 위해 택시를 타고 도망갈 수 있도록 해주시는 것 같다. 내가 막 차문을 열고 내려 택시를 부르려는데 택시 문이 열리고 거기서 노란 제복을 입은 기사가 내린다. 어디서 많이 본 인간이다. 내가 지역에 와서 택시를 탈 때마다 운전을 하고 있던, 아래윗니가 하나씩 없던 말 많은 그 인간.

뭔지 재수가 없다는 생각이 든다. 그 생각이 끝나기도 전에 차와 오토바이, 자전거들이 한 대, 두 대씩 와서 서고 사람들이 내린다. 조봉신, 이희주, 한상수 등등. 무슨 구경이라도 난 듯이 다리 위에 주르르 선다. 그들의 눈길이 향한 곳은 침묵의 성채와 같은 창고. 누군가 다리 밑 그늘 아래로 향하자 미리 그렇게 짜기라도 한 것처럼 줄지어 걸어내려간다. 조금 더 가까이에서 역사적인 현장을 지켜보려는 관중들이다.

하긴 건달끼리의 패싸움을 생중계하는 방송은 없을 것이다. 그걸 안 하는 게 아니라 못하는 게 중앙의, 도시의 시스템이다. 그들의 렌즈로 보면 하찮고 우스워 보일지 모르나 하찮고 우습고 지루하고 말도 안 되는 게 세상이라면 어쩔 텐가. 그들 역시 이 세상의 렌즈로 보면 하찮고 우습게도 이런 사건 하나 생중계하지 못하는 것이다. 그걸 보지 않고서는 제 명에 못 죽을 것 같은 사람들이 저처럼 많은데도.

야구장으로 치면 내가 차 안에 앉아 있는 곳은 좌측 외야의 장외에 해당한다. 다리 위는 전광판 앞쯤이 될 것인데 거기까지는 어지간한 강타자라 하더라도 역사의 피 묻은 파편을 날려보내기는 어려우리라. 그러나저러나 어떻게 알고 왔지. 누가 표라도 팔았는가. 하여간 지역에서 소문은 빛살처럼 빠르다.

이제 다리 위에도 방죽에도, 창고 밖에도 인적이 없다. 도망간 답시고 혼자서 달리기를 하려면 조금 쑥스럽겠지. 사람들 눈에도 금방 띌 것이고. 보이지 않아서 그렇지 지역의 수많은 눈과 귀가 바로 금문교 근처에 집중이 되어 있을 것이다. 손가락 하나라도 그냥 지나치지 않을 것이다. 그렇다고 도망을 못 갈 건 없다. 내 처지에 체면이고 이목이고 무슨 상관이 있으랴.

삽시간에 노을의 긴 심지가 강물에 드리워지고 물에 잠겨 있던 것들이 고개를 든다. 조그만 거룻배가 한 척 묶여 있다. 무참하리만큼 밝은 햇빛 속에서는 보이지 않던 배가.

나는 십 분이 지나고 다시 십 분이 지나도록 도망을 치지 못한다. 무엇인가 나를 붙들어두고 있다. 무엇이 무엇인가. 이번만은 아무리 재천이 날고 기는 재주를 가지고 있어도 빠져나갈 수 없으리라는 예감, 그럴 경우에 재천의 시체를 묻어주면서 술이라도 한잔 뿌려주어야 할 것 같다는 의무감, 그다음에 세희의 손목을 잡고 정처 없이 사람 없는 곳으로 도망가야 한다는 책임감? 의리? 사랑? 승리? 패배? 역사? 광기? 세회? 모험에 대한 억제할 수 없는 충동? 그 모두를 합친 것? 그 모두가 아닌 것? 모른다, 몰라.

모른다고 생각하자 머리칼이 삐죽 선다. 무섭다. 언젠가 세계대통령 유신조를 정찰할 때에도 이런 경험이 있었다. 아무도 없는 고요함, 한반도 8월의 뜨거운 햇빛, 문둥이 집, 똥개, 냄새의 습격, 누가 뭐라고 한마디만 하면 기절할 것 같은 공포에 휩싸인다.

"뭐해? 요놈들!"

유신조, 한때 지상 최대의 권력을 소유했던 자가 불쑥 튀어나올 것 같다. 속삭여오기만 해도 이번에는 틀림없이 기절할 자신이 있다.

갑자기 전화벨 소리가 난다. 전화! 전화가 있었구나. 그냥 기절을 해버리려다가 소리를 따라 더듬어보니 전화기는 감춰진 것처럼 아이스박스 아래에 깔려 있다. 뭉클, 장미향이 나는 휴대전화다.

"여보세요."

말끝을 내리는 재천 특유의 말씨다. 나는 전화를 움켜쥐고 패대기를 치려다, 그러고 보니 그럴 이유가 없어서 소리만 지른다.

"야, 이 자식아. 사람 이렇게 내버려두고 가도 되는 거야! 엉!"

"아가리 닥쳐, 다 왔으니까."

멀리서 두 사람의 모습이 나타난다. 저녁노을을 배경으로 걸어오는 두 사람은 돈키호테와 산초 판사처럼 보인다. 아쉽게도 비루먹은 말이 없다. 그런가 하면 긴 머리를 휘날리는 여자는 콩쥐고 곁에 있는 듬직한 사내는 그녀의 남편처럼 보인다. 옹녀와 변강쇠 같기도 하다. 이래도 잘 어울리고 저래도 잘 어울린다. 그 바람에 심통이 도진다.

"다 왔는데 뭐하러 전화하는 거냐, 이 자식아! 엉!"

"전화가 되나 안 되나 테스트하는 거다."

그러더니 전화가 끊기고 재천이 들어온다. 뒤를 따라 세희가 들어온다.

"야, 이거 차가운 맥주는 혼자서 다 처먹었네."

세희가 차의 짐칸을 열고 종이백을 꺼내자 거기에서 전기구이 통닭 십여 마리가 쏟아진다. 짐칸에는 캔맥주 서너 짝이 들어 있다.

"너 옛날부터 전기 통닭에 환장하는 놈이지? 튀긴 닭은 식으면 느끼해도 이건 맛이 안 변하지. 자, 건배!"

"너나 건배해라."

"어이, 왜 그래, 뭐 기분 상한 일 있나? 이 친구 오늘 많이 거치네, 응? 세희."

세희는 장미향이 쿨렁쿨렁 쏟아지는 듯한 입을 열어 대답한다.

"원두씨, 기분 풀어요. 오늘은 너무 좋은 날인데."

"제가 지금 기분 나빠서 그러는 게 아닙니다, 나세희씨. 어떻게 됐어?"

"무슨 말이 그래요?"

"왜 나가서 다 죽을 것 같더니, 살아서 돌아왔냐고."

그러면서 보니 재천의 흰옷에 흙과 피가 묻은 게 보인다. 색깔이 너무 진해서 잉크를 쏟아부은 것 같다. 그제야 왜 재천이 흰색 일색으로 차려입었는지 조금은 짐작이 간다. 모든 것은 사전에 각 본이 짜여진 것이다. 스토리, 장소, 세트, 조명, 소품, 시간, 증인, 등장인물, 그리고 옷의 색깔, 통닭, 맥주까지. 모든 것이 계산된 것이며 성공적으로 연출되었을 뿐이다. 이 유혈극의 주인공이자 제작자, 연출자인 재천은 몹시 들떠 있다.

"황포를 잡았다. 이제 기다리기만 하면 된다."

"그럼, 아까 그 말이 모두 정말이야?"

재천과 성난 그의 일당이 황포의 본거지인 금문교 창고 도박장을 기습했을 때 황포는 예닐곱 명의 아이들밖에 데리고 있지 않았다. 용칠이 선두에 섰고 재모와 중원이 그 뒤를 따랐다.

"이 자식들, 뭐하는 놈들이야!"

세 사람의 앞을 몽둥이를 든 아이들이 막아서자 용칠은 전성기의 위엄이 그대로 드러나는 목청으로 기선을 제압했다고 한다. 아이들은 웬 중늙은이가 새처럼 우짖어서 물러선 게 아니고 재모와 중원을 알아보았기 때문에 잠시 멈칫했다. 그 아이들은 십대 후반에서 스물쯤 되는 진짜 아이들로 용칠을 잘 알지도 못했다.

"너희 다 물러서! 야, 황포!"

황포는 그때 도박장 안쪽에 있는 방에서 개밥을 주고 있었다 한다. 그 개는 황포가 기백만원을 들여 산 것으로 속아서 산 줄도 모르고 몹시 애지중지하고 있었다.

"누구야? 뭐야?"

포인터가 낑낑거리며 황포의 무릎 아래를 감돌았는데 그것만 봐도 그게 똥개나 다름없지 않느냐고 재천은 논평했다. 주인이 위기에 처하면, 좋은 개는 주인에게 사람 말로 경고를 한다고 우겼다.

"너, 나 몰라?"

"아니, 용칠이 형님. 어쩐 일이셔요?"

"이 애새끼들 치워. 할 얘기가 있으니까."

"아, 걔들, 뭐 별거 아닙니다. 올라오시죠. 오랜만입니다."

용칠은 아이들을 지나서 황포에게 다가갔다. 중원과 재모가 그 뒤를 따랐다. 아이들이 뭔가 낌새를 채고 두 사람을 제지하려고 했으나 중원과 재모 역시 눈빛으로 기를 제압했다고 한다. 눈알만 가지고 물불 안 가리는 한창때 어린아이들을 꼼짝 못하게 할 수 있는지는 알 수 없지만 어쨌든 세 사람은 황포의 오 미터 앞까지 접근하는 데 성공했다.

"너, 잘나가는 것 같은데, 요새 인사도 없다?"

황포는 그때 재모와 중원을 알아보았으나 왜 용칠이 그 두 사람을 데리고 자신에게 왔는지 생각할 만한 겨를이 없었다. 겨를이 있었다 하더라도 제대로 생각을 할 만큼 머리가 좋지도 않다는 재천의 촌평이 더해졌다.

"아이, 요새 좀 바빠서요. 뭐 시원한 거 좀 드릴까."

"너, 오늘 마사오 형님 장례식에 왜 안 왔어?"

"그것 때문에 오셨습니까. 아이, 화환이나 하나 보내드릴까 하다가, 거 뭐 가시는 길에 짐이나 되지, 싶었죠."

황포는 개에게 밥 먹이랴, 중원과 재모가 따라온 이유를 연구하랴 머리를 최대한 회전시키면서 건성으로 대꾸했다.

"자식, 선배 대접을 이렇게 하나! 쳐라!"

명분은 그거였다. 선배 대접을 소홀히 하는 후배를 훈계한다. 그러려면 선배가 종아리를 때릴 일이지 왜 후배를 시켜서 치라고 하는가. 그거야 나중에 따질 문제고 일단 그 소리를 신호로 재모의 강력한 혹이 황포의 안면을 강타했다. 동시에 중원의 꺾기가 제대로 들어갔다.

"아이, 이거, 왜 이래!"

그 입이 재모의 어퍼컷에 닫혔고 돌려차기가 머리를 두드리자 천하의 황포도 축 늘어졌다.

"어이, 후배들, 나서지 마. 오늘 지역 선배들이 전부 모였다. 너희 형님이라는 새끼가 까마득한 선배님 천당 가시는데 인사 한 번 없고 잘못 모시길래 선배들이 와서 교육 좀 하는 거니까, 대가리 빠개지기 전에 거기 있어. 야, 너 눈깔 돌리는 놈! 죽고 싶으면 덤벼. 내가 바로 박치기 왕 용칠이다!"

그 말이 효과가 있었는지 없었는지는 모르지만, 아이들이 용칠이라는 이름을 알아 모서서 그런 건 아니겠지만, 순간적으로 자신들의 형님이 제압당하자 아이들의 기는 많이 꺾여 있었다. 그 순간, 재천이 들어섰다. 그 뒤에 늙고 어린 건달들이 빛을 등지고 벽을 이루며 팔짱을 끼고 섰다. 아이들이 좋아하는 갱 영화에서 본 대로.

아이들은 만사가 틀렸다는 걸 알고 바닥에 몽둥이를 던졌다. 재천은 천천히 그 몽둥이를 주워들고 황포 앞으로 다가갔다.

"형님, 수고하셨습니다. 이제 쉬시지요."

"응. 아이구, 더럽게 힘드네."

용칠이 땀을 닦고 의자를 끌어다 앉았다. 재천은 황포의 고개를 몽둥이로 치켜들었다.

"너는 한때 나의 친구였다. 친구로서 너에게 개인적인 유감은 없다. 그러나……"

황포는 고함을 지르려고 했지만, 가령 무슨 개소리를 하느냐고 외치려고 했겠지만, 중원에게 목이 꺾여 있었고 재모에게 맞아서 입이 부풀어오르기 시작했기 때문에 제대로 목소리가 나오지 않았다. 재천은 창고가 쩌렁쩌렁 울리는 목소리로 외쳤다. 세상 건달들아, 다 나와서 들어라 하는 듯이.

"너는 피를 나눈 동지들을 배신하고 지역을 팔아먹으려고 했다. 도저히 너를 용서할 수 없다."

그리고 재천은 몽둥이로 있는 힘을 다해 황포가 애지중지하는 포인터의 머리를 내리쳤다. 포인터는 깨갱 소리를 내면서 즉사하고 말았다.

"너도 이 꼴이 될 것이다."

재천은 눈을 뒤룩거리는 황포를 뒤로하고 천천히 도박장을 빠져나왔다. 그 뒤에서 황포와 아이들을 치는 소리가 퍽, 퍽, 뻥, 뻥 쉬지 않고 났다.

"그럼, 옷에 그 똥개의 피가 묻은 건가?"

"그렇다고 볼 수 있지. 몰라, 사람 피인지도."

내가 감탄하는 것은 비극을 슬쩍 중화해서 세상은 그렇게 끔찍하지 않다는 낙천성을 갖게 하는 재천의 능력이다. 이대로 성장한다면 그는 죽기 전에 틀림없이 대통령이 되고도 남을 인물이다. 최소한 지역에서는 이미 대통령의 지위에 도달한 것이나 다름없다. 나는 세희의 야망이 이루어질 것 같다는 절망감에 사로잡혔다. 이제 그녀는 나를 완전히 떠난 것이다.

세희는 생글생글 웃고 있다. 그 표정은 전에 보지 못하던 새로운 것이다. 그녀 역시 못 본 동안 재천처럼 말과 표정을 극적으로 연습하고 개량하고 발달시킨 것 같다.

못난 남편이 못난 일을 해놓고 자랑스러워할 때, 그의 아내가 제 힘껏 닮은꼴이 되어 남편을 변호하고 응원하는 것을 그전에도

나는 보아왔다. 물론 이런 정경은 어느 영화나 소설, 드라마에도
나오지 않고 오로지 현실에서만 가끔 볼 수 있고 느낄 수 있는 것
이다.

그러므로 세희의 원래 표정이 어땠는지 아는 사람에게는 약간
인위적인 느낌도 들지만, 뭐 괜찮다. 모르는 셈 치고 보면 자연스
럽고 처녀 같다. 그녀에게는 아무리 많은 사내를 겪어도 곧 복원되
는 신비한 처녀성이 있다. 나는 그렇게 칭찬해주고 싶었다. 오늘따
라 칭찬할 게 너무 많다.

그러나 그전에 한 가지, 처리할 일이 남았다. 아주 간단한 일이
다. 도시에서 가려 뽑아서 온 국가대표급 깡패들과의 싸움에서 살
아남을 것.

19

별이 뜨고 개구리가 울기 시작한다. 행동대는 다리 밑에 잠복해
있다. 종이컵에 맥주, 마른안주가 준비되어 있지만 모두 앞에 놓고
있을 뿐 아무도 먹고 마시는 사람은 없다. 어쨌건 일은 벌어진 것
이다. 이전에 무수한 싸움을 겪은 그들이지만 지금 상대는 모든 면
에서 그들보다 우세하다.

이럴 때 만 명이 덤벼도 당하지 못한다는 만부부당의 용사가 우
리 편이면 좋은데, 아니, 만 명까지 감당할 필요는 없으니 필마단

기로 전장을 헤집는 일기당천의 용사만 해도 된다. 요즘에는 말이 없어서 그런 용사를 찾기 힘들다면 일당백의 싸움꾼도 괜찮은데. 아니, 국가대표급 깡패와 일대일로 싸워서 이길 수 있는 사람 백 명도 괜찮고. 그런 생각을 하면서 어둠 속에서 각자 숨을 쉬는 인간들을 살펴보지만 자꾸 가버린 마사오만 아쉬워질 뿐이다. 그는 권투 국가대표를 능가하는 세계 챔피언을 쓰러뜨린 지역 유일의 인물이었다. 재천이 시계를 들여다본다.

"왔습니다!"

재모가 굴러내려오다시피 달려와서 낮게 소리치자 오합지졸 시골 건달들은 몸을 일으킨다. 그들은 팔려가는 염소처럼 대오를 만들어 재천을 에워싼 채 다리 위로 올라간다. 다리 위에는 승합차 한 대가 서 있고 사내들 몇이 근처에 서서 담배를 피우고 있다.

"버스가 아닌데?"

용칠이 작은 소리로 내게 말을 건넨다. 내가 자수간첩이라고는 하지만 여전히 나를 의심하는 것 같다. 여차하면 어둠 속에서 박치기가 터질지도 몰라 나는 머리를 긁는 척하면서 이마를 손으로 가리고 대답한다.

"저기 저, 전초부대일 겁니다."

바로 옆에 있던 메기가 입을 연다.

"확실히 말핸마. 포 떠서 씹어버리기 전에."

나는 귀를 긁는 척 가리면서 우는소리로 대답한다.

"정찰부대가 틀림없습니다. 본대는 뒤에 따라오고 있어요."

서 있는 사내들의 덩치로 보아 도시에서 온 악당들은 틀림없는 것 같다. 그들의 형체가 분별이 될 정도로 거리가 가까워지자 재천이 손을 든다. 그것을 신호로 일동은 멈추고 중원이 느릿느릿 걸어나간다. 밤이지만 완전히 어둡지는 않아서 가까이에서는 얼굴을 알아볼 수도 있고 떨어져도 재천의 흰 양복은 눈에 잘 띈다. 이제 악당들은 담배를 던지고 이쪽을 주시하고 있다. 그중에 대경이 섞여 있는지는 알 수 없다. 혹시 그가 있다면 어쩌면 나는 살 수 있을지도 모른다. 대경은 나를 아니까. 아니다. 그가 있으면 죽을지도 모른다. 나는 배신자니까. 그러니까 있어도 죽을 확률은 반이고 없어도 살 확률이 반이다. 어차피 마찬가지다.

중원이 나아가자 사내들 가운데 하나가 천천히 마주 걸어온다. 중간에 서서 꽤 오랜 시간 말을 주고받더니 돌아온다. 사내 역시 돌아간다.

"뭐래?"

"당신이 황포 사장이냐고 해서 아니라고 했습니다."

"또?"

중원은 입을 벌리고 말을 하려고 하지만 말더듬이처럼 헛바람만 나오고 말은 한참 후에 시작된다. 재천은 못마땅한 표정으로 기다리고 있다.

"왜 안 나왔느냐고 해서 오늘 아파서 못 나온다고 했습니다. 그리고……"

중원은 다시 눈을 굴리면서 헛바람 소리를 낸다. 이윽고,

"그럼 누가 나왔느냐고 해서 재천 형님이 나왔다고 했습니다.
그리고."

하더니 말은 또 끊어진다.

"빨리 말해!"

"오늘 다이다이로 다구리 함 제대로 붙어보자고……"

"또!"

중원은 낑낑 소리가 날 정도로 뜸을 들이더니 고개를 숙인다.

"까먹었습니다……"

"이런 밥통!"

주위에서 한결같은 비난이 터진다. 이를테면 중원이 맡은 역할
은 선전포고를 하는 사자인데 사자치고는 언변도 기억력도 매우
부족했다.

승합차 쪽에서 움직임이 느껴진다. 사내들은 차에 오르더니 헤
드라이트를 켠다. 그 불빛을 배경으로 거구의 한 사내가 걸어온
다. 재천의 손짓에 따라 일동은 불빛이 비치지 않는 곳으로 물러
선다.

"네가 가봐!"

이번에는 재모가 걸어간다. 사내와 중간에서 만나 잠깐 있는가
싶었는데 돌아온다.

"도대체 왜 그러느냐고 그러던데요. 그래서 당신들 때문에 우리가 몽땅 굶어 죽게 생겼다, 죽을 때까지 한번 붙어보자고 했지요. 누구냐고 해서 마사오 큰형님 동생이라고 했지요. 마사오가 누구냐던데요. 잘 모르는 이름인데 성이 마씨냐고 해요. 그래서 마사오는 마사오다, 이 마사오도 아니고 저 마사오도 아니고 그냥 마사오 형님이다 그랬지요. 그랬더니 자기는 그런 사람 잘 모르는데 예의는 차릴 테니까 한번 만나보자고 해요. 당신들 때문에 열 받아서 죽어가지고 오늘 장사를 치렀는데 어떻게 보느냐, 그리고 모르기는 뭘 모르느냐, 지금 지역에서 전 주민이 총궐기했다, 우리 십만 명을 다 죽이든지 너희가 죽든지 오늘 한번 해보자, 베트콩이 미국하고 전쟁을 할 때를 생각해봐라, 미국이 그 좋은 무기로도 국민을 다 죽이지는 못했고 결국 베트콩이 전쟁에서 이겼다……"

그 짧은 사이에 그렇게 많은 말을 했다니 믿기가 어렵긴 하지만 어쩌면 재모가 나중에 재천의 후계자가 될지도 모른다는 생각이 든다. 아직은 이야기에 알맹이가 부족하고 이야기 그 자체에 빠지는 경향이 있어서 문제이긴 하나. 아니, 문제는 또 있다. 이 전쟁에서 살아남아야 한다. 재천도, 재모도, 덤으로 나도. 그래야 후계자로 재모가 뽑히든 중원이 뽑히든 재천이 후계 없이 계속 해먹든 간에 말이 되는 것이다. 모두 입을 벌리고 재모의 이야기를 듣는 사이 서 있던 승합차가 갑자기 후진을 하기 시작한다.

"도망간다!"

누구의 입에선가 기대 어린, 기쁨도 약간 섞인 말이 튀어나온다. 재천이 그 희망의 꽃대를 사정없이 꺾는다.

"작전입니다."

그 말을 입증이라도 하듯이 승합차는 다리 바깥에서 멈춘다.

"우리도 후진!"

일동은 승합차가 후진하는 속도와 비슷한 빠른 걸음으로 다리의 바깥으로 물러선다. 승합차는 헤드라이트를 끄고 시동은 걸어놓은 채로 멈춰 서 있다.

"어떻게 할까요?"

"기다려."

재천도 차로 돌아간다. 시간이 흐르면서 다리 위의 어둠은 서로의 의혹과 눈길이 교차하면서 점점 끈끈한 긴장으로 가득찬다. 그 공간이 밥그릇이라면 가운데에 숟가락을 세워도 넘어지지 않을 것 같다. 같은 값이면 밥그릇보다는 술독이라고 하는 게 좋겠지? 술의 왕 정운천이 간절히 생각난다. 개구리들은 울어대고 별은 빛난다. 무작정 기다리는 동안 띄엄띄엄 말이 오간다.

"저놈들이 그놈들인가? 왜 마사오를 모른다고 하지?"

용칠은 여전히 의심을 하고 있다. 피곤해 보인다. 의심은 그에게 맞지 않는 일인 것이다. 그런 일은 나같이 어중간한 인간에게 딱 맞는다.

"그것도 작전입니다. 일부러 우리를 무시하는 거죠."

"정말 모를 수도 있지 않겠어? 어디 낚시하러 온 인간들은 아닐까?"

"그래도 마사오를 모른다는 게 말이 되나."

"타 지역 낚시꾼이라면 마사오를 모를 수도 있지. 사실 요즘같이 복잡한 세상에서는 대통령 이름을 외우기도 힘들잖아."

"쓸데없는 생각 말고 낫이나 잘 챙겨놓지. 자네 야구방망이가 요즘 손에 잘 맞는가?"

"재모야, 버스가 오는가 잘 봐라. 나는 요새 도통 눈이 침침해서 버스하고 트럭도 구별 못한단다."

말이 씨가 되었는지 버스가 오고 있다. 일동이 바짝 긴장해서 연장을 챙기고 손에 침을 뱉는데 버스는 승합차 옆을 통과하고 다리를 통과하고 버스를 눈이 빠져라 노려보고 있는 수십 개의 눈도 무시한 채 그대로 통과해버린다. 시내버스다. 피곤해 보이는 학생들이 타고 있다.

"뒤쪽에서 온다!"

누군가 소리 질렀지만 그건 장의사 표시가 있는 빈 버스다. 어쩌면 그 버스가 아침에 수의에 싸인 마사오를 실어 날랐을지도 모른다.

"저것들은 밤낮도 없어."

누군가 중얼거린다. 하품이 나오고 잠이 쏟아진다. 이런 곤란한 순간에 잠을 자는 게 내 무시무시한 주특기다. 시간은 흐른다. 다리 밑 강물도 흐른다. 침묵도 흐른다. 흐를 수 있는 건 모두 흐르고 있다.

문득 맞은편에서 사내들 세 명이 걸어온다. 공격할 의사가 없다는 표시인지 한 사내는 손을 들고 있다. 그들이 다리 중간에 멈추어 기다리는 동안 재천은 중원과 재모를 불러 한참 동안 귓속말을 하고 용칠을 달아매 세 명의 사절을 다리 위로 내보낸다. 저 셋을 합쳐 반죽하고 거기에서 국수를 빼낸다면 그게 재천이 아닐까.

그 틈에 내가 차에 앉아 있는 재천에게 접근할 수 있게 되었다. 나를 돌아보는 재천의 얼굴에는 언제부터인지 몰라도 특유의 웃음이 감돌고 있다.

"왜 버스가 안 오지?"

"딴 데로 갔나보지, 관광이나 휴가를."

세 사람은 마주 오는 사내들과 서너 걸음을 사이에 두고 선다. 그렇지, 저 셋을 다 합쳐서 국수를 빼도 이 황금 같은 미소는 나오지 않을 것이다. 나는 그 미소를 감상하는 한편 상황이 어떻게 된 것인지 파악하느라 머릿속의 모든 회로에 총가동을 지시한다.

"그럼, 오늘 온 깡패들이 저거밖에 안 돼?"

"그런가보지."

이윽고 여섯 사내는 검은 털실처럼 하나로 뭉쳐지더니 다리 아래로 걸어내려간다.

"원래 안 와?"

"그래."

다리 아래서 담뱃불들이 반짝이기 시작한다.

"안 싸워?"

"그럼."

이 세상 어디에고 살벌한 칼 빛이 없고 허공을 가르는 발길질, 주먹질도 없다. 그저 반딧불이만 날아다닌다. 언제부터인지 모르게 서녘에 낫처럼 생긴 달이 걸려 있다.

"사람들이 구경 나온 거 알지? 그 사람들이 심심해하겠는데. 너무 조용해서 말이야."

"공짜 좋아하면 그럴 때도 있는 거지."

강물은 소리없이 흐른다. 영원히 흐르리라.

"이제 어떻게 되는 거지?"

"뭐가?"

"조대경이하고 깡패들은?"

"이런 상태로 서로 평생토록 마주보고 늙어 죽자는 것도 아닐 거고, 답답한 놈이 지는 거야. 봐, 저쪽에서 먼저 손들고 나오잖아. 우리는 도시락 주문해다 먹으면서 얼마든지 기다릴 수 있거든."

살았다는 기쁨보다 속았다는 배신감이 더 크다. 재천은 원래부터 오는 사람들이 몇 명 정도인지, 뭐하러 오는지 알고 있었던 것이다. 재천은 저녁쯤 해서 9인승 승합차 한 대에 대경과 도시 건달들 네댓 명이 함께 온다는 정보를 입수한 뒤 그걸 버스 두 대 규모로 부풀려 일당을 규합하는 데 성공했다. 황포와 그를 따르는 후배들을 초주검으로 만들어놓는 것으로 목표는 진작 달성되었던 것이다. 황포는 예정대로라면 그들과 함께 밤낚시를 떠나기로 되어 있었다. 지역에는 인근에서 가장 큰 곡창지대답게 낚시하기에 좋은 저수지가 많이 있었다.

"도대체 왜 나를 끼워넣어서 공짜로 이렇게 좋은 구경을 시켜주는 거야?"

"네가 어제 용칠이 형님 이야기만 안 꺼냈어도 다른 일을 시키려고 했지. 네가 좋아할 만한 일을."

한두 마디 말, 그 말에 담긴 사소한 의미, 기미까지 놓치지 않는 재천의 비상한 머리와 감각에 새삼 존경심을 느끼면서도 어리석은 나는 물어보고 만다.

"어떤 일?"

"통닭 운반."

냉소는 한때 내가 가진 가장 큰 무기였다. 힘없고 가난한 자에게 신이 내려준 냉소라는 도구는 비리고 누린 세상에 없어서는 안되는 후춧가루 같은 것으로 이따금 잘난 세상의 콧구멍을 후벼 재채기를 하게 하는 힘을 가진 그것을 나름대로 무척 자랑스럽게 생각해왔는데 이제 그 냉소의 왕위를 재천에게 물려주고 조용히 은퇴할까 하는 생각이 든다.

"뭐가 이렇게 쉬워? 이제 네가 왕이 되는 거냐?"

"다 그런 거야. 되기 전에는 복잡하고 어려워 보여도 되려고 하면 아무것도 아니지."

그렇구나. 이제 유신조, 마사오, 조창용, 박재천은 권력의 정상으로 가는 문의 황금 손잡이를 쥐었다는 점에서 똑같은 경험을 나누어 가졌다. 게다가 박재천은 살아 있다. 문 반대편에서 냉소의 부산물인 추억의 납덩어리를 한 지게 지고 있다가 문이 열리면 굴러내려가야 할 불운한 나와 함께.

"왕이 된 다음에는 뭘 하지?"

"모르지."

"몰라?"

"몰라."

"왜?"

"사람이 앞일을 어떻게 알겠나."

20

돌아오는 길, 고개 정상의 전망대에서 내려다보니 지역은 여전히 회오리바람과 함께 피어오르는 비안개로 제대로 보이지 않는다. 반대편은 눈부시도록 화창하다. 화창함은 이렇게 좋은 날씨에 무슨 일이 있겠느냐고 묻는 사람의 표정 같고 비안개는 도대체 무슨 일이 있었느냐고 시치미 떼는 사람의 얼굴 같다.

언젠가 기회가 닿는다면 왜 망원경을 전망대 한쪽에만 설치하는지 휴게소 주인에게 물어볼 생각이다. 망원경만이라도 밝고 어두운 세상 모두에 공평하게 설치해주어야 하지 않겠느냐고.

우리의 시대는
얼마나 현명하고 얼마나 쓸쓸한가

—성석제의 『왕을 찾아서』와 (성장)소설이 불/가능한 시대

김미정(문학평론가)

1. '의미'에 강박하지 않는 소설

1996년에 출간된 성석제의 첫 장편소설 『왕을 찾아서』는 현재에서 과거로, 외지(도시)에서 고향(지역)으로 여행하는 소설이다. 형식상 여로형 소설에서 여행의 주인공은 대개 어떤 깨달음과 함께 현재의 지점으로 돌아온다. 소설은 제목에서부터 '찾아서'라고 하는 '추구'의 서사임을 감지케 하는 문구를 드러냈고, 그것에서 우리는 이 소설의 정체를 상상해볼 수도 있다. 어떤 소설론의 저자가 말했듯, "소설의 주인공은 추구하는 사람"이라고 해왔던바, 이 정격적으로 느껴지는 형식만을 두고, "자기 고유의 본질성을 찾기 위해 모험을 찾아 나서는 영혼의 이야기"[1] 같은 문장을 떠올리기

---

1) G. 루카치, 『소설의 이론』, 김경식 옮김, 문예출판사, 2007, 103쪽. 이하 본문에서 이 책을 언급할 때는, 각주 대신 저자명과 페이지만 병기한다.

도 어렵지 않다.

하지만, 아는 사람은 아는 바이지만, 이 '왕을 찾아'가는 주인공은 그런 고결한 내면이나 분투적인 가치를 찾는 이와는 거리가 먼 '이야기꾼'으로 스스로를 포지셔닝하고 있다. 그는 고귀한 가치를 내면화하고 반성하는 자의식은커녕 "나는 이류"라고 스스로를 자발적으로 격하시킨다. 또한 이야기의 주인공이라기보다 "역사가"를 자처하는, 이야기 바깥의 인물이다. 실제로 소설의 내용 층위에서도 그는 고향을 떠났다가 잠시 돌아온, 그리고 곧 떠날 외부인의 위치로 이야기 액자틀의 경계에 있을 뿐, 소설은 나의 이야기가 아니라 어느 지역 필부들의 이야기로 요약된다.

소설의 이야기는, 이 세계의 흔하디흔한 남자들의 무용담, 어느 지역 건달들의 흥망사, 그리고 명예와 의리와 우정과 배신으로 점철된 인간사, 그리고 한 명의 여자를 둘러싼 신파조의 순정담으로 가득차 있다. 이 이야기들은 마치 출처를 알 수 없는 소문 이야기를 연상시킨다. 성석제의 첫 단편소설 「내 인생의 마지막 4.5초」가 교묘하게 변형되고 확장된 이야기가 『왕을 찾아서』에도 있고, 소설 속 영웅인 마사오正夫라는 이름은 또다른 마사오正男로 다시 등장하거나(「유랑」), 아름다운 여인들의 원형질인 세희는 각 소설마다 여러 이름들로 변주되지만, 연상되는 바와 달리 그들은 전혀 다른 서사 속의 다른 인물들이다. 왕을 찾는 여행의 주인공이자 소설의 화자인 원두 역시 『궁전의 새』의 또다른 원두를 연상시키지만,

그 둘이 같은 인물이 아님은 물론이다.[2]

일일이 열거하기 어렵게 여러 버전으로 각색된 이야기와 인물, 고유명 들은, 성석제의 소설들 속에서 서로를 선후적으로 지시하지만 결코 일치하지 않고, 계속 서사를 확장·이행시키는 매개로 존재한다. 불연속적인 각각의 시간 속에서 펼쳐지는 기호들의 환유적 관계는, 우리네 삶의 파편성과 우연성을 환기시킨다. 좋았던 옛 시절의 원환성 같은 것도, 연속적으로 충만한 시간도 그저 미망未忘임을 암시한다.

한편, 작가 스스로는 계몽적인 포즈에 대한 저어함을 힘주어 강조한 바도 있다.[3] 계몽성은 줄곧 (근대)소설이라는 장르에 요청되어온 형식에 상동적으로 내재된 것이다. 이 계몽성은 근엄한 지사적 포즈나 준엄한 윤리적 메시지에만 해당하는 것이 아니다. 원리적으로 그것은, 발화하는 '나'의 확실성을 주장하는 1인칭 장르에도 전제되어 있다. 아무리 타인과 무관한 듯 보이려는 포즈의 독백

---

2) 이런 겹침과 반복의 이야기를 구연하는 테크닉에 대해, 벤야민의 비유에 따라 '농부의 계보'에 속한다고 평가하는 논의도 참고할 만하다. 신수정, 「잃어버린 목소리를 찾아서」(『도망자 이치도』, 문학동네, 2007) 참조.

3) "전체주의나 극단주의 같은 것, 또는 공리 같은 것을 소리 높여 외쳐서 권력을 지니려는 모든 자들을 혐오합니다. (……) 무엇보다도 재미있어야 하겠다는 게 제 생각입니다. 굳이 유익해야 한다거나 교훈이 되어야 한다는 부담을 갖지 않으려 하는 편입니다. (……) 독자들과 함께 자유롭기만을 바랍니다."(손종업·성석제 대담, 「소설과 이야기의 즐거운 대화」, 『문학과사회』 1999년 겨울호)

일지언정 '이것은 진실이라는 사실을 믿어달라, 믿어야 한다'라는 주문이 청자/독자에게 끊임없이 요구된다. 그리고 독자가 그 암묵적인 요구에 동의하는 역할극 속에서 진정성에 기반하는 근대소설이 '수행'되어왔다.

그러나 작가가 '나'의 확실성을 모호하게 흩어놓고 진릿값을 묻지 말아줄 것을 암묵적으로 요구하는 이야기를 들려줄 때, 독자 역시 다른 기대지평을 가져야 한다. 이것은 진짜일 수도, 진짜가 아닐 수도 있음을 유념해야 한다. 이때의 성석제 소설의 쾌快는, 혼자 읽고 타인의 내면을 엿보며 관음증적으로 감응하는 독서의 쾌와는 다른 것이다. 많은 이들이 말해온 성석제 소설의 재미 혹은 유머라는 것도, 일차적으로는 형식적 정격성을 유희적으로 역전시키는 데에서 연유되는 것이다. 권위에 도전하거나 적어도 순종하지 않을 때, 종종 웃음이 부수되는데, 이것이 형식 수준에서 미리 구현되어 있는 것이 성석제의 소설이다.

또한, 도전하거나 순응하지 않는 태도에 의도가 있건 없건, 그에 대한 생체적 반응으로서의 웃음 자체는 무목적적이다. 성석제 소설은 소설의 형식적 권위에 원심력을 가짐으로써 이미 웃음의 조건을 마련해두고 있을 뿐 아니라, 웃음의 초역사성·무목적성을 증거하고 있다. 그의 소설에 공격성이 존재하지 않는다는 지적[4]도,

---

4) 서영채, 「이 집요한 능청꾼의 세계」, 『이 인간이 정말』, 문학동네, 2013.

성석제 소설이 풍자나 비판과 같은 목적서사에서 자유로움을 지목하는 말로 기억할 만하다.

　과연, 성석제의 소설이 주는 재미와 웃음은, 그의 말대로 "유익"이나 "교훈"을 목적으로 하지 않는다. 그의 소설은, 시간을 목적과 수단의 계열에 놓을 때 만들어지는 '의미'에 강박하지 않는다. 성석제 소설의 재미와 웃음은, 의미나 생산에 대한 강박과 같은 근대의 병에서 '이탈'한다. 인간이 스스로를 '생각하는 존재(호모사피엔스)'로 여긴 것은 합리주의와 이성에 대해 낙관적이었던 18세기 이래의 일이다. 그리고 이후 재미, 놀이, 감각의 쾌快를 좇는다는 것은 종종 비생산, 무의미, 잉여적인 것의 계열 속에서 이해되어왔다. 근대가 (자본주의, 공산주의) 어느 체제를 막론하고 생산력주의에 들려 있었음을 떠올려본다. 그리고 그 생산력주의적 강박과 관련되어온 해석학의 지향에 대해서도 떠올려본다. 따라서 어쩌면 비평의 무용함이 운위되는 이 시대 소설의 계보학은 직접적으로 성석제의 소설로부터 논해져야 하는지 모른다. 성석제 소설은 분명 생산, 의미와 같은 계열어들과 관련된 목적서사와는 다른 길을 걸어왔고, 그럼에도 여전히 근대적 문학(제도)의 중심에서 이야기되고 있는 중이기 때문이다.

2. '서사시'와 '소설'은 어떻게 공존하는가—영웅 이야기의 안과 밖

소설은 도시에 살고 있던 '나'가 유년 시절을 상징하는 어느 '지역'을 향해 버스를 타고 가는 장면에서 시작한다. '나'의 유년행은, 어릴 적 '왕'처럼 숭배했던 마사오의 문상을 가기 위해서이다. 사실 마사오는 소설 바깥에서 볼 때 그저 한 마을의 "대책 없는 싸움꾼"에 불과했을지 모른다. 하지만, 화자에게 마사오는, 교도소-군대-거리를 오가며 복고풍 남성공동체의 상징성을 두루 갖춰가는, 뒷골목 세계의 왕이다. 화자의 마사오 숭배는 소년들의 치기 어린 영웅숭배에 지나지 않을지언정, "지역의 평온과 질서를 유지하는 경찰, 재판관, 시장, 의원, 언론인, 배우"를 겸한 "위대한 인물"로 묘사된다. 뿐만 아니라, 소설 속 등장인물은 "세계 대통령" "지역 최고의 민주투사" "강철 같은 주먹" "최고의 문사" "우주적인 술꾼" "재야 천재 화가" "방중술의 대가" "도사 겸 예언가"로 지칭되는, 각자만의 영웅의 자질을 갖고 있는 인물들이다. 화자가 들려주는 이야기는 구연자의 수사적 과장이라고 할 수만은 없는, 모두가 영웅이고 왕인 세계의 이야기인 것이다.

현전하는 최고最古의 영웅 이야기는 분노에서 시작한다. 영웅 아킬레우스는 자기 여자를 동료에게 빼앗기고 상심하고 분노하며 칩거에 들어간다. 『일리아스』의 이야기는 그를 회유하여 전장에 나가게 하는 이야기이고, 그 속에는 '태초에 시기, 질투, 싸움이 있었다'의 세계가 있다. 그러니까 영웅도 희로애락을 아는 인간이다. 『왕을 찾아서』의 마사오도 박재천도 조창용도 분노하고 질투하고 배신하고 울고 웃는 인간이다. 또한 아킬레우스를 상심케 한 여자 브리세이스나, 오디세우스를 기다리는 아내 페넬로페는 여러 영웅들 사이에서 증여와 교환의 대상일 뿐이다. 『왕을 찾아서』의 세희 역시 소설 속 남성공동체 사이에서 증여와 교환의 대상이고, 광자는 "흰 팔뚝"의 페티시로만 존재한다. 젊고 강한 남성들만 주인공인 이 세계에서 성별의 위계를 문제삼을 계제는 이미 없다. 이것은 이미 그렇게 각자의 역할이 정해져 있는 '서사시'의 세계이기 때문이다.

이 세계는, "사나이라면 천 길 낭떠러지에서 소나무에 대롱대롱 매달렸을 때 그 손을 놔버리는 거야"라는 말에 들린 영웅들의 세계다. 또한, 남자의 구애를 거절한 여자가 먼 훗날 남자에게 "왜 먼저 자자고 하지 않았어? 왜 그날 나를 그냥 보냈어! 왜 노래만 부르고 말았어!"라고 하는 통속 신파의 세계. 혹은 "너는 내가 사랑하는 여자를 빼앗아갔다…… 나는 너에게 온 세상을 양보했다…… 그런데 너는 그 아름다운 세상을, 여자를 제대로 건사하지 못했다…… 너는 그 여자를 네 두목한테 도로 바쳤다…… 그 여자를, 내 명예를 더럽혔다"와 같은, 과장되어 우스꽝스럽기까지 한 비장함에서 볼 수 있듯, 지켜야 할 명예와 의리와 순정과 더러운 배신이 뒤얽힌 세계다. 그리고 그 자체는 이미 완결되어 있는 "신화시대"다.

그러나 이 영웅들의 서사시는 익명이자 다수인 코러스에 의한 논평이 아니라 '나'에 의해 회고되고 있는 중이다. '회고'란 곧 이야기되는 시간과 이야기하는 시간의 거리로 인해 성립한다. 이 영웅들의 이야기가 '나'의 시선의 프레임을 거치고 있다는 사실, 그리고 '회고'라는 행위 속에 이미 시간의 흐름이 개입하고 있다는 사실. 이것을 깨달을 때, 다시 『왕을 찾아서』는 다름아닌 '소설'의 자리로 이동해 있을 것이다. 무대 뒤에 숨어 있던 '나'의 존재를 잠시 잊을 때에만 이 영웅들의 활극은 서사시인 것이다.

한편, '사나이'들의 세계에서 여자는 부수적인(으로 여겨야 할) 존재이기에 '나'는 내내 시치미를 떼고 있지만, 사실 이 소설에서 영웅 마사오와 미인 세희는 동등한 위치를 점하고 있다. 따라서 화자가 이야기하는 "신화시대"는, 영웅 마사오에 대한 동경뿐 아니라, 미인인 세희에 대한 순정이 지켜질 수 있던 시대이다. 신화시대는 그 자체로 아름답고 완벽한 진공, 정지해 있는 시대다. 그러나 "몰락한 마사오는 내게 살아 있어도 죽은 것이나 다름없"고, "이제 그는 완벽하게 죽었다"고 할 때, 신화시대라는 무균질의 시공간은 이미 화자 안에서 끝난다. 또한 "여전히 눈부시게 아름다운 세희"는 "십 년 전이나 이십 년 전이나 지금이나 여전히 아름답다"라는 묘사는 신화시대에의 마지막 기억인 셈인데, 이것은 이내 그녀와 셈을 주고받는 관계를 확인하면서 끝나게 된다. 다음 장면을 잠시 본다.

"제가 거기로 나가면 안 될까요? 드릴 말씀이 있는데요."

"말씀하시죠."

"전화로는 어렵고요."

"그럼 나중에 편지로 하시든지요. 지금은 은행 계좌번호를 불러주십시오."

그녀는 다시 침묵한다. (……)

"기다리세요."

그녀는 또 한참을 기다리게 하더니 은행 계좌번호를 불러준다.(324~325쪽)

고향에 돌아와 확인하는 것은 마사오의 죽음이고, 계좌번호로 남은 세희와 '나' 사이의 관계다. '나'는 알고 있다. "이승에서 우리에게 주어진 시간은 다 가버렸어. 이제 계산만 남은 거지, (……) 이제 우리는 빚진 게 없군." 즉, 세희에 대한 순정은 '은행 계좌번호'라는 물화된 세계에 압도되어버린 자신들을 확인하면서 함께 끝난다.

성석제의 소설들을 두고 소설과 서사시의 세계를 구분하고 근대적 미의식의 역설을 이야기한 서영채의 논의[5]는 여기에서 중요하게 참고할 수 있다. 『왕을 찾아서』로 말하자면, 마사오와 세희,

---

5) 서영채, 같은 글.

즉 영웅과 미인은 서사시의 세계 속에서 약해지지도 늙지도 죽지도 않는다. 고대 서사시 속의 네스토르는 처음부터 늙음과 연륜을 부여받아 살고 있고, 전장에서 죽는 이들은 언제나 젊은 육체의 소유자들이다. 서사시의 세계는 부여된 각자의 운명대로 정지해 있고 그 자체로 완성되어 있기 때문이다. 그곳은 시간이 흐르지 않는다. 영웅은 처음부터 끝까지 영웅이고 미인은 처음부터 끝까지 미인이다. 영웅도 죽고 미인도 늙는다는 사실을 '인정할 때' 서사시, 신화의 세계는 끝나는 것이다.

언젠가 작가는 소설을 쓰며 "현실의 순수한 재현보다는, 순정한 가짜를 선택했다"[6]고 말했다. 『왕을 찾아서』의 마사오와 세희 역시 '순정한 가짜'로 선택된 이들이다. 마사오와 세희에게 시간은 이미 그들의 캐릭터에 완결되고 고정된 채로 부여되어 있다. "서사시에서 시간은 실재성, 현실적인 지속을 거의 지니지 않"듯(루카치, 144쪽), 마사오와 세희는 체험된 인물이라기보다 이미 인식 속에 완결된 채 내재되어 있는 인물인 것이다. 그러나 동경이 더이상 유효하지 않음과, 유토피아가 불가능한 것을 '깨닫는' 순간, 시간은 흐르기 시작한다. "시간은 초험적인 고향과의 연결이 중단되었을 때에야 비로소 형성적으로"(루카치, 145쪽) 되는 것이기 때문이다. 즉, 『왕을 찾아서』 속 서사시의 세계는, 영웅들의 무용담

---

6) 성석제, 「작가의 말」, 『순정』, 문학동네, 2000.

이 아니라 그 영웅들이 늙지도 약해지지도 않기를 강렬하게 바라는 화자의 욕망으로 유지되는 것이다.

이제까지 보았듯, 『왕을 찾아서』를 액자형식이라고 할 수 있다면, 액자 안의 이야기는 서사시적 충만함의 세계다. 액자 안의 이야기는 단지 재미있고 유쾌한 구연담이 아니라, 그 자체로 완결미를 지닌 시대의 비유로 존재하는 것이다. 흠 없는 완벽한 세계는 세상에 없거나 영원할 수 없기에 더욱 아름답게 여겨진다. 다른 소설에서 어느 화자는 말한 바 있다. "정말 아름다운 건 가질 수가 없"고, "생명은 유한해서 더 아름답다. 황금이나 보석처럼 영원히 오래갈 것이라면 눈부실 따름, 마음 깊은 곳을 흔드는 아름다움과 슬픔을 줄 수는 없다".[7] 이를 통해 보건대, 성석제의 많은 소설에서 '아름다움-젊음-죽음-영원'이 등가적 관계로 발견되는 것은 이상한 것이 아니다. 젊음은 특권적 시간이기에 스무 살을 넘겨서 산다는 것은 치욕처럼 여겼던 어느 탐미주의자의 소설(미시마 유키오, 『가면의 고백』) 못지않게 『왕을 찾아서』에서 역시 몰락은 비장해야 하고, 젊음과 아름다움은 가장 만개했을 때 소멸해야 영원히 가치 있는 것이다. "사나이라면 천 길 낭떠러지에서 소나무에 대롱대롱 매달렸을 때 그 손을 놔버"려야 한다고 술자리에서 호기롭게 주고받는 이들, 병들고 약해져서 죽은 마사오에게 느낀 실망감을 감추는 '나'

---

7) 성석제, 『위풍당당』, 문학동네, 2012, 67~68쪽.

에게서 다시금 읽게 되는 것도 이 같은 '근대적 미의식이 가지는 역
설'[8]이다. 이것은 각자가 가진 내면을 활성화하지 않고는 읽을 수
없는 것들이다. 함께 듣고 즉각적으로 느껴지는 쾌는, 이렇게 다시
각자만의 내면에 감응하는 형식의 자리로 돌아온다. 이때 다시 화
자에 대해 이야기해야 한다. 이 소설은 내내 이야기 외부의 이야기
꾼의 존재를 강조하지만, 마사오와 세희라는 절대적 아름다움의
'명멸'은 반드시 단일한 프레임을 통해 이야기되기 때문이다.

3. 진짜 이야기의 진원지는 어디인가—말하고 지우는 '나'

『왕을 찾아서』뿐 아니라 여타의 성석제 소설들에서도 '나'는 서
술되는 이야기의 방외인, 매개자를 자처한다. 어느 서간형식의 소
설에서도 암시한 바 있지만, 성석제는 자신의 소설 속에 이야기의
대리인이 있다는 사실을 표나게 드러내왔다. "벙어리 여인이 구술
한 것을 내 나름의 상상력을 조금 보탠 뒤 (……) 편지로 옮"[9]기는
자들은, 신들의 길안내가 필요한 "청춘의 주인공"(루카치, 99쪽)과
는 거리가 멀어 보인다. '작가의 첫 소설은 자전소설'이라는 식의
세속의 속설과도 거리가 멀어 보이는 것이 성석제의 첫 장편소설
『왕을 찾아서』이다. 작가의 첫 소설에 대한 속설은 인칭과 형식을

---

8) 서영채, 같은 글.

9) 성석제, 「유랑」, 『조동관 약전』, 강, 2003.

둘러싼 우리의 근대적 믿음에서 기인하는 것일진대, 그 믿음과 기대를 거부하며 등장한 것이 90년대 성석제의 소설이었던 것이다.

하지만, 이 소설이 형식적으로나마 1인칭의 회고담이라는 사실은 여전히 중요하다. 소설 속 화자가 스스로를 이야기의 외부자로 위치짓고, 소설 속 이야기가 그저 만들어진 허구일 뿐임을 자주 암시하는 와중에도, 그것을 발화하고 있는 이는 '나'이기 때문이다. 소설 속 마사오의 이야기는 한정된 공간 내에서 저절로 돌고 도는 소문의 진화학에 기대어 있음이 자주 암시된다. 또한 '나'는 역사가다라는 진술 역시 반복된다. 그러나 이것은 오히려 '왜 이토록 화자는 자기를 은폐하려 하는가'라는 의문을 낳는다. 잠시 다음과 같은 장면도 참고하자.

> 잘 있거라, 금문교여.
>
> 잘 있거라, 다리 아래의 모래무지.
>
> 잘 있어, 영원히 늙지 않는 오리야, 잘 있어.
>
> 해마다 찬란한 황금 갑옷을 갈아입는 미루나무여.
>
> 내 마음속에서 영원히 거꾸로 흐르는 강이여.
>
> 나는 너희 앞에서 얼마나 자주 눈물을 보였는지.
>
> 내 영혼의 창고지기, 잘 있거라.
>
> 황금을 지키는 황금 거인들, 또 내 작고 희미한 발자국들.
>
> 잘 있어, 내 다시 돌아오지 않으리.(326~327쪽)

돌아가는 버스에 올라타 고향의 다리를 지나며 '나'는 '친구와 사랑과 고향과 추억'을 잃은 심정을 이 같은 시 한 편에 담는다. 다시는 이곳에 오지 않을 것임을 다짐하고 잃은 것들에 작별하는 심정에, 독자로서 한껏 이입되며 함께 감정적으로 고조될 찰나. 이어지는 구절은 다음이다. "나는 초등학교 시절, 박조롱 문하에서 사사했던 이후 최초로 자발적이고 멋진 시를 구상한 데 대해 만족한다."(강조는 인용자)

시 속의 화자와, 그 시를 품평하는 화자 중 어느 쪽이 진짜 '나'일까. 지금 여기에서 '나'는 내면의 감상을 드러낸 후 즉시 차단하면서, 감상성을 철회하고 장면을 전환시킨다. 독자의 이입을 방해하고, 내면 대 내면의 마주침을 단절시키는 이 장면은, 성석제 소설의 웃음의 기제를 설명하는 하나의 사례로도 기능할 것이다. 그러나 역시 여기에서 기묘하게 강조되는 것은, 발화자 스스로를 지우려는 강박이다. 말하고 지우고, 참견하면서 숨고, 1인칭을 자꾸 외부의 시선으로 전환시켜 객관화하려는 장면들 중 진짜는 어느 쪽일까.

물론 이런 장면에서, "웃을 수도 없고 울 수도 없는 그 경계선. 꿈도 아니고 생시도 아닌 경계선. 중도 아니고 속도 아닌, 성스러움과 속됨의 경계선"[10]에서의 삶, 즉 인간사를 모자이크처럼 그려내는 성석제 소설의 인식과 작법을 이야기하기는 쉽다. 과연 인간은 언제나 웃음과 비애, 꿈과 현실, 성과 속 사이에서 진자운동을

---

10) 성석제, 『호랑이를 봤다』, 작가정신, 1999, 90쪽.

하는 존재다. 그 사이에서 초월을 꿈꾸지만 좌절하고 다시 초월을 꿈꾸지만 좌절하는 존재다. 그런데 그 형이상학적 주제가 이토록 우스꽝스러운 장면과 직결되기도 어렵다.

하지만 이것은 소설의 표층에서 보여지기를 바라는 작가의 의도에 다름아니다. 여전히 기이하게 느껴지는 것은, 의뭉스럽게 이야기하고 빠져나가는 '나'의 정체다. 즉, 마사오를 둘러싼 이야기는, 소문의 익명성에 내맡겨진 것처럼 위장되어 있고, 그것은 한 개인의 향수나 감상성으로 환원되지 않도록 자주 제어된다. 익명의 소문과 나의 내면. 어느 쪽에서 이야기의 진원지를 찾아야 할까. 이때 다음 대목이 눈에 띈다.

서른한 살. 결혼. (……) 스물아홉. 남이 되었다. 나는 남이다. 스물여덟. 남의 발바닥이 되다. 성공. 스물일곱. 남 밑에 들어가다. 실패. 스물여섯. 공무원 시험. 미련. 미련함. 스물다섯. 도피. 떠남. 스물셋. 회피. 기피. 망각. 위선. 소심. 소문. 어물전의 천사 (……) 나는 아이가 된다.

다시는 어른이 될 수 없는 아이.(277~278쪽, 강조는 인용자)

여기에서 화자는, 시간을 거슬러가는 것의 불가능함뿐 아니라, 유년 자체가 이미 완성된 시간임을 이야기하고 있다. 그는 '다시는 아이가 될 수 없는 어른'이 아니라 "다시는 어른이 될 수 없는 아이"에 대해 이야기하고 있음에 유의하자. 이것은 회고나 향수를 넘어선다. 어쩌면 이것은, 불연속적 시간 앞에서 무력함을 깨달은 이의 '비애'다. 채 문장이 되지 못한 이 분절된 말들은, 능수능란하게 마사오 이야기를 전하는 구연자의 문장과는 전혀 다르다. 만일 구십구 퍼센트의 달변과 일 퍼센트의 눌변이 있다고 치자. 어느 쪽에 더 마음이 쓰이겠는가. 잘 보이지 않고 들리지 않는 더듬거림 속에 진실의 한 자락이 있을 것이라는 믿음은, 인간의 '의식과 무의식'을 논해온 이들의 믿음이기도 했다. 이때 마지막으로 오토바이족 앞에서 압도당하는 '나'의 모습을 겹쳐 본다.

> 오토바이와 침묵의 엔진을 함께 돌리며 나를 에워싸고 있는 아이들 앞에서 나는 어떻게 해야 좋을지 모른다. 삼십대라는 나이는 이런 경우에는 아무런 힘이 되지 않는다. (……) 아이들은 오토바이의 불빛으로 내 얼굴을 알아보고 나이를 알아보고 모터 소리를 크게 울려 신호를 한다. 별 볼일 없는 우스운 놈이다. 내게는 엔진 소리가 그렇게 들린다. (……) 마음대로 왔다가 마음대로 사라지는 마지막 엉덩이가 사라질 때까지 나는 꼼짝할 수 없다.(135~136쪽)

'나'는 이미 저들의 그 자체로 완결되어 있는 '젊음'이라는 시간 앞에 위축되어 있다. '나'는 회고하거나 향수에 젖는 것이 아니라, 시간의 흐름, 빠름이라는 속도를 인지하면서 자신의 나이를 의식한다. 나이듦은 시간의 흐름과 함께 시작되는 것이 아니라, 시간의 속도를 인지하면서부터 시작된다. 여기에 능수능란하게 수컷들의 무용담을 구연하던 '나'는 없다. 오토바이족 앞의 '나'는 스스로가 구연하던 서사시가 아니라, 소설의 세계에 서 있다. 마르트 로베르는 말했다. "낙원의 비전을 단념하지 않은 채 내부에서 커져가는 관찰자의 시선을 더이상 완전히 회피할 수도, 그 불가피성을 무시할 수도 없는 유예와 투쟁의 이 순간, 바로 그때 소설은 시작된다."[11]고.

즉, 유년과 젊음과 아름다움의 시대를 이야기하던 '나'는 지금 더이상 이야기꾼·관찰자의 시선을 유지할 수 없다. 자신이 이야기하고 있는 시대는, 아무리 그것이 타인의 이야기일지라도 자신의 영혼을 경유해서 나올 수밖에 없음을 알고 있다. 이 위축감은, 저들의 젊음과 자신의 쇠락을 비교하는 회한과 비애에 다름아니다. 그리고 그 사실을 정면에서 마주치는, '회피할 수도 그 불가피성을 인정할 수도 없는' '순간'이 온 것이다. 이것은 어쩌면 우리가 '소설'이라고 말하는 그 장르가 시작하는 모든 순간일지도 모른다.

---

11) 마르트 로베르, 『기원의 소설, 소설의 기원』, 김치수·이윤옥 옮김, 문학과지성사, 1999, 119쪽.

4. 믿음 없는 시대, 불/가능한 (성장)소설

의미나 생산에 대해 강박적인 목적서사에서 자유로운 소설이 성석제의 소설인 것은 맞지만, 결국 확인하게 되는 것은 아이로니컬하게도 이 원심력의 자유로움에 숨겨져 있는 근대적 소설 탄생의 순간이다. 나아가 이 소설은 서사시의 세계가 이미 근대인의 미망임을 알아차린 이의 성장소설이기도 하다.

성장소설이 교양소설Bildungsroman과 동의어처럼 여겨져온 관습에서 알 수 있듯, 소설의 많은 이론가들은 성장을 '상실'과 '획득'의 과정으로 여겨왔다. 그것은 간단히 말해 '유년을 잃은 대신 세계를 알고 어른이 되었다'로 요약할 만하다. 『왕을 찾아서』에서도 잃은 것은 마사오와 세희의 시간이요, 얻은 것은 현재 그들을 회고할 수 있는 시선이다. 자기만의 왕으로 등극시킨 이의 죽음을 자기 안에서 승인하고 그것을 회고하는 과정은 분명 소설의 이론가들이 이야기해온 근대적 상실과 획득의 문법 속에서 설명할 수 있을 것이다.

이런 의미에서 성장소설은 근대소설의 핵심을 담고 있다. 찾아 헤매고 추구하는 인물. 마사오나 세희를 내 것으로 갖고 싶은 욕망. 그러나 좌절과 상실을 인정하면서 어른이 되는 과정. 어쩌면 『왕을 찾아서』는 전형적이다. 나아가 그 전형성을 메타적으로 조망하고 있다. 가령, 소설의 화자는 서사시적 세계를 액자 안에 완성시켜놓았고, 그것이 어른의 시간과 단절되어 있음을 스스로 분절된 말 속에서 고백하고 있었다. 말하자면 이 '나'는 초(선)험적 고향이 '말 그대로' 경험을 넘어 미리 주어져 있다는 사실을 알고 있다. 그는 단지 상실에 대해 애통하는 자가 아닌 것이다.

과연 화자를 통해 엿볼 수 있듯, 서사시의 세계는 어쩌면 인간이 진실로 경험한 바 없는, 그러나 경험한 바 있다고 믿는 사후적 기억 속 세계일 것이다. "별이 총총한 하늘이 갈 수 있고 또 가야만 하는 길들의 지도인 시대, 별빛이 그 길들을 훤히 밝혀주는 시대"(루카치, 27쪽)는, 지금도 많은 이들의 마음을 설레게 한다. 하지만 정작 그 세계는 『일리아스』나 『오디세이아』의 진짜 이야기에서처럼 서로를 살육하거나, 심지어 내가 죽는다는 사실에 대한 '자의식' 같은 것이 없었기에 행복했을 것이다. 반성reflection할 내면의 거울 없이 그저 신들의 변덕과 희롱에 누구나 예외 없이 스스로를 맡겼고, 그러므로 자기의 생에 자기 스스로 책임질 필요는 없는 시대였다는 점에서 행복했는지 모른다. 반성하는 내면을 스스로 깨닫는 순간, 시간은 흐른다. 아니, 시간은 이미 흐르고 있었고, 깨달음은 늦다.

말하자면, 헤파이스토스의 방패에 새겨진 세계가 상징하는 총체성의 시대. 선험적인 유토피아적인 고향 같은 시대. 신탁과 같은 선험적 좌표를 따라 내 영혼이 안주하거나 떠날 수 있는 시대. 이것은 어쩌면 영웅들만을 위해 예비되었던 세계였을지 모른다. '전쟁에 참가해 죽더라도 불멸의 명예를 얻을 것인가, 참전하지 않고 이름은 날리지 못하더라도 장수할 것인가'라는 질문 앞에서 서슴 없이 전자를 택하는 아킬레우스의 세계. 죽음을 감히 택하는 그들 은 영웅 아닌가. 한 세계의 사람이 그것을 위해 죽을 수 있었던 미 의식 때문에 다른 세계를 사는 우리가 죽을 수는 없다. 즉, 우리가 알아온 총체성과 완성태로서의 세계는 처음부터 그들만의 것이었 고, 상상태로만 존재해온 것인지 모른다.

『왕을 찾아서』의 화자가, 쓰고(말하고) 지우기를 반복하면서 1인 칭의 흔적을 지우려는 강박의 장면들에서, 가상에의 믿음과 그 허 위를 의식하는 이의 주저함을 강하게 느끼는 것은 그저 신앙 없는 자의 만용에 불과할까. 성석제는 어떤 소설에서 이렇게 말한 바도 있었다. "아이는 다른 사람들과 어린 시절에 관해 이야기할 때 종 종 다른 사람의 기억을 빌리거나 잘못 기억하거나 그렇다고 믿고 있는 것에 의지하는 자신을 발견한 적이 많았다."[12] 이렇듯 유년 혹 은 초험적 고향에의 믿음 자체가 그저 가상의 완성태라는 것을 드 러내는 성석제의 소설들에서 지금 우리 시대의 연원을 엿보는 것은 과장된 독해인가.

물론, 우리가 생물학적 인간의 외연을 갖고 있는 한, 성장은 어 느 시대를 막론하고 누구를 막론하고 계속될 것이다. 하지만 성석

---

12) 성석제, 「홀림」, 『홀림』, 문학과지성사, 1999, 126쪽.

제 소설의 1인칭 화자들의 머뭇거림에서 예감하듯, 우리는 이미, 초험적 고향이 근대를 살아내기 시작한 인간의 가상의 고향이라는 것을 '알아차리기' 시작한 시대의 인간들이다. "총체성에의 의향은 갖고 있는 시대의 서사시"(루카치, 62쪽, 강조는 인용자)가 '소설'이라고 했다. 그렇다면 그 의향도 일찌감치 사라지고 동경의 의미도 하릴없이 옅어져가는 이 시대에 소설이란 어떻게 가능할 것인가.

그러니까 초험적 고향이나 총체적인 세계가 있었다라는 것이 사실이라고 믿었던 시대. 설령 그것이 가상이라는 사실을 알고 있었을지언정, 그 '가상성'을 괄호치고 스스로의 믿음 체계는 유지해오던 것이 지난 시대였다. 말하자면 문학의 호시절 말이다. 그러나 지금은 가상을 허약한 가상이라고 추인하고, 그 (가상에의) 믿음의 허위성을 스스로가 공표하는 시대가 아닌가. 성석제 소설 속의 '나'들로부터 읽게 되는 독특한 장면은 단지 흐르는 시간을 인지한 자, 나이듦을 의식한 자의 비애가 아니다. 그것은, 스스로의 시대에 비애를 느끼는 스스로가 얼마나 시대착오적인지를 '알고 있는' 자의 비애다. 오토바이족의 속도 앞에서 느끼는 '나'의 당혹감은, "별이 총총한 하늘이 갈 수 있고 또 가야만 하는 길들의 지도인 시대, 별빛이 그 길들을 훤히 밝혀주는" 시절에 대한 향수라기보다, 그 향수의 불가능함을 알아차린 이의 비애에 다름아닌 것이다.

환상의 효용도 동경의 의미도 소수의 취향으로 왜소화된 우리

의 시대를 성석제의 소설을 읽으며 뒤늦게 떠올린다. 이야기꾼
이 들려주는 재미와 웃음에는 어쩌면, 의장을 갖추지 않고 스스
로를 드러내는 것을 저어하는 이 시대 소설의 기원이 있다. "비지
스를 들으며 가본 적도 없는 매사추세츠를 그리워하고 〈To love
somebody〉를 들으면서 누군가를 사랑한다는 것이 어떤 것인지
슬프게 배"[13]우면서 성장한 이들이 있다. 그들은 어떤 매개를 통해
내면을 발견하고, 가본 적 없고 사랑한 적 없는 대상을 동경하고
욕망하며 성장한 이들이다. 그 내면과 욕망을 가능케 한 세계는 무
엇이었는가. 한 번도 직접 경험한 적 없는 것에 대한 막연하고 맹
목적인 그리움은 어떻게 가능했던가. 이 성장을 가능케 한 세계는
어디에 있는가.

그리고 그 세계가 우리의 믿음을 통해서 가능했었음을 불가피
하게 알아차린 지금의 시대, 나만의 마사오를 가슴에 품지 않고도
그럭저럭 살아갈 수 있는 이 시대는 얼마나 현명하고 또 얼마나 쓸
쓸한가.

---

13) 성석제, 『단 한 번의 연애』, 휴먼앤북스, 2012, 138쪽.

한국문학의 '새로운 20년'을 향하여

　문학동네가 창립 20주년을 맞아 '문학동네 한국문학전집'을 발간한다. 1993년 12월 출판사 간판을 내건 문학동네는 이듬해 창간한 계간 『문학동네』와 함께 지난 20년간 한국문학의 또다른 플랫폼이고자 했다. 특정 이념이나 편협한 논리를 넘어 다양한 문학적 입장들이 서로 소통하는 열린 공간이고자 했다. 특히 세기말 세기초에 출현하는 젊은 문학의 도전과 열정을 폭넓게 수용해 한국문학의 활력을 높이는 데 이바지하고자 했다.

　돌아보면 세기말은 안팎으로 대전환기였다. 탈이념화를 중심으로 디지털 기반 정보화와 신자유주의 세계화가 서로 뒤엉켰다. 포스트 시대의 복잡성은 광범위하고 급격했다. 오래된 편견과 억압이 무너지는가 싶더니 도처에 새로운 차이와 경계가 생겨났다. 개인과 사회를 하나의 개념으로 묶어내기 힘든 형국이었다. 많은 시대가 겹쳐 있었고, 많은 사회가 명멸했다. 과잉과 결핍이 롤러코스터를 타고 전 지구적 일극 체제를 강화했다.

지난 20년간 문학을 둘러싼 환경은 호의적이지 않았다. 새삼스럽지만, 문학의 위기, 문학의 죽음은 언제나 현재진행형이다. 그래서 문학의 황금기는 언제나 과거에 존재한다. 시간의 주름을 펼치고 그 속에서 불멸의 성좌를 찾아내야 한다. 과거를 지금-여기로 호출하지 않고서는 현재에 대한 의미부여, 미래에 대한 상상은 불가능하다. 한 선각이 말했듯이, 미래 전망은 기억을 예언으로 승화하는 일이다. 과거를 재발견, 재정의하지 않고서는 더 나은 세상을 꿈꿀 수 없다. 문학동네가 한국문학전집을 새로 엮어내는 이유가 여기에 있다.

이번 전집은 몇 가지 특징을 갖는다. 먼저, 한글세대가 펴내는 한국문학전집이라는 것이다. 문학동네는 전후 한글세대를 중심으로 1990년대 이후 한국문학의 주요 생태계를 형성해왔다. 이번 전집은 지난 20년간 문학동네를 통해 독자와 만나온 한국문학의 빛나는 성취를 우선적으로 선정했다. 하지만 앞으로 세대와 장르 등 범위를 확대하면서 21세기 한국문학의 정전을 완성해나가고자 한다.

문학동네 한국문학전집의 두번째 특징은 이번 문학전집이 1990년대 이후 크게 달라진 문학 환경에 적극 대응해온 결과물이라는 것이다. 문학동네는 계간 『문학동네』의 풍성한 지면과 작가상, 소설상, 신인상, 대학소설상, 청소년문학상, 어린이문학상 등 다양한 발굴 채널을 통해 새로운 문학적 징후와 가능성을 실시간대로 포착하면서 문학의 영토를 확장하는 데 기여해왔다. 그래서 이번 전집을 21세기 한국문학의 집대성을 위한 의미 있는 출발이라고 해도 좋을 것이다.

셋째, 이번 전집에는 듬직한 동반자가 있다는 것이다. 김승옥, 박완서, 최인호, 김소진 등 작가별 문학전(선)집과 최근 100종을 돌파한 세계문학전집, 그리고 현재 19권까지 출간된 한국고전문학전집이 그것이다. 문학동네는 창립 초기부터 한국문학의 해외 진출을 위해 지속적인 노력을 기울여왔다. 문학동네 한국문학전집은 통상적으로 펴내는 작품집과 작가별 전(선)집과 함께 한국문학의 특수성을 세계문학의 보편성과 접목시키는 매개 역할을 수행해나갈 것이다.

새로운 한국문학전집을 펴내면서 '문학동네 20년'이 문학동네 자신의 역량만으로 이루어졌다고 자부하려는 것은 아니다. 문인, 문단, 출판계, 독서계의 성원과 격려가 없었다면 문학동네의 오늘은 불가능했을 것이다. 그러므로 오늘, 문학동네 성년식의 진정한 주인공은 문학인과 독자 여러분이어야 한다. 이 자리를 빌려 거듭 감사드린다. 창립 20주년을 맞아, 문학동네는 한국문학의 더 나은 미래를 위해 한국문학전집 1차분 20권을 선보인다. 문학동네는 해를 거듭할수록 그 가치를 더해갈 한국문학전집과 함께, 그리고 문학인과 독자 여러분과 함께 '새로운 20년'을 향해 한 걸음 한 걸음 나아가고자 한다. 많은 관심과 성원을 부탁드린다.

문학동네 한국문학전집 편집위원
권희철 김홍중 남진우 류보선 서영채 신수정 신형철 이문재 차미령 황종연

성석제

1995년 『문학동네』에 단편소설 「내 인생의 마지막 4.5초」를 발표하며 등단했다. 소설집 『그곳에는 어처구니들이 산다』 『재미나는 인생』 『내 인생의 마지막 4.5초』 『조동관 약전』 『호랑이를 봤다』 『홀림』 『황만근은 이렇게 말했다』 『번쩍하는 황홀한 순간』 『어머님이 들려주시던 노래』 『참말로 좋은 날』 『지금 행복해』 『인간적이다』 『이 인간이 정말』 『믜리도 괴리도 업시』, 장편소설 『왕을 찾아서』 『아름다운 날들』 『인간의 힘』 『도망자 이치도』 『위풍당당』 『단 한 번의 연애』 『투명인간』, 산문집 『즐겁게 춤을 추다가』 『소풍』 『농담하는 카메라』 『칼과 황홀』 『꾸들꾸들 물고기 씨, 어딜 가시나』 등이 있다. 한국일보문학상 동서문학상 이효석문학상 동인문학상 현대문학상 오영수문학상 요산문학상 등을 수상했다.

문학동네 한국문학전집 010
왕을 찾아서
ⓒ 성석제 2014

1판 1쇄 2014년 1월 15일
1판 3쇄 2017년 5월 30일

지은이 성석제
펴낸이 염현숙

펴낸곳 (주)문학동네
출판등록 1993년 10월 22일 제406-2003-000045호
주소 10881 경기도 파주시 회동길 210
전자우편 editor@munhak.com | 대표전화 031) 955-8888 | 팩스 031) 955-8855
문의전화 031) 955-3576(마케팅) 031) 955-8864(편집)
문학동네카페 http://cafe.naver.com/mhdn | 트위터 @munhakdongne

ISBN 978-89-546-2332-2 04810
      978-89-546-2322-3 (세트)

* 이 책의 판권은 지은이와 문학동네에 있습니다.
   이 책 내용의 전부 또는 일부를 재사용하려면 반드시 양측의 서면 동의를 받아야 합니다.
* 이 도서의 국립중앙도서관 출판예정도서목록(CIP)은 서지정보유통지원시스템 홈페이지(http://seoji.nl.go.kr)와 국가자료공동목록시스템(http://www.nl.go.kr/kolisnet)에서 이용하실 수 있습니다. (CIP 제어번호 : 2013025073)

www.munhak.com